春华秋实五十年

——北京广播学院新闻系六五编采班校友文集

主编　吕佩浩　邹兰春

中国国际广播出版社

编委会名单

主　任：周复民

副主任：李振海 邓良宝 贺亚生 朱月昌 周猷德

编　委：（按姓氏笔画顺序）

王春林 王肇文 邓良宝 邢业范 李振海 吕佩浩 朱久安 朱月昌 刘国治 杨迎新 肖九连 吴亚根 佟玉会 邹兰春 张淑娟 陈为琛 陈莲凤 周复民 周猷德 贺亚生 桂雅莉 常炳林 谢　骏

主　编：吕佩浩 邹兰春

副主编：谢　骏 杨迎新 常炳林

责任编辑：易晓燕

实习编辑：韩　雪 丁亚丽

2009 **北京聚会**　两班同学在天安门广场合影

2009 北京聚会 同学们兴致勃勃地参观国家体育馆（鸟巢）

重游北京景山公园

李德存同学在席间翩翩起舞

2009 北京聚会　师生举行座谈会共庆母校五十五华诞

向母校校友会赠送书法家书写的条幅

“师恩难忘”条幅上签着与会者的名字

2005 湖北聚会　在黄鹤楼前

东道主周猷德伉俪与部分同学在武当山顶

2006 江西聚会　电视新闻学院新老院长陈作平、曹璐从北京专程前来出席采风团开营仪式

在井冈山黄洋界纪念碑前

在宜春风景名胜——明月山

2007 贵州聚会 同学们观赏了黄果树大瀑布

东道主刘国治与同学们在下榻宾馆前留影

2008 **吉林聚会**　两班同学在长白山景区

曾光伟书法

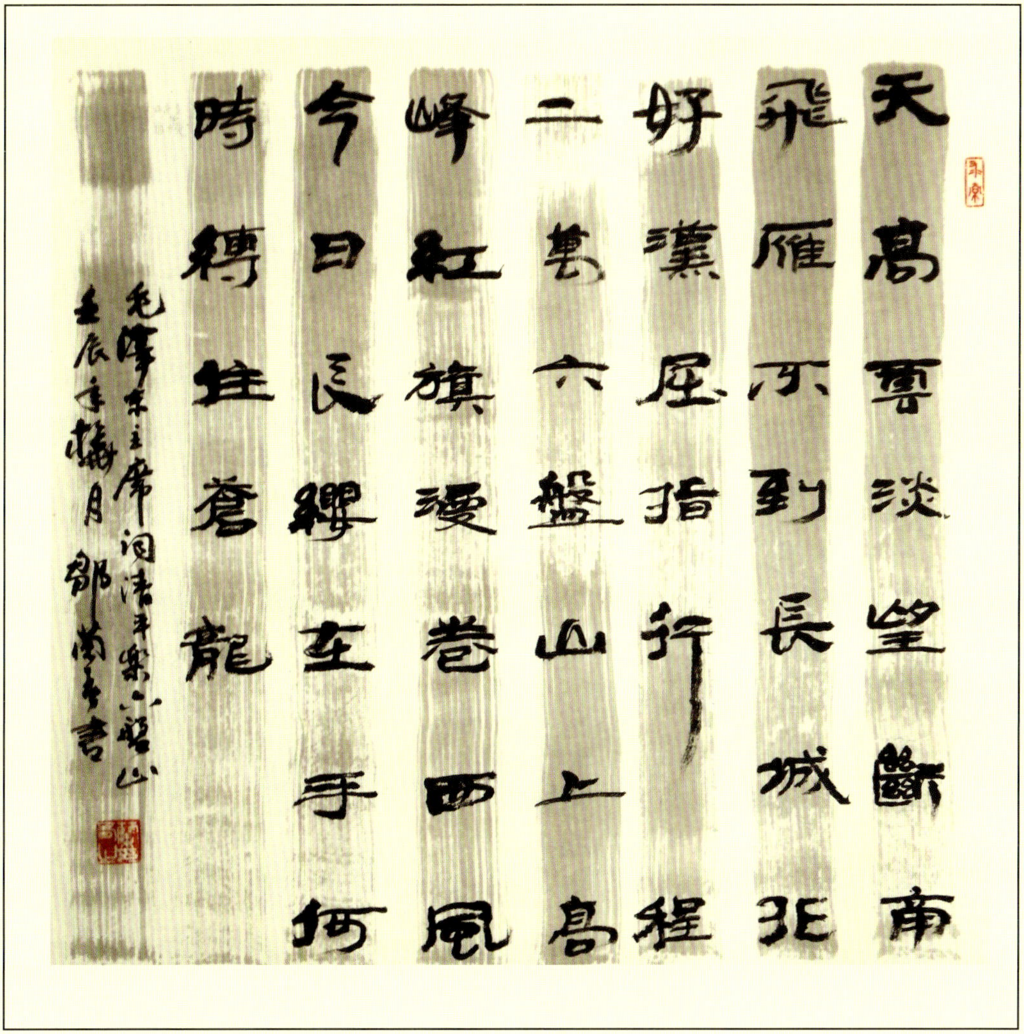
天高雲淡望斷南
飛雁不到長城非
好漢屈指行程
二萬六盤山上高
峰紅旗漫卷西風
今日長纓在手何
時縛住蒼龍
毛澤東主席詞清平樂·六盤山
壬辰年
月 鄒蘭春書

邹兰春书法

纪念进广院五十年

大江东去浪淘尽千古风流人物故垒西
边人道是三国周郎赤壁乱石崩云惊
涛裂岸卷起千堆雪江山如画一時多
少豪傑 遥想公瑾当年小乔初嫁了
雄姿英发羽扇纶巾谈笑间樯橹灰
飞烟灭故國神游多情应笑我早生
华发人间如梦一樽还酹江月

右录苏轼赤壁怀古

谢骏 乙未秋月

荣寶齋

谢骏书法

序一　半个世纪的师生情

赵玉明

今年，适逢原北京广播学院新闻系65级同学入学五十周年。65级编采专业两个班的同学准备于9月间返校参加今年校庆活动，同时在同学中征文编印一本回忆性文集《春华秋实五十年》，以作纪念。值此师生即将相逢之际，又翻阅了征文书稿，不禁引起了我对早期广院和65级同学们的绵绵怀念之情。

首先，深切怀念广播学院和新闻系的创业者和老一辈的教师。五十多年前，中央广播事业局的领导梅益、周新武等同志高瞻远瞩，预见到广播电视事业未来将会有一个大发展，需要培养大批专门人才，决定将在广播技术人员训练班基础上建立起来的北京广播专科学校升格为北京广播学院。1959年9月7日，梅益、周新武同志在59级新生的开学典礼上讲话，提出努力办好学校，为广播电视事业培养优秀的专门人才。会后，广播局领导还与全体师生合影。据周新武同志的日记记载，当年曾有梅益兼任广播学院院长之议，但他推辞了，由周新武副局长兼任院长和院党委书记，左荧任副院长兼新闻系主任（后继任院党委书记）。左荧还将他当时分管的地方广播部和研究室的全部人员划归新闻系，充实教学研究力量。梅益、周新武和左荧同志是名副其实的广播学院和新闻系的开创者。

新闻系的老一辈教师中，令人怀念的有康荫（系副主任）、苑子熙（教研室主任）和温济泽等同志。温济泽原为中央广播事业局副局长，

1958 年被错划为“右派分子”，遭遇了人生的不幸。但正如新闻系同学所说的那样，温老师被贬到新闻系教书，对他的学生来说，是一生的大幸。他渊博的学识、深情的教诲、理论联系实际的教风，给学生们留下了难忘的印象。

我这里要告诉同学们的是，梅益、周新武、左荧和温济泽等同志虽然离开我们多年了，但历史并没有忘记他们。最近几年，在有关部门和学校领导的支持下，先后公开出版了《周新武纪念文集》、《永远的怀念——温济泽纪念文集》、《八十年来家国——梅益纪念文集》和《风范长存——左荧纪念文集》。我有幸分别作为编委、副主编或主编参与了上述四本纪念文集的征稿、撰稿工作。新闻系的不少师生也撰写了回忆文章。2014 年，适逢梅益、温济泽同志百年诞辰，又分别编选出版了《梅益百年纪念文集》和《温济泽百年诞辰纪念文集》。新闻系 65 级吕佩浩、谢骏两位同学还积极发起，在广院老校友和中国社科院研究生院新闻系早年的研究生中集资制作了温济泽半身铜像，赠予学校。曹璐老师和我也出资支持了这件事。学校博物馆还和温济泽家属合作筹备了“永远的怀念——温济泽生平事迹展”，并于 4 月 18 日在传媒大学博物馆举办了铜像揭幕和开展仪式，为六十周年校庆活动增添了生动的校史教育内容，引起了在校师生的热情关注。

其次，深切怀念原广播学院所在地——复兴门外的灰楼。一座五层大楼办起一所大学，今天看来简直是不可想象。当年的灰楼现在已经不存在了，原址上盖起了十多层的中国广播电视音像资料馆，但灰楼墙上当年“团结、紧张、严肃、活泼”八个大字的标语还留在不少师生的记忆之中。

广院灰楼最初几年的生活可以用三句话来概括，那就是艰苦的办学条件、勤奋的学习风尚和敬业的工作精神。这也可以说是广院创办初期的特色和优良校风。正是“艰难困苦，玉汝于成”的精神哺育了广院最初一代的学子。

新闻系65级同学入学之初，适逢国民经济恢复好转之际，学习环境有了新的改善。但世事难料，仅仅半年之后，1966年春天就爆发了“文化大革命”。校园里正常的学习生活秩序中断了，刚刚形成的优良校风也遭到破坏。不久，全校师生搬迁到今天定福庄的校址搞运动。在陈伯达、康生、江青、张春桥、姚文元一伙屡次到校煽动下，广院始终处于动乱之中。1969年11月，全校教职工和在校的65级学生又被迫迁移到河北省望都县东张庄农村，开展所谓的“斗、批、改”运动，折腾了将近一年时光，才返回定福庄。在张庄的几个月里，新闻系的师生可以说是同吃、同住、同劳动，结下了特殊年代独有的师生情谊。1970年夏，新闻系65级同学陆续分配走上工作岗位，广院随之下马。在校的教职员工都被送到中央广播事业局河南淮阳五七干校劳动，直到1973年广院复办，才陆续返校重建校园。

第三，深切怀念与新闻系65级同学的师生之情。五十年前，同学们迈进广播学院的大门。我们之间年龄相差十岁左右，都是生在旧社会，长在红旗下的新一代知识分子。这一代青年的特点是听从祖国的召唤，甘于奉献，兢兢业业。1970年，同学们打起背包分赴长城内外、大江南北，走上了建设社会主义祖国的前沿阵地。由于历史的原因，他们中当年没有人能分配到中央级广电新闻单位工作，但大多成为地方电台、报纸的骨干，有的后来也进入到了新华社、人民日报和中央三台工作。五十年来，新闻系的老师们从来没有忘记他们。在新闻系建系三十年、三十五年和四十年之际，在历届校友支持下编印的纪念册其实就是一本校友的通讯录。通讯录中第一部分是按年级排列的学生名册，第二部分是按部门、按地区排列的学生名册。我每逢到中央广播事业局有关部门和中央三台办事，特别是到外地出差，总是随身携带一册，走到哪里，打开一看，就能找到新闻系校友的踪迹，随之相约会见，畅谈师生之情，合影留念。

五十年来，世事沧桑，不变的是师生之情，怀念的是同学们为祖国建设特别是为广播电视事业做出的贡献。我们总是关注着同学们在报刊上发表的新闻通讯，在广播电视中播出的视听节目。我知道，不少同学们在边疆和基层单位贡献了自己的青春年华。所有这些，都为学校争得了荣誉，写进了学校的史册。

如今，我们都已是古稀上下、白发苍苍的老人了。人老是自然规律，也应看作好事。这是人生走向成熟、走向睿智、走向完满的标志。这部《春华秋实五十年》，是同学们感恩母校、感恩老师、感恩友情的结晶，体现了同学们的成熟、睿智和完满。它是同学们献给老师和母校的最好礼物。最后，祝同学们安逸自在度晚年，幸福健康全家欢。

愿以此为序，纪念我们半个世纪的师生情谊。

2015 年 8 月于北京

本文作者系原北京广播学院副院长、广播电视史专家、博士生导师

序二　我们心中永远的“灰楼”

曹　璐

前几天我的手机微信上出现了一条陌生的信息：“老师，您是老广院副院长。我们在做学校建筑的调研，您认为中国传媒大学建筑中您印象最深的是哪个？”我的答复：“北京广播学院建校初期的灰楼。虽然广院灰楼早已拆除，但广院灰楼对我们老校友和老广院人来说，是我们心中永远珍藏的记忆。”这位同学又问：“灰楼在哪里？”我答：“请看建校六十年新闻系五九级校友回忆录《永远的灰楼》和即将出版的广院新闻系六四级校友回忆录《岁月钩沉》、六五级校友回忆录《春华秋实五十年》。”同学回复：“谢谢老师。我立即找来学习，并继续跟踪……”相信这位在校生会从老校友们回忆录中饱含深情的文字中领悟“我们心中永远的灰楼”的特定内涵。我于1959年中国人民大学新闻系毕业之后分配来北京广播学院新闻系任教，广院初创七年中，灰楼成为我工作、学习、生活的主体空间。我有幸从老院长、老主任和温济泽老师等人的身上学到了如何做老师，如何做对得起学生的老师。在这里，我和学生一起学着做广播，学着教广播，历经五十多年，至今我仍然在潜心学习和研究广播。从这个角度讲，广院灰楼是我人生、事业和专业的新起点。

广院灰楼位于复兴门外木樨地附近，是一座五层灰色楼宇。学院的办公室、教室、宿舍、食堂、图书馆、实验室等都在其中，空间相对紧凑，办事方便灵活，小有小的好处。北京广播学院是在原广播局训练班基础上，1959年正式挂牌招生，成为中央广播局的直属高校。广院从创建起就体现了鲜明的办学特色：系统办学，明确定位为广电事业培养人才；学院领导层具有丰富的广播实践经验和管理经验，广院不仅是系统办学，也是内行办学。广院第一任院长周新武是新中国成立前的老大学生、中共地下党员，参加过“一二·九”学生运动，做过多年地方和部队宣传教育工作。新中国成立后，周新武成为第一任华东广播电台台长、上海电台台长。广院副院长兼新闻系主任左荧也是老广播，专家型领导。战争期间左荧曾担任延安新华广播电台对国民党军广播的主管。新中国成立后，左荧担任了中央广播事业局地方广播部主任、国际联络部主任。上世纪五十年代末，左荧主持了全国广播系统的录音报道研讨会，会上中央台和地方台的业务骨干对广播正在兴起的录音报道进行了研讨。左荧做了总结发言，题目是《谈录音报道》。文章载入《广播业务》1957年第9期。该文对录音报道的界定、音响要素等做了规律性的论述。针对录音报道实践中存在的真实性问题，提出了明确的界定和要求。左荧关于录音报道的论述至今对广播听觉文本规律研究具有奠基性意义，对广播的理论与实务研究亦有深远影响。

广院初创时期非常重视专业教学科研基础建设和师资队伍培养。新闻系建系初期组建了新闻理论、新闻史、新闻编采业务等教研室，教研室骨干多是来自广播一线的老广播，带领一批刚刚走出大学校门的年轻教师开始了从无到有的广播学科建设。当时，被错划成“右派”的一批专业人士也调进了广院，并承担了重要的教学任务，在新闻系初建时期成为了智库型教学资源。难能可贵的是：从五九、六零级至六四、六五级这四个班的学生都有幸听过温济泽老师的新闻写作课、社会知识、政策讲座等课程。“文化大革命”中，温济泽老师再次受到批判和迫害，他总是以宽容博大的胸怀承受着一切。六四、六五级同学的回忆录中，记录了有关温济泽老师的故事，其中的尊重与热爱之情溢于言表。大家对温济泽老师的评价是：“大写的人”，是“点燃生命之火的人”，是我们“永远的老师”。有人说大学之大，不在于大楼，而在于大师级人物对学生潜移默化的影响。广院的灰楼虽然简陋，但是有着温济泽老师这样大师级人物的熏陶，使新闻系师生感悟到温老“春蚕到死丝方尽，蜡炬成灰泪始干”的“春蚕精神”，其中的包容、大气、韧性、坚持亦成为一代广院人点燃生命之火的人生动力。

1961 年至 1963 年，国家进入三年困难时期，高校也进入调整阶段，许多院校、专业下马停办，多家院校停止招生，其中包括广院新闻系等。随着国家经济形势好转，广电事业进入大发展时期。经广播局和学校领导的积极争取，广院新闻系 1964 年重新恢复招生，这才实现了新闻系六四级、六五级同学的入学。广院新闻系在停招三年中扎扎实实地进行了广电学科的教学科研和教师队伍建设，史论和专业课教材以及基础建设已初见成果，较五九级进校又上了新台阶。六四级、六五级同学通过自身努力，考入了当时国内培养广电人才的唯一高校，进入了广院灰楼学习新闻，开始了人生事业新的起点。广院新闻系招收了六四、六五两个年级，扭转了中断招生的困局，为广院新闻系的发展注入了新的活力。

1966 年夏掀起的那场“文化大革命”风暴打乱了一切正常秩序。广播局紧急决定，广院从灰楼迁入东郊新校址，师生匆匆告别了熟悉的广院灰楼。至此，广院灰楼成为了广院人心中难忘的集体记忆。

“文化大革命”改变了所有人的命运。六四级、六五级同学和全校师生一起进入了停课闹革命时期，陷入了造反、批斗、再清查、再批斗、劳动改造、接受再教育等运动连着运动的难忘岁月。六四级同学毕业分配大多进入农场继续接受再教育，六五级同学延长一年毕业，在人心惶惶中大多分配至基层就业。应当说六四级、六五级同学考入广院意味着人生中知识改变命运的开始，“文化大革命”“革”了文化与知识的“命”，同学们难以主宰自己的命运。“文化大革命”中几乎每一个人都不同程度上受到了伤害，包括主动与被动、有意与无意地伤害了他人，其中的教训、反思、内疚、内省一时难以全部理清，有些往事可能终生难以忘怀。值得庆幸的是：六四级、六五级校友在年富力强时期迎来了改革开放时代。“文化大革命”中的坎坷、挫折，使他们更加珍视新的人生机遇，通过多种方式学习思考，努力弥补“文化大革命”中被剥夺了的学习机会，在困惑和解惑的不断思考中努力超越自我，通过不懈的实践和反思，努力将知识转化成为良知，成为更具社会责任感，更具人本理念、更为成熟理性、努力超越自我的人。六四级、六五级校友在改革开放的大潮中努力抓住事业和人生的新机遇，在不同的岗位上作出了各具特色的奉献和成就，为母校争了光，母校和老师以你们为荣。

人们说：“六十耳顺”、“七十从心所欲不逾矩”。六四级、六五级校友如今已年近七十或年过七十，大多数校友进入了事业有成的退休时光。通过他们几次返校和班级活动的师生共聚，作为广院的老教师，我切实感悟到校友们对母校的热爱和对老师们的深情厚谊。特殊时期朝夕相处、同甘共苦的难忘岁月，打造了师生间亦师亦友的情怀。六四级、六五级同学的两本回忆文集《岁月钩沉》、《春华秋实五十年》，凝聚了校友们的人生思考、事业感悟、生命情怀、夕阳壮美。一切尽在不言中。作为老师和朋友，我要为他们点赞。

在此，祝福六四级、六五级校友健康幸福，夕阳更美！

祝福我们共同的精神家园——中国传媒大学（北京广播学院系其前身）越办越好！

2015 年 8 月 24 日

本文作者系中国传媒大学新闻传播学院前院长、博士生导师

序三　温暖与抱憾

张振华

北京广播学院新闻系65级同学为纪念入学五十周年，决定出本文集，献给母校，也留给自己。这是件好事。但要我为之写篇序，却颇犯难。清人黄宗羲有言："文生于情，情生于身之所历"。我于1963年毕业离校，而这届同学两年后才入学，彼此并无交流，实难落笔。不过，毕竟师出同门，老师是我们共同的老师，灰楼曾是我们共同的校园，特别是读了书稿中的一些文章，的确让我找到了一些共同的话题。

如今的大学，一个个比着扩校园、建大楼，以至季羡林先生批评说，大学者，非大楼也，乃大师也。想想抗战时期偏居昆明的西南联大，其校园、师生宿舍是何等的简陋！但这并不妨碍它培养出了一大批自然科学、社会科学方面的大师。初建时的广播学院虽然不好同西南联大相提并论，但起码在校园的建筑上大有一比，所谓"一所大学一座楼"就是对灰楼时期广播学院的生动写照。

在这本文集中，不少同学首先写了能够到首都上大学的喜悦，可接着又写了报到后初识校园时的失望。但是入校不久，同学们对校园的计较很快就被老师的人品与温暖、教学的丰富与生动消释了。谢骏同学写道，报到的时候，一位女老师抢过他的网兜，径直把他带上四楼的宿舍，同时叫同学送来信封信纸，叮嘱他马上写封家书，报个平安。事后他才知道，这位老师居然是学校党委副书记，名叫顾湘。徐汝廷同学则讲了另一个故事。"文化大革命"中广院停办，老师和未分配的学生全部下放到河南淮阳中央广播事业局“五·七”干校劳动。而这里正是徐汝廷的家乡。不过，这个河南学弟却分配到了山西。当1972年他回家探亲到干校看望老师，流露出想调回家乡的想法时，没想到老师不但记下了这事，而且马上做了疏通，结果二个月后他即接到了调回淮阳的通知。更令他惊喜的是，当他回到家时，赵玉明、李振水、曹璐等八位老师集体到家里看望他，并鼓励他要好好工作。他写道，老师帮助他调回家乡已使他感激不已，现在居然又有这么多老师一起到家里来看望，这对他的心灵是“一次极大的震撼”。浓浓的师生情成了激励他学会关爱、感恩与回报，走好人生之路的巨大力量。这样的师生之情较之校园、大楼又是何等的宝贵！

这两个故事是老师对学生的不言之教，是对学生的心灵与人格的实际滋润与培养。而人格教育恰恰是在办学条件远远好于昨天的今天十分欠缺的。

谈到人格教育，不少同学写到了温济泽老师。温老师从少年时代起就坚持人间正道，追求光明与真理，不幸的是，恰恰因此牢狱与政治酷刑也与他如影随形。但他在一次次的过山车似的人生旅途上始终保持自信与自尊，包括被错打成“右派”发配到广播学院教书的几年，也始终把痛苦留给自己，把微笑送给同学，兢兢业业地从事教学工作。显然，在他柔弱的身躯里有一颗大心脏，在他强大的内心里有个大格局。正是在温老师这样的人格影响下，不少同学也树立了一种家国情怀。姚明贤写道，1969年珍宝岛战争爆发，他们几个东北籍同学个个义愤填膺，表示要以生命和鲜血保卫家园。果然，毕业后他如愿到了珍宝岛地区工作。身教重于言教，正是由于受到老师的熏陶和影响，65级同学在经历了“文化大革命”的磨难之后，仍能挺起胸膛，奋力前行，书写了各自的精彩人生。正所谓“达人之教也，使弟子安焉乐焉……肃焉严焉”。

此外，广播学院在教学上也极具特色和创造性。比如为了让学生获得广博的知识，温老师特别开了一门社会知识课，利用他的人脉，广邀各界名家来校讲课。比如请《红日》的作者吴强、《红岩》的作者罗广斌讲文学，我们在校时还请过吴晗讲历史、请谢铁骊讲电影。这对同学们后来的工作大有裨益。特别是65级同学，分配的工作五花八门，恐怕他们从社会知识这门课中尤其受益良多。

我们59级同学入校的第二年就赶上了三年困难时期，65级同学入学第二年则赶上了“文化大革命”。“狂热、迷惘、困惑、遗憾……成为那个时代大学生生活的印记”（张淑娟语）。刚开头即杀了尾，还没学啥就毕了业，这确实令人遗憾。但更令他们遗憾、懊悔和痛心的是，在“文化大革命”中，不仅同学之间分成了两大派，恶斗不止，甚至一些人还疯了似地整他们的恩师。痛定思痛，许多同学的忏悔之意日积于心。谢骏同学写道，1979年8月7日，他专门拜访了顾湘同志。师生二人有这样一段对话：“前几年我们把你害的好苦啊！”谢骏说。“是啊！但这话不够准确。应该说是‘四人帮’害的”。顾湘同志这样回应。学生是真诚的，老师是宽厚的。借用鲁迅先生的诗稍作改动，可谓是：渡尽劫波师生在，相逢一语泯恩仇。

入学五十年后再回忆这些温暖、磨难与遗憾，都变成了一种人生的财富。

“社会犹如一条船，每个人都要有掌舵的准备。”过去的早已过去，我们应该活在当下，并争取它的美好。关键当然还是要掌好自己的人生之舵！

最后，借此机会祝学弟学妹们安享退休之乐！祝我们的母校百尺竿头再进发！

2015年8月20日于北京

本文作者系北京广播学院首届毕业生、中国国际广播电台前台长

目 录

母校篇

追梦篇

诗词篇

聚会篇

前　言

古人云："遂心之事只一二，不如意者常八九。"人生的这种常态，这种不完美，常使人们幻想时间能够倒流，重新安排自己的一生。倘若时间真能倒流，人生可以重新来过，又会如何？一生中曾上万次聆听临终者忏悔的美国著名牧师内德·兰赛姆的墓碑上，刻着他自己手书的一句话："假如时光可以倒流，世上将有一半的人成为伟人……"真是一语石破天惊！这是对向善、向美力量的描绘与赞扬。然而，时下最新的探索发现还是让人失望：宇宙会永远膨胀下去，时间箭头不会改变，时光不会倒流。

正因为时光不能倒流和人生的唯一性，我们北京广播学院新闻系六五级编采专业毕业校友的这本回忆性文集便显现了它宝贵的纪实价值。在历史的链条中，它是独特的，难以复制的。我们五年的大学生活，因"文化大革命"的冲击大半浪掷，的确遗憾，但它依然是人生旅程中的重要节点——既连接着以前的脚印，又深刻影响了我们毕业以后的工作和生活轨迹。在我们无数次的回望中，经常会想：我们经历了怎样的时代？我们天南海北汇聚一起的这个群体，是个什么样的群体？回答这个问题，只靠单独个体的回顾，难免片面模糊，而这本同学们的文集，是一次集体的回顾，且思考聚焦到共同的话题，这不仅使过往岁月得到更加生动、全面、准确的再现，而且在不经意中凸显了我们这个群体的特征和美德。

一是重感恩。过去讲感恩，一般提"天地君亲师"（天、地、国君、亲人和老师）五者排在前面。现代社会感恩的范围扩大了，但"师"依然是极为重要的感恩对象，地位几乎等同父母。大学同窗的回忆，感谢师恩必然是应有之义，并成为一种值得倡导的校园文化。虽说我们聆听老师授业的时间不长，但由于在那个特殊年代，学子们或多或少做过对老师不敬乃至伤害的事，一种潜藏心底的忏悔感，更激起了我们这些学子对老师的深情回忆。忏悔是一种高贵的情感，它源自善良的人性。在这种情感与品质的支配下，一些同学开悟较早，加上因缘际遇，对遭受冲击较大的老师如温济泽，进行了尽可能的保护，这方面李春荣、李振海是代表；另有一些同学在“文革”结束不久，还历史的本来面目，满腔热情地传扬老师的精神品德，最突出的是吕佩浩和谢骏。他们汇编纪念温济泽老师文稿，出版纪念文集，发起制作温老师的半身铜像，等等，付出了大量心血。谢骏拜访院党委副书记顾湘，情真意切。此外，朱月昌、吴亚根、徐汝廷回忆李振水、赵玉明、时煜华、田本相、樊淑泉等老师的文章，情节难得，令人印象深刻。

我们这一届同学，许多出于贫寒之家，毕业之后念念不忘对父母的感恩。赵玉斋艰苦求学经历和工作后关心照顾继母的故事，诠释了“寒门出孝子”的古风。还有在劳动锻炼期间，以及分到贫困地区的同学，与当地父老乡亲建立起来的深厚情谊，也得到了生动体现，成为艰苦之中一抹亮色。邹兰春的《想起了水石浒》是如此，赵恩洲、沈芳忆内蒙古，栗金孚、邓良宝忆贵州，李志英忆海南，陈广寿忆六盘山的文章，也是如此。

二是贵友情。五年同窗，师出同门的学友，友情深厚是必然的。可值得提出的是，我们这些学友不同寻常，“文化大革命”中受极左思潮蒙蔽，迷失方向，参加了不同派别，卷入打“派仗”泥潭，感情一度受到影响。可贵的是：“渡尽劫波兄弟在，相逢一笑泯恩仇。”周复民的《我爱新652班》的激情表白，代表了许多同学的心声。张淑娟文中有一个感人的情节，她因自己奉命错批冯皖丽而真诚道歉。不少同学虽没有直接表白，但在心中早已消除了过去的芥蒂。从一次次的聚会中可以看到，同学们见面时那开心的笑容，亲切的聚谈，兴致勃勃的同游，哪还有当年互相攻击、剑拔弩张的影子？有的是毕业后的互相牵挂、互相关心、互相帮助。这是一种胸怀，一种素养。乔沧桑去世，大连的胡金兴远赴丹东去送一程；李春荣去世，石家庄的赵玉斋、唐山的杨迎新，北京的邹兰春、吕佩浩、曾光伟同学到丰润见他最后一面。面对那些毕业后不见消息的同学，那些身体有病或境遇不顺、感到孤独寂寞的同学，大家倾注了更多的关爱，让他们感到了同窗情和群体的温暖，很有“只要集体在，不让一人失落”的气度。一班费尽心思找到了王竹筠；二班的周猷德经过不懈努力，硬是将班里难觅踪迹的邢继英、常买等同学“挖掘”出来。在这本文集中，王春林、张成友回忆贺亹，常炳林回忆王兰同学的文章，均文情并茂，很有功力，堪称美文。我们受感动之余，甚至产生了一个想法，我们这个群体对“先走”的同学，若都能留下一篇或几篇这种充满友情的文字，岂不是很有意义？这对新闻系出身的我们来说，是不难做到的。

三是有文采。能考入大学新闻系者，多是写作方面的尖子生。实践证明，就笔头而论，我们北广同学不输于其他名校，而在敏锐方面可能还占有一定优势。所以，胸中怀锦绣，笔下走龙蛇，能写善写，是我们这个群体的另一个鲜明特征。收入本书中的作品，不论长篇还是短制，立意还是谋篇，工描还是泼墨，皆思虑精熟，文采斐然。翻开文集，如打开百宝箱，光芒四射，目不暇接；如进入百花园，姹紫嫣红，各有千秋。真的是，人人怀荆山之玉，个个握龙蛇之珠。前面已经提到的，无需再说，下面再举一些例子。

姚明贤的《梦里萦绕广院情》，以精炼准确的笔墨，勾勒出北广五年各个阶段的总体轮廓，如果哪位对某一段生活模糊了，可看姚文。与此相连，徐振荣的《母校情　老骥心》，对母校的今世前生做了全方位的精刻细描，娓娓道来，如数家珍，一草一木俱含情。崔一贵、刘桂芬的《校梦不曾休》，以诗化的语言，描述了他们的奋斗历程。季淑兰《五十年后的汇报》激情澎湃，当年这位学校的女子百米冠军，参加工作后也是巾帼不让须眉。桂雅莉创办锦州交通台、陈连峰参与创办珠江经济台展露的智慧和敢为天下先的创业精神，着实让人叹服（《我办交通台的故事》、《我参与创办珠江经济台背后的故事》）。王求国以自家石榴树为线索，回忆了令人心醉的师生情谊，文章朴实无华却颇具匠心（《我家的石榴树》）。乔沧桑的《半是坎坷　半是幸运》看似信笔写来，内里却有分寸，对人生乃至风云大事皆有透彻的分析。陈娜的《五味人生》以流畅的文笔，对艰苦卓绝的陕北窑洞生活进行了非常逼真的描绘，让人一读一叹。邢继英的文字洋洋洒洒，驱遣自如，富有情趣，读来只觉其短，不觉其长。邢业范、佟玉会、亢书堂、胡金星、牛希昌、李海几位，直抒胸臆，坦荡洒脱，读其文如见其人。王宝三以散文的细腻手法，描画了一幅栩栩如生的故乡风景图（《哈尔滨往事》）。罗文成则以高亢的激情，为我们奉献了一首“天苍苍野茫茫”的边疆壮曲（《心灵深处的震响》），使人想起在校时那个体魄强健的硬汉形象。

谈文采不能不说到诗。自古文人雅士兴会，必有诗。我们这两个班，诗人不少。人们熟知的有邹兰春、陈群林、吕佩浩、曾光伟、陈为琛、邢业范、贺亚生等，这次又看到了蔡友的诗。邹兰春出过一本很雅致的诗集，诗词与书法俱佳。陈群林诗词示人不多，但篇篇不俗，激荡风云之气。邢业范出口成诗，每到一地都有一二首诗作，被誉为“行吟诗人”。贺亚生可能是诗写得最多的，他足迹遍世界，诗也写遍世界。吕佩浩、曾光伟是后起之秀，讲究韵律，诗词佳作不少。蔡友也是写诗行家，有《蔡友诗选》、《蔡友诗歌全录》问世。过去，他因身体原因没能参加同学聚会。这次编文集，他赐《校友情》诗七首，抒发了对同窗学友的深厚情谊。集句和陈群林二首，借用古人名句相和，体现了他对古诗词有很深的造诣。生活是诗的源泉。从收录在本书诗词篇的作品看，同学情、同学聚会极大地激发了同学们的灵感和诗兴，已成为诗词创作的不尽话题。

四是能团结。新 651、652 两个班的 80 多位同学，是一个奋斗在各条战线的优秀的群体。他们重感恩，贵友情，有能力，有才华，这种素质决定了他们的向心力比较强，容易团结在一起。加之北京广播学院发展更名为中国传媒大学，成为国内外知名的学府，老师德高望重，客观上为校友的团结添加了凝聚力。但最主要的还是这两个班都有一个优秀的领导班子，在邹兰春、周复民两位会长的领导下，担任同学会职务的同学，真正做到了没有报酬却殚精竭虑、带头苦干、乐于奉献，成为联系、团结同学的核心。组织这么多次聚会，八十多位同学中，除了韩彦俊、朱传济同学未找到以及去世的几位同学以外，其他同学都参加过。这是非常不容易的。编辑、出版这本校友回忆文集，更是一件非常艰巨繁杂的事。这些都是对我们这个群体的考验，也是我们团结的象征。

时光飞逝，五十年弹指一挥间。我们不妨突发奇想，再过五十年将会如何？“后人视今，亦犹今之视昔。”（王羲之）当后人从书林中翻出这本集子，我们这些古人的情怀和生活，在他们眼前鲜活起来的时候，他们会有何种感想？在他们七嘴八舌的议论中，在不解和质疑的同时，一定会有欣赏赞叹的声音。因为美的东西是有生命力的，美的东西可以超越时空，超越国界。预想到这些，难道我们不应该为今天的付出感到欣慰吗？

（杨迎新执笔）

母校篇

梦里萦绕广院情

姚明贤

斗转星移，不经意间半个世纪的岁月匆匆逝去，当年风华正茂的莘莘学子，而今已成了古稀老人。回首往事，风花雪月、金戈铁马已成过眼云烟，而广院的朝朝暮暮却深深铭刻在我的心中，缓缓回放。

回首同窗年少时

那年初秋，我离开凉风习习的冰城，怀着无限憧憬与向往来到祖国的首都北京，迎面扑来的是暑气未消的热浪和接站的广院校友的热情。当汽车经过天安门广场、望着金碧辉煌天安门城楼和巍然耸立的人民英雄纪念碑时，那激动的心情难以言表。

同学们来自五湖四海、汇聚于紧邻中央人民广播电台西侧五层灰楼的北京广播学院。第一次见面，同学们用带有家乡口音的普通话交流，拉近了彼此的距离。从白山黑水、长城内外，到大河上下，东海之滨……同学们谈家乡，谈理想。稍嫌局促的校园让人感到失落。多数同学则认为广院虽然不大，却是全国三个有新闻系的院校之一，而广播电视新闻专业则是北广所独有的。虽然目前环境简陋，但随着广播电视事业的发展、前景可观。思想统一了，同学们怀着对未来的期待，投入到了新的学习生活中。

第一学年的大学生活是丰富多彩的。人民广播事业的创建者之一的温济泽老师给我们讲了第一课。北广创办以来，新闻系只招收了五九、六零两届，只是经济好转的 1964 年才开始重新招收新生，我们是第四届，俗称“黄埔

四期”。老师大多走出大学校门不久，精明干练，朝气蓬勃，讲起课来深入浅出，妙趣横生，激发了我们的学习热情。

当时正值新中国建国十六周年国庆节前夕，为了参加国庆游行和晚上天安门广场焰火晚会以及迎接西哈努克亲王来访，我们课余时间紧张排练队形、学跳集体舞和练唱柬埔寨歌曲。在天安门广场，当欢迎西哈努克亲王的车队缓缓从我们面前驶过时，我们第一次近距离地见到了刘少奇、周恩来等党和国家领导人。国庆游行经过天安门城楼时，我们敬仰的领袖毛主席与党和国家其他领导人频频向游行人群招手。华灯初上，我们学校学生队伍被安排在天安门城楼正门的金水桥前，五彩缤纷的礼花升起，在欢快的乐曲声中我们翩翩起舞。天安门城楼灯火闪烁，伟大领袖毛主席及党和国家其他领导人在城楼上与广场上的群众共度国庆佳节。回到学校激动不已的同学纷纷给家里写信抒发自己的感受和情怀。

同学中大多数是来自农村的第一代大学生，他们敦厚、朴实，有极高的政治热情，在学校开展学雷锋、王杰、谈建华、焦裕禄活动中积极主动，争做好人好事。张成有主动为大家洗相片；刘国治和贺亹主动资助经济困难同学；吴亚根得知邢台发生特大地震后，主动将自己唯一一条棉裤捐给灾区……

寒露时节，我们来到北京东郊位于通惠河畔的北广新址（我们称之为东校）参加建校劳动。平整操场，贮藏冬菜。秋风萧瑟中种下的一排排小白杨，历经半个世纪的风风雨雨，现已成参天大树，见证了广院的成长与辉煌。

临近元旦，我们紧张地排练节目，在中央人民广播电台的广播剧场，我作为捧哏和李德存同学在全校1966年元旦晚会上表演相声，获得了阵阵掌声。还是在这个剧场，我们作为观众参加了北京电视台（中央电视台的前身）元旦晚会的节目制作，亲眼见到众多的明星大腕，儿时偶像孙敬修老师，相声大师侯宝林等，印象最深的是来自家乡的歌手郭颂，一曲《乌苏里船歌》，勾起了对家乡的无限思念。

东西校园寻旧梦

灰楼中的北京广播学院位于中央人民广播电台西侧。原为中央广播事业局的办公楼。1966年春天，外语系迁往东郊新校址，新闻系仍留在原址——西校，直到“文化大革命”开始后迁到东校。

西校的日子虽然短促，但却温馨、幸福，令人难以忘怀。校舍位于西长安街西边的复兴门外大街，步行不到半小时就可到达西单。闲暇的日子里经常去西单书店淘淘旧书，有时爬上残败城墙，登上摇摇欲坠的阜成门箭楼，发思古之幽情。最爱窜北京的胡同，有一次竟摸到了鲁迅旧居，从残破的窗口看到里面布满灰尘的家具。那时距清朝灭亡不到六十年，胡同里偶尔可见白发苍苍留有发辫的耄耋老人。

为接触社会，增进感性知识，学校组织我们参观了军事、历史、民族文化、农业等各类展览馆，请小说《红日》的作者吴强，《红岩》的作者罗广斌等社会名流作专题讲座。学校还和中央人民广播电台国际部联系，参与处理世界各国听众来信。我接到的是已翻译成中文的寄自西班牙马德里一位95岁老奶奶的来信，信中说她在第一次世界大战中失去了唯一的儿子，第二次世界大战中又失去了心爱的女儿，无依无靠的她每天不得不为生计奔波，听了北京电台的广播，对新中国充满了仰慕和向往。如果不是年龄太大的话，真想去看看你们的国家、看看你们的建设。信的最后说，要一套毛主席的书，“虽然我的年纪大了，但我渴望真理。”一封封世界各地的来信，深深触动了我们的心。我们决心努力学习，献身广播事业，为全中国人民和世界人民服务。

“文化大革命”开始，初夏时节，新闻系迁到了东校。这里绿树环绕，芳草如茵，环境十分优美，本应书声琅琅，却被搅得昏天黑地。大字报横铺竖盖，高音喇叭昼夜轰鸣，教室里再也放不下一张平静的书桌。

“8.18”后，掀起红卫兵大串联高潮。怀着崇高的使命和坚定的信仰，走院校、发传单、瞻仰革命遗址，去过南京的雨花台，上海党的“一大”旧址，湖南韶山毛主席的故居……1966年10月5日在广州红花岗烈士陵园池边竹下写下了自己的感言。怀着对革命圣地延安的仰慕和在艰苦的环境中磨炼自己的意愿，1966年11月20日从西安出发途经铜川、黄陵、洛川徒步行走800华里，于12月1日到达延安。当过了30里铺，遥望巍巍宝塔山时，一路的劳累困顿烟消云散。在延安参观了杨家岭，王家坪，枣园等开国领袖工作和生活过的窑洞，深刻体会革命胜利来之不易。

厌倦了两派的恶斗，怀念温馨的学习生活，盼望早日复课，求之不得的情况下，在喧嚣校园中找到一片宁静的港湾——图书馆。两耳不闻窗外事，一心只读圣贤书。我饱览了政经、文史、新闻业务、中外名著。窗外烽火硝烟，室内心静如水。用奋读找回逝去的时光。

军宣队和工宣队的进校改变了混乱的局面。到1968年11月18日，我们欢送解放军归队，共9个月，270个日日夜夜，在军宣队和工宣队的组织下，全院实现革命大联合。

1969年3月2日，珍宝岛的枪声激怒了全国人民。3月3日同学们手挽着手、肩并着肩，唱着歌，喊着口号，冒着风雪，踏着湿滑的冰路，走出校园，徒步奔向十公里远的苏联大使馆抗议。面对外敌入侵，同学们仿佛忘记了意见的分歧及思想的隔阂，同仇敌忾，表达了中国人民的爱国情怀。3月15日敌人又一次的入侵，东北籍学生中激起强烈反响，我们含泪悲歌，表达用生命和鲜血保卫自己家园的决心。一年后的毕业前夕，经组织批准，我如愿以偿地被分配到珍宝岛地区，在英雄们战斗过的土地上发挥着自己的光和热。

1969年8月底，全校师生齐聚北京地质学院排练百人方队，准备参加建国二十周年大庆游行。10月初去密云农村劳动锻炼，11月初为备战疏散到河北望都县农村接受再教育。1970年8月底，再一次回到东校，经过短暂的休整同学们便各奔东西了。

临行前夕拜访了与我们朝夕相处的恩师，回忆在农村的日子，同吃同住同劳动，结下的深厚情谊。他们言传身教像热心的兄长和朋友，为我们排忧解难。前辈温济泽当年在延安任新华广播电台负责人时，编发过不少重要稿件，他草拟的稿件经毛主席修改后发表成为名篇。当时他处于逆境，仍关心我们的成长，多次为我修改文稿，肯定成绩，指出问题与不足，使我在业务上有所进步。张颂是播音班老师，在河北农村时同在一个学习小组，读报时他会从专业的角度为我正音纠偏，传授播音技巧。张文琴老师，她不但在政治上关心我们的成长，在生活上体贴入微，经常以自己的微薄收入资助困难学生。临别时她一直送我到火车上，把买来的水果、面包、饮料硬塞过来，嘱咐说，路途遥远，别饿着。车缓缓地开动，望着她渐渐远去的身影，一股热泪情不自禁喷涌而出……

五十个春秋，弹指一挥间。当年种下的小白杨现今已成参天大树，当年风华正茂的老师如今已成白发苍苍的耄耋老人，“北广”也早更名为中国传媒大学。母校发生了巨大的变化，然而不变的却是我们对母校挥之不去的赤子之情。

2015 年 7 月

【作者简介】

姚明贤　大学毕业后分配到黑龙江省饶河县，先后在饶河县广播站、县委宣传部通讯组、佳木斯人民广播电台、中共黑龙江省委组织部、省监察厅《廉政》杂志社任记者、编辑、通讯组长、副总编辑等职。1994 年《廉政》与《党纪党风》合为中共黑龙江省纪律检查委员会、省监察厅机关刊物《明鉴》，为该杂志社副总编辑、编审，直至退休。先后在中央和省内外各级报刊上发表新闻通讯、特写、报告文学、小说、诗歌、散文、杂文、评论、专业论文八百余篇。1984 年被省社会科学院聘任为该院文学研究所少数民族文学课题组研究员。几年来相继承担了《当代中国的黑龙江》、《民国演义》、《中国地理文化辞典》、《中国名人图谱》、《中华英才・黑龙江卷》等书籍部分章节、篇目、词条的撰写和编译。主编出版了《足迹》、《中国古代神童故事》等书籍。发表新闻摄影照片九十余幅，其中部分照片入围参加了省摄影家协会举办的影展。现为中国炎黄文化研究会、黑龙江省分会理事；中国散文诗学会和黑龙江省民间文艺家、省摄影家协会会员。1997 年被提名推荐收录于《中国当代文艺界名人大辞典》。

母校师恩润我心

吴亚根

上世纪六十年代，在“文化大革命”前最后一年进大学的25万“六五”级大学生，在中国是个特殊的群体。他们接受课堂教育才短短一年，就被“文化大革命”浊流卷出教室，冲击得晕头转向，随波逐流，四年后又全被“扫地出门”。作为这个群体中的一员，我和亲朋好友相聚，与同事邻居闲谈，当被问及是什么学历的时候，我常常回答说自己是“大学末班生”或干脆称是“大一生”。只有填写什么表啊证啊的，面对必须写上“大本”二字，不写会涉及某种利益或利害时，才有些心虚地落笔。说这是自卑也好，自嘲也

看望时煜华老师（中）

罢，我心中自认不是合格的“大本”毕业生，尽管我也在上世纪某年领到“补发”的盖有钢印的红塑皮北京广播学院“毕业证书”。

这是否说我对“北广”母校没有感情？不。记得入学初，院板报上有“六五”级同学，借用电影《李双双》中孙喜旺那句“先结婚后恋爱”的话，来比喻他虽身在广院，内心却对学校缺乏爱。我也曾觉得院区只一幢灰楼，一个篮球场，“简陋”和“寒酸”，不比个中学强，考北广“悔之晚矣”，有点心凉。但“山不在高，有仙则名”。母校的形象由老师们的爱心造就，母校的魅力由老师们的风范铸成。感受、体验母校的魅力，须从体现在老师们身上的师爱、师表、师恩开始，从他们给予学生的温暖、呵护和关爱出发。

关　爱

五十年，越过半个世纪的记忆，如茫茫烟海。有些经历早已朦胧恍惚，甚至灰飞烟灭，不留一丝印迹。有些则不随时光的流逝而消失，至今记忆犹新，历历在目。1965年初冬的一个下午，新闻系秘书樊淑泉老师到六五一班男生宿舍巡察。她剪着短发、穿一身灰色列宁装，当时我和几个室友都不认识她。她上下左右察看了一遍，指着一张上铺问：“这是谁的床啊？”我说是我的床。她说：“只铺草席，没有褥子，晚上睡觉不冷吗？”我说我在老家上海过冬也如此。北京室内有暖气，不用铺褥子。她说：“北京冬天可比上海冷得多了！国家让你们从南方来读书，学校要保证你们不被冻着。”她塞给我一份补助申请表，让我填写后到系里领一床褥子。这样的申请表在入冬前后，班长陈方学曾两次给我催我填写，我先后选择放弃。因为我已申请享受每月十七元五角的高额助学金，学习、生活费用国家几乎全包了，我怎能再向学校伸手要补助呢？樊老师给的申请表我还是放弃了。系里几次传话催，我“猫”起来没响应。

至此，按说老师已经尽心尽力了。既然学生不提出申请，学校不予补助也无可非议。谁知大约过了十来天，我清楚记得是11月17日，我被樊老师意外发现“逮”着。她像有的家长对待逃避做作业的孩子那样，一手抓住我胳膊，一手指着申请表上的项目，逐项“逼”着我填完。见我抱上新褥子，她松了口气似地说：“我们要对国家负责哎！其实你家有困难，我们早从招生老师那儿晓得了。”“我们看准了要解决的事儿，是不会放弃的。”

樊老师提到的招生老师，是那年负责上海招生的王新荣老师。据说为了掌握考生的学习、家庭情况，他曾到我中学母校松江二中作过调查。也许正因为此，班主任姜树琪老师看到我的“人民助学金”申请表时说：“根据你家实际，你可以再加一元，申请最高档的。”老师体贴入微，爱生如子。我在生平第一次睡上褥子的那个晚上，感激之情久久回荡在心。

在母校，我思想上受到的第一个压力，是面对系里开列的让学生必须阅读的“书单”。足有六七十部书啊！我暗自吃惊：“书单”上除了《水浒传》、《青春之歌》等少数可怜的几本书我读过外，百分之八九十的中外经典名著未曾拜读，不少甚至闻所未闻。怎么读？我感到“老虎吃天，不知从何下口”。有一天，担任我班写作课教学兼业务班主任的时煜华老师，课后夹着讲义走出教室，他见我跟在旁边，随口问我“书单”中的名著读过多少。我霎时脸一红，怕说书读得太少被同学笑话，便含糊其辞，吞吞吐吐，没痛快回答。

也许，我的这一表情在时老师脑海里打上了烙印，也许他觉察到我内心深处存有的些许虚荣，几天后的一个夜晚，他约我到他办公室，再次询问我的读书状况。我向老师交底：我小学毕业回乡参加农业劳动三年后再求学，读书费用除国家减免、学校补助外，大多凭我能“顶一个男劳力”，在包括学校放的“农忙假”在内的所有假期，参加劳动挣钱解决的。我读的书太少，文学修养差，底子薄。听到此，时老师用琇瑯架镜后那双坦诚、亲切的眼睛盯着我说：“这正需要你发奋读书，迎头赶上去！”

过了二十来天，老师再次把我召去。他介绍了他上大学的读书体会，教我从“书单”中选择一些书“通读”、“精读”，一些书根据专业和个人需要下力气“研读”。他反复叮嘱：“要做出计划，安排时间，逼自己一步步实现目的。”1965 年冬到 1966 年春，班里一些同学说我“总不闲着”，挤时间读书有一股子拼劲儿。坦白地说，这全仰仗时老师的关爱和指点。

呵 护

1967 年 3 月初，我在学院东校区 5 号楼接受“禁闭”，原因是所谓“炮打中央文革”。

头天夜里关押的，第二天清早就有人敲门。我以为是看守，谁知来的人令我怎么也没想到，竟是樊淑泉老师！“文化大革命”开始后，师生间往来很少。我有一年多没见到樊老师了。当时北京政治风声紧，我又“摊上大事儿”，胆小的人不敢沾边，怕万一说不清，可樊老师来了。

樊老师探身见屋里没有旁人，跨进屋边摘口罩纱巾，边亲切地问我：“害怕没？”我点头说：“有点怕”。我不知道我的未来将会怎样，但我总感到非常委屈。我说广播电台的权不能随便夺，毛主席和周总理“文化大革命”前就讲过了。我仅仅是凭这一点，对“中央文革”成员支持北京市广播电台“一月夺权”有意见。

樊老师听了安慰我说：“有人说你这个那个的，我不相信。我说别瞎说，一个共产党花钱培养的穷学生，哪会反党反革命……”樊老师一贯快言快语，语气里充满爱心和信任。我听了鼻子发酸，眼眶里噙满泪水。

见我心情沉重，她开导我说，一个学生，犯多大错误，改了就好。就是挨批挨斗也要正确对待，把心放大点儿，不要想不开。她还很认真地说：“我最看不上这样的人——受点儿委屈，有点压力就熊蛋包了，瞎揭发，乱咬人，不负责任。”

我第一次听樊老师说这么多话。有人说她当过新四军，但我从没从她口中证实过。她对我“摊上”的“大事儿”似乎早知一二，有备而来。她没有以老师或一个长者的身份批评我。她见我坐的光板床连张报纸都没有铺，还半开玩笑半认真地说：“这一回，你睡觉草席和被子都没得啦！”

因补助褥子认识樊老师后，我记得星期六借用万淑鹏同学的弯梁小“飞鸽”自行车学骑车，樊老师不知从哪借来男式“永久”车让我巩固提高车技；听说我班团支书邓良宝和冯皖丽、万淑鹏等几位女同学帮我缝被子，樊老师说“以后我教你”；我想在北京的第一个寒假过得有意义，到崇文区清洁队淘粪工时传祥大伯处背粪，接受劳动锻炼。樊老师支持我说，年轻人应该不怕脏和累。她帮我打电话联系，最终我和其他15位同学如愿以偿，留下美好回忆。那次她来看我，我打心底里感激，真想听她再多说些话，但我怕被看守人员发现连累樊老师，不得不催她快离开。

临走的时候，她开门见门外还没有人，曾自称是“大老粗”的樊老师，转过身来说有两首她喜欢的诗让我记下来，并说她不管这诗是不是“封资修”的。那时我的日记本等都被作为“炮打”的“黑材料”搜走了，屋里纸笔全无，只能凭记忆。因匆忙没能全记下来，我只记得两首诗中言志的两句。一句是“受屈不改心，然后知君子”。另一句是“西山红叶好，霜重色愈浓”。后一句诗中的“愈”字，当时我听成是“越”字。这句诗直到十年后才知是陈毅元帅的。但樊老师当时只告诉说是“一位老将军的新诗”。

历史有时会像杂技团小丑那样戏弄人。

我这个所谓“炮打”的问题，到了上世纪八十年代的“整党”时，我一下子居然又变成“同‘四人帮’有密切联系”的人了。我行动再次受限制：重要活动、重要会议不许采访，播发我的新闻稿不准报姓名和笔名，更不容许以个人名义向上级新闻单位发稿件。

后来，是母校老师在锦州的外调人员前来为我澄清了问题，我才恢复了自由。但是，这些历史遗留问题仍然在我的档案袋里，影响我的前途。

在新华社总社工作的同学栗金孚要向辽宁分社推荐我，分社两次开党组会派人到锦州要档案袋。锦州就是卡住不给。

又是母校老师的爱心助我挣脱出了这样的“档案袋”。在锦州召开的一次全国广播电视专业会议上，以特邀专家教授身份参加会议的田本相老师，席间打听我的近况。有人反映我“有政治问题，正在受审查”。老师关切地问：“是啥政治问题？”他被告知：“在学校同‘四人帮’有牵连……”田老师听此突然瞪大眼睛，语音大起来："这个学生我知道，他在学校有啥政治问题啊！他和'四人帮'怎么能联得上啊……"

当时我没在现场。离校至今我没遇见过田本相老师，在校时也极少接触，更谈不上交心了。田老师这一幕是事后有人给我描述的。那人还告诉我说："你的老师就像要从鲨鱼嘴里救孩子那样拼命啊！"田本相老师的表情，给紧挨着老师坐着的锦州市委一位副书记留下了深刻印象。这位副书记接任市委书记后，就修书向辽宁分社推荐我任新华社锦州记者站站长。而这同辽宁分社第一次要我时已相隔整整十年。

牵　挂

1970 年 7 月，我面临毕业。即将踏入社会，路怎么走，前途如何，我心中无数，不免有些迷惘、惆怅。离校那天，我在宿舍捆绑行李，准备去车站托运。这时候，时煜华老师穿件白色圆领衫侧身进了屋。我没想到老师会来。那段时间，我知道时老师有要事缠身。我怕打扰他，所以我没告诉他我哪天离校。老师见我累得汗流浃背，几次欲言又止，在旁踯躅等待。

我手脚笨拙，行李打包不顺，越想快越出岔，翻来覆去，折腾个不停。时老师似心中有事，有些着急。他眉头微皱，一会儿走出门去，又马上回来；再出去，再回来。大热天里，他这样跑了几个来回，胸前背后汗衫都湿了，一直坚持等我把行李打包完了，才一字一句地把他准备给我的"毕业礼物"交给我。他说：第一，分配去辽宁，不管安排做什么，哪怕种地、扫马路、掏大粪，新闻业务的书刊要注意收集、学习。新闻业务知识不能不学，不能荒废，将来肯定有用。广播战线需要人，对前途要有信心。第二，马列著作、毛主席著作要读，《红楼梦》那样的经典名著，也要挤时间多读。毛主席也读《红楼梦》嘛！能反复钻研最好，培养观察社会、分析人物的能力。第三，自身修养上，为人不要锋芒毕露，防止产生骄满情绪。

时老师说完这些，便匆匆出门走了。我连句感激的话都没来得及表达。

有道是“儿行千里母担忧”。学生出征，老师惦记。

我在校五年，和时老师朝夕相处的日子里，他常以“兄长”身份真诚待我，指出我缺点，诤言相劝。入学头一年，他和姜树琪老师分别提醒我“应胸有大志，虚心听取别人意见”。他清楚看到，1966年夏天以来，新闻业务书刊我几乎没沾边，更别说完成专业学习了。学业四年，坐在课桌后才一年。而如今却要作为新闻专业的大学生“毕业”，这是他心目中培养的业务人才吗？这样的“毕业生”万一专业对口做党的新闻工作，能胜任吗？广院正式成立并设新闻系的消息，曾引起世界头号强国的特殊“关注”和“青睐”。广院的这种“殊荣”要求学生必须具备特殊的品质和过硬的才能，如今他们具备吗？一向从教认真的时煜华老师他怀疑，他担心。而作为一个普通教师，他又无力回天。和我分手时，他的眼神告诉我，他内心相当复杂，既无奈又牵挂。眼看学生即将启程离校，他在校唯一能搏一下的，是抓住最后一刻，当面向学生指出前途，提出希望和忠告。

我怀揣着老师的嘱托和希望，蹬上开往关外的列车。面对未来，我有了目标，有了勇气和力量。

离校几年后的一天，邮递员交给我一个包裹。我拆开一看，是一本《写广播稿怎样正确运用语言》的书。是时煜华老师寄的，让我“雅正”。对我这个远在东北、在校只听了一年课的“六五级”的“毕业生”，琇瑯架镜后那双坦诚、亲切的眼睛还在关注着……

2015年7月

【作者简介】

吴亚根　大学毕业后，1970年9月入锦州广播电台，历任工业记者和编辑、工交财贸部主任。1988年始兼任《东北经济报》记者。1993年始任新华社锦州记者站站长至2003年退休，期间曾用笔名吴汉。

悠悠广院情

王春林

你若问我："北京广播学院"和"中国传媒大学"，这两个名字你最喜欢哪个？我会毫不犹豫地回答："北京广播学院"，或简称"广院"。"广院"这两个字，深深地刻在我们心中，承载了我们这一代学子太多的情感。像封存了五十年的老酒，发酵的时间愈久，味道愈醇正。

我们家两代人，我和两个女儿，一家三口，都是广院学生。这在广院历史上，传为佳话。母校对我们的培养之恩，没齿不忘；师生情谊，经久弥坚。屈指算来，我与广院结缘已五十年。五十年真长，半个世纪，我们已经青丝变白发；五十年真短，白驹过隙，历历往事恍若昨日。

喇叭匣子情愫

说起我与广院结缘，先从小时候听广播说起。

我出生在中原腹地伊洛地区的荥阳县广武乡。这里自古形胜，人文荟萃，是中华文化起源的核心地区。它北靠黄河，南临嵩岳，西依有名的三国时期"三英战吕布"的虎牢关，东望人文始祖轩辕故里。当年，竹林七贤之一的阮籍，登临广武山，面对金戈铁马楚汉争霸的古战场，感慨"时无英雄，遂使竖子成名"。如今，楚河汉界的鸿沟虽已被历史湮灭，却给后人留下了充满民族智慧的象棋文化。这里又是诗歌之乡，赫赫有名的唐代大诗人刘禹锡和李商隐，就长眠于此。

这都是历史的辉煌，七十年前这里却是多灾多难之地。我出生时，这里刚刚度过了1942年大灾荒，接着是，抗美援朝，反“右派”、大跃进、三年困难时期。故乡饱经各种变故，中原大地民生艰困。我从小就懂得“冻”和“饿”两字的滋味。在那物质生活贫乏的日子里，能给我带来精神乐趣的，是农村的大喇叭和自己组装的小广播。

二十世纪五十年代，当地农村村头的电线杆上，装有高音喇叭，方圆几里都能听得到。它起的作用可大啦，是农村生活不可或缺的一部分。天刚麻麻亮，它就响了，“东方红”乐曲起到催人晨起的作用。农民伴着喇叭声，迎着朝霞，牵牛荷锄，开始了一天的劳作。在地里干活，能听到远处传来的新闻、天气预报、农事、音乐、曲艺、戏曲等节目。

大家忙过一天，吃过晚饭，或一家人坐在自家院子里，或与邻居闲聚街头，这时喇叭里就会传来老百姓酷爱的河南地方戏。河南是戏剧之乡，有豫剧、曲剧、越调、二夹弦等。经常播放的传统剧目，老百姓耳熟能详。豫剧有常香玉的《拷红》、《花木兰》、《白蛇传》、《大祭桩》，马金凤的《穆桂英挂帅》、《花打朝》，崔兰田的《坐花轿》、《柜中缘》；曲剧有王秀玲的《风雪配》、张新芳的《陈三两》、海连池的《卷席筒》；越调有申凤梅的《收姜维》、《诸葛亮吊孝》等。河南豫剧院三团的现代戏也很受百姓爱戴，剧目有唱遍大江南北的《朝阳沟》、《小二黑结婚》等。在全国最有影响的地方戏大概莫过于豫剧，连新疆、台湾都有豫剧团。

大喇叭里的戏剧节目是用唱片反复播放的，百听不厌。唱针磨秃了，唱片音纹磨损了，女演员甜美的声音会变得又粗又憨，惹得大伙笑得前仰后合。家乡人长期熏染，大都会有模有样地唱几板豫剧，这都是从大喇叭学来的。

我家不远处，建有中央和和河南广播电台的中继发射塔。塔高数百米，塔顶的红灯一闪一闪的，方圆几十里都看得见。在荥阳地界，如果你迷了路，不用着急，先找到发射塔就能确定方位。

上了中学以后，我懂得了一些电磁知识，发现了一个有趣的现象。一位小伙伴在他家院子里的两棵大榆树之间，扯上了一根铁丝，作为矿石收音机的天线引到屋内，当碰上地线时，会产生电火花。

天线上怎么会有电？琢磨半天，我明白了，这不就是物理上讲的“电磁感应”吗？法拉第定律告诉我们：当闭合导线切割磁力线或磁通量发生变化时，导线上就会有电流产生。电与磁之间，是可以互相转换的。具体来说就是，从中继塔发射出来的电磁波，遇到室外天线时，就产生了电流。为什么有这么强的电磁效应？就因为离广播电台发射塔太近。

我又想，按道理村头的电线也应该有电磁感应，怎样把它产生的弱电和接受到的广播电台波频引出来呢？有了，我找了几张烟盒上的锡箔纸，把它裹在包皮线外面，再用导线缠绕在外面引出来，这样就解决了问题。

我把引线接上了自己装的收音机，收音机响了；我把它接到 8 瓦的小灯泡上，灯泡亮了。有趣的是，灯泡的亮度，是随音频的大小改变的，一闪一闪的，像是给广播里的声音打拍子。不管怎么说，茅屋里有亮了，有声了，充满了生机。我很有成就感。

说起来，我的第一个广播匣子也是自己动手做的。农村孩子家里穷，上学的学费都是拿鸡蛋换来的，哪里有钱买收音机？但是办法总是有的。

我看到收购站里收购槐子，几毛钱一斤。这种槐树农村叫笨槐，生物学家给它起的雅号叫国槐。它结的籽像黑豆一样，遇到年馑可采食。国槐农村可多了，有些几百年的古槐，树干都空了，却还枝叶繁茂。它木质坚硬，农村用来做车轴、门管带。五八年大炼钢铁时，砍伐很多，大都烧了炭。

我花了几天时间，采收了些槐子，卖了六元钱。我买了做收音机的基本元件：线圈、二极管、固定电容、可变电容器、纸喇叭。我找了几块旧木板，做成一个匣子，用砂纸打磨光。前面用小刀刻出一个和喇叭口径同样大小的圆，圆里镂空出一个五星。盒子用墨水染成蓝色，五星染成红色。我把原件组装好，转动旋钮就可以收听很多广播节目了。一个简单、实用的喇叭匣子就做成了，我把它视为珍宝。

喇叭匣子开启了我认识外部世界的一扇窗，带给我无比的乐趣。这使我从小对广播产生了浓厚的兴趣，和我的人生道路联系在了一起。

报考广播学院

1962—1965年夏，我就读荥阳高中。那时荥阳只有一所高中，周围密县、巩县的学生也来这里就读。每届毕业四个班，大约一百六十多个人。农村能上高中的孩子不多，考上大学的更是凤毛麟角。荥阳高中的老师非常敬业，全部住校，全天候陪伴学生学习，没有一个带家属的；学生非常刻苦，一个月回家背一次粮食，最远的单程徒步几十里。周边县的学生，一学期回家一次，粮食由家长拉车送来。那时的荥阳高中很有名气，高考录取率很高，达到百分之八十多，其中不乏国内顶尖名牌大学。学生们戴着郭沫若题写校名的校徽走在大街上，引人注目，颇感自豪。

农村孩子能上大学，就意味着跳过龙门，有了饭碗，不再挨饿。帮助父辈摆脱贫困，是刻苦读书的最大动力。一位同学在每本课本的扉页上，写上"千万不要忘记你是农村孩子"几个字，来鞭策自己。

我曾看到我们班一个家庭特别贫困的学生，孤儿寡母。他的作业本是两面用的，吃的是干馍就咸菜，喝的是盐开水。高考时连三块钱的报名费都交不起，他准备弃考，是班主任替他交的。这三块钱改变了他一生的命运，这位同学参加工作后第一个月发工资，是买了礼物去看望高中班主任。

1965年我高中毕业，报考志愿时，我毅然决然地填报了"北京广播学院新闻系编采专业"。我为什么这样选报志愿？一是我从小喜爱广播里呈现的五彩缤纷的世界；其次是觉得广播事业很神圣、很光荣；再次是觉得世界很大，当个记者可以行万里路，扩大视野。

报考编采专业，还有一个最重要的原因是，写作是我的强项。上学以来，我的作文经常拿高分，小学升初中时，我的作文分是全县统考最高的。连1965年的高考作文题目，也被我一字不差地猜着了，那年的题目是《给越南人民的一封信》。

其实，“文化大革命”以前的作文题是比较好猜的。作文题离不开当前政治，紧跟国内外形势，中心思想指向单一；不像现在大多采用的材料作文，发散多维，言之成理即可。我猜想：前两届的高考作文题目分别是《当唱起国际歌的时候》和《五一游行》，扣的是“反修”主题，是论述文体；今年美国发动的越南战争正紧张，会不会出一个扣合“反帝”主题的作文题呢？会不会考应用文体呢？

高考前我试写过一篇同名的作文，被老师选为范文贴在教室后面的“学习园地”里。班上一位有心的同学，看了以后，记住了文章的基本结构和内容。

开卷时，看到作文题，我胸有成竹，挥洒自如。出了考场，那位同学笑着拉着我的手说：“你那篇作文我看了几遍，基本记住了。”我一听，心想，坏了！还真说不清谁抄谁的了。还好，我们俩既不邻座，又不在一个考场，那时也没有作弊通讯工具。改卷老师大概也会纳闷这两篇作文为何如此相像。只能说是内心感应，所见略同吧！

当时的高校录取通知书，不直接寄给考生，由班主任通知考生领取。那时村里没有电话，只在大队部里，有一台旧式摇把电话机。在高考发榜期间，县里高中——公社——大队的电话，对学校和考生是开绿灯的。这也算一项特权吧，以示县里对高考的重视。班主任打电话通知考生，也很费周折，要一级级人工转接。先拨通县总机，县总机接线至公社总机，公社总机再转接到大队部，大队再通知到考生。那时的电话网不像现在是多路的，经常占线。实在打不通，班主任会让住得较近的同学捎信给他。

高考后，我回到家乡，一边在生产队里干农活帮家里挣工分，一边等录取通知。虽然对考上大学心中有较大把握，但还是有些忐忑不安。期盼和焦急，犹如七月的盛夏。

我记得很清楚，那年的 7 月 27 日上午，我正在地里光着膀子锄玉米，大队部里的喇叭响了，传出了会计兼广播员激动的喊叫声：“王春林，老师让你回学校领通知书！”我撂下锄头一路小跑往家跑，我要把好消息第一时间告诉我的父母，让他们分享我的快乐。街上觅食的鸡群，被我吓得嘎嘎叫着拍着翅膀四散逃跑。没到家门口，就看到正做饭的母亲，搓着手上的面团走了出来，她脸上笑出了泪花。原来她也从大喇叭里听到了。大喇叭，大广播，我爱你！是你第一时间把决定我人生的好消息传递给我，我们今生有缘！

我顾不得吃中午饭，胡乱抹了一把脸上的汗，穿上长裤和汗衫，就往县城赶。临出门，母亲往我手里塞了一块烙饼。我一边跑一边想：录取我的是不是我的第一选择“北京广播学院”呢?

15里的路程，1个小时就到了。来到学校门口，看到熙熙攘攘的人群进进出出。迎门最显眼的照壁上，可着墙面贴着告示，红纸金字。告示上方写着“光荣榜”三个大字，教务处把录取通知书分批次抄出来。名牌大学排在前面，一来宣扬学校的教学成果，二来激励后届学生。好似古代科考的发榜一样，众人翘首引颈，煞是热闹。

我挤入人群，两眼一眨不眨地在榜上快速扫描，很快找到了我的考号、名字，后面的录取学校赫然写着“北京广播学院”几个字，我悬着的心一下子落了地，我的梦想实现了！

我选择了北京广播学院，北京广播学院也选择了我。母校向我伸出了召唤的双手，我要投向她温暖的怀抱，北京广播学院，我来了！

我迈着轻快的脚步来到班主任王老师的办公室，只见几个同学围坐在他身旁。我双手接过老师递过来的录取通知书，连声道谢。王老师看着这些将要飞出的雏鸟，满眼泪花，脸上充满不多见的和蔼，低声地对我们说：“同学们，我要向你们道一声对不起，感谢你们三年来对我的忍耐。”老师这句充满复杂感情的话，只有我们能掂出它的分量，品出其中味。他的严格要求，完全是为了我们。

在我们眼里，王老师既是老师，又像严父，全班同学对他又敬又畏。他对学生的要求近乎苛刻。

早上，起床铃一响，学生宿舍的电灯还没拉亮，门口王老师手电筒的亮光就扫了进来。谁的动作慢了点儿，他就大声呵责起来：“动作快点，别像大姑娘出嫁似的，磨磨蹭蹭！”跑操的时候，王老师随在队尾，和我们一起跑了一圈又一圈。他让我们每人订一个改错本，每次考试以后，必须把错题重做一遍，找出原因。

父母为即将远行的儿子做着准备。他们为我准备了一个装了秕谷的枕头，一张既能盖又能铺的新棉被，一个既当包袱皮又当床单的土布单子。随身穿戴的是：一条白粗布长裤，一件蓝上衣，一双宽口布底鞋，一双绱底袜子，一顶新草帽。母亲说，棉衣来不及做，先带一套绒衣去。

那时大学学费并不高，只有十几元钱。到北京的火车票，慢车 12 元，凭高校录取通知书购买是 6 元。这样算起来，报到至少要 25 元。那时的农村，一个工分才几分钱，一个壮劳力一天最高 10 分，哪里会有钱?

还好，父母早有准备。我们家的院子里，有三棵老柿树，也说不清是哪辈祖宗种下的。三年困难时期，好像有灵气一样，它们每年结很多果实，报答主人。

柿子在我老家是最有名特产，当地有“河阴石榴新郑枣，荥阳县的大柿子”之说。落在地上的柿蒂，可以磨成粉，做成的窝头，虽然难以下咽，尚可果腹；长红的柿子，用温水泡一泡，去掉了有涩味的鞣酸，又脆又甜；熟软的柿子，可以和秕糠揉在一起，磨成面做的饼子，甜甜的，增加点食欲；白花花的柿霜，治疗小儿口疮有奇效；烤出油的柿饼，是止咳清肺良药。

从 1963 年开始，农村经济形势好转，吃饭已经不成问题。父亲就把柿子去皮，晒成柿饼卖给土产公司，收购价一毛六分钱一斤，卖了十多元。钱还是不够，母亲就给当工人的舅舅写了封信，他很快寄来了 20 元钱。要知道对于一个月收入 30 多元的舅舅来说，已经尽了最大能力了。我永世不忘在关键时刻向我伸出援助之手的舅舅。

投入母校怀抱

广院为我们新生想得很周到。装录取通知书的信封里，有新生须知，告诉我们报到时间、学校地址、注意事项。又嘱咐我们，家庭困难的学生，要带上当地证明，可以申请助学金。还告诉我们学校在火车站设有接待站，有汽车接我们到校。另外还有两张写有“北京广播学院”的行李签，嘱我们缝在行李上，以免行李丢失。

8月27日，父亲拉着架子车送我到火车站。荥阳高中1965年考到北京上大学的有二十多位同学，我们班有九位，约定在火车站聚齐。几位上届毕业已在北京上学的学兄、学姐，早在候车室等着我们。他们帮我们托运行李、购买车票，带我们上车，安排座位，一路上照顾我们。直至到了目的地，把我们领到各高校在火车站出口广场设立的新生接待站，他们才会放心地走开。这是荥阳高中的传统，每年都是这样。

为了节约开支，大家一致同意乘坐到永定门的慢车。我们下午三点多坐上火车。那时是蒸汽机车，绿皮车厢，木质座椅和茶几，车厢顶上安着摇头电扇，车厢两端有供应开水的燃煤锅炉和厕所。我们大都是第一次坐火车，都很兴奋，一路上毫无睡意，一夜没合一眼。我憧憬着未来，心早已飞向北京，飞向北京广播学院。

那时的慢车，真叫慢。火车喘着粗气叮叮咣咣地爬行，大小车站见站就停，七百多公里的路程，跑了17个多小时。那时的永定门车站，站房很像大仓库。我背着行李走出站口，看到广场上有很多首都高校设立的新生接待站。接待站很简单，放几张桌子、凳子，放一桶开水，挂一幅学校名称的横幅。有几个热情的学姐、学兄忙碌着，帮我们把行李按系分放，填好登记表，然后坐上了学校接新生的大巴专车。

窗外的路牌显示着行车路线，永定门外大街——永定门大街——前门大街先后显现。再往前走，我的眼里闪现出令我激动万分的画面，这里我从来没来过，但我太熟悉了！我看到了小时候从香烟盒上认识的大前门，看到了从小学课本上早就认识的人民英雄纪念碑和神圣庄严的天安门。

大巴车沿着天安门广场东侧左拐向西进入宽阔的长安大街。沿途中国革命历史博物馆、劳动人民文化宫、中山公园、电报大楼、民族文化宫、民族饭店、长话大楼、广播大楼先后映入眼帘。大巴车过了复兴门外礼士路不远，左拐进入一条小道，来到一个叫真武庙的地方。我想，这里必是道教圣地，一定会有一座供奉着“披发、跣足、执剑”的真武大帝的道观。但我并没有见到什么庙宇，但见东侧一座灰色的砖混大楼矗立在面前。

这座大楼三面围合，像是一个“凹”字，整个空间只有十亩左右，甚至有些中学的操场也比它大。它的造型方正简洁，由方块和直线条组成；厚厚的墙体用青砖砌成，透露出北方常见的灰色。这里见不到大学的基本功能设施，像行政楼、教学楼、实验楼、图书馆、宿舍楼、大礼堂、体育馆、大操场等。

学校大门向南，门口悬挂着“热烈欢迎新同学”的横幅。踏入学校——不，准确地说是进入大楼，从贴在一楼门口的结构分布图上，我了解了她的全貌。大楼共有五层，分成三个功能区。一二层主要是行政生活区，分布有行政办公部门、后勤保障部门、大会议室、院系领导办公室、党团委办公室、各学科教研室，外国专家办公室、大食堂、洗澡房等；三四层主要是学习区，分布有数十个教室；顶层主要是宿舍区。

呵，还真是“麻雀虽小，五脏俱全”啊！用当时时髦的说法叫“鸡蛋壳里闹革命”。她能给我们提供的，是最简单、最基本的生活和学习条件。我们这届学生，有幸赶上了广院初创阶段的艰辛，留下了一段在灰楼充实学习生活的记忆。

当时广院的全部家当就是这座灰楼，“一所大学一座楼”。学习、生活的一切，吃喝拉撒睡，集中在这狭小的空间内。没有操场，灰楼围成的空地就是师生进行体育活动的场地，课余同学们在这里做广播操或打篮球。由于空间狭小，有些喜欢长跑的同学，就在学校周围的马路上，沿着真武庙二条——南礼士路——复兴门外大街——真武庙街围成的矩形跑步。比起“一所大学一座城”的其他高校来说，广院显得寒酸。这就是当时我向往已久的北京广播学院。

母校土吗？母校丑吗？对于土生土长的农村孩子来说，初识母校的容颜，我眼里仿佛出现了母亲敦厚、朴实、亲切的影子，产生了一种归宿感，心里一下子踏实多了。这大概就是常说的“子不嫌母丑”吧！

我想：这不就是当年黄土高原上的延安窑洞大学吗？这不就是当年独处珠江岸边小岛上的黄埔军校吗？

也许她还稚嫩，也许她还简陋，但我看到的不是她的现在，而是她充满希望的未来。我坚信，总有一天她会从丑小鸭幻化成漂亮的白天鹅，烈火中涅槃重生的金凤凰。果然，一年以后我们就搬到了初具规模的定福庄新校区。校园里的核桃林和路边一排排的白杨树，是她最具特色的标志，是世代广院人的永久记忆。广院校歌《年轻的白杨》是我们共同的心曲。每当耳边传来熟悉的“校园里有一排排年轻的白杨”的歌声时，都会热血沸腾，激荡出我们心中火一样的激情。

北京广播学院，是从成立于 1954 年的中央广播事业局干部培训班升格而来的。专业设置有新闻系、外语系和无线电系。包括教职员工，规模不足两千人。办学方向是为中央和全国各地方广播电台及电视台培养专业人才。新闻系设有编采、文艺编辑、播音专业。无线电系设有节目制作、无线电技术及发送专业。外语系最大，有二十多种语言班。因为那时亚非拉地区是中国外交的重点，所以广院设置的大都是亚非拉地区小语种。它主要培养标准的对外广播口语人才，专门聘请外籍教师任教。

由于广播电台和电视台被定位为国家机要部门、宣传阵地、党的喉舌，所以广院对学生的政治条件要求很高，学生都是“根红苗正”的贫下中农、普通工人和革命干部子弟。

广院新闻系编采专业“六五”级招收两个班，每班四十余人，我被分在“六五一”班。男生宿舍在五楼西南角。全班 43 位同学，来自祖国的四面八方，组成了一个大家庭。其中男生 31 人，女生 12 人。班上农村学生占百分之七十，约有百分之十的干部子弟。在我们班，城里同学从穿着来看，也都很朴素，干部子弟和平民子弟相处很融洽。班上河南籍同学共五人，全是男生，都是农村学生。

前右起　王春林　李春荣　卢振海　张成有　后朱久安

我们班的男同学，住在五楼西南角的一个大宿舍内。走进宿舍，但见宿舍内一排一排地放满上下两层的木床，每排之间留下约一米多宽的过道。铺位早已分配好，贴上了每个人的名字。

仔细观察，发现每个铺位大约有80公分宽、180公分长，每人约1.5平方米的空间。宿舍内陈设非常简陋，除了铺位，没有书桌和椅子，没有储纳杂物的小柜子。当时同学们的行装都很简单，几件衣服叠在一起放在床头，既解决了储存空间问题，又可做枕头用；口杯、牙膏、牙刷放在洗脸盆里，塞到下铺底层；毛巾挂在铺位一端的绳子上。

北京广播学院别的条件和其他高校没法比，但有两项，却是全国其他高校不具备的。

一项是，广院每个教室的后面，都配备一台北京牌的黑白电视机。电视机产自天津无线电厂，咖啡色木制外壳，12英寸屏幕。每天晚上，同学们聚集在教室后面观看电视节目。那时全国只有一套节目，不是以中央电视台的名义播出，用的是“北京电视台”的名号。节目内容非常有限，除了新闻联播，就是播放电影，转播舞台剧或体育比赛。电视机收看效果很不稳定，经常出现画面模糊、扭曲、跳动、电噪声。常常是一边观看，一边调试。小小电视机，丰富了我们的学习生活，给同学们带来了欢乐。

另一项是，广院食堂的饭菜，价廉物美，深受学生欢迎。广院食堂在灰楼东北角一层，开饭前从食堂飘出的香味，顺着楼道飘满了整座楼，令人垂涎。

广院食堂蒸的大馒头，在首都高校食堂中很有名气，给广大师生留下深刻的印象。馒头又大又白又暄腾，吃在嘴里越嚼越香甜。饭菜品种丰富多样。早餐有稀饭、馒头、花卷、油条，配上两分钱的咸菜或五分钱的素菜，吃得很舒服。中餐和晚餐，主食有米饭、包子、面条等。我记得当时的价格是：馒头五分钱一个，稀饭一分钱一碗。菜品的每份价格是：咸菜二分，豆芽、青菜、土豆丝五分，麻辣豆腐、虾仁白菜一毛，番茄炒鸡蛋、青椒肉丝一毛五。最贵的小酥肉、梅菜扣肉只要二毛钱。一般每天花四五毛钱，就能吃得相当不错。这对于像我这样，过去经常吃红薯面和玉米面，一年吃不上几次白面馒头，更别说吃上肉的农村孩子来说，这样的生活简直是天天过年。入校不久，父母来信问我生活怎样，我回信中有一句话让父母彻底放了心："现在每天吃的是大米白面，比咱家过年还好。"

学校给班上约百分之七十的同学发放助学金。所有农村出身的同学每月补助 15 元至 18 元不等；绝大多数城市工人子弟每月补助 12 元至 14 元不等。我每月有 16.5 元的助学金，除了解决了吃饭问题，少吃些肉菜，买生活用品的零花钱就有了。每逢寒暑假，退了伙食费就解决了回家的来回火车票钱。

1965年8月28日——这是我一生难忘的日子，这一天是我人生新的起点，开始了我五年难忘的广院生活……

此情绵绵无穷期

广播学院对学生设立了一年一次的困难补助，解决临时遇到的生活问题。

记得1965年初冬，天气已转冷，家里为我做的棉衣还没捎来。我的右腿膝关节受了风寒，又肿又痛，每天课余到复兴门外医院做蜡疗。生活委员王兰知道了，马上为我办理了15元困难补助金。这真是雪中送炭，我用这笔钱买了一件厚棉袄。

这件棉袄是蓝色的面子，绿色的里子。在广院它伴随我度过了五个冬天，白天穿在身上，晚上盖在被子上，为我抵御风寒。一直到我工作后，这件棉袄还在我家第二代身上传递着爱意。

说起这件棉袄，还有一个小故事。

有了孩子以后，我和夫人有一个分工。早上上班前我的任务是做饭、送孩子到街道幼儿园；她的任务是给孩子穿衣、洗脸、喂孩子吃饭。北方冬天很冷，幼儿园离家又比较远，孩子坐在自行车横梁上，一路上常常冻得手脸通红。孩子们怕冷，哭着闹着不想去幼儿园。这件老棉袄这时派上了用场。厚厚的老棉袄又宽又大，穿在孩子身上成了棉大衣。我就用这件棉衣把孩子从头到脚、上上下下裹得严严实实。长长的衣袖折起来用皮筋扎上，密不透风；帽子、围巾、棉鞋，全副武装，把孩子打扮得像个小棉球似的。

有一天我送孩子上幼儿园，刚下过冻雨，地上像溜冰场似的。到了一个拐弯的地方，突然哗啦一声连人带车就结结实实地滑倒在地上。我爬起来先找孩子，见孩子一动不动、一声不响地躺在路边牙石旁。孩子怎么了？我慌了，连滚带爬地抱起孩子，喊着她的名字。我急忙拉开遮在孩子脸上的帽子，忽然看见她睁大眼睛茫然不解地望着我，好像在问：爸爸，怎么了？啊，事情发生得太快了，她还没反应过来呢！万幸，孩子毫发无损。多亏这件老棉袄护佑了我的孩子，好像冥冥之中预示着什么。

这件棉袄，从我身上，传到我大女儿、二女儿身上。到了三女儿时，衣袖和下摆已磨破变短，我夫人就把它改成了一件小棉袄。正是：一件老棉袄，两代广院情。

王春林的两个女儿，都是传媒大学毕业生，两代三人，同出一门。

我爱广院，期盼着从事理想中的广播电视事业。使我终生感到遗憾的是，我未能如愿以偿，毕业后进入相近的新闻出版行业。有幸的是，我的两个女儿为我实现了这个夙愿。我的三个女儿学习成绩都不错，先后在教学条件和师资力量都很好的河南省实验中学读书。在我的长期灌输和熏陶下，她们对广院也有了认识。高中毕业时，大女儿和二女儿毫不犹豫地报考了北京广播学院。

这绝不是机缘和巧合，是一种无形的纽带将我家与广院紧密地连在了一起，那是情感的传递。

大女儿顺利考入北京广播学院。我们两代人有幸考入同一所院校，就读同一个专业，又都是曹璐老师的门生，非常自豪。不同的是，按辈分我应该尊称曹老师为“师母”，王蕾就必须叫“师奶”了。

二女儿王华考入广院电视系文艺编导专业，由于我的疏忽大意，差点与广院失之交臂。

她高考标准分达到726的高分，专业考试合格，我觉得可以高枕无忧了。

忽然有一天时老师打来电话说，经他到学院招生办查询，在河南考生中没有收到王华的档案。我一听蒙了，赶快到河南省招生办询问。工作人员说，你女儿考的是艺术类专业，向报考院校投放档案，不但要看文化课分数，还要有各院校单独组织的专业考试合格证。啊！我恍然大悟，专业考试合格证是学校直接寄给考生的，考生收到后需要到省招办备案，省招办才会知道你的专业考试是否合格，这一点，我事前竟然疏忽了。

我给赵老师汇报了出现的情况。赵老师安慰我不要着急，他会安排河南考生的录取时间延后几天，嘱我尽快办理。我十万火急地拿着专业合格证，从郑州打的赶往数百里外的河南高招地点，补办了有关手续。为争取时间，我亲自为档案办理了快件投递。第三天，广院招办收到档案，王华终于被录取。时老师第一时间向我通报了喜讯，一股暖流涌上心田，我感动得留下了热泪。

回顾往事，聊以自慰的是，我们父女两代广院学子，没有忘记老师对我们的培育之恩，没有给学校脸上抹黑。我常常告诫自己的女儿，要堂堂正正做人，认认真真做事，对得起我们胸前的校徽，不愧对北京广播学院这个名字。

我毕业后在大象出版社（即河南教育出版社）工作，从编辑到编审，从编辑室主任到总编，策划出版了近百种图书，取得了可观的经济效益和较好的社会效益，多种图书获得国家和省级图书奖。

大女儿王蕾在广东新世纪出版社工作，现任副社长。由于踏实肯干，工作业绩突出，她在38岁时就被评为正编审，这在出版界是不多见的。

二女儿王华是九四级电视系文艺编导专业学生。她先是从事公安法制类电视节目编播，后调入广州市委政法委工作。

对广院这段绵绵不绝的情缘，像遗传基因一样，代代相传，这叫女随父愿，子承父志吧！

2015年7月

【作者简介】

王春林　大学毕业后到保定地区农科所农场劳动锻炼。1972—1983年在河南人民出版社文教编辑室任编辑。1983—2005年在大象出版社，先后任编辑室主任，副总编，评聘为副编审、编审。

我爱新六五二班

周复民

这是一个朝气蓬勃的班级，这是一个满怀青春梦想的可爱群体。1965 年 9 月，四十四位风华正茂、纯洁热情的男女青年带着求知的欲望，迈入北京广播学院的大门，融入新闻系六五级二班这个集体。我们一起分享了阳光，经历了风雨，度过了有苦涩也有欢乐、有忧患也有激情的非常特殊的五年宝贵时光。五年的大学经历，磨炼大家的意志，增强了解社会、识别真伪的能力。从 1965 年入校、1970 年奔赴社会至今，整整过去五十年了。五十年，岁月沧桑，道路坎坷，但同学们在各自岗位为国家繁荣社会进步做出了可喜的贡献。斗转星移再回首，全班四十四位学子人人事业有成，家庭美满。我爱这个上进心极强的班级，我怀念这个意气风发的集体。

五年同窗情谊深

1965 年 10 月 1 日，我们入学不久，喜逢中华人民共和国国庆十六周年。这是一个多么幸福的时刻，来自祖国各地新六五二班同学，能在北京参加这样的盛典无不兴高采烈。国庆晚会，我们北京广播学院的联欢队伍被安排在天安门城楼下的金水桥畔。我班同学载歌载舞热情狂欢，特别活跃。丹东来的女同学孙敬玫带领大家跳起了欢快的朝鲜舞，多数来自农村的同学不会跳，但在那种强烈的气氛的鼓动下都情不自禁扭摆起来，此情此景令人非常激动。青春是多么美好啊。同学们的情感积累从此逐步加深。

那时，共产主义战士雷锋、党的好干部焦裕禄都是同学们崇拜的偶像。

学雷锋、学焦裕禄，争当又红又专的好学生，是六五二班同学的奋斗目标。许多同学都积极申请加入党组织。严格要求自己积极上进。班里同学生病，大家都争先恐后去关心照顾。有一次，我生病在复兴医院住院四天。同学们纷纷来医院看望我。那种纯洁朴素的友情，我至今记忆犹新，一生也不会忘怀。

勤俭朴素是新六五二班同学可贵的品德。全班同学穿着朴素，吃用也非常节俭。“馒头事件”足可以说明当时同学们严格要求自己的真实情感。我班有一位同学在洗碗水池中发现有人丢了半个馒头。他就把馒头捡了起来，在食堂门口贴了张大字报，上面写道：农民辛辛苦苦在田地里劳作，种出粮食来供养我们，我们应当提倡节约每一粒粮食。有人竟把半个白面馒头丢掉，这是极大的犯罪……此事不仅在我班也在全校同学中产生了极大的反响，使同学受到一次勤俭节约的教育。

吃苦在前享受在后，和农村贫下中农打成一片，是同学们自觉要求。有一次，我们在密云县上甸子公社上甸子大队劳动一个月。吃住都在农民家里，同学们都当作和农民打成一片接受再教育的好机会。当时收获季节，北方山丘都要收地瓜。把地瓜从山地里挖出来运回家，这又是一次接受锻炼的好机会，同学生龙活虎，相互争先。一百多斤一担的地瓜要走六七里山路往家

周复民和同班同学在校门口

里挑，对于没有挑过担子的同学是一个极大的考验，我们这些可爱的同学硬是咬着牙胜利完成任务。劳动一个月后回校时一个个又黑又瘦。在河北望都县东张庄帮助农民收麦子，河北收麦是手拔的，这是一项繁重的农活。同学们早晨四五点钟就来到地里，一望无际的麦地同学们一字排开往前拔，手上打起了血泡，麦秆上沾满了血迹仍坚持到底。他们刻苦，他们自立，他们的青春在广院生辉，也为广院积累了可贵的精神财富，为朝夕相处同班校友结下了难忘的情谊。

经历风雨志更坚

毛主席"炮打司令部"的大字报，掀开了史无前例"无产阶级文化大革命"的序幕，也将新六五二班同学——这批奋发向上的年青学子推向了风口浪尖。同学们对党、对毛主席都是有感情的，开始，他们完全相信毛主席亲自发动和领导的"文化大革命"是及时的，正确的。一时间，学校停课闹革命。大家写大字报，开批斗会、声讨会忙个不停。他们参加运动的热情几乎可以用"疯狂"两字来形容。1966年7月，以康生、陈伯达、江青为首的中央"文革"小组全体成员来广院煽风点火，把疯狂的运动进一步推向高潮。江青怒骂广院工作组，把中央"文革小组"拒于校门外十五分钟之久，大门比中南海还森严，并说，广院工作组是来镇压学生的。之后各造反组织纷纷建立。恶性派别斗争撕裂了同学热情，很多同学和老师遭到非常残酷的斗争，高音喇叭的狂嚎，正常的教学秩序彻底打乱。很多同学借大串联的机会到外地避风。

1969年，林彪以战备为由发布一号令，又把广院师生赶到河北望都农村。接着，又开始了一场有组织的清查"五一六"分子运动，对师生进行残酷的批斗，新六五二班同学有三分之一以上被以"莫须有"罪名隔离审查，我也在其中。我被审查的理由是反对中央"文革"，为险峰对江青提意见的大字报出谋划策。还胡说我在江西组织造反派抢夺解放军一个连的枪支。有的同学被安上阴谋危害毛主席罪名，弄得同学人人自危，不知哪天轮到自己身上。

望都八个月的清查“五一六”运动，使很多同学备受折磨伤害很深，有同学到毕生至死时还没有解脱。我们在广院五年，四年是在“文革”大灾难中度过的。直到这时，我们才认识到“文化大革命”的危害，这场运动是在“革”文化的“命”，“革”教育的“命”。多么美好的一段青春时光，求知识黄金时段，我们“迷失”在错误的斗争漩涡中。我高兴地看到，奋发向上的新六五二班同学，没有一个人在漩涡中沉没，他们愈挫愈奋，抛掉忧伤，忘却愤恨，勇敢地踏上新的征程……

功成身退盼相聚

五十年了，这些可爱的人又做了什么？他们没有辜负祖国和人民的培育，在各自的岗位上做出可喜的成绩，有司局级干部，团县级领导更多，专家、教授等高级职称的同学比比皆是。他们都是各条战线重要岗位中坚力量，为

周复民和同学们在哈尔滨太阳岛

祖国的崛起、为时代进步作出可贵的贡献。从这里不难看出，这个班级的整体素质非常之高。按他们的理想、意志、才华，如果没有那次艰难的折腾，又会怎样呢？我想定会更加辉煌。成就不忘师恩，是新闻系的老师言传身教，我们从他们身上学到知识，明白了做人的道理，是他们在“文化大革命”中千方百计保护学生，使我们毕业走上工作岗位没有思想包袱。在这里，我要向恩师们致深深的敬意！

离校三十四年第一次北京聚会的情景，至今记忆犹新。之后十一年，我们又聚会七次，平均不到两年一次，先后有周猷德同学组织的武汉聚会，周复民组织的江西聚会、刘国治同学组织的贵州聚会，李振海同学组织的吉林聚会，两班同学会组织的回母校参加校庆五十五周年的聚会，王春林同学组织的河南聚会，邢业范、张淑娟、姚明贤同学组织的黑龙江聚会。这八次同学聚会各有特色，为老同学增添了情感，带来欢乐。新“六五二”现已进入老年期，他们绝大多数身体都非常健康。美国一生物学家早就提出六十岁、七十岁是人才的黄金时期，这一年龄段的人才，工作经验，知识积累丰富，身体健康，能为国家和社会做出较大贡献。热情期盼入校五十周年聚会，多聚会，多欢笑。带着我们深厚友谊，带着忠诚信赖，带着我们共同的追求，一起走过冬夏春秋。我想念你们——新六五二班的同学们！我想念广院可敬的老师们！

2015 年 7 月 17 日

【作者简介】

周复民　1965 年 9 月进入北京广播学院就读。1970 年 10 月分配到广西南宁，在沙井公社劳动，与农民同吃同住。1971 年分配到南宁市广播站新闻部工作。1975 年 7 月调入江西省广播电台新闻部农村组工作。1984 年 5 月进入江西省广播电视厅宣传管理处工作直至退休。

我的“二进宫”

朱月昌

1970年7月下旬，我带着满身“伤痕”，告别了北京广播学院。我不知道，已经先我离校的有哪些同学，他们各自去了哪里？我也不知道，还在接受“五一六分子”审查的都有谁，他们的命运会怎样？这天，天气是那么的闷热，树梢都懒得动一下。我一个人，提着简单的行李，走出校门。没有毕业典礼，没有毕业证书，没有道别，没有送行，真的是“茕茕孑立，形影相吊”！我暗暗发誓：今生不再跨进这个伤心地！

1978年末，当我面临考研选择时，“北京广播学院”那么不争气地一次又一次跳出来，一次又一次否定，一次比一次气短。最终，我果断地选择了北京广播学院这个我曾经发誓今生决不再跨进的伤心地。

我这样问自己：母校有什么错？有什么对不起你的地方？

母校没有错！母校没有任何对不起自己的

地方!

千错万错是“文化大革命”的错!中央“文革”刚刚搭起班子,就跑到母校煽风点火,江青、康生、陈伯达一伙在礼堂大放厥词,掀起了一股推翻党的领导的妖风。以左荧、顾湘、聂丽兰为首的校领导被打翻在地,干部、教师人人自危。从此,运动不断,争斗不休,母校就不曾真正安放过一张平静的书桌。广院的每位师生,谁身上不带着伤痕。

母校没有错!千错万错是我这样不争气的学生的错。幼稚的政治头脑、发烫的革命热情,夹杂着投机心理、风头主义,做了许多今天想起来都会脸红的事。

我不会忘记,收到母校补寄来的毕业证书时的那份感动!

我不会忘记,工作单位有关领导让我看学校对我“五一六”的审查结论(规定要同本人见面)。结论中,那两个斩钉截铁的“没有参加”(五一六反革命组织)、“没有参与”(任何五一六反革命活动),让我彻底放下了包袱(后来李振水老师告诉我,是新闻系党总支提议,把“没有发现”改为“没

有”，不留一点政治尾巴），体现了对校友政治生命的高度负责。

我想起母校新闻系的老师们：康荫、苑子熙、张保安、王珏、赵玉明、曹璐、张惠君……还有虽被蒙上一层厚厚的灰尘仍难掩其光芒的温济泽、高而公；语言文学基础部的曾庆瑞、黄侯兴、田本相、吴为章、牛印文、施旗、时煜华……我们还没有来得及领略他们的学问、才华，就“毕业”了。

报考母校第一届研究生的有112人，招生名额11人，最终录取2人，我是2人之一。

1979年9月1日，我“二进宫”来到了广院，来到了新闻系。此时的广院，百废待兴，很多专业没有恢复，学生总共才六百余名。

在“二进宫”的三年中，广院逐渐恢复元气，开始发展壮大。

三年中，有四件事我记忆犹新。

第一件事。上新闻理论课的第一天，导师王珏替我借了一辆板车，带我到图书馆借了马克思、恩格斯、列宁、斯大林的全集（含书信集），拉到我的宿舍（另一研究生为女性，我一人住一个大间）。王珏老师要我先把这些著作中关于报刊宣传工作的论述和关于广播的论述全部摘录下来，尽可能搞清这些论述的背景，然后在中国人民大学新闻系编印的《马斯列斯论报刊》的基础上，编一本《马斯列斯论报刊列宁论广播》，作为新闻理论辅助教材（内部资料）。这项工作历时一年。它使我的教师生涯终生受益。

第二件事。有一天，王珏老师来到我宿舍，把一份材料交给我，请我“多多帮助”。我吃了一惊，展开一看，是一份“思想汇报”。王珏老师在复旦大学新闻系求学时就是入党积极分子，将近二十年了，他还在积极争取入党，每半年就交给党支部一份“思想汇报”。因为研究生党员不足成立支部，故编入新闻系教工支部，王珏老师属我所在党小组联系。看着这份工工整整，三千余字的“思想汇报”，真是百感交集！中国的知识分子真是太可爱了！不久，新闻系教工党支部召开支部大会，讨论王珏、赵玉明两位老师入党问题。全体党员一致通过两位老师的入党申请。两位老师二十年来风风雨雨、不改初衷、坚持追求的精神让我深受教育。

第三件事。在读研的三年中，我先后接待了五起外调，都是调查新闻系六五二班的同学。这五位同学，或是要入党，或是要提拔，或是单位要做相关结论。我决不以亲疏论长短、以派别分优劣，坚决为每一位同学证清白。我的证言是（大意）：××× 和所有大学生一样，参加了“文化大革命”（或参加了某某群众组织）。据我所知，××× 没有反对毛主席无产阶级司令部的言行，没有任何打砸抢行为。

第四件事是毕业论文答辩。因为是广院首届研究生的毕业论文答辩，能容纳四十来人的房间挤进了六十来人。我毕业论文的题目是《论列宁的经济宣传思想》。答辩委员会五位老师共提了 12 个问题。答辩委员主任、中国人民大学甘惜分教授最后一个提问，他提了两个问题，第二个问题（也是最后一个问题）是：“列宁关于经济宣传的论述，哪些还适用，哪些过时了？”甘老师话音未落，会场上一阵骚动。列宁关于经济宣传的论述，车载斗量，怎么可能短时间内一一区分。我的脑子顿时一片空白。工作人员宣布休会 20 分钟，把我带到对面房间作答辩准备。我拼命控制自己，命令自己：冷静！冷静！决定第 12 个问题先不管它，到时回答“以后再梳理”，准备前面的 11 个问题。不知不觉时间已到，我回到会议室时，明显感觉到旁听者关切的目光。就在一瞬间，我突然豁然开朗！回答完前面 11 个问题，我不慌不忙，口齿清晰地说：“现在回答甘老师的第二个问题‘列宁关于经济宣传的论述，哪些还适用，哪些过时了。’”我把列宁关于经济宣传的论述分为两类：一类属于马列主义的立场、观点、方法的论述，一类属于针对当时当地的具体问题、具体做法的论述。前一类属于马列主义的立场、观点、方法的论述，今天还适用；后一类属于针对当时当地具体问题、具体做法的论述，由于时间、地点、条件不同了，已经过时了。列宁自己就说，一切都是以时间、地点、条件为转移的。尽管答辩开始前工作人员就宣布“旁听者要保持会场安静”，但场上还是响起了热烈的掌声和议论声。我看到，主席台上的答辩委员包括甘惜分老师也笑了。

这就是我三十多年前的“二进宫”。

（说明：广院当时还没有硕士学位授予权。1984 年，广院获准授予硕士学位，我又一次来到母校，进行了硕士论文答辩，顺利取得了硕士学位。）

【作者简介】

朱月昌　厦门大学新闻传播学院教授，中国广告协会学术委员会常委，上海杉达学院传媒学院院长。北京广播学院新闻系编采专业 1969 届毕业生，1982 届新闻学研究生，获硕士学位。从事传播学、广告学教学与科研工作三十余年。1982 年底，由福建省赴京人才招聘组引进到厦门大学，参与创办了厦门大学新闻传播系，开办我国第一个大学本科广告学专业，是新时期我国广告教育的拓荒者之一。在厦门大学任教期间，主持完成国家“七·五”重点社科科研课题“新闻媒介的广告研究”，研究报告入选《新闻事业与中国现代化》一书（新华出版社 1992 年 10 月版）。发表学术论文近百篇。所著《广播电视广告学》，被国内 80 余所高校选定为广告学专业教材；《20 年磨一剑——中国广告人才培养模式的创建与推广》获教育部“国家级教学成果奖”二等奖，福建省教学成果奖一等奖。2006 年退休。2007 年至今，一直应聘在上海杉达学院传媒学院发挥余热。

学生时代的美好回忆

胡金兴

幸福的一盆馒头

回忆学生时代的事，大多是令人愉快的。尤其是被高校录取，这是几乎每位高中生所希望的。1965 年 8 月，幸福降临到我的头上，北京广播学院新闻系给我发来了录取通知书，心情如同现在买彩票中了大奖一样。没有什么谢师宴，与亲朋好友也没举行告别宴，带着简单的行装，就踏上北上的列车，前往学校报到。那天是 1965 年 8 月 29 日。

那天到车站送行的，我高中“骤雨”文学小组同学送了一张合影照，并在照片后面附了一首诗，抄录如下：“萍水喜相逢，骤雨为我从天落。江滨日出记犹新，豪情未减志倍添。天涯各奔走，莫忘骤雨旧日友。风雨同舟四兄弟，革命征途做战友。”那时年轻学生的革命热情、战斗情怀跃然纸上。当时的心情正像一首歌所唱的那样，期待着再相会的那一刻。

那个年代没有动车，没有高铁，更别提乘飞机了，我坐的是老式火车，从上海到北京，需要在南京的浦口将火车用轮渡摆渡到对岸。因为那时还没有南京长江大桥。但是这种车马劳顿对处在兴奋中的我们来说，不值一提。这里说的“我们”，也就是北广新闻系在上海招收的九位新生，本有十位同学，其中一位因有事没能和我们一起北上。本不相识的我们在火车上相聚了，由于我们的座位挨在一起，所以很快就互相熟悉了。后来才知道是学校招生老师特意同有关方面进行了沟通，才出现这样的巧合。用现在的话说，这也是一种人文关怀，至今印象深刻。

印象深刻的还有，其中有一位同学上车时带的一盆馒头，是他老妈为他准备的路上干粮，一点一点蒸出来的，真可谓可怜天下父母心。因天气太热，又一下吃不完，为了不至于让馒头坏掉就将车窗开到最大限度，结果他一顶崭新草编礼帽从车上被风吹了出去，不知吹向何处。直到北京站，这盆馒头还没吃完。说这事是想说，那时的生活条件比起现在可差多了。

时间飞快，转眼又到了一年一度的新生报到时间。如今的社会发生的变化，是我们那时无法想象的，交通工具通讯设备，以及学校教学设施的完备，国家和社会对贫困家庭学生的资助，都为今天的大学生提供了良好的条件。他们的明天会比今天更加美好。

革命理想高于天

肖华的《长征组歌》中一句歌词唱道："革命理想高于天"。

上世纪六十年代之初，我们这一代人正值青春年华，热情似火，激情澎湃，正有一股"革命理想高于天"的劲头。

1963 年，毛泽东同志题词："向雷锋同志学习"。全国各行各业立即兴起了向雷锋同志学习的热潮。当时，自己正在上海师大附中念高中，学校和班级里开展了各种各样的学雷锋活动。我和班里四个同学一起讨论怎样让学雷锋活动搞得更扎实。大家七嘴八舌，最后想出一个点子，我们利用星期日的时间去学校附近梅龙镇农村生产队参加义务劳动。这样一方面可以不脱离实际，不脱离劳动，一方面可以向贫下中农学习。我们感到这是最好的向雷锋同志学习的具体表现。于是，在 1964 年的好几个月星期日休息日，我们几个同学都坚持步行到农村生产队去参加义务劳动。每次劳动结束，回学校时，总感到这一天没有白过，一路欢歌笑语。

那时的我们确实很单纯，对革命、对理想充满热情和追求。这一点从高中毕业时同学们的互相赠言中也能看到。下面几段都是同学给我的赠言原话，一个字都没有改动：

"永葆革命青春，做一个雷锋式的普通一兵。"

"读毛主席的书，做真正的雷锋式的青年。"

"我们伟大的共产主义理想是科学的、美好的、伟大的。但是实现共产主义需要时间、需要斗争、需要人。"

"让我们的青春、我们的血汗、我们的整个生命，在我们党的像火焰一般的红旗上、添一点红色、添一缕纱线、添一点火焰。"

多么纯洁的心灵！多么善良的愿望！多么激情的话语！时隔三十五年了，至今读到这些文字，还是令我激动，令我骄傲。这是那个时代青年人心灵的缩影！

我就是在这种革命理想和激情的包围和推动下跨入北京广播学院的。

入大学的第一个寒假，我们这一茬青年人还继续循着党的号召前进。当时，全国劳动模范时传祥的事迹深深地感动着我们。我和几位大学同学就利用这一个寒假，去时传祥所在的淘粪清洁队做了一次义务劳动。去的那一天正值时传祥本人有事没能碰上，他的儿子教我们如何淘粪，如何背粪。背粪这活真是不好干，稍一不留神粪就会溢出来，顺着脖子流到后背上。确实是挺脏的。但“时传祥们”的心灵却是高尚的，为此，国家主席刘少奇还接见过时传祥。

时光如流水，二十世纪中属于我个人的这段经历过去了。时代在变，革命的中心任务已经有了根本性的改变。但是我想，每个当代的青年人应当不变对党的事业的忠心，对改革开放事业的革命热情。

2000 年 4 月 7 日

【作者简介】

胡金兴　高级编辑，1945 年 1 月出生于上海，1969 年 8 月毕业于北京广播学院新闻系，1970 年 8 月到大连日报社工作，先后任记者、编辑、总编室副主任、时事部主任、编委，1992 年获大连市劳动模范光荣称号，2007 年 12 月起任大连市老新闻工作者协会副主席兼秘书长、辽宁省老新闻工作者理事。

五十年之五的随想

张淑娟（张一兵）

五十，对人生来说，是年过半百，对年届古稀的我们来说，是三分之二的人生经历。五，我们的学历虽然是本科四年，在校生活却是五年！作为五十的十分之一，这是我们从 18 岁到 23 岁最宝贵的青春时代！但她却是伴随着共和国特殊历史时期度过的，狂热、迷惘、困惑、遗憾……成为那个时代大学生活的印记；写大字报，开批判会，学工学农，小长征、大串联、战备疏散……成为我们大学生活的主要内容。一个不可复制的青春，一个与众不同的大学时代！

记得我接到北京广播学院录取通知书的时候，是多么兴奋啊！中学的寒窗苦读终于有了结果，我没有辜负自己的努力，没有辜负爸妈的期望，我给自己争了气，给家庭争了光！我还记得高三教我们数学的李老师在学校走廊里对我们几个同学说：“广播学院新闻系政审要求那可是真严！”

回想起 1965 年夏天到北京广播学院报到的情形，仿佛就在昨天。记不得具体日期了。我们哈尔滨市第三中学高三二班考进北京的 11 名同学，加上考进天津的两位，共 13 个人，同坐一节车厢，浩浩荡荡进了北京。这是我第一次来到祖国的首都。朝思暮想的愿望实现了，我居然成了能有首都户口的一名大学生！出了北京站，眼前是一面接一面接待新生的校旗。考上北大的、清华的、人大的、北航的……纷纷奔自己学校的接待站去了。我也找到了仿毛主席书体写有“北京广播学院”的横幅大旗。一位新闻系六四级的钱姓同学接待了我，并陪我坐 1 路公共汽车到了学校。我们新闻系编采专业当年开设了两个班，分为新六五一班、新六五二班，我被分到一班。两个班

左起张淑娟　朱羽君老师　孙秀英

的女生共二十多人，挤在一个大宿舍里，面积有30多平方米吧，上下铺，我被分在了上铺，第一天晚上，女生宿舍里弥漫着满室的想家气氛。印象最深的是二班有个女生“呜呜呜”地哭个不停。大家劝她，她在被窝里一边哭一边说：“我不想我妈，我妈想我！”我虽然也想家，但对大学生活的憧憬还是让我充满了好奇心和新鲜感。我还记得上学的第一天就被安排去食堂帮厨，用筷子打芹菜叶就是从那一天学会的。不起眼的老旧校舍和不大的操场让我多少有些失望，但开学后不久就参观中央人民广播电台，参加给听众分寄纪念卡片和小礼物的活动，让我感受到了一丝骄傲和喜悦。我们还到首都剧场看了一场诗歌朗诵会，其中就有著名诗人臧克家朗诵他自己的诗作。以前只是在书本上看到他的名字，现在却亲眼见到了他本人，而且是这么近的距离！难免小有激动，用现在的话来说，这也是一种粉丝心理的满足吧！

巧的是，高中的同班同学冯皖丽虽然是在北京参加的高考，却和我分到了同校同班！这也是缘分吧！我第一次用洗衣粉洗衣服，就是她教给我的；第一次听说“路线斗争”这个词，也是她说给我的。那时候在陌生的环境里有一个熟人，而且是在政治上和人际关系上比自己成熟的高干子弟，总觉得有了依靠，不再孤单了。遗憾的是1969年学校疏散张庄的时候，冯皖丽和当年许多父母倒台的高干子弟一样未能幸免“文化大革命”的洗礼。工宣队和军宣队非让我写一篇批判冯皖丽的稿子，大概也是想利用我俩的特殊关系，增加批判的火力。当我在班级批判会上违心地念着东拼西凑写出来的稿子的时候，不由自主地看了看坐在前面的她，她正低着头，面无表情。事后，我不止一次在心里忏悔自己的软弱，“没良心”，却始终没有勇气当面向她道歉。好在毕业后她很大度，没有计较这件事，照样以老同学相处。高中两年，大学五年，我俩是有着七年同学经历的老同学呀！五十多年过去了，是该解开心结，作一了断的时候了！冯皖丽，我在这里郑重地向你道歉！不求你的原谅，只求我自己心灵的解脱！

入学的当年，我们参加了国庆十六周年的游行和焰火晚会，在大学的游行队伍中位置比较靠前。晚上，我们参加天安门广场焰火晚会，就在天安门城楼下紧贴金水桥的正中央，处于整个广场的最中心。大家说，因为我们学校的学生将来都是党的新闻工作者，最可靠。还记得那年夏天，我们在天安门广场列队欢迎西哈努克访华，位置也是比较重要的。当周恩来总理陪着西哈努克亲王站在敞篷车上缓缓经过的时候，这是我离国家领导人最近的一次。我们学校的配置当时在首都高校中也是少有的，每个教室都有电视机，宿舍的每层走廊都有公用电话。“文化大革命”中我曾经和冯皖丽去过二外、北大、北航、国际关系学院等院校去看中学同学，感到她们的宿舍和食堂伙食都很一般。忘了是1966还是1967年了，首都大专院校响应中央号召为抗美援越献血，我也献了。记得当时听说我是万能供血者——O型血的时候，我和好朋友邢继英（也是O型）都欢呼跳跃起来。那次我们是到北京东边的一个生物制品研究所献的血，第一次被用电子体温计量体温，第一次隔着一排隔断墙把胳膊伸进连着一个圆洞的袖筒状的套子里，被只闻其声，不见其人的工作人员抽了200CC血。虽然心里有一种恐怖的感觉，但很快就被一种为革命献身的英雄情结代替了。抽完血每个人发了20元钱，这是我上大学以后的第一笔收入。我和邢继英用这笔钱在东校后门的小供销社买了两个松花蛋，蘸着醋吃了，算是给自己补养身体了。事后听说，在献血的首都大学生中，我们学校献的质量最高——因为我们学校食堂的伙食最好！只记得，西红柿炒鸡蛋是我最不爱吃的菜（五十年后却成为我最爱吃的菜之一，因为它总让我怀念起母校），煎带鱼是我最爱吃的副食，炒面条是我最爱吃的主食。东校大食堂，也是全校师生集会的大礼堂。不但经常举行形势报告会，还经常放映电影，举行文艺演出。广院文艺小分队的演出，在首都大专院校中可是首屈一指的专业水平，其他师生员工也都是人才济济，无论是歌舞、诗朗诵，还是话剧，在舞台上都是有模有样。从延安走出来的厨师翟师傅在台上引吭高歌的样子，仿佛就在眼前。在操场上练集体舞，上天安门广场演出，无论是聪明伶俐的女生，还是笨手笨脚的男生都无一例外。连我这样缺乏文艺细胞的人，还被班里组织文艺活动的同学拉上台演过三句半，跳过舞蹈呢。

可惜，在大学，完整的课堂学习时间只有一年：从1965年9月到1966年7月。在当时大学教育还处于精英教育的时代，能考上大学，特别是考上北京的大学，就好像十年寒窗苦读的秀才终于进了京，是多么不容易呀！谁能想到它变成了一场梦呢？这对于我们这些当时被称之为“天之骄子”的大学生来说，不可挽回地造成了终身的遗憾。聊以欣慰的是，我的写作能力和新闻采访、广播编辑水平在实践锻炼中有所提高，也算是多少弥补了课堂学习少的缺憾吧。

我一入学便被老师指定为写作课代表，并派到学院广播站担任编辑工作。“文化大革命”中搬到东校集中搞运动，我仍然是学院广播站编辑。新闻系到密云疏散时，其他同学都被安排到山村和当时的村民同吃同住同劳动，我却跟随播音班的毕老师和无线电系的王老师一起被派往县广播站工作。广播站有一个姓张的女编辑，她对我的文章很是欣赏，还把我写的一篇散文《山里红了》推荐到北京电台。在密云广播站我同毕老师搭档播过焦裕禄的长篇通讯，第一次学到了“逻辑重音”的播音技巧；我还第一次从无线电系的王老师那里知道了电流并不是从电线里穿过去，而是环绕电线传导的。他还教我们安装话筒，一起把话筒零件拼到一起，安装了好几个呢。我还在王老师的指导下，亲自焊接制作了一把“试电笔”，可惜后来不知丢到哪里去了。后来我们在密云的新闻系统一向在河北望都疏散的外语系靠拢，又在张庄度过了半年的“军事化生活”。从张庄回到东校以后，我仍然在学院广播站工作，并有幸同中国电视界的前辈朱羽君老师合作编辑了一部反映学校生活的电视短片，我负责写解说词，她和其他人摄影、剪接、编辑，跟她也学到了一些编电视片的知识。朱老师参加过抗美援朝，虽然个子不高，身材瘦小，可扛起摄像机来却毫不含糊。当年在玉米地里同她的合影仿佛就在眼前，可好多年以后在电视新闻报道里再看到她，已经是体态发福的老妇人了。由于多年在学院广播站的经历，使我毕业后到黑龙江省肇源县广播站以后很快就适应了工作。这也算是脱轨的大学生活給我的最大收获吧。

没有时下传媒大学学了的荣耀，没有穿戴学士服、硕士衣、博士帽的合影，也没有隆重的毕业典礼，甚至连毕业证书都是后来补发的。但五年同吃同住同劳动共命运的岁月，却使我们同学、师生间的感情比现在大学的同学情、师生情更浓、更深、更真。我和好朋友邢继英是最后离开学校的。离校前，我俩一起到王府井买了两个一模一样的行李箱，还买了两张同一车次的火车票。只不过她在天津军粮城下车，我的终点是哈尔滨。火车快到军粮城的时候，她就哭开了，我也忍不住流下了眼泪。她难舍难分地下车了，火车开了，我知道，五年的大学生活正式结束了！

转眼之间，五十年过去了！当年的莘莘学子过了“知天命”而到了“从心所欲”的年龄。我们没有“无悔的青春”，却有着“峥嵘岁月稠”的大学时代！五十之五的这五年，或许就是我们这一届学生的命吧！

半百都随浮云去，过隙白驹一瞬间；

五十之五京华地，别样酸辛别样甜！

2015 年 6 月 28 日完稿于冰城哈尔滨

【作者简介】

张淑娟（现用名张一兵）　大学毕业后分配到黑龙江省肇源县广播站任编辑。1974—1986 年在黑龙江省妇联宣传部任干事、副部长。1986—2006 年在黑龙江省婚姻家庭研究所先后任副所长、所长。2006 年退休。

曾任中国婚姻家庭研究会常务理事、黑龙江省社会学学会副秘书长等学术职务；现任黑龙江省老年学会学术委员会副主任。其间，曾任中共黑龙江省妇联机关党委委员，黑龙江省婚姻家庭研究所党支部书记。著有《生育文化》、《中国婚姻发展史》、《走出婚姻困惑》等书；在省以上报刊发表学术文章、新闻报道、科普读物数百篇。

我的母校情结

李 延

中国传媒大学位于北京东郊，她的前身就是我的母校北京广播学院。广播学院编织了我最好的梦想。开创了我真正的人生，我也是在广播学院度过了我人生最宝贵的时光。我们从广播学院毕业，带走的不只是知识，还有丰富的文化积淀和奋斗不息的精神之魂。

一所学校影响了我的一生，改变了我的一生，我也因此把她看成我的母亲学校。从1965年到1970年短短五年时间，母校给我的不仅仅是知识，更重要的是教我们如何做人，老师们正是用他们的人格魅力感染着我们，影响了我们，使我们能挺起脊梁，承担家庭、社会、国家赋予我们的责任。每每我想起姜树琪老师、尹廉钊老师、李振水老师、田本相老师、曹璐老师，他们的音容笑貌，就会浮现在我眼前，看到老师们熟悉面孔，我心里就会涌起莫名的感激和歉疚，老师为我们的付出太多了，我们给老师的回报太少了。

今年金秋十月，我们新闻系编采六五二班在江西聚会，来自国内十八个省市和万里之遥的德国的40多位同学三十八年后重相见，这不能不说是奇迹！是什么力量把这么多同学聚在一起？这就是母校的魅力，让我们荡气回肠、回味无穷，这些永远忘不掉的记忆，是我们永恒的精神财富。感谢我的

母校，感谢我的同学，感谢我们激情燃烧的时代。

我从小的梦想是当个歌唱家。为此我小学毕业、初中毕业两次背着父母报考音院附中，虽然我如愿在音院附中学习了两年歌唱专业，但还是被父母拉回到普通高中。考上北京广播学院开始并没有给我带来太多的喜悦，我是慢慢喜欢上学校，慢慢喜欢上新闻专业的。但命运的安排又没有给我机会搞新闻专业，我成了一个在商言商的商人，虽然能全世界到处跑，但这也不能掩盖我的失落。国家副主席荣毅仁说："发上等愿，结中等缘，享下等福。"我也是这么做的。发上等愿，就是我有唱歌的理想，为实现这个理想我也奋斗过了，这就很圆满。我现在也经常给大家唱歌，虽然是业余的，也给大家带来欢乐，这我就知足了。特别是老同学还记得我唱的《老房东查铺》、《见了你们总觉得格外亲》，我真的别无他求。结中等缘，人生机会不多，机会出现就要紧紧抓住，有个中等的缘分就不错，我从事外贸工作也很好。享下等福，就是人生不求大富大贵，粗茶淡饭、小康温饱，知足者常乐，平安健康就是幸福。

我把我的心里话写在这里，愿和老同学共勉！

2006年11月5日

【作者简介】

李延　1944年10月10日生于陕西延安。1951年至1960年在北京育才学校读小学和初中；1962年就读中央音乐学院附中；1965年考入北京广播学院新闻系，并参加了学院表演艺术团，任独唱演员；1969年中国传媒大学毕业后参军入伍，任铁道兵9师电话兵；1973年从部队复员到北京市外贸局，先后担任北京市纺织品进出口公司、北京外贸总公司、北京丝绸进出口公司外销员、部门副经理、部门经理。曾连续几年被评为北京市劳动模范；1984年加入中国共产党，1999年退休。

心底的感念

常炳林

这次聚会，我们新六五级难得来了这么多人。重游故地，回忆过去，与广院有关的点点滴滴，仿佛都是梦境中的事。

听温老师讲课

温济泽曾是广院的老师，给我们讲过几次课。我们进校时他还戴着“右派”的帽子，虽如此，学生却爱听他讲课，声不高，南方口音的普通话，无论多枯燥的内容，都讲得那么让人爱听。那时新闻系有“笔头、口头、机头”“三头过硬”的说法，听温老师讲课算是知道什么叫“口头”过硬了。“文化大革命”中听不到讲课，听过一次他在大礼堂作“检查”。具体内容早忘了，留下的印象倒是会场特别的安静，他站着说，我们在旁边听。还是那南方口音的普通话，声不高却很入耳。以后多次听过报告，还是高门大嗓的多，算是理解了一句话，有理不在声高。十一届三中全会后，他出来工作，好像是到了社科院，从电视里看到过，神清气爽的样子，戴了二十年的“右派”帽子总算摘掉了。有一年，不知听谁说，温老师住在复兴门外木樨地，还想着应该去看看这位老人，表达一点敬意，又顾虑他的时间宝贵终不敢贸然成行，再后来他就去世了。对温老师的印象只能留在记忆中了。他坎坷一生，后半程还算是不错。

左荧痴心不改

有一年逛书店，看曾庆瑞写的一篇文章说到了左荧。曾庆瑞是原外语系教汉文学的老师，“文化大革命”前到的广院，据说还是当人才挖来的。左荧当时是副院长主持全面工作，“文革”中挨斗最厉害，重拳之下有一只眼睛差一点瞎了。被招纳进来的曾庆瑞也吃了不少苦头。看他写的东西，洋洋洒洒，还是十足的才子气。大致内容是，“文革”结束了，曾老师又有了新去处，就打算挪窝了。左荧刚恢复工作，一般来说会给个顺水人情，放人了事，没想到左荧一番言语还是按住不放。曾后来在学校一直教书，著书立说，是一位不错的教师。倒是左荧这位老院长，为学校吃苦遭罪，还是痴心不改。佩服！

本真的想法

毕业时没想到会进到煤炭这一行来。

我们离校那一年是 1970 年，七八月吧。先到陕西渭河滩一部队农场，劳动一年半，挖沙和泥盖房子，老是腰疼。不敢说累，累也不说，结果表现好分配到了渭北的一个煤矿。

在煤矿，和矿工在一起，一块干活，一块喝酒，一块下矿井挖煤。后来办矿工报，在宣传部、工业学大庆办公室等部门，抄抄写写的，想着这一生就这么着交给煤矿了。

当年，毕业分配时上哪去，我其实一直有个不太高尚但很直接的想法，首先那里粗粮要少、细粮要多；其次，最好能搞专业，毕竟在广院上过学，想干新闻工作。若干年后，自己都觉得自己很幼稚。

栗金孚邓良宝两口子

凡帮助过我的，我都念人家的好。比如王兰、邢继英、季淑兰，有些事，别人恐怕不记得了，我会记一辈子。

1982年底，《中国煤炭报》创办，看到办公楼墙上的海报，我立马从外地跑到北京编辑部毛遂自荐，离开北京的头天晚上，去了一趟栗金孚邓良宝两口子的家，把这事说了。两口子很热情，从外地回来后良宝转行了，金孚还干新闻。一听这事，金孚说："行啊，想想办法，争取办成，新办的报纸，总归是需要人的。有什么困难，咱们一块想办法。"我立刻信心满满。

之后，北漂了几年，最终在报社站住了脚。十年的煤矿生活也派上了用场，煤炭新闻生涯还算比较顺利。近三十年来，报纸由一变二，又派生出一张安全生产报。我是一直忙活在采编一线，乐此不疲，总算圆了自己干专业的梦。还获得正高职称，这在一个专业报，也颇不易。

我总忘不了那一晚金孚良宝两口子的鼓励。在那避之唯恐不及的当口，他们的帮助是无私的。对其他同学，两口子都是热情相待。那几年，凡来北京出差的，差不多总会选择他们家落个脚。

谢谢老师同学

几次见到曹璐老师。曹老师总是那样的热情，对学生就像对自家人一样。有一件事，不知曹璐老师忘了没有。那年，我刚到陕西某部队农场，离开北京时，身上还有几张工业券，只能在北京买东西，有了工资就想着买件毛衣，于是写信寄给曹璐老师。具体细节记不得了，反正曹老师买好毛衣很快寄来了，是一件咖啡色的，鸡心领，还特别合身。我穿了好多年，到后来，袖子磨薄了，要重织只好拆了，我是好一阵惋惜。就是这样，广院老师对自己的

右起常炳林　王春林　张成有

学生一点一滴的关爱，总是让我们难以忘怀的。

有点遗憾，几个同学毕业后很少见着甚至从没见着过。上海同学韩彦俊，很耿直的一个人，我们曾住过一个宿舍，后来不知去哪了，毕业后再也没见过面，现在不知有什么变化。还很想见见朱传济、王兰、季淑兰等同学，但未能如愿。季淑兰到的是云南，好像是 1995 年，我到云南采访，她在当地负责新闻工作，碰见过一次。听我们驻地记者说，她事业上做得很是不错。老朱在重庆，见过两回，现在也联系不上了。在学习和工作中，曾经得到过许多同学的帮助，我都想当面表示我的谢意。他们咋不来呢？当年同学的那种感觉如今还有吗？

广院，在这里我们曾经有过梦，我们都是寻梦人。

2009 年

【作者简介】

常炳林　大学毕业后到陕西省华阴县部队农场劳动。1972—1988年，在陕西韩城煤矿办企业报搞宣传，煤矿生涯十多年。1983—2007年，在中国煤炭报（中国安全生产报）做编辑、记者、经济部主任，高级编辑。从借调到正式入职直到退休，努力上进，不敢苟且。曾被评为报社先进生产（工作）者。

我和温济泽老师一段特殊的经历

李振海

1968 年“文化大革命”进入到斗批改阶段，学院决定原先在院里集中进行改造的“黑帮分子”要下放到班级接受群众的监督。温济泽老师就是在这样的背景下被分配到我们新闻系六五一班的。当时我任班级团支部书记，系里决定由我和另外两个同学与温老师住在同一间宿舍。温老师睡觉爱打呼噜，那两位同学均忍受不了，先后搬回了各自原来的宿舍，最后只剩下我和温济泽老师两人，在学院 3 号楼一层北侧的那间宿舍里共同度过了半年的难忘岁月。

在那个特殊的年代里，社会动荡，是非混淆，极左思潮横行，许多情况都极不正常。在那种环境下，我，一个涉世未深的年轻学生和温济泽老师这样一个特殊人物共住一室，朝夕相处，复杂的心情及尴尬的处境可想而知。一方面，温老师上世纪五十年代曾被划为“右派”，之后又被打成“反党小集团”的头目，“文化大革命”中又被怀疑是“叛徒”而受审查。如此种种“罪名”都可以把他算作是一个十足的“阶级敌人”。我在当时是革命组织派去监督他的革命小将，应该站稳立场，时刻保持高度的革命警惕性。另一方面，温老师在新闻系师生中享有很高的威望，我本人对温老师也是十分的敬重和钦佩。因为我在 1965 年入学后曾多次听过他的讲课，他那渊博的学识、高超的讲课艺术以及诲人不倦、平易近人的作风赢得了广大师生的爱戴。尽管以后我知道了他曾是“右派”和“反党分子”的历史，但从我个人感情上对温老师却是恨不起来。那时我与温老师每天都共处一室，近距离接触。每当我面对这样一位亲切、平和、慈眉善目的长者，一个坦荡、睿智、温文尔雅的学者时，我始终也无法将温老师与“阶级敌人”这个词联系在一起。

思想上矛盾，行动上也别扭。白天，在别人面前，我对温老师不得不摆出一副严肃、冷漠的面孔。到晚上只剩下我们两人时，我就轻松了许多，特别是相处时间长了之后，我们之间的交流也逐渐增多了，虽然谈不上推心置腹，但在夜深人静时也不时说上几句近似朋友之间的知心话。我还记得曾经问过温老师，“过去你给我们上新闻课，讲到毛主席《在延安文艺座谈会上的讲话》时，讲得那么详细具体，生动形象，好像当时你就在现场一样。”温老师略显激动地回答道：“对呀，当时我就在现场聆听毛主席讲话，对毛主席这次讲话我印象特别深刻且感触颇深，于是就把我的亲身体会和感受讲给你们听了。”温老师还讲到在延安时，他曾多次与毛主席接触，主席的教导对他一生的成长和进步都有着极其深刻的影响。还有一次我问他：“这些年来你被打成‘右派’、反党分子，现在又说你是叛徒，你是怎么想的呀？心里什么感受？”温老师就说：“我很难受，有时候心很痛。但是我坚信，党和革命群众一定会把我的问题弄清楚，一定不会冤枉好人。每每想到这里，我的心里就坦然了，也不那么难受了。”

在我们相处的半年时间里，专案组和群众组织曾经针对他的所谓的“叛徒”问题对温老师进行过提审。面对一些不实之词或是攻击性的语言，甚至过激行为，我从未见温老师发过火，从来不抱怨，而是实事求是、耐心地做出解释。夜里我曾问过温老师：“他们那些不好的做法你能接受得了吗？”温老师宽宏大量地说：“我能理解他们，他们恨的是叛徒，不是我温济泽。等以后把问题搞清楚了，他们一定不会这样对待我的。”这种发自内心的宽容、大度和淡定不由让我心生敬佩。

我还发现温老师在宿舍里不论白天还是晚上总是不闲着。除了完成组织上要他写的“交代材料”、“认识材料”以外，他还经常看一些书籍、报纸和杂志，有时还抄写些什么。我也曾问过他整天如此忙碌不觉得累吗？他回答说：“习惯了，让我闲着没事干反倒觉得很累。”后来听说温老师年轻时曾两次蹲过国民党监狱，他把监狱就当作学校，在狱中还坚持自学。知道这些后，对于温老师为什么具有扎实的马列主义理论基础和渊博的科学知识就不难理解了。我们相处的时间越长，我对温老师的了解越多，我们之间的关系就越来越融洽。有时我会对社会上或是学校里一些不正常现象在他面前表示出不满，发牢骚。每当此时，温老师总是对我说：“不要着急上火，一切都会好起来的。”“一切都会好起来的”，这是再平常不过的一句话了。然而从这句话里，我领悟到了温老师丰富而深刻的内心世界，他对美好事物的强烈追求和对正义必然战胜邪恶的坚定信念，更感受到他对党和人民革命事业的无限忠诚。

内心对温老师的崇敬之情，使我萌生了行动上想为老师做点什么的想法。可是我清楚地知道，在那种特殊的环境下，我不可能毫无顾忌地为老师解决多大问题，办多大的事情，可以说是“心有余而境不许”吧。然而，良知敦促我，在我心中崇敬的良师和长辈身处逆境非常需要关照的时刻，我必须力所能及地为他做些事情，大事办不了，小事也要做。那时我们每人有一只暖瓶，起初是我们各自打自己用的开水。后来我去打开水时就连温老师的暖瓶也一起带上把水打回宿舍。只要暖瓶没水了，我就去开水房打满，保证让温老师白天有开水喝，晚上有热水洗脚。温老师经常写东西，有时我看他的稿纸用

完了，我就想办法从别处弄来一些供温老师使用。系里要我时常去汇报温老师平时的行动和表现，每次我都事先做好准备，将温老师的表现情况说得让他们满意（实

际上温老师做得的确也是很不错）。据我所知，那个阶段系里对温老师的表现是满意的。此外，温老师个人有事情需要办理的时候，特别是需要离校办事，都需要通过我向系里请假。记得有一次，温老师星期天请假回家，送他的女儿去西双版纳下乡锻炼。可是没过两天，温老师好像得到一个什么消息，看起来非常着急，又让我帮他向系里请假。理由是女儿来信了，说有重要的东西忘记带，他要回家把这件东西寄去西双版纳。当时我就听出了破绽：他女儿才刚走两天，火车应该还未到西双版纳，怎么会来信了。我猜想温老师应该是有很紧急的事情才会急中出错，得帮他想个办法让他回家。我跟肖九连同学沟通了我的想法，他也同意我的猜测。于是我们两人共同编了一个理由，向工宣队报告后批准了温老师再次回家。两天后，温老师高兴地回到学校。后来我们才得知，当时温老师与夫人钱家楣之间发生了一场误会，一时非常紧张，老师才急不择语，于是发生了以上的小故事。

十几年后，温济泽老师的问题终于得到平反昭雪。他又重新走上了领导岗位。记得有一次我和王肇文同学同时出差到北京并相约一起去看望温老师。温老师在他木樨地的住宅里热情接待了我们。当我们回忆起那时一起居住的日子时，心情很不平静。我抱歉地说："当年我未能更好地关心和照顾老师，请您多包涵啊！"温老师听后感慨地说："当时的情况你能做到那样就已经很不容易了，我应该感谢你呀！"

平心而论，在那个非常时期，我能为温老师在逆境中提供一些方便和照顾，我也感到些许满足和欣慰。但转而又想，温老师在历史上为党和人民做出了那么大的贡献，后来又遭受了那么多的苦难，我有幸在他身处逆境的不幸岁月里与他同处一室，理应为他提供更多更好的关照，可是我未能做得那么好。想到这些，我心中时常不免有些不安和遗憾。

2013 年，吕佩浩、谢骏同学联合发起向中国传媒大学博物馆捐赠温济泽半身铜像的建议。当邹兰春同学向我转达了这条信息后，我非常高兴，并寄去一千五百元捐款。款虽然不多，但却寄托了我对温老师这位良师益友的无比尊敬与爱戴之情，也表达了我对与温老师在特殊年代结下的深厚情谊的珍惜与怀念!

2015 年 7 月

【作者简介】

李振海　大学毕业后分配到吉林省通化地区，从事宣传报道 3 年。以后在通化团地委、吉林团省委工作 10 年。1983—1987 年在吉林省委机关党委、整党办公室做行政工作、综合调研工作 5 年。1987 年调省标准计量局（后为质量技术监督局），任副局长、局长。2006 年退居二线到省人大法制委员会，2009 年退休。

榜　样

——忆温济泽老师

李春荣

“上边要给温济泽同志的‘右派’错案平反，我们是中央广播事业局的，向你了解一些有关老温的情况。”听了这些话，我又惊又喜。温老师，您被打成“右派”快二十年了，您始终都相信组织上会给你平反的。这一天终于来了！1976年唐山大地震过后，大约是11月份的一天，我们正在机关大院里用苇席搭起的大棚里办公。单位领导通知我：“北京有人找你外调。”“找我外调？是调查我的‘五一六’问题，还是调查温老师的问题？还要继续整人？反正不会有什么好事”。我嘀咕着，忐忑不安地跟在单位领导后往办公楼里走去。“他就是李春荣，你们谈谈吧。”单位领导走后，北京来的两位同志说：“我们想调查一下温济泽的情况，因为你当过他的专案组长。”“还要整温老师？”沉默、猜测。过了好长时间我才说：“专案组当年审查温老师，本身就是错误的，我没有什么好说的，再说，事情过去六七年了，我也记不清了。”北京来的两位同志见状对视一下笑了，于是说了本文开头的那些话。我心里有了底，才如实介绍了温老师在“文革”中受审查的情况，表明了自己的看法和态度。

“文化大革命”开始不久，温济泽老师就被当成“牛鬼蛇神”，多次挨批斗，说他是“老右派”。温老师的专案开始由学院直接抓，后来由新闻系管。转到新闻系后，我才接手，并任专案组长。当时驻学院领导“斗批改”的军宣队、工宣队说我根红苗正，又是革命烈士后代，革命立场坚定，能把专案工作搞好。又说，温老师不仅是“老右派”，而且有历史问题，被捕后坐过国民党的牢，很可能是“叛徒”。

我详细地看了温老师的有关材料，知道他很早就参加反帝反封建活动，决心投身革命推翻旧制度，到18岁已三次被捕。第三次被捕，被国民党判处有期徒刑十二年，被关押五年多。1937年国共第二次合作，国民党无条件释放政治犯，温老师被提前释放出狱。温老师的有关材料很多，有在狱中写给家里的明信片，由别人代写的申请假释出狱的呈文原件，等等。我发现，温老师在狱中表现很好，积极组织难友与国民党反动派作斗争，努力学习革命理论和自然科学知识。这些材料足以证明温老师在国民党监狱的革命立场是坚定的，是坚强的革命者，是革命老前辈，怎么能怀疑他是叛徒呢？

我又和温老师谈了几次，更加坚定了我的看法。于是，我向系里的军、工宣队建议尽早做出结论，“解放”温济泽，但是遭到拒绝。于是，全新闻系一次又一次掀起给温老师施加压力的活动，发动写大字报、开批判会。那时，温老师已是五十四五岁的人了，又有多种疾病，这种加压方式对他身心的摧残，二十出头的我根本没有体会。当年的温老师坚持住了，没有倒下，也没有瞎说，一直实事求是。现在想来，我更加钦佩温老师。由于众

所周知的原因，当年，在与温老师的接触中，我尽量“保持距离”，不流露出对他的同情和钦佩。但是，温老师还是发现我与别人不一样。一天，他与我谈话时，提出为他的“右派”平反和恢复党籍问题。我听说过，“右派”的问题中央有说法，才能平反。我反复考虑，世界上什么事都有特殊情况，“右派”也是这样，我看过温老师被打成“右派”的材料，认为那是与中央广播事业局领导之间工作上的意见分歧，而且老师的许多意见是正确的，构不成反党罪名。既然温老师离开党多年还念念不忘恢复党籍，而且在教学上做出了很大成绩，为他说说又何妨？可是军宣队、工宣队领导一听就火了，说：“李春荣，你不是给自己找病吗？温济泽也太不老实，历史问题还没交代清楚，又想翻‘右派’的案，真是异想天开！还得帮助他。”

1969年夏天，开始考虑给温老师定性、作结论。我和军、工宣队领导的意见很不一致，军、工宣队认为，不定“叛徒”，至少也该定“自首变节”。我认为，他革命立场坚定，历史清白，没有历史问题。双方的根据却一样，就是以温济泽名义写给国民党的一纸请求假释的呈文及国民党当局的批文。

这个呈文是“文革”初期，上海的红卫兵在抄温老师亲戚家时发现的，后来转到了广播学院，军、工宣队如获至宝，认为是温老师写的，是他“自首变节”的有力证据。

其实，对这个问题，温老师早已“交代”清楚了。记得有一次，军代表问他：“你在国民党监狱坐牢的时候，做过什么对不起党的事？”温老师坦然的回答：“没有。”军代表拿出这个请求假释的呈文和国民党中央执行委员会的批文，给温老师看，要他说清楚。温老师仔细地看了呈文和批文，从容不迫地说：那是在1936年初，三叔看望他时告诉他，按法律规定，在监人员服刑满刑期的三分之一，可以假释出狱。家里以二叔的名义，为他办了一个假释手续。呈文完全是按当时的口供写的，说他被抓是冤枉的。在国民党军事法庭上，他的口供就是这样。后来，三叔又来探监，告诉他，家里呈请的假释，没有得到批准。温老师说：“1937年我出狱后，当时急于寻找组织，参加抗战，并没有向家人问起这件事。家里人替我办的请求假释的呈文和国民党中央执行委员会的批文，我这是第一次看到。”针对军代表对他的怀疑，温老师据理辩白。他首先强调：一、呈文并不是他的笔迹；二、从呈文中“免其徒刑，俾得早出狱门”看，很明显是第二者的口气；三、署名虽然盖了他的印，但在狱中，犯人都按手印（指纹），从不用名章，显然这章是他家里人盖的。由这三点证明，这个呈文不是他写的。温老师接着说：“你们再看批文的内容，‘案经饬查，该犯言论态度，尚属诚恳，惟对于参加共党一节，始终未将实情供出，尚无改悔决心，所请提释，碍难照准。’这是国民党最高当局批文，其中有蒋介石、汪精卫、陈立夫等人签名，他们都认为我始终未将实情供出，怎么你们却说我自首变节呢？……”说到这里，温老师显得十分激动，和军代表冲突起来。后来，是我说了几句话，才缓和了气氛。

尽管温济泽老师已把问题说清楚了，但军代表仍然认为：温济泽为了出狱写呈文本身就说明他贪生怕死，革命者就应该决心把牢底坐穿；尽管呈文不是他自己写的，如果他立场坚定，他完全可以拒绝申请，拒绝出狱。今天看来，这种观点是多么荒唐！多么可笑！但是，在当时，这种宁左毋“右”的思想是有代表性的。两种意见相距甚远，而且针锋相对。争论的结果，双方让步，初步定为：温济泽在国民党狱中思想动摇。就是这样一个不符合事实的结论，宣传队仍然怕担风险，提出召开新闻系全体师生员工大会进行讨论，由我在大会上介绍情况，宣布结论。

那是一个晚上，全系师生员工集中到新闻系六五一班的大教室里，我说完情况后，全场鸦雀无声，似乎空气都凝固了。很大一会儿，才有一位同学说：“什么叫‘思想动摇’？谁看见了？没有问题，就是没有问题。”我紧接着说：“我同意！温济泽的历史是清白的。”“那就不应该再给他留一个说不清的尾巴！”那位同学说。大家开始交头接耳，窃窃私语，但没人正式提出意见。军代表反复问大家还有没有意见，一直没人回答，于是，宣布散会。会后，军代表对我说：“没想到，真没想到是这个结果！”于是，我又提出去掉那个尾巴，干脆就写历史清白或没有历史问题。不久，专案组就停止了对温老师的隔离审查，还召开了全系学生员工大会，“解放”了他。温老师从“牛棚”“解放”出来的第一天，是我送他回家的。他因为“历史问题”在“牛棚”里禁闭了两年多，对能够回家自然很欣慰。看得出来，那天，他的夫人钱家楣和女儿温飚都很高兴。我也分享到他们一家人的快乐。

1969年10月，林彪下达了紧急战备的一号令，那时中苏关系紧张，为防止苏联突然袭击，北京要疏散人口，广播学院的老师和尚未分配的学生都被迁移到河北省望都县东张庄村，开始是搞教改，1970年初春，又根据林彪、江青指示，开展清查“五一六”运动，一直折腾到这年夏末。

1970年初，军、工宣队突然通知我从新闻系六五一班搬到六五二班的宿舍去住，不久，又宣布对我隔离审查。我被看管起来，失去了自由！接着是没完没了的批斗。批我什么，当时特讲出身，我出身好，又没什么错，就批我为“老右派”温济泽翻案，批我与温济泽划不清界限。一天傍晚，原来房东家的小弟弟跑来找我，当着专案组的人说，我给李大哥送点吃的，说着把我拉到一边，递给我一块饼子，小声说：“他们几个（我知道他说的他们几个是我原来一个宿舍很要好的同学）都挨整了，不让他们睡觉，还让他们跪门槛子，都承认了。有人还‘咬’你也是‘五一六’。我妈说，好汉不吃眼前亏，不要当从严的典型。”说完他匆匆地走了。听了这些话我真的有些害怕，我“态度不老实”是出了名的，要从严处理我，早有耳闻。怎么办呢？在那指鹿为马的年代，硬把你打成“五一六”，从严处理是完全可能的。温老师就无中生有地硬是被打成“右派”，他在国民党的监狱里表现得很坚强，却硬要打成“叛徒”、“自首变节”，这都是我看到的。打你李春荣一个“五一六”分子不是很容易吗？若要打成“五一六”，我这一生就完了。与其那样，不如以死表示自己的无辜和清白。可是我的老娘怎么办，我的父亲为了中国人民的解放事业牺牲了，还要让老母亲晚年受折磨吗？不能！再者，你死了，人家还会说你“畏罪自杀”。温老师在国民党的监狱里关了五年多，又当了十年“右派”，要想死，也死过几次了。面对磨难，他坚强地活着，对自己的未来充满信心和希望。我为什么不能像温老师那样，坚强地活下去呢。想

651班周复民、曾光伟看望病中李春荣

到这些，就增强了坚持到底的决心。清查“五一六”运动和1957年的反“右”运动一样左。专案组的人为了让我承认是“五一六”，威、逼、诱、骗、诈，什么手段都用上了。但不论专案组用什么办法，我都以温老师为榜样，坚持实事求是，坚持不说假话。

我是在负责温老师专案的过程中了解了温老师，从而产生了敬佩之情；又是在挨整时，切身感到温老师品格的高尚可贵！榜样的力量是无穷的。我在向温老师学习中渡过了难关，没有害己，没有害人，没有给党和国家造成损失。参加工作以后，我也一直以温老师为榜样，任劳任怨、踏踏实实地为祖国和人民作贡献。

1978年5月26日，中组部正式批准，为温老师的“右派”平反。6月24日，他在给我的信中告诉了这一喜讯，并说：“用建设四个现代化社会主义强国的要求来衡量，我们许多人的水平都太低了。而到本世纪末，只有二十二年半了，只不过八千多天了，时间不等人，我们应该如何努力才是啊！我已满头白发，但我会跟年轻人一起，在新的长征路上，努力做到不落后一步。”以后，温老师又多次来信，字里行间都表达了他舒畅的心情、拼命工作的精神和对年轻人的希望。他正在与时间赛跑。每次读完他的信都使我备受鼓舞和教育。如今，温老师已经离我们而去，他的一生是革命的一生，奋斗的一生，为国为民鞠躬尽瘁的一生。他永远是我们的榜样。

1999 年 9 月

（本文选自中国国际广播出版社 2002 年出版的《永远的怀念——温济泽纪念文集》）

【作者简介】

李春荣　1946 年 6 月 8 日生，河北遵化人。1970 年至 1971 年，唐山市丰润县七树庄村劳动锻炼。1972 年至 1976 年，唐山市丰润机电厂工作。1976 年至 1983 年，唐山市丰润县政府工作。1983 年至 2006 年，唐山市丰润县(后改为唐山市新区)广播电视局工作,任副局长。2006 年退休。2009 年 12 月病故。

蜡烛的光辉

吕佩浩

我爱蜡烛。蜡烛能够在艰难的环境中生存。它那跳跃的、金色的光焰，象征生命的火花。“燃烧自己，照亮别人”，这就是蜡烛的品质、蜡烛的精神。我大学时代的老师温济泽就是一个像蜡烛一样，让生命放出光辉的人。

1965 年 8 月，我从上海考入北京广播学院新闻系，有幸成为温济泽老师的学生。温老师当时在新闻系主讲新闻写作、广播业务等课程。他渊博的学识、绘声绘色的讲课、温文尔雅的学者风度，一开始就给我们这些新生留下美好的印象。在我记忆的屏幕上，至今还保留着他给我们上第一堂课的情景。

那天，我们新闻系六五级两个编采班的同学，听说温老师来上《毛泽东在延安文艺座谈会上的讲话》专题讲座，都争先恐后拥进大教室。上课铃响了，只见一位五十岁上下、头发梳理得整整齐齐的老教师，挎着黑色公文包，彬彬有礼地走上了讲坛。他从公文包里取出讲义，但几乎没有看一眼就开始了讲课。他全然没有那些空洞的装腔作势的说教，而是用自己当年参加这次座谈会的亲身经历，生动而又具体地阐述着毛泽东的文艺理论。他的嗓音有点喑哑，但语言流畅，富有逻辑力量，一字一句都拨动我们的心弦。最后，他意味深长地总结说：“毛主席在延安文艺座谈会上的讲话，不仅仅教育培养了一代文艺工作者，应当说，也教育了一代知识分子。这个讲话，也是同学们在今后工作中的指路明灯。”这句话的结束，恰好是下课铃响的时候。课后，同学们纷纷议论说：“听温老师讲课，就像喝浓茶一样解渴。”

那时，温老师是戴着错划的“右派”帽子下放到广播学院教书的。然而，他忍辱负重、满腔热情地向他的学生传播知识的种子，就像一支蜡烛，一星一点，放射着金色的光芒。

1966年6月，“文化大革命”开始了。铺天盖地的大字报，一夜间贴满了庄严的教学大楼。我们朝气蓬勃的学习生活中断了，代之而起的是“斗走资派”、“赶工作组”和“全面内战”。在这“横扫一切”的逆流中，温老师再度遭了殃。他被挂上“老右派”的牌子揪出来示众，批判他时，还新加上了“走资派的红人”，“资产阶级反动学术权威”两顶帽子。他被监督劳动，关进“牛棚”，完全失去了人身自由。他一家三代人受到株连，老母亲还被“勒令”遣送回乡，不久就告别了人世……对老师所经受的苦难，我当时是不全了解，也不能体会得到的，但我内心同情他。我刚入学时，就听高年级同学介绍：老师15岁就参加革命，曾坐过国民党的牢，抗战初期奔赴延安，是延安（陕北）新华广播电台编辑部主任。新中国成立后，他担任中央广播事业局第一副局长、中央人民广播电台副总编辑，是广播界的资深前辈。在“反右派”斗争中，老师不幸被划为“右派”，开除党籍，撤销领导职务，下放到广播学院教书。我当时认为，一个出生入死、跟着党干了几十年的“老革命”，走到这一步已经够惨了，怎么能再给他“雪上加霜”呢？

1967年六七月间，温老师病了，病得很重，经医院证明和学院军训团的同意，他才能在家疗养。然而，他又不“安安稳稳”养病，在家写什么“报告”，要“翻”“反右”运动中给他定的“案”。因此，不久，他又被大字报点了名。

一个闷热的下午，我带着这个叫人难解的疑问，来到德胜门内大街麻花胡同，找到温老师的家。老师的家只有两间连着的平房，屋里陈设十分简陋。其中的外间，大门正对面摆着老式书桌，旁边放着一张单人木板床。另一边墙上靠着书架和杂物柜。八九平方米狭长的小屋，显得十分拥挤。

“怎么住房这么小啊？”我问。

“原来我们住在一个独家小院，我被划成‘右派’后，就搬出了小院，住到一排三间的房子里。最近，广播局房管部门强调住房紧，又让我退出一间……”老师一边给我倒茶，一边解释说。我捧起茶杯，久久望着老师，只见他两鬓长出了银丝，面容憔悴。“您最近身体怎么样？得的是什么病？”我关心地问。老师告诉我，他于1966年患心肌梗塞，在医院住了三个月，这年2月刚出院，本来医院开了证明，还要继续在家调养三个月，但没过几天，红卫兵“勒令”他返校，他只得回去。由于病没有好彻底，这次又重犯，心脏绞痛，心怦怦地跳，不得不再请假回家休养……

“老师，您究竟图什么？病得这样，还要翻什么案！”我心里憋不住话，干脆直截了当地问。

温老师没有回答我的问题。他打开抽屉，找出一叠铅印的材料。

“这是反右运动的时候，我保留下来的材料，上面有当时的组织决定和有关我的一些言论，你看看吧。”老师坦然地说。

我一页一页翻看着，心情不平静起来。这哪里是什么“右派言论”，白纸黑字，经过时间的考验，倒是老师卓有远见的历史印记！那是在反右运动

右一吕佩浩　右三温济泽老师　右四翻译家张庆年

的后期，中央广播事业局主要负责人提出一个整改方案，要从对外广播和对内广播部门抽调人员成立一个统一发稿的编辑部。当时，温济泽老师作为广播局的副局长分工主管对外广播，他不同意这个方案，认为应当“内外有别”，如果硬要统一发稿，就会削弱对外广播。他当时还提出了对外广播与对内广播有四个不同，即对象不同、任务不同、内容不同、宣传方式不同。这“四个不同”，就被批判为“对外广播特殊论”，后来又升级为“反党纲领”。就这样，温副局长被打成“个人主义野心家”、“反党小集团的头子”。当年，温济泽还抵制了对外宣传上的一些左的做法，试图把对外广播办得更具有知识性、趣味性和人情味。这些也被批判为“篡改对外广播的政治方向”，“借口迎合听众的要求和乐趣，死心塌地为帝国主义大老爷服务”，是“国内外资产阶级在党内的代理人”，等等。我当时还是一个单纯的学生，没有多少判断是非的能力，但我确确实实感到，老师被划为“右派”是冤枉的。

我又向老师要来了那份被人点名批判的“翻案书”草稿，上面如实写着老师被错划为“右派”的经过。最后老师写道：

我 1929 年就参加革命，那时候，我就相信只有共产党才能救中国……跟党那么多年，我相信党是了解我的……我没有什么别的要求，我只是希望组织上能实事求是作出结论，恢复我的党籍……我要为党工作……只要我还能工作，我就要为党和国家多做点事情……

我读着这发自肺腑的文字，像是摸到一个老共产党员滚烫的心。我开始理解我的老师，理解蜡烛为什么会发出金色的光。

从温老师家出来，一路上，我心潮翻滚。那时，我一个向往革命而并不懂革命的青年学生，还不能摆脱狂热的派性和极左思潮的影响。但是，严酷的事实使我感到，“造反有理”这个字眼不那么神圣了。造老干部的“反”，把老师当敌人，总不是“有理”吧。我感到自己太渺小了。我没有力挽狂澜的能力。我为自己不能为受委屈的老师大声疾呼而问心有愧！从那以后，我就厌倦了“运动”。我积极主张解放干部，把他们结合到领导班子中，以早日结束“文化大革命”。外语系有个同学，头脑比较简单，他真把温老师看作“牛鬼蛇神”，曾几次动手打老师。我知道此事后，就跟他说：“温济泽是好人，你不能再打他。即使是其他受审查的人，也不能体罚，要以理服人。”这位同学平时对我比较信服，自那次谈话后，再没有打过老师。当时，我所能做的，也就是这些而已。

三年以后，林彪、“四人帮”出于浑水摸鱼、篡党夺权的需要，在全国掀起了一场所谓的清查“五一六”运动。广播学院无一例外，被卷入这场漩涡。在严重逼供信的情况下，有些人就把江青等人胡说的“五一六”阴谋活动天方夜谭式编到了广播学院，致使数百名在校学生和老师受到审查和错误处理。我也在一夜之间，由“革命动力”变成了“革命对象”，遭到无情的批判、斗争，毕业时被做了错误的组织结论，发配到祖国南疆广西的一个少数民族聚居的山城工作。为了澄清是非，1970 年 11 月间，我千里迢迢赶回北京，来到位于东郊的广播学院。正巧，那天在校门口遇见了温老师。老师说，他和高而公老师合住一个宿舍，高而公最近有事不来校，他的床位空着。“你可以到我的宿舍住，这样，就不用城里城外往返走，办事方便一些。”于是，我就在老师的宿舍里住了十多天。

那时，江青在一个文件里对广播学院做了批示，学校被强令停办。老师们匆忙地做着上干校的准备。我独自徘徊在校园里，眼前的一切是那么的荒凉，萧瑟的秋风驱赶着枯黄的落叶，满地的杂草似在颤抖，昔日的教学大楼已被改为一家印刷厂的车间，那隆隆的印刷机声，显得特别地刺耳……眼前的一切，真叫人心碎。我个人的政治生命，也和学院的命运一样黯淡、渺茫……我悲观了，回到宿舍，痛苦地向温老师倾吐自己的心情。

“老师，我一个才二十几岁的青年，还没有踏上社会，就背上了沉重的包袱。我的前途……”我说不下去，难过地流下了眼泪。“不要灰心。”老师诚挚地安慰我：“你还年轻，今后的路还长着哩！”老师沉默了一下，又说：“历史是由自己写的，不会被任意改变。但是，有些是非问题，不是一下子就能够搞清楚的，要耐心等待，要相信我们的党……”

“要相信我们的党”，这句话要是别人讲，兴许我会认为他唱高调，但是，此时此刻，从温老师口里讲出来，我觉得字字重千斤！我想起了1967年夏天在老师家里的情景，想起了这十几年来老师走过的艰难路程。我领悟了一个道理：老师之所以能像蜡烛那样，把生命化为金色的光芒，照亮他学生的心灵，是因为他始终相信党，相信光明一定会战胜黑暗。对光明的执著追求，点燃了他生命的火花！在老师的启发下，我的苦恼烟消云散了。历史的进程完全证明了老师当年的预见：1971年，林彪叛党叛国、折戟沉沙以后，中央广播事业局对学院清查运动作了复查、甄别，给我所在单位发函，证明“吕佩浩同志在‘文化大革命’中，有过一些左的错误，但并没有参加‘五一六’组织，也未发现其他的政治问题”；“四人帮”被打倒后，北京广播学院党委经广播局党组批准，再次来函，进一步指出学院的清查运动是“一次冤假错案”，“有关吕佩浩同志档案内的一切污蔑不实之词均予推翻”。1978年，广播学院党委组织部在答复我所在单位党支部函调中，对我作了“在‘文革大革命’中表现是比较好的”、“能够较好的执行党的干部政策，保护了一批老干部”的评价。1979年12月，我终于加入了中国共产党，获得了政治生命，这是后话。

我永远不会忘记，离校前，温老师对我讲的一席话。他说：“我现在还不服老，虽然身体不好，我要至少再为党工作二十年……”“我要至少再为党工作二十年”这句话，老师讲得特别有力，像鼓点一样，打动我的心。我们年过半百的老师，是这样对待生活，对待党的事业，那么，他的学生，在生活的大海里刚刚扬起风帆的青年人，应当怎样回答老师的挑战呢？……这时，我确实为蜡烛那美丽的生命之花所感染。

几天后，我就乘上南下的5次特快列车，走上了奔赴边疆的漫漫征途……

此后，老师在逆境中奋进的形象，他身上所特具的蜡烛的品质、蜡烛的精神也一直激励着我在漫漫的人生路上前行……

（原载北京广播学院1979年《校庆特刊》，又入选北京广播学院出版社2004年出版的《50年50人》一书。编入本书时略作修改。）

【作者简介】

吕佩浩　北京广播学院新闻系编采专业1969年毕业生。先后在县、自治区和中央级新闻单位工作，历任记者、编辑、主任编辑等职，现为中国国际广播电台高级编辑、中国国际广播出版社特聘编审、中国传媒大学南广学院客座教授。策划和导播的中国国际广播电台对华侨广播部与海外华语电台的“向全球华人贺岁”卫星联播等五个节目，获全国优秀广播节目奖。所编辑加工的《再造中国》被有关媒体评为当年度全国十大畅销书之一；《东方之鹰》被作为日中民间文化交流的象征，赠送给国家最高领导人。系《中华文化大辞海》的编委。主编《汉语非本义词典》（与陈建文合作）、《温济泽百年诞辰纪念文集》（与温飚合作）等著作。曾被评为中国国际广播电台优秀党员、先进工作者和广播电影电视部先进工作者。2007年获得中华全国新闻工作者协会颁发的从事新闻工作三十年《荣誉证书》和纪念章。

在“温济泽生平事迹展”开幕式上的讲话

吕佩浩

尊敬的高福安副校长，

各位老师，各位学长，各位朋友：

今天，我很高兴回到自己的母校，参加中国传媒大学传媒博物馆举办的“永远的怀念——温济泽生平事迹展”开幕式，同时，把我们集资铸造的温济泽半身铜像赠给传媒博物馆。

大家都知道，温济泽老师是著名的新闻学家、新闻教育家。他是延安（陕北）新华广播电台的编辑部主任。那时，电台并没有台长和总编辑，编辑部主任实际上做的是台长和总编辑的工作。所以说，温济泽是我国人民广播事业的开拓者和主要创办人之一。新中国成立以后，温济泽担任了中央广播事业局第一副局长、中央人民广播电台副总编辑，主管对外部的工作，在对外宣传上做了有益的探索。1958 年，他被错划为“右派”，下放北京广播学院新闻系任教。“四人帮”倒台以后，他是中央机关第一个平反的“右派”，被称为“春风第一燕”。此后，他担任中国社会科学院研究生院副院长、院长，为研究生院的建设发展和社科人才的培养做出了卓越的贡献。我认为，温老师在广播学院任教时期，虽然没有担任什么领导职务，但他编教材，提出开门办学，为学院的新闻教育做了奠基性的工作。他“燃烧自己、照亮别人”，在逆境中奋进的精神，也深深影响了他的学生。为母校捐赠一尊温济泽半身铜像，让她永久性地陈列在传媒博物馆，是对温济泽老师最好的纪念，也是他的战友、同事、学生的共同心愿。这不仅是对老一辈新闻学家、新闻教育家的缅怀，而且对发扬前辈的革命精神、传承校园文化、激励莘莘学子都具有积极意义。

我们捐赠的这尊温济泽半身铜像，高 60 公分，重 120 斤，用黄铜铸成。与此同时，根据母校传媒博物馆提出的要求，我们为铜像配套设计了底座。底座为实木结构，高度为 1.05 公分。底座正面上方铜板上用魏碑体横书“温济泽”三字，第二行是温济泽老师的生卒年。下方铜板上是资深新闻人、作家、书法家张宝林先生题写的温济泽的座右铭：“燃烧自己，照亮别人”。张宝林先生也是温济泽老师主持中国社会科学院研究生院工作期间亲自带的首届新闻学硕士生。铜像由著名雕塑家、广州城市建筑学院曹广豫教授设计制作，温飚、谢骏和我三人监制。捐资者有原北京广播学院新闻系老师赵玉明、曹璐；有张振华、张清廉等首届毕业校友，有张金莱、周复民、邹兰春、韩贤忠、王荣辉等六八届、六九届新闻系及外语系的毕业校友；中国社会科学院研究生院新闻系首届毕业生陈力丹、李松晨、张宝林、李彩英和温老师

作者与赵玉明老师（右）、曹璐老师（左）在温济泽半身铜像前留影

的亲友后学杜淑英等也做出了积极贡献。作为这次活动的发起人，我和谢骏同学向他们表示深深的谢意！

我还要感谢母校，感谢传媒博物馆馆长潘力教授的一贯支持。潘教授一开始就对我明确表示：“温济泽是中国传媒大学的名人，是我国新闻广播界的名人。他的铜像要放在中国传媒博物馆的大厅里。”母校的需要，是我这些年来为铜像奔走努力的力量源泉。

我和谢骏同学联手发起向中国传媒大学博物馆捐赠温济泽半身铜像还有一个想法，是要在社会上提倡尊师重教的新风尚。我们入北京广播学院学习不到一年，就遇到了“史无前例的无产阶级文化大革命”。发生在上世纪六十年代的这场革命，实际是史无前例的“革”文化、“革”教育的“命”。我们这些当年的红卫兵既是“文革”狂热的拥护者，也是受害者。在“文革”中，母校许多老师都受到了冲击，戴着“右派”帽子来广院任教的温济泽老师不可避免地承受了更多的苦难。今天，我们有责任从体制上、思想上对产生“文革”灾难的缘由进行反思。在“文革”中，我虽然凭良知保护过一些干部和教师，但不是“一贯正确”的。记得我曾经起草贴出过一张“彻底砸烂黑基地”的大字报，荒唐地提出要“解散广播学院”，打击一大片。我所以会贴出这样的大字报，固然是因为毛主席说了“文科大学没必要办”和江青诬蔑广院是“彭真四大基地之一”，但主观上还是自己幼稚，盲从，受极左思潮的毒害。如果广播学院真的“解散”了，我不就成了历史的罪人？近十年来，我每次回母校，看到学校的发展变化，都为自己当年的言论和行为感到羞愧。今天，我愿在这里对我“文革”中说的错话、做的错事表示公开的忏悔。虽然这个忏悔迟了四十多年，但我认为是必要的。（鼓掌）

今天，我能同大家一起，为敬爱的温济泽老师铸造一座纪念雕像，也可以说是为尊师重教出了一份力。

愿温老师的精神和美德代代相传！

谢谢各位！

2014 年 4 月 18 日

中国传媒大学
传媒博物馆

接收证明

尊敬的吕佩浩、谢骏等先生/女士：

兹收到你们发起制作并捐赠传媒博物馆的温济泽半身铜像及底座一套。

特此证明。

中国传媒大学传媒博物馆
二〇一四年四月

铜像制作捐资人名单：

赵玉明	曹　璐	张振华	张清廉	刘　海	朱宝贺
贾延龄	林基植	谢荫达	韩同熙	蒋咸康	樊保安
孙秀锦	周复民	邹兰春	李振海	王肇文	朱月昌
杨迎新	吕佩浩	张金莱	韩贤忠	王荣辉	魏秋芬
陈力丹	李松晨	张宝林	李彩英	谢　骏	温　飚
杜淑英	李笑山	郝振刚			

中国传媒大学传媒博物馆
二〇一四年四月

访顾湘

谢　骏

1979年8月7日下午，我怀着敬仰的心情，拜访了十年没有见面的原北京广播学院党委专职副书记顾湘同志。

“顾湘同志在家吗？”我敲着广播局专家楼508号房间的门框向屋里问。

“在。谁啊？请进来吧！”一个老太太用低沉的声音答话。

我掀开了布门帘走进屋去，报告了姓名和说明了来意。只见那老太太剪着的短发，全都白了。脸有些浮肿。两眼被挤成一条缝，左臂弯在肋间，左手的五指叉开着，伸向不同的方向。右手拄着拐杖，一步步缓慢艰难地向我移动着。

“我就是顾湘。欢迎你，同学！”

我愣了一下。眼前立刻闪过十五年前，她那头上盘着一条又粗又黑的辫子的形象，急忙抢上一步想搀扶着她。“不用啦！我要自己锻炼着走路！”她转过身来指向沙发的位置，说：“我要是不活动活动，就真的瘫痪得爬不起来了，对不对？”我跟着她移动脚步，想起了一件往事。那是1965年8月28日我跨进北京广播学院的第一天，在西校门口老同学列队夹道欢迎新生。而站在最前面的就是当年的副书记。她抢过我手上的网兜，直送我走进学校4楼宿舍，边走边问长问短。还叫同学打了洗脸水，送来了信封信纸，反复叮嘱我们赶快写封信，向家里报个平安。这印象是难忘的。那时我真感到学院可爱，领导温暖。

“坐下，吸烟吧！”她自己从茶几上的一个碗里拿起一块冰放在嘴里。

“我不会，也不想学。”我说。

她赞成道："这好啊！学了没有好处。我几个月前还抽烟。现在含这个代替烟，也挺有意思的。"接着，她很风趣地补充说："前些时，我糖尿病犯了，住了院。医生劝我不要抽烟，我答应了。后来，烟瘾上来了。我请求医生每天发给我一支烟。医生说，给了一支，就要给第二支，这样就戒不了烟。我一想也是。一个共产党员连这点毅力都没有，算什么呢？我下了狠心，终于不抽烟了。哈哈！"她爽朗地笑了。

"你不抽烟，就剥南瓜子吃吧。"她亲切地说，"我的病，忌嘴的东西太多了。"我们就这样唠开了。

"前几年我们把你害得好苦啊！"我说。

"是啊！但这话不够准确。应该说是'四人帮'害的。"她的话勾起了我的回忆。早在1966年7月23日，康生、陈伯达、江青、张春桥、姚文元，还有关锋、王力、戚本禹等就一窝蜂地涌进广播学院。从此，学院大乱了，群众分成两派，整天内战不休。1967年初，江青、王力又煽动，要广院学生散向全国各地电台夺权。1969年3月11日，江青还在一份向广播学院选调小语种外语人才的文件上毫无根据地做了"批示"，"这原是彭真等人的基地之一"，对该校的毕业生要加强教育，云云。那些抓住鸡毛当令箭的人，就搞了一场所谓"砸烂黑基地"的运动，硬是按江青制造的"模式"去抓黑帮和黑线人物。那是已经结合进了革委会担任副主任的顾湘同志又重新被清除了出来，再一次被扣上"反党联盟"成员的帽子。与此同时，还在学生中大抓"五一六"分子，新闻系六五级就关起来二十多人，占总人数的四分之一。

顾湘同志直了直腰说："我对广播学院还是有感情的，我亲眼看着它是怎么发展的。我对那里的老师和毕业的同学都没有坏的印象，他们还都是想要革命的。问题是'四人帮'没安好心，他们也坑害了大伙儿。"她咽下一口冰水，接着说，"马克思不是号召要解放全人类吗？所以，不能向群众去算老账。算账就要跟'四人帮'去算。"

她说着说着，情绪越来越激动，两行热泪流了下来，"今年1月，学院里召开大会，给我宣布平反了。大家要我讲话，我没有准备。当时，我想到的是感谢党中央，感谢学院党委。一时找不着什么话讲。我突然想起新中国成立前贺敬之同志和我弟弟丁毅共同创作的歌剧《白毛女》中的一段歌词，倒和我的心意。我即兴念道：

向前走，不回头，
我有冤来我有仇，
有仇有冤说不完。
淘不干的水，
扑不灭的火，
我不死，我要活。
万恶的‘四人帮’，
千刀万剐心不甘。

“我只改了后面的两句。”她眉宇间显露出苦尽甘来的表情。

“自那以后，我好像病减轻了许多，也更加注意锻炼身体了，每天上午下午在室内活动四肢关节，到阳台上望远增加视力……”顾湘深深地吸了一口气说，“小谢，你可不知道，我现在最大的痛苦不在于病魔缠身，而是党还没有分配适当的工作给我。”

我安慰她说：“不用心急，还是先养好病再说。”

她休息了一会儿。讲起了1971年她随丈夫一起下到云南，1978年才调回北京的情况。最后，好似作总结一样，又好像谦逊地征求意见似地对我说：“前些日子，我琢磨了几句顺口溜，你参谋参谋。”她信口吟诵起来：

五年冤狱不知愁，
莫名为何做阶囚？
乌云摧散擒妖魔，
我得今日昂起头。
恶贯满盈“四人帮”，
折磨我身致病残；
含恨锻炼有八年，
为等工作那一天。

汗水从她脸颊上下淌。泪水在我眼眶中转动。

我说：“顾湘同志，您该休息了！”“不，我很愿意和来看我的老同志、老同学聊聊。”她执拗地说，“要不是老师和同学们保护我，我早就变成灰了。”

我恋恋不舍地离开了顾湘的家。再回来的路上，我的脑际仍留着这位坚强的老战士的身影。1937年，她参加革命奔向延安；进城后，刻苦学文化，后来又从广播局调到了广播学院负责党团工作。“四人帮”的残酷迫害，使这位65岁的人提前衰老了，但她的心不老，仍然在抵抗着疾病，随时听从党的安排。

多么可敬，可爱的老师啊！

要是有人问“四人帮”的罪行是什么？我可以回答说：他们除了整死了一大批党政军老干部而以外，还在幸存者的身躯上留下了难以愈合的伤痕。

（原载北京广播学院 1979 年《校庆特刊》，编入本书时略作修改。）

【作者简介】

谢骏　江苏东台人，1944 年 12 月生。1969 年毕业于北京广播学院新闻系编采专业。1978 年考入中国社会科学院研究生院新闻系，师从温济泽，攻读中国共产党新闻事业史。毕业后留院工作。1983 年至 2005 年在广州暨南大学新闻系任教，主讲《中国新闻传播史》、《外国新闻传播史》、《新闻心理学》以及《普通心理学》等课程。退休后，先后在中山大学南方学院文学系、广东财经大学华商学院文学系发挥余热。曾参与《宣传舆论学大辞典》（经济日报出版社出版）和《中国新闻事业通史》（中国人民大学出版社出版）的编撰工作。参与《中国大百科全书·新闻出版卷》编撰，为广州地区初审领导小组成员，负责定稿工作。1986 年出席在贵阳召开的该卷新闻理论分支全国专家定稿会议。主编《港澳大百科全书·文化篇》（广州花城出版社出版）。2001 年 11 月应邀赴香港浸会大学传理学院讲学。出版《新闻传播史论研究》（福建人民出版社出版），被中国人民大学方汉奇教授指定为他的博士生必读书。在有关的学术会议和刊物上发表《陈独秀伦理思想研究》、《广告心理探析》、《李提摩太在晚清东西文化传播中的历史作用》、《从心理学解释美国报纸视觉设计》等学术论文，有较大影响。2011 年，撰写传记《温济泽对新闻广播的建树》，收入《中国新闻传媒人物志》丛书，长城出版社 2014 年 5 月出版。

广院饭菜甲京华

谢　骏

北京广播学院大概是首都面积最小的大学之一，全校只有一栋苏联人盖的马蹄形的四层灰色大楼。全院分三个系：外语系、新闻系和无线电系。“文化大革命”开始才分成西校和东校，东校即北京石油学校迁往大庆而由广播学院外语系接收。为防止红卫兵冲击中央人民广播电台，全院奉命撤离西校，全部归并到东校，即现在的中国传媒大学的南校区。

学校小，被人戏称为袖珍型大学，不能让人引以为荣，但有一点却是其他院校无法相比的，那里精心制作的饭菜可能是全京城的大学之冠。

刚一入学，让我们吃惯瓜菜的贫苦出身的学生感到天天像过年一样，有鱼有肉，有鸡有鸭，伙食太好了。记得当时我们的伙食费只要十几元，肉是七毛钱一斤，后来调价到九毛钱一斤。我的助学金每月 15.5 元，还能节省出 3 元用于每月零花，买些牙膏、毛巾、书籍等。伙房的大师傅们想方设法，让大家吃好，印象最深的榨菜炒肉片，肉片多，榨菜是点缀。入学教育时，我们不少同学向政治老师郝孚江反映，要求降低伙食标准，并有人提议向彭真市长写人民来信，反映我们的意见。郝老师后来告大家，不仅不降，反而要往上提升，原因是上面有指示，毛主席作了“七・三”指示，你们这些人任重道远，希望寄托在你们身上。

广院有个规定，每班都设有生活委员，每天都会有人轮流到伙房帮厨，参与一些力所能及的劳动，可以亲眼看到大师傅们的操作。说是监督，实际是培养感情。1969 年全院迁往河北省望都县张庄大队时，也仍然坚持这个制度。

我在国内走过不少地方，尝过川菜、鲁菜、粤菜、淮扬菜等，去国外也尝过韩国、新加坡、马来西亚等国的菜，与国内国外各式各样的菜肴相比较，我还是觉得广院的菜最好吃。想起来还余香满口，馋涎欲滴。现在记起的菜名，就有鱼香肉片（丝）、米粉肉、烧茄子、虎皮蛋、熘肉段、糖醋白菜……

主食也很有特色，每当我们有重要活动，如“五·一”、“国庆”或者春游，游行，大师傅们为我们蒸上糖三角、花卷、烤上火勺，以及千层饼等，到了望都，在用红薯粉做的窝窝头上还镶嵌红枣，让大家觉得有丝丝甜味。

在校时一旦有人生病了，只要从校医室开到病假条，大师傅们都会精心做上有滋有味的香喷喷的面条。

菜好吃，有个人功不可没，他的名字叫贾文魁。这位师傅身材高大，非常低调，从不出现在大庭广众之中，总是默默无闻地变换着他的手艺和花样，他好像以大家一下子抢光了他做的菜为最大的光荣和享受。后来他遭到了批斗，但是工作一点没有放松。主食好吃，因为有个翟英师傅，据说他是在三五九旅当过兵，在战争中受过刺激，喜欢唱老歌。他与同学们有天然的鱼水之情。他时常唱战争年代的歌给大家听，而且声情并茂。他为了把面揉好，经常不用搅拌机，而是抡起大膀子，凭着双手反复搓，反复压，反复揉，让面团变松软而有弹性。

广院啊，我的母校，我永远铭记住你的养育之恩！你始终坚持“民以食为天”的理念，是值得我们永远怀念的！

2015 年 7 月 12 日于广州

同窗手足似水长

王春林

我们新闻系六五级有两个编采班，八十多位同学。深厚的同窗手足情把我们紧紧地连在一起。我们自发组织同学聚会，先后在北京、江西、贵州、吉林、河南等地观光旅游。大家回忆往事，谈毕业后个人经历，共话同窗友情，情真意切。

在校时，我和刘国治、贺亹两位同学长期同住一个宿舍，在一起的时间最长，彼此了解最深，结下深厚的友谊。时至今日，眼前时常浮现出他们的人和事，时常想念他们。他们一个来自无锡乡下，一个来自北京城。

大众的“糊哥”——刘国治

先说说刘国治。第一次对刘国治有了一定认识，是 1966 年 6 月我们到红星公社支援夏收。我发现他是一个坚忍不拔、吃苦耐劳、具有拼命三郎精神的人。

来到麦田，说是割麦子，却不见镰刀，实际是拔麦子。我们用两手使劲向上拔，要想连根拔掉非常吃力。农民给我们作示范，弯下腰，先把麦子拢在一起，然后用两只手抓紧麦秆，甩开膀子猛地用力向一侧扯去。干熟的麦子有的连根拔起，有的麦秆从地面处扯断，这要的是一股猛劲和巧劲。

我们每人把着一垅麦子向前拔。我自认干过农活，有一把力气，不把别人放在眼里。不一会儿，我发现有人跑在了我的前面，定睛一看，原来是刘国治。南方同学收稻子在行不奇怪，收麦子可不多见啊，他怎么这么快?

只见他叉开双腿、弯着腰，左右开弓，一刻也不停歇，像是开足马力不知疲倦的战车。很快他就把全班同学远远地甩在后面，身后留下一股土黄色的尘烟。他布满尘灰的脸上淌着汗水，为了防止针尖似的麦芒扎破手臂，大热天他穿上一件长袖子上衣，一看就是一个会干农活的人。收工的时候，我看到他的双手布满了血泡，有的已经磨破了，渗着血水。大家叫他用刺针把水泡挑破，把血水放出来，涂上消毒的紫药水。

广院定福庄新校址东侧有一个大操场，每到冬天就会洒上水，变成一个溜冰场。同学们可以免费从学校体育器材室借用冰鞋，驰骋冰场。一些东北籍的同学，像燕子一样，潇洒自如，看得我们眼馋。我和国治同学也试了一下，站都站不稳。一不小心就摔个屁股蹲儿，引得大家哈哈大笑，非常尴尬。

一天，国治告诉我一个他发现的秘密，说有一个很私密的地方，在那里学滑冰谁也看不到。他领着我出校门往东到双桥，再向南走大约三里路，来到有一个几亩大的小湖前。仔细观察，像是废弃的制砖取土用的土坑。下过大雨后里面积满了水，冬天就成了一个天然滑冰场。我们穿上冰鞋和护膝，练起了滑冰。

不知摔了多少跟头，我们慢慢有了感觉，掌握了规律。只见国治猫着腰身体向前倾，双脚轮流向斜后侧滑去，身体重心也随着脚步动作在两条腿上移动，愈来愈熟练。掌握了动作要领的他又成了我的教练，很快我也学会了滑冰。

这里只有我们两个人，成了我们的专用溜冰场。在这里我们度过了快乐的 1967 年的冬天。

国治同学对人宽厚朴实，热情大度，小事不计较，大事有原则。他在我们班年龄不算大，但是不管老师、同学，也不分男生、女生，共同尊他为大哥，深受大家爱戴。由于他平时大大咧咧，生活小事上马虎糊涂，所以大家都善意地叫他“糊哥”，“老胡”，他会毫不介意地有叫必应。

刘国治爱打篮球，铺位底下放了几双球鞋。每次打球，他总是用脚尖从床下勾出一双，一看，脏了，踢进去，再勾一双，干净一点的，就换上。不到臭味熏天，他是不会刷的。所以，他的鞋子没有最脏，只有更脏。

他床上铺了一条褥子，到外地串联回来褥子不见了，原来是被一位怕冷的同学抽去用了。国治也不索要，晚上把被子往身上一裹，既当被子又当褥子，照睡不误。

他有一件古铜色的丝绵袄，夏天他洗了一下，放在宿舍外面的松墙上晾晒。不知过了几个月，几经风雨，衣服干了湿，湿了再干，上面已经布满了蛛丝，仍不见收回。同学问他，他挠着头不好意思地迸出两个字“忘了”。

这就是我们可敬又可爱的刘国治同学，我们的“糊哥”。

我晚上睡觉怕干扰，一有响动就难入睡。刘国治入睡最快，挨着枕头就呼呼进入梦乡，闹得我半夜睡不着。我就琢磨着想法治治他，开他一个玩笑，叫他也尝尝睡不着觉的滋味。

那时晚上睡觉前，有一个貌似庄严的仪式，叫“晚汇报”。大家必须手持“红宝书”，齐声念诵毛主席语录，再高唱“大海航行靠舵手”。我自告奋勇地承担起“晚汇报”主持人的角色。

左起贺亹　刘国治　王春林

有一次我故意等他刚睡下我才进屋，把他从迷迷糊糊中叫醒。他问我干什么？我说：“饭可以不吃，觉可以不睡，三忠于四无限雷打不动。”他无奈披上上衣，穿着裤头爬了起来。我又说：“衣冠不整，这怎么行？这可是个态度问题。”他只好又穿上裤子，下炕趿拉着鞋站在那里。我指指他的脚，一本正经地说：“把袜子穿上，鞋子穿好，系上鞋带。”他有气说不出，只好照做。我领着他红歌唱了一首又一首，语录念了一段又一段，直到他兴奋起来才罢手。这一夜直到入睡，我再也没有听到他的呼噜声。

文弱单纯的“老哈”——贺亹

再说贺亹。贺亹家住在宣武门菜市口西北不远的小巷子内，典型的四合院内混住着几家人，他家住在南屋。贺爸爸是一位老工人，身材魁梧，和善爽朗；妈妈是一位家庭妇女，瘦小干练，为人热情。班上有几位同学到他家玩，贺妈妈都会买上四毛钱的肉馅，给我们做老北京炸酱面吃。

贺亹在家里是一棵独苗，生活上妈妈为他安排得很周到，基本上是“衣来伸手，饭来张口”，因此他的生活自理能力较差。

他个子不高，瘦削的脸庞上戴着一副高度近视镜。他爱一边踱步，一边和人讲话，在你面前晃来晃去。他走起路来双腿微屈，迈着外八字的方步，一副文弱书生的形象。由于他讲话爱带询问的“哈”字音，同学们习惯叫他“老哈”。

他每星期六下午都回家过星期天，他的衣服也每星期由妈妈洗一次。星期六早上一起床，他就开始考虑下午回家带什么东西。他把衣物和各种物件摆在床上，如数家珍似的反复地挑来挑去。他的兴趣爱好很多，什么针灸呀、下棋呀、吹笛呀、画画呀，读书呀，一件都不能少。回家的时候，他肩上前后搭着两个装得鼓鼓囊囊的布兜，不禁使人想起东郭先生的形象。

毕业后贺亹又和我一起到保定农场接受再教育，同去的有还有张成有、万淑鹏、卢振海。我和贺亹分在一个生产队，住在一个屋子里。我们白天一起干活，一起吃饭，晚上一起聊天，形影相随，亲如兄弟。我对贺亹有了更深入的了解，发现了贺亹的另一面。单纯文弱的表面背后，透露出他的坚强、善良和富有情感。

农场机械化程度不高，除了耕地、运输用拖拉机外，其他如摘棉花、锄地、间苗、收玉米、积肥都得用人力。这里劳动强度很大，晚上还要提着马灯，轮班浇地。到猪圈出粪的时候，需要跳到没膝的泥粪里去。即使到了冬闲季节，我们也闲不住，或被派去挖战备洞，或被派去打棉花包。

说起打棉花包，那可真是个重活、累活。打包的时候，要先把百斤重的棉絮装在一个铁柜子里，柜子两端装有可以扳动的把手。两个人对面站着，旋动把手一圈一圈地转动，就会把棉花压成很瓷实的大方包。打包的时候，满身大汗，脱去了外衣；休息的时候，冷风一吹，湿衣冰凉。这一曝一寒，不少人得了慢性咳嗽病。几个月下来我们的手指磨得变了形，手上布满了又厚又硬的老茧。并拢五指，见不到指缝，手指发硬，握不成拳头。就连我们农村出来的人都感到很累，更别说像贺亹这种"四体不勤，五谷不分"的城里人了。

刚开始，他干活不识稼穑，不会用劲，闹了不少笑话，费了不少笨劲。

有一次刨土豆，我听见贺亹嘴里嘟囔着说："这么大的秧子怎么不结土豆"，我一看，他把一棵叫做涩拉秧的当成了土豆秧，锲而不舍地挖了一个很深的土坑，也不见土豆的影子。锄地的时候，别人用臂力带动锄头，两条腿次第迈动，身后留下两条规则的脚印。贺亹手握锄把的位置很低，他弯着腰用整个身体前后带动锄头，脚印杂乱无章。贺亹不服输，不甘人后，干活像是拼命。一天下来，他的衣服上布满了像地图一样的汗渍。看贺亹累成这样，我们感到十分心痛。

贺亹是一个善良的、乐于助人的人。到保定后，他买了一辆崭新的永久牌自行车。在那个年代，农场中没有几辆，这辆自行车基本上就成了大家的公车，贺亹来者不拒。几个月之后，新车变成旧车，一年后，旧车变成破车。下地的时候，贺亹会热情地招呼体弱的同学坐在后座上。

贺亹又是一个感情丰富的人。一起劳动锻炼的，有一位医学院的女生。她非常大方，无论对谁都很热情，她经常坐贺亹的自行车下地。

保定离北京不远，贺亹基本每个月都会回北京看望父母。有一天，他把我叫到一边，神秘兮兮地告诉我，这位女同学和他可能有戏。我关切地问他怎么回事，他说：“明天我要回北京，她要我带一对枕头芯给她，我问她要什么样的，他说随你，你喜欢我就喜欢。”我丈二和尚摸不着头脑，问他：“就这？”他答：“就这！”我说：“这怎么表明她对你有意呢？”他解释道：“你真不开窍，你想，他让我捎枕芯是什么意思？枕芯不就是‘真心’吗？她说随我，还说我喜欢她就喜欢，这不明明是向我表白，给我暗示，向我求爱吗？”

我心中暗笑，一句求人帮忙时很平常的客气话，就被他当真了。这就是单纯善良的贺亹。我不忍心破坏他心中美好的初恋感觉，怕伤害他很强的自尊心。我又担心他遇到难堪，劝他再观察一段，不要主动出击。他忙说：“对对，姜太公钓鱼，稳坐不动。”

不知什么时候农场中就传言纷纷，话音到了女同学那里。干活时，女同学约贺亹晚饭后到小树林里谈话。贺亹高兴地对我说：“有门，她主动约我了！”吃过饭，贺亹就略施打扮，兴致勃勃地去参加约会了。

晚上10点多，他推门回来，只见他涨红了脸，一副垂头丧气的样子。我问他怎么样？他感到很失面子地说：“她说她没那个意思，是我想偏了，哼！小丫头片子，有什么了不起！”我赶忙附和一句：“就是，没什么了不起！”唉，我爱面子的好同学，怎么受伤的总是你？

贺亹的父亲去世了，剩下妈妈孤苦伶仃，邻居为她介绍了一个老伴。这个老头在工厂看大门，大字不识几个。他人倒耿直，平时爱喝几两小酒，说起话来粗门大嗓。只是以后贺亹回家的次数少了。

超强的体力劳动，损害了贺亹本就瘦弱的身体，他病了。他吃不下饭，显得更瘦了，脸上黄蜡蜡的，常感到肚子胀，胸中发闷。我和张成有劝他到医院检查一下，医生确诊他患上了胸膜炎，腹中有积水。回北京治疗一段时间后，病情稍有好转，他就又回到了农场。

从北京回来后，他非常失落地告诉我一件事。他说，他母亲告诉他，他不是亲生的。他是日本人1945年投降时遗弃的战争孤儿，只有几个月大时，当时在沈阳当工人的中国养父母抱养了他。他忧心忡忡地问我，这算不算政治问题，要不要向组织上交代清楚？他精神压力很大，我和张成有真怕他承受不住。就劝他说；“你是工人阶级的儿子，在红旗下长大，是共青团员！”

不久，我和张成有发现他的精神状态出现了反常现象。他会产生一种幻觉，总说有人要加害他。他还会把附近火车鸣笛的声音，和自己联系在一起。听到长笛音，是说他没问题；听到短笛音，是告诉他要老实坦白。他变得性格孤僻，不愿和别人交往，甚至有时连我和成有也不相信了。

他经常一个人跑到铁道旁，沿着铁路线徘徊。我们担心极了，生怕发生意外。我们想方设法接近他、陪伴着他。和他一起散步，他会怀疑是在跟踪他，毫不客气地把我们赶走。我们只好远远跟着他，默默地护佑着自己亲爱的同学。我们的心在流血，多想把心掏出来对他说：“好兄弟，相信我们吧，因为咱们是同学！我们要保护你！”

农场决定让贺亹回北京治病疗养。临走那一天，我和张成有去火车站送他，他像敌人似的不让我们去。最后，他拿不动行李，只好默认了。一路上，他不理我们，一句话都不说。等车的时候，我和成有一直找话茬。和他讲了很多往事，夸他笛子吹得好，夸他妈妈炸酱面做得香，还说等他病好了，一起去北京接他回来。

到底是同学友情唤回了他的信任。临上车时，我们三人相拥而泣。车开了，跑远了，贺亹还在窗口向我们招手，高喊：“再见，再见！”

这一幕永远定格在我的脑海中，想不到“再见”成了“永别”。1972年我离开保定回河南时，贺亹还在北京治病，从此我们再也没有相见。

以后贺亹分到保定近郊一所中学，当语文教师。他和一位农村姑娘结了婚，生下一个女儿，还给我寄来一张一家三口的合影。

几年后的一天，忽然接到张成有一个电话，说贺亹去世了。我惊呆了，心痛得止不住眼泪哗哗流下来。

成有告诉我，贺亹到中学后，身体仍然不好。他倒是非常注意锻炼和自我理疗。早上，他起得很早，在操场上长跑。平时，他按中医书上说的穴位，自己给自己针灸。

冬天的一个早上，天很冷，像往常一样，贺亹来到空无一人的操场上，开始长跑。谁也不知道他跑了多久，一头栽倒在跑道上，再也没有爬起来，结束了他年轻的生命。当学校师生做早操发现他的时候，他的身体早已冰凉僵硬。

贺亹若有知，我会埋怨他，傻兄弟，你这身体怎么敢长跑呢，这不是要命吗？我还会埋怨周围的人，怎么不告诫他一声呢？唉，也可能劝了没听。

我真后悔，在离开保定以后，没有能再去看他一次，我深深地怀念着他。

2015 年 7 月

感悟师生情

徐汝廷

在中国传媒大学创建五十五周年之际，我们原北京广播学院新闻系六五级一班和二班的同学，怀着对母校的难忘记忆和深厚感情，向母校赠送一幅“师恩难忘”的条幅。“师恩难忘”充分说明老师对我们的恩情让我们无法忘怀，同时凝聚了我们对老师浓浓的情谊。与当年老师之间建立的深厚师生情谊，除了与大家共同的感受之外，我还有着更深的体验与感悟。

1970年我们毕业之后，由于众所周知的原因，学院停止了招生。我们新闻系的老师，也就来到了中央广播事业局“五·七”干校，开始了漫长的艰苦生活。

中央广播事业局“五·七”干校，坐落在河南省淮阳县西部，距离我家不足十公里的黄泛区。毕业后我被分配到山西省晋东南地区广播事业局工作。每次探亲，我都要去干校看望我们的老师。每每见到他们，都有一种到家的亲切感，他们对我非常热情，嘘寒问暖，关怀备至。更难能可贵的是，他们始终保持着乐观、豁达的心态。他们的精神深深感染了我，激励了我。在我于1972年夏天再次去看望他们的时候，他们关切地询问我的工作与生活情况，当得知我有调回家乡工作的意向后，当即表示要帮助我做工作。中间只隔了两个多月，他们就疏通了方方面面的关系，使我得以顺利地调回家乡，并被安排到淮阳县委工作。老师们的帮助，改变了我的人生轨迹。这是知遇之恩，情到深处有知音。我与新闻系老师的关系，远远超越了一般的师生情谊，质变成了无话不谈的知心朋友。我十分珍惜这纯真的情谊，它让我时时感到温暖，给予我精神支撑的力量。

实际上，在我刚刚踏上工作岗位的时候，这种浓浓的师生情谊已经充分体现出来了。他们时刻心系着我们这些走上工作岗位的学子们。刚参加工作不久，我在人生道路上曾一度遭遇了心理上的低谷和政治上的低潮。在我最困难的日子里，是我们的老师，积极斡旋，并以组织的名义及时给单位发函，使我很快摆脱了逆境，放下包袱，轻装上阵。

更令我激动和铭记在心的一件事，发生在1972年10月初。当老师们得知我调回家乡的讯息后，他们亲自到我家看望我，给我鼓励。当时那种热烈的场面，至今我还记忆犹新。我们的赵玉明老师来了，李振水老师来了，曹璐老师来了，朱习华、毕征、张舒、朱晨、高文心老师来了，还有很多老师都来了。在那种封闭的年代里，我们落后的乡村沸腾了，乡亲们奔走相告，争相一睹北京来的大学老师的尊容。我的小妹妹跑前跑后，忙着找板凳让座，我母亲忙着为远道而来的客人烧茶、做荷包蛋，我则与老师们促膝谈心。整个农家小院，欢声笑语，其乐融融。临近中午，我跑到十里外的集市上买些小菜，用家乡薄酒招待我的老师。至今令我内心仍感愧疚的是，在那物质生活极度匮乏的贫穷年代，我拿不出像样的东西招待他们。老师们的这次到来，对我的心灵是一次极大的震撼。他们那情真意切的话语，是心的呼唤，是爱的奉献，凝聚着浓浓的情。它如清风，时时萦绕着我，如骄阳，时时温暖着我。他们的言行举止，让我感到师生之情深。这悠悠的情，这绵绵的爱，让我真心感悟到了存在于我们师生之间纯真的情谊是何等的珍贵。它是我在以后工作中的巨大动力，时刻激励着我尽职尽责地做好本职工作。

弹指一挥间。转眼几十年过去了，我对我们的老师常怀一种感恩之情。

我认为感恩是我们每个人生活中不可或缺的阳光雨露，无论你生活在何地何处，或是你有着怎样的生活经历，常怀一颗感恩的心，生活就会不断地涌动温暖、自信、善良这些高尚的处世品格。感恩使我获得了幸福，报恩净化了我的灵魂。只有十分珍惜老师的恩德，我们的生活才能充满友爱。

常怀感恩之心，使我更加感激和怀想那些有恩于我们却不言回报的老师们。正是因为有了他们，我们才有了今天的幸福和喜悦。我们要铭记老师们那些无私的人性之美和不图回报的惠助之恩。几十年的切身感受使我悟出了这样的真谛：感恩绝不仅仅是为了报恩，有些恩泽是我们倾其一生也无法回报的。更何况，有些恩德更不是等量的回报就能还清的，唯有用纯真的心灵去感知，去铭记，才能真正对得起给予我们恩泽的老师们。

新闻系的老师们，我感激你们！

2009年

【作者简介】

徐汝廷　1970年7月毕业后分配到山西省长治市广播局工作，1972年10月调回河南淮阳县委工作，1985年调任周口市委政策研究室主任，2005年退休。

师生情谊重如山

王春林

在广院五年，和老师们朝夕相处，在那特殊年代里，形成了古今少有的师生关系。师生之间，少了点师道尊严和界限，多了点平等和理解。那时老师不像老师，学生不像学生，倒像是忘年朋友。在一定意义上说，这未尝不是好事。

难忘师生共同度过的激情岁月。回首往事，随着历史和时间的淘洗和沉淀，那场政治劫难中的很多事情，早已变得模糊、淡忘。但师生间的真情和挚爱，却愈来愈强烈。

难忘1969年秋天，师生共同来到密云古北口长城脚下的上甸子公社水石浒村，和农民同吃同住同劳动。大家冒雨出红薯、掰玉米、拉车送粪，享受着动乱年代少有的平静田园生活。

水石浒的高粱米给我留下了深刻的印象，用它做成的饭，又香、又软、又黏。坐在农民的炕头上，同学们给他们读报，听他们讲八路军的故事，帮他们整理村史家史。我配合邹兰春等同学，搜集了水石浒人民旧社会的苦难经历和组织抗日武装、配合八路军英勇御敌的故事，编写出一本叫《红太阳照亮了水石浒山村》的油印村史。这本发黄的小册子先是被卢振海保存，现在被邹兰春留作纪念。

1969年11月，首都各高等院校战备疏散到全国各地。北京广播学院来到河北省望都县东张庄，开展了半年多的“斗批改”。当时老师和学生按军事化编制，一个系为一个连，每个教学班就是一个排，每个排下辖三个学习小组。老师和学生混合编班，基本上都是学生当班长，学生领导老师。大家睡在一张炕上，一起学习讨论，一起搞政治运动，一起劳动。

赵玉明老师、我、邹兰春、刘国治、陈为琛，我们五个人睡在一个土炕上。炕是可着房间的长度用土坯砌成的，中间垒成一排排互相连通的烟道。土坑有三米多长，约一米八宽。六平方米左右的土炕，要想睡下五个人，只能挤着睡。

我们的房东是一对四十多岁的农民，为人热情真诚。育有一男一女两个孩子，四口人住在一所三开间约 45 平方米的平顶房中。他家的房子具有典型的华北地区民房的特色。屋子四角的柱子和窗户以下的墙体，是用黏土烧制的灰砖垒成，其余墙体用土坯砌成。房顶是平的，用黏土、煤渣、石灰混合在一起的“三合土”打成。就地取材，既经济又结实，可以在上面晒粮食或乘凉。

房子分为三间。中间一间做厨房，垒着一台土灶，灶台后面有火道和西面房间的土炕相连。西间做住室，东间放粮食、杂物。

为迎接我们的到来，房东把带有火炕的西间腾给我们，一家四口挤在东

王春林（右）与王求国在郑州接待赵玉明老师（中）

间。我们时常帮房东打扫院子，挑水、拉土，房东也把我们当亲人看待。总是把炕烧得暖烘烘的，又会给我们端上来刚出锅的热红薯。

赵玉明老师给我留下了深刻的印象。赵老师尖削的脸庞上，配上一副近视镜。他不戴眼镜的时候显得眼睛很大，平时说话声音又响，总像是瞪着眼睛要跟人吵架似的。冬天，可能是怕冷，他经常戴一顶蓝色的棉帽子，把两扇护耳放下来保护耳朵。走路的时候，他把两手缩进袖子里，向前抄在一起，架着膀子，缩着脑袋，走起来一颠一颠的，两只护耳像翅膀似的随着扇动。赵老师一点架子也没有，同学们爱和他开一些不失分寸的玩笑。赵老师当时的形象，哪里能看出后来堂堂的北京广播学院院长的影子？

和赵老师朝夕相处，对他的音容笑貌太熟悉了。毕业后很多年没见到他。有一年我到上海约稿，吃过饭到南京路一家商店闲逛。我正低头端详玻璃货柜里的手表，忽然耳畔传来很久没有听到的熟悉声音。啊，是赵老师！我悄悄地绕到他的背后，双手扳着他的肩膀，不动声色地用普通话小声问："猜猜我是谁？"话音刚落，一句模仿得不够地道的河南话十分肯定地说："你是王春林！"

是什么声音能在那嘈杂的环境里，引起我耳膜的生理共鸣，使我的听神经马上过滤捡拾出来？答案只有一个，那就是融入生命、进入心灵的声音。就像羔羊能本能地分辨出乳羊的叫声一样。

可能因为是一个系，又编在一个班，长期朝夕相处，又因为孩子在广院上学，所以和赵老师、曹老师、时老师等联系最多。他们每次到郑州来，都会与我联系。我就通知离郑州最近的王求国，一起拜见他们。我到北京出差，也会约老师到学院小食堂一聚。我们要上几个特色菜，酌几杯小酒，谈天说地，其乐融融。

后来时老师到鲁迅博物馆任馆长，我们合作出版了《鲁迅文献图传》、《周作人日记》、《鲁迅藏书》等一批很有价值的图书。当我在《光明日报》上看到他们创办的学术刊物《鲁迅研究月刊》，因国家投入经费不足，面临停刊的困境时，我促成了两家合作的意向。大象出版社每年向鲁迅博物馆提供资金十万元，支持《鲁迅研究月刊》的出版。我为能给老师出点微薄之力，感到欣慰。

像我们新闻系六五级的同学，每次广院有大的活动，都要回学校看一看。如校庆，我们参加人数的比例最高。我可以说，这届学生对广院感情最深，师生关系最铁，对学校、同学间的活动最积极，最关注学校的发展。

2015 年 7 月

母校情　老骥心

徐振荣

因常回母校，感受颇多，曾拟小诗一首：“殷勤时来探清景，流连母校兴未尽。历历四载寒窗影，悠悠一片老骥心。吾生有成从此始，追怀过往更惜今。他日携孙嬉故地，神仙难及俩忘情。”

那么，我为什么有幸常来探访母校呢？原因很简单：我岳父家与传媒大学是近邻。

我岳父原居闹市，拆迁后搬到传媒大学南边的北花园小区居住。独居的岳父年届九旬，多病缠身，于是我和妻子一年多前住到了老人家中专事照料。

岳父家与母校仅隔“一河一路”，“一河”即横贯北京东西的通惠河，“一路”就是长安街东延至通州的京通公路及地铁“八通线”。站在岳父家窗口北眺，

学校路南的大学生公寓与岳父家隔河斜对，学校的主楼、路西的大学生公寓及许多高大的校内建筑均清晰可见。主楼前面那三层高的大荧屏不断变换着绚丽的色彩，昼夜都与我们遥相守望，尤其夜幕之下闪烁的屏幕，相去仿佛近在咫尺。学校西门再往

西里许，有一条从南到北的热闹小街，为照料岳父生活，我每天都会外出购物，自然少不了常跑这条小街。购物毕，只要时间富余，就便鬼使神差般地从小街往东绕行，不由自主地踏进传媒大学。空闲时，我也常专来此地，流连忘返地徜徉在既熟悉又新鲜的校园之中。

说它熟悉，是我在此处住了四年，彼此寒暑契合，一草一木岂能无情？说它新鲜，是因为母校已经旧貌变新颜，置身其间，在似曾相识之中，常生换了天地之感。

五十年前，我们这些不谙世事的青涩学子从全国各地来到了北京市复兴门外真武庙的一幢五层大楼里，这里就是北京广播学院。当时，从院长到师生员工，都挤在一座楼里，楼前巴掌大的地方就是我们的操场，有时上体育课，还不得不转到院外的马路上。身处这块闹市中的弹丸之地，同学们却没有一丝局促之感，反而毫无怨言，团结友爱，勤修苦学，蓬勃向上。然而好景不长，次年夏天，“文革”祸起，全院大乱，再无宁日。乱局开始不久，广院从真武庙迁到了传媒大学的现址。就环境而言，这里倒真像个学校，教学楼、宿舍楼、礼堂（兼食堂）、操场、澡堂等设施基本齐全，建筑和道路布局合理，院内绿化已成气候。总体来看，与真武庙的原校址相比，真不可同日而语。但是，此处原先毕竟是一个中专学校的规模，虽然广播学院当时只是一个只有三个系的规制不大的专业类院校，但迁到新址仍尚感狭促。当时，全院只有一座教学楼，所有学生均挤住在三个只有三层的学生宿舍楼里，图书馆不大，亦无科研楼等必备设施，沿着全校所有建筑转一圈，甚至用不了半个小时。当然，其时“文革”正酣，学生无课可上，教师也无执鞭之权，一时也显不出教学、科研场所之窘迫。

弹指一挥间，如今再看母校，与我们在1970年夏天匆匆毕业离校时的苍凉景象相比，可谓天壤之别。为适应国家经济和社会事业高速、全面发展的需要，北京广播学院改建成了中国传媒大学，由小型的专业院校变成了传媒类的综合大学，成为我国该领域高等教育的领军者。为此，学校进行了大规模的扩建，原在路北的煤炭干校、路西的水电学校统统并入了传媒大学的版图，进行了新的规划建设。我们在校时唯一的一座教学楼——1号楼，经过改造，变得宽敞、明亮和美观了，还陆续新建或改建起了一二十座高大壮观而富有现代气派的教学、科研大楼，图书馆、学校电视台，甚至小学、幼儿园也一应俱全。“文革”中那长满荒草、弃而不用的操场，早已建成了设有主席台和看台、设施齐全的宽大的体育场，还有着比较先进的室内运动场馆。学校在路西和路南新建了两座高大的大学生公寓，北校区也改造扩建了多个学生公寓和外国留学生公寓，还建起了独树一帜的传媒博物馆。今年，在路西大学生公寓北侧，一座崭新的“国际交流中心”大楼也已落成并投入使用。正是这些卓有成效的建设，为学校教育事业的快速发展奠定了坚实的基础。

校园对我视觉和心灵的冲击是无处不在的。给人最大的惊异就在于：经过大规模的扩建后，母校神奇般地把设施和环境、教学和生活有机融合在了一幅秀美的画图之中。

这幅画图的亮点很多，单就园林风光而言，其浓墨重彩之处，当首推湖和树。

先说湖。当年在广播学院，谁也不敢设想校园中会出现湖。可就在几年前，一号楼和北边那座高大气派的新教学大楼之间，竟然平地冒出来一个湖。湖虽不算太大，但小巧雅致，宛如一颗玲珑的绿宝石镶嵌在两楼之间。湖中央一座雕刻精美的白石拱桥——“明德桥”横跨南北，湖周叠石错落散布，南岸有可在湖中漫步的石砌小道。临湖有四处木制平台和一个角顶方亭，供人倚栏小憩。东部隔岸另有一湾小湖，北伸至大楼东侧，跨过一条小木桥，便有一处碧潭，其上乱石凌空，三、四股飞泉从石间倾流直下，泻入潭间。经小湖南行，渐次有若干落差，一路潺潺之声不息。潭边筑一六角古亭，名曰“至善亭”，青瓦红柱，与飞瀑悬石毗邻而居。亭中游人络绎不绝，不时有长幼相偕、学子做伴，到此观湖听泉，倚风净心，可谓涤尘虑之忧，得怡神之悦。环湖遍植高树芳草，湖面碧波粼粼，婆娑树影、天光云霞及大楼靓影，争相徘徊其间。此湖建成后不到两年，路西又诞生了一个姊妹湖：在3号楼和4号楼之间、西门内大路两旁，各辟有一狭长弯曲、中间相通的湖，湖面比东部小，但设计精巧，别有韵致。湖周照例怪石嶙峋，水中有几株底部用大石围起的青松，看得出是原地就有的，筑湖时巧妙地使之环水而长，真是独具匠心。夹岸绿草茵茵，楼畔竹影掩墙，湖底生出多丛荷花，仙姿玉立。进西门往北的湖边，新建了一个比“至善亭”还大的古亭，设计更为精美大气，飞檐斗拱，且保持原木本色，显得分外古朴典雅。有了这两片东西相伴的湖区，踏进地处北国的母校，就如同进入了江南水乡，原本已很美丽的校园，又平添了多少勃勃生机和盈盈灵气！

再来说树。进入传媒大学，只见遍地名树佳木，满眼郁郁葱葱。学校主楼前有十几棵几层楼高的雪松巍然耸立在两侧，使人一进校门就领略到了不凡的气势。校内各通道和不同区域景点里，枝叶繁茂的梧桐，风骨清新的银杏，四季吐绿的松柏，亲和大气的国槐，及杨柳、核桃树等都长势旺盛，欣欣向荣。玉兰、海棠、碧桃、樱花等多种花木散布各处，花事来时，竞相怒放。连在北方不多见的竹子也到校园内扎根安家，在楼角边、竹篱内、假山旁，丛丛绿竹吐出幽幽清香。它能长在这里，真是得其所哉，像母校这样的高等学府，原本是“不可一日无竹”的。以园林风格而言，总体上看，南校区以秀丽见长，北校区则以气势称雄。南校区即原广院范围内，树木花草品类繁多，景点设置风格新颖，雕塑假山精美典雅，再加上那颗明珠——园中之湖锦上添花，看去满园秀色，赏心悦目。北校区即原煤炭干校院内，路边楼前长满了高龄大树，尤其是梧桐树，又高、又大、又密，成片相连，浓荫蔽日，势可干云。不少白杨、银杏和槐树相杂其间，同样老茁雄壮，挺拔冲天。此处园景，以前几不涉足，现今目睹其势，为之赞叹。

看到如此景象，不由得使我联想起了当年的校园。那时，树种单调，白杨独大，风光占尽；核桃树其次，小片成林；其余不多的柳树、槐树和松柏等只是作作陪衬，且植树规模也不算太盛，不像今日校园，遍地名树佳木，景象万千，白杨、核桃也融入了其中，成为大家庭的普通一员。尽管如此，我还依然觉得它们在校园里仍然有着自己独特的风光。这些年，那些老旧的白杨树，大多已被梧桐、银杏取代，近年新栽的白杨树，还远未成钻天之势。但只要留心观察，在原校区里，凡是在重重绿荫里如“鹤立鸡群”般高高冒尖的，只有白杨树。在一号楼和原礼堂前后等处，仍然零星挺立着一些白杨树，我暗自认定：这些就是当年与我朝夕相处过的树，略显苍老、久违了的彼此遥相凝视着，是不是要忍不住问一声“别来无恙”呢？值得一提的是，这几年随着校歌《年轻的白杨树》的诞生，白杨不再是一棵单纯的树了，它成了传媒大学和学子们的一张名片，影响远播，名声大振了！但在大家另眼相看时，它却融入万木之中，依然在不事张扬地作着自己默默的奉献。还有一号楼前往西直到四、五号楼前面的那片核桃林，想来如今已届花甲之年了，看上去却依然正当盛年，高挺着粗壮的树干，顶部覆盖着浓密的绿荫。林下建起了一组具有标志性的雕塑：一号楼前广场中央矗立着一尊高大的孔子塑像，基座上刻着“万世师表”四个金色大字，不远处，东边的核桃林下建了一个浓缩了孔子生平重大活动的大型浮雕，而西侧林下则是一个用摊开的竹简刻着《论语》的大型雕塑，整组作品构思精美，寓意深长。这一处环境，是校内人文与自然、古典与现代有机融合的代表性区域。核桃林里一年四季游憩者不绝，平时尤其是夏秋季的午后及傍晚，老人牵着小手、夫妇推着童车，在林内尽享天伦之乐，少年在林间大道踏着滑板练习腾越，学子们下课后三三两两穿行林下，或徐步散心，或落座论道，林间僻静处常有学子勤于早课晚习，读书练声。核桃林里不时传出一阵阵老者笑语、呀呀童音和琅琅书声，还有浓荫深处飘出的隐隐蝉鸣。这场景既热烈，又舒缓，既深远，又亲近，这是一幅多么生动美好的《校园谐趣图》啊。

“历历四载寒窗影，悠悠一片老骥心”。重访母校后的斑斑见闻和万千感慨，真是回味悠长，一言难尽。走在校园里，我常常想：我老矣，决无那种所谓“老骥伏枥，志在千里”之念，但老马识途，不管走到哪里，我总会认得回母校的路。其实，每位学子的心底都藏有母校情结，而前程似锦、风光如画的母校也时刻敞开怀抱迎接着昔日学子的归来。因此，方便者如我，当常回校看看；纵在天涯海角者，则也会心向往之，沿着那条无形的回归之路，来做一次久违的神游。

老马识途，归去来兮！

2015 年 7 月

【作者简介】

徐振荣　主任编辑。毕业后一直在山西省工作，先后供职于省煤炭化工局仓库、临汾地区煤化机械厂、临汾地委通讯组、晋东南地委组织部、太行日报社和省政府。退休前为省政府办公厅机关党委常务副书记。现定居北京。

感恩母校

孙秀英

今年（2015年）9月，北京广播学院新闻系六五一班和六五二班的同学们将在北京和承德欢聚一堂，纪念入学五十周年。自从接到会议通知，心情十分激动，久久不能平静。五十年，弹指一挥间！读书、工作、生活，一路走来，每个人都有自己的人生轨迹，或跌宕起伏，事业辉煌，或平淡如水，知足常乐，但每个人都有着一份美好的回忆，值得一辈子珍藏。

考上北京广播学院，是我一生最幸运的事情。我出生在一个贫苦农民的家庭，祖祖辈辈没有文化。三年困难时期，父亲因病去世，他的最大夙愿就是要我们读书上学，做个有文化的人。可是家里太穷，读到高二就读不下去了，全靠班主任老师和亲戚们的帮助，才算坚持读下来。高中毕业前，我们班三个女同学约好毕业了直接去新疆工作，老师说，还是先考大学吧。于是我们抱着试试看的心态参加了高考。出于对首都北京的向往，我报考了北京广播学院新闻编采专业。做梦也没有想到我们三个要去新疆

的女同学，全都考上了大学，而录取我的大学就是我梦寐以求的北京广播学院，而且读的是新闻系。1965年8月底，乘了两天一晚的火车终于到达了北京。一下火车，很远就看到学院的新生接待处，学哥学姐们热情地向我们介绍学院的情况。当汽车经过天安门广场时，一眼就看到了天安门城楼上挂着的毛主席巨幅画像，心情万分激动，感觉自己是世界上最幸福的人！开学以后，学校给予我最高等级的助学补贴（每月十九元五角），我内心十分感激，我想还有更困难的人需要帮助，主动申请要求降低为第二档的助学补贴。在这里再次感恩母校的帮助。从此，我踏上了完全不同的人生道路。

五年的大学生活，经历了许多。第一年在那温馨的西校，认认真真地读书、上课，什么“文学概论”、“新闻写作”、“党史”、“广播史”等等，对于我来说，一切都是那么新鲜而有吸引力，不管大课、小课，笔记本上写得密密麻麻，不肯漏下老师讲课的每一句话。学校虽小，课外活动却很丰富，跑步、做操、打球。五楼的超大寝室，印象很深，24位女同学，同居一室，每天晚上上完夜自修回到寝室，叽叽喳喳热闹非凡，如同一群快乐的小鸟飞回了树林。记得在新学期的第一个中秋节，银色的月光洒满了半边寝室，突然传来轻轻的抽泣声，是有同学想家了，不知哪位同学好心开导，反而引来哭声一片！是啊，每逢佳节倍思亲啊！就在我们尽情享受美好的大学学习生活的时候，史无前例的“文化大革命”开始了，打碎了我们的求学梦，同学们三五成群或步行，或坐车奔向全国各地，学校里空荡荡的。我和石钟玉、王竹筠一行三人。从北京坐火车到重庆，再从重庆出发，步行到韶山，跋山涉水，渡乌江过蜀道，脚底的血泡磨成了老茧，途中还在湖南锡矿山和工人们一起下矿井，自觉接受工人阶级再教育。两千五百里路云和月，经风历雨。后来中央复课闹革命的指示，把全国各地的学生召回了自己的学校，我们又回到了东校。后来，全体师生又来到河北省望都县张庄和老百姓同吃同住同劳动，时间长达半年多。有时候觉得十二年寒窗好不容易考上大学，有一半时间没有好好学习，实在可惜。但是任何事物都有两面性，换一个角度看，我们又是最幸运的，我们是“文化大革命”前最后一批高中毕业并考上大学的学生，从1966年开始到1977年，大学停止招生11年，难道我们还不够幸运吗？再说，社会是个大学校，五年大学生活，不管读书、劳动，经历和经验都是人生宝贵的财富，为我们毕业后走向社会尤其是从事新闻工作打下了基础。

毕业时我被分配到安徽省阜阳6377部队农场，一年半的军营生活也是人生经历过的很精彩的一课。接着经过组织调动我被安排到浙江省宁波人民广播电台工作，当过记者，做过编辑，创办过主持人板块节目。1986年全国广播电台的创新节目，如雨后春笋般涌现。我负责创办的《听众服务台》节目，在内容和形式上都进行了大胆的创新，设有《明州一角》、《家长学校》、《老年之家》、《听众信箱》、《一周新闻集锦》等10多个栏目，每天20分钟，融新闻性、知识性、教育性于一体，采、编、播、制作一气呵成。为吸引更多听众参与，五年中共举办10多次全市性的各类知识竞赛和青年觅知音活动，收听率不断提高，成为宁波电台的王牌节目。在担任宁波影像资料馆馆长期间，我们利用资料馆藏有国内外丰富的音像资料的资源优势，向宁波市有线电视台承包了一个栏目，从广告到栏目内容都由我馆提供，既增加了我馆的收入也丰富了有线电视台的节目内容，还锻炼了一支一专多能的采编播队伍。三十年新闻工作，我努力并快乐着，有多篇作品获得省市优秀广播节目奖，多篇论文在省市新闻业务刊物上发表，先后被评为宁波电台先进工作者和宁波市优秀新闻工作者，担任过省市广播电视学会理事，市女记协常务理事，并获得主任编辑高级职称。每当回忆起这些年来的点点滴滴，最要感恩的是我的母校——北京广播学院及新闻系的老师们。正是有了老师的辛勤培育，才使我不断成长，在努力成为一个合格的，对社会负责的新闻工作者道路上，不断取得进步。

2015年7月

【作者简介】

孙秀英　大学毕业后到安徽省阜阳6377部队农场劳动锻炼，1971—1991年在浙江省宁波人民广播电台担任记者、编辑、部主任。1991—2000年在浙江省宁波音像资料馆工作，任馆长。先后担任过浙江省和宁波市广播电视学会理事，浙江省和宁波市女记者协会理事，常务理事，全国音像资料馆协作会常务理事。曾被评为宁波电台先进工作者、宁波广播电视局“巾帼建功”先进个人、宁波市先进新闻工作者。

重返母校

刘桂芬

时光匆匆流逝。四十四年前，我们从祖国的四面八方汇聚到我们的新家园——北京广播学院，那时的缘聚，永远把我们联结在了一起。四十四年后，我们又从祖国的四面八方汇聚到北京广播学院，多么令人激动，多么令人向往，多么令人留恋！

10 月 23 日的下午 4 点多钟，我下车直奔学校西门的格林联盟酒店，看见店门口两位老同学。一位是常炳林，另一位是谁？已经认不出来了，就像见到亲人一样，立即大呼小叫起来。常炳林把我带到酒店里。在签名处，老同学一个个上来问我："还认得我吗？"我认了半天，不是张冠李戴，就是叫不出名字。同学们一个个自告奋勇："冯皖丽"，"陈娜"，"李延"，"王小戍"，"李德存"，"徐振荣"……我只能唏嘘："认不出来了，认不出来了。""徐振荣，你原来是大眼睛，现在怎么变成小眼睛了？"我依然未改心直口快的毛病。"老了呗！"徐振荣笑着说。"哈哈哈，"同学们个个都笑了起来。

当晚，大家就迫不及待地你窜到我房间，我窜到你房间，互相介绍离校三十九年的情况。有的同学，如陈为琛，常炳林等趁着夜色去母校校园寻找过去的故事……

第二天，我、张淑娟和孙秀英一大早就起床到母校校园追忆过去的足迹。从西门进去，就是我们当年新闻系同学的住宅楼。我们抬头望去，3 号楼上的“3”字依然显眼。三楼是我们女生宿舍。第五个窗户是我、孙秀英、王竹筠住的房间。咦，3 号楼前的大树哪里去了？还记得那大树底下，是我们新闻系同学聊天的好地方。篮球架也没有了，那是我们新闻系同学运动的好地方。

教学楼跟过去大不一样了，加长了，加高了。

学院的面积扩大了，学校专业增多了，学院也漂亮多了……

我们一栋楼一栋楼走着，一个故事一个故事讲着，一切的一切还是那样的清晰，那样的令人怀念。

“快！在学校门前留个影。”“在宿舍楼前留个影。”“在教学楼前留个影。”“咔嚓”“咔嚓”，一个个哪里像六十多岁的花甲老人。相聚，使同学们焕发了青春，像年轻人一样争先恐后地挤到镜头前留下一个个珍贵的记忆。

最受同学们期待的是与恩师的见面会。在电视新闻学院会议室里，赵玉明、曹璐、施旗、姜树琪、陈宇锴、尹廉钊、张舒等老师已经在等待着学生的到来。老师与我们每个同学一一握手，同时叫出我们的名字，互相辨认。70 多岁的老师个个精神矍铄。施旗老师已近 80 岁了，身体那么健朗。曹璐老师发表了热情洋溢的讲话。她说：“新闻系六五一班和六五二班的同学今天回母校了。我们师生相见真是分外亲切。你们新六五一和六五二的同学个个都是好样的，经历了那么多的波折，却都做出了不菲的成绩，母校和老师为你们感到骄傲，感到自豪！你们离校四十多年了，但母校和老师时时都惦记着你们！”

听到这感人肺腑的话语，历经沧桑的同学们也是禁不住热泪盈眶。在热烈的掌声中，新六五一班校友会会长邹兰春把书法家书写的“师恩难忘”送给了我们敬爱的老师。

是啊，在那艰苦奔波的日子里，哪位同学的心里不是装着母校和恩师的期望呢？那是动力，那是源泉！一时间，我脑海里跳出了这样几个大字：老师，永远的恩人；同学，永远的亲人；母校，永远的家园！我相信：这样的情愫，随着岁月的流逝与日俱增，无可替代！

2009 年

【作者简介】

刘桂芬　1970—1980 年，在四川省攀枝花市广播站（任站长）、市广播局工作。1980—1988 年，在市电视台工作，任新闻部主任。1988—2000 年，在江苏省委宣传部《党的生活》杂志社工作，任党建室主任。2000—2006 年，在新华日报工作，任高级编辑。

参加五十五周年校庆感怀

张淑娟（张一兵）

五十五年广院路，四十四载同窗行；

人生多风雨，难得是真情。

2009 年 10 月 23 日到 26 日，在京四天。故地重游，颇多感慨。

还是北京的东郊，还是那座白杨环绕的校园。当年的葡萄架虽不曾见，青绿的核桃树、果实累累的金柿树却还都在。白杨在呼唤，核桃在招手，金柿在微笑：学子们，你们回来了？是啊，我们回来了！三十九年前离开母校的游子又回来了！我们在校园里寻觅：3 号楼呢？那是我们歇息的小窝；1 号楼呢？那是我们学习的课堂；大操场呢？那里可还有我们青春的脚步？图书馆呢？那里可还有我们熟悉的灯光？大食堂呢？那里不仅是我们就餐的处所，还是全校师生开大会、举行文艺晚会、看电影、联欢的地方。我们在校园里徜徉：灰色的 3 号楼依旧静静地伫立，敞开的楼门在欢迎着昔日的主人；原来最大的 1 号楼在巍峨的现代化十层教学主配楼之后变成了小兄弟；大操场变成了绿荫铺地、红色跑道环绕的现代体育场；原来的平房图书馆早已异地建成了图书楼，校园南面，一座更高更大的图书馆又正在施工；多功能的大食堂也早已退休，师生们就餐有了各自专门的地方；学院医务室变成了大医院，屈指可数的几个学生宿舍楼也被林立高耸的学生公寓取代……原来的新闻系、播音班、外语系、无线电系扩展成电视与新闻传播学院、播音主持艺术学院、影视艺术学院、录音艺术学院、国际传播学院、信息工程学院、广告学院、媒体管理学院、社科学院、文学院、计算机与软件学院、理学院、动画学院。综合试验楼、电视台、有线电视传播中心、出版社……上个世纪定福庄里庭园式的北广变成了雄立于古运河畔、占地698亩、校舍总面积达44万平方米、现代化高楼林立的中国传媒大学！眼前的一切，我们既熟悉又陌生，既亲切又恍如隔世：金秋十月今又是，换了人间！

母校的名字变了，母校的环境变了，母校的规模发展了，唯一没变的是当年的师生情、校友情，经历了五十多年的沧桑风雨，历久弥坚！在10月24号上午的师生座谈会上，我们又见到了他们！赵玉明院长、曹璐老师、姜树琪老师、施旗老师、张舒老师、陈宇锴老师、尹廉钊老师、冯俊英校友……当曹璐老师亲切地叫我“小土豆”的时候，当我口无遮拦地称赵玉明院长为“老铁嘴”的时候，当师生们纷纷发言，畅谈感想的时候，西校的学子生活、东校激情燃烧的岁月，密云县在青山绿水陪伴下苦中作乐的往事，望都县东张庄村同吃同住同劳动的日子一下子都回到了眼前：

忘不了，是李振水老师将我们领进广播学院；忘不了，在西校灰楼聆听温济泽、赵玉明、时煜华、田本相、施旗等老师讲课的美好时光；忘不了，

左起张成有　张淑娟　曹璐老师　赵玉明老师　吴亚根　王春林

在东张庄农家小屋里，马尔芳老师为我们纠正“涎”字的读音；忘不了，朱羽君老师在望都的玉米地里为我们拍照，在东校的小屋里带我们做记录学校生活的片子；忘不了，在密云广播站，毕征老师一字一句地教我播送焦裕禄的长篇通讯；更忘不了，在我毕业后要入党的关键时刻，姜树琪老师为我写下了至关重要的证明材料！师恩难忘，同我们的学兄学姐学弟学妹们相比，我们同老师的关系要更近一层，那不仅仅是因为我们有五年长于其他师生的亲密接触，更是因为我们不仅一起笑过，还曾一起哭过！

“人生乐在相知心。”这次校庆我的最大收获，是见到了毕业后四十年未见过的老同学：孙秀英、刘桂芬、李志英夫妇、朱武成……当然还有后来颇费周折找到的王竹筠！四十年，百岁人生的三分之一还多！时光荏苒，岁月无情，相见的第一眼都是疑惑：是吗，是她（他）吗？同头脑里的印象相比，孙秀英仿佛更年轻了，衣着打扮也时尚了许多；刘桂芬好像更成熟干练了；李志英夫妇的伉俪情深让人羡慕；朱武成分明是一副饱经沧桑的师爷模样，哪里有一点“三朱”调皮捣蛋的影子？当然变化最大的要数王竹筠，要不是她手拿约定的小红旗，我真认不出这衣着有些落伍，瘦削如柴的女子就是当年俏丽可爱的江西美女！然而，过了十几分钟，当年的感觉就回来了：孙秀英还是那样爱说爱笑；刘桂芬还是那样踌躇满志、爽快热情；李志英还是像大姐姐那样稳重沉静；朱武成的目光还是那样狡黠、言语还是那样幽默；王竹筠还是那样聪慧睿智，不但清楚记得当年的往事，而且一握手就说出了我们前去看她的三个人的身体状况！

“黄埔四期”，这是这次校庆我们六五级同学得到的新封号。同前两期相比，我们没有那么完整的大学生活；同后来者相比，我们没有那么显赫的荣耀。的确，我们有过抱怨，有过不甘，有过许许多多的遗憾：历史的误会，命运的不公，为什么偏偏落在我们头上？如果不是那场“文化大革命”，谁敢说我们不会成为中国广播电视事业的栋梁？然而，当我们在天安门广场故地重游，看到在庆祝新中国成立六十周年大庆的五十六根民族团结柱、普天同庆的花篮、大型LED屏幕等散发着喜气的广场装饰。看到雄伟庄严的天安门、人民大会堂、人民英雄纪念碑、毛主席纪念堂的时候，回顾中国革命的历史征程，想到千千万万为新中国奠基抛头颅洒热血的先烈，想到为新中国的发展而不计个人得失、艰苦奋斗的前辈，我们释然了：要奋斗总会有牺牲，我们充其量是牺牲了个人的职业理想，同那些付出生命代价的人相比又算得了什么？而且我们那一代人的牺牲换来了今天政治上的“不折腾”，经济上的大发展，人民生活水平的大提高，这，不也是我们对祖国的贡献吗？

《论语·为政》有云：“吾十有五而志于学，三十而立，四十而不惑，五十而知天命，六十而耳顺，七十而从心所欲，不逾矩。”

当年风华正茂的青年学子都已经走过了六十余载的人生之路，正从耳顺之年走向从心所欲之年。值得欣慰的是，我们这些广院学子都没有给母校丢脸，在各自的工作岗位上大都拥有可以告慰母校的成就。现在，我们中的多数人都退出了历史舞台回归家庭，开启了为家人、为自己活着的新的一页。从入世到出世，好像应该到大彻大悟、让身心都获得自由的时候了！这种自由不是像当年无知少年、稚嫩小儿那样无所顾忌，天真鲁莽的自由，而是“想开了”“活明白了”不再苛求于人、不为名利得失所累、有容人海量的自由。不能“逾矩”，是有所为有所不为：无论是对国事还是家事、对他人还是对家人，当有利于和谐者为之，不利于和谐者不为。无论是回顾历史，还是面对现实，展望未来，都应该多一些宽容，少一些苛求；多一些理解，少一些抱怨；这是十年动乱给我们的特殊财富，也是我们这一代广院学子牺牲学业换来的宝贵教训。人生短促如白驹过隙，还有什么舍不得、放不下、过不去的呢？会当凌绝顶，一览众山小。登过高山的人不会在意小路的崎岖，漂洋过海的人不会计较江河的湍急。走过六十载人生之路的人，该学会用宽容的胸怀拥抱人生、拥抱天下了！环顾今日之世界，政治上的多边主义，经济上的全球化，文化上的多元化，都宣示了一个道理：人与人，人与自然都应该共存共荣，只有解放别人，才能解放自己，从而获得没有身心负担的自由。正是苦恼是一天，快乐也是一天，用积极的态度去理解人生，多想“夕阳无限好”，别去理会“只是近黄昏”。这是我这次与同学们聚会的另一大收获。

目睹师生同学纷纷抛却“文革”中的恩怨，毫无芥蒂地举杯同祝，亲密无间地合影留念，看鸟巢、赏水立方；爬景山、参观国家大剧院；逛前门大街大栅栏；在天安门广场吃老北京的冰糖葫芦；到人民大会堂参加校庆五十五周年文艺晚会……看到那你帮我扶，有说有笑的样子，我忽然想到，这不正是人性中应该有的至善至美的真情——抛却任何利害冲突的同窗之情吗！

（2009 年 11 月 3 日于哈尔滨，注：四十四载同窗行，指从 1965 年到 2009 年为 44 年。）

祝福母校六十华诞

吕佩浩

我的母校——中国传媒大学属“马”。她诞生于1954年,那是农历甲午年,也就是马年。今年是2014年的马年,正是母校六十岁生日。在一个甲子年中,母校就像一匹神驹,有过三次大的飞跃。第一次,是在中央广播事业局技术人员训练班基础上,成立北京广播专科学校;第二次是从北京广播专科学校发展成为培养多学科广播电视人才的北京广播学院;第三次是在学校创建五十周年之际,经教育部批准,北京广播学院更名为中国传媒大学,进一步拓展了学校的发展空间。目前,母校在校学生近15000人,新闻传播学、戏剧与影视学在全国学科排名中位居第一。六十年来,中国传媒大学人才辈出,桃李满天下,被誉为“中国广播电视及传媒人才的摇篮”,“信息传播领域的知名学府”。

9月20日,中国传媒大学迎来了六十周年华诞。数千名校友返校和在校

师生一起为母校庆祝生日。我应母校校友会的邀请,从南京专程赶回北京,观看以“白杨情　中国梦”为主题的校庆六十周年晚会。母校给了我很高的礼遇,在晚会票十分抢手

的情况下，我入场券的座号是 A1 区 1 排 16 号。

晚会其实分两部分内容，开始是庆祝大会，而后才是文艺演出。

庆祝大会由中国传媒大学党委书记陈文申主持。校长苏志武在回顾了中国传媒大学六十年的发展里程和取得的巨大成果以后表示，建设世界一流大学对我们来说，是一个崇高的使命。面向未来，学校将继续加快建设世界知名高水平传媒大学的脚步。香港凤凰卫视董事局主席、行政总裁刘长乐太平绅士代表海内外校友致辞。他说："'立德、敬业、博学、竞先'的校训指引我们在专业的道路上不断前行。感谢母校给了我们作为传媒人的一份情怀和一份专业激情，感谢老师用知识引领我们攀爬梦想的天梯。"中国科学院院士、北京大学校长王恩哥教授和欧洲大学联盟主席、荷兰格罗宁根大学校长波佩玛（Sibrandes Poppema）先生先后在会上讲话，对中国传媒大学六十周年校庆表示热烈祝贺！格罗宁根大学创建于 1614 年，有 400 年历史，学校的教学和科研水平都位居欧洲前列。有这样著名大学的校长莅临致生日贺词，可见母校在国际上享有的声誉。

接下来的文艺演出是引人瞩目的。母校南操场人山人海。有的在校生得不到入场券，就跑到操场附近塔楼借用教师宿舍阳台观看。有人把中国传媒大学六十周年校庆晚会比作"小春晚"，这话一点不假。因为这台晚会明星云集，李瑞英、敬一丹、李咏、邓男子、王力宏等众多名人校友回到母校参加晚会，宋祖英、王刚、冯巩、郁钧剑、白雪、降央卓玛、姚贝娜等艺术家和当红歌手助阵献艺。央视春晚最多有六位主持人。这台校庆晚会主持人有八个，他们是：白岩松、康辉、海霞、陈鲁豫、徐春妮、鲁健、涂经纬、尼格买提·热合曼，都是校友，又是著名电视主持人。晚会开始时，著名歌唱家、传媒大学的客座教授宋祖英先后唱了《送你一朵东方茉莉》、《大地飞歌》，那甜美欢快的歌声响彻夜空，我还以为置身于春晚了呢！因为除了春晚，一般晚会是很难请得动宋祖英的，而且一唱就是两首。我也喜欢由著名影视明星王刚扮演大学教授的情景朗诵《师说》，因为睿智的"王教授"的确回答了当代大学生的一系列现实问题，这个节目创意很好。这台晚会，从晚上八点，一直演到次日凌晨两点，充分展现了母校六十年的发展历程和教学成果，深情歌颂了老师的培育之恩，表达了历届学子对母校的爱及献身祖国新闻广播影视事业的豪情。晚会自始至终洋溢着青春的激情，让我深深感动。我认为，母校虽然创办六十年了，但她仍是一所年轻的学校，是充满着青春活力的学校。因为，在她的怀抱里，有着一批又一批年轻的白杨在生长。

我是北京广播学院新闻系六九届毕业生。我们这些经历了“文革”风雨的校友对母校有一种特殊的感情，因为当年母校不顾自身伤痕累累，还奋力保护了她的儿女。2004 年 9 月 7 日是北京广播学院建校五十周年纪念日。我们于 6 日至 8 日组织原广院新闻系六五二编采班的同学在毕业三十四年后第一次回母校聚会。7 日上午，同学们在人民大会堂校庆纪念大会上见证了北京广播学院更名为中国传媒大学的历史时刻，晚上，又在母校大操场观看了由校友白岩松、周涛、文清和鲁健主持的“红烛颂”大型文艺晚会。8 日，我们在母校举行了一次别开生面的“班会”，许多老教师闻讯前来与同学们见面。由于“文革”，我们毕业时连一张毕业照都没有拍，座谈会后，大家穿上广院文化衫和老师们在一起合了影，了却了萦绕心头三十四年之久的一个心愿。2009 年 10 月 25 日是母校五十五周年校庆日，我们又组织原广院新闻系六五级编采专业两个班的同学于 23 日至 25 日回母校聚会。母校电视与新闻传播学院为我们专门举行了与老教师的座谈会。院党总支书记雷跃捷教授表示，热烈欢迎同学们返校参加母校五十五周年校庆。他说：“母校永远是同学们的家，欢迎大家常回来看看。”会上，我们向母校赠送了由书法家撰写和参加聚会同学亲笔签名的“师恩难忘”条幅，同时向母校校友会赠送书法家书写的“校友之家”条幅，表达了对母校、对老师的感恩之情。25 日晚，同学们兴高采烈地到人民大会堂观看了庆祝母校五十五周年的文艺晚会，第二天心满意足踏上归程。今年是母校六十周年大庆，我们虽然没有组织同学们返校为母校祝贺生日，但大家的心是和母校连在一起的。此前，我曾接到河南亢书堂、河北李海、湖北周猷德等同学的来电和短信，询问母校校庆的消息。我这次从南京回北京参加校庆活动，曾分别与一班同学会会长邹兰春、

二班同学会会长周复民通了电话，他们让我代表同学们向母校送上一份诚挚的祝福！还有一件事值得一提：今年 4 月 16 日，在纪念著名新闻学家、新闻教育家温济泽一百周年诞辰中，我们新闻系六五级编采专业两个班的八位同学和师长们集资向母校赠送了一尊温济泽半身铜像。温济泽曾在中国传媒大学工作了近二十年，为学校的新闻教育做了奠基性的工作。向母校捐赠温济泽老师半身铜像，让他永久性地陈列在传媒博物馆，不仅是对老一辈新闻学家、新闻教育家的缅怀，而且对发扬前辈的革命精神、传承校园文化、激励莘莘学子都具有积极意义。这尊铜像，可以说是校友们向中国传媒大学校庆六十周年献上的一份厚礼。

末了，我最想说的话是：感恩母校！感恩老师！不仅仅是感谢母校和老师当年对我们的教诲、培养和保护，也感谢母校和老师对我们校友活动一贯的支持。我这次回母校参加六十周年校庆，有幸参加了学校欢迎海内外来宾的晚宴，苏志武校长、刘继南名誉校长分别和我合了影。校友会还特别委派了志愿者、广告学院三年级学生何咏秋同学负责接待我。小何是个美丽、热情又细心的姑娘。我还在来京高铁列车上时，她就主动与我联系，告知我相关事宜。第二天我到校时，她在南大门笑盈盈地迎候我，事前帮我领了晚会入场券和校庆纪念册等礼品。我游览校园，拜访校友会，参观传媒博物馆和图书馆，她既是向导，又是摄影师。晚宴后，又领我到南操场晚会嘉宾席入座。那天晚上，她穿的衣服很单薄，但不顾寒冷，一直陪着我看演出，晚会结束后，与另一位志愿者一起，把我送到学校新建的国际交流中心，安排在预订好的客房休息……从小何身上，我感受到了母校对我们老校友的关怀，同时，也看到了新一代中传人的风采。

2014 年 9 月

追梦篇

邢业范、胡金兴、罗文成、乔瑞来毕业后在秦皇岛合影

在土默川的岁月里

赵恩洲　沈　芳

怀着热血青年的一腔热情，怀着对内蒙古大草原的美好憧憬，怀着建设祖国的雄心壮志，三十六年前我们离开了北京，踏上了西去的列车，来到了黄河边上的古老小县城——国家级贫困县内蒙古托克托县，度过了艰苦而又难忘的十年。

火热的黄土地

内蒙古托克托县位于黄河河口，是土默川平原上的一个古老小县，当时全县只有 12 万人口。由于大面积的盐碱地，水土不好，粮食产量低，是国家级贫困县，内蒙古最穷困的地方。

刚一踏上这片土地，我们就被眼前的情景呆住了，满眼一片黄色——古老的县城城墙是用黄土筑成的，黄土的道路，黄色的河水，连县城里居民的房屋都是用黄土坯子筑成的。天一下雨，脚下就是泥泞的黄土泥浆，刮起风来，满眼是飞舞的黄沙，就连喝的水都略带黄色，而且有些涩，因为盐碱地的地下水含有的物质造成的。刚一下车就遇上下大雨，我们就每人买了一双高筒雨靴，不然，满地的黄泥浆无法行走。这和我们想象中的美丽大草原相距太远了，这就是我们未来工作和生活的地方吗？然而生活是无情的，一切都要我们去面对。就在这片黄色的土地上，我们开始了艰苦而又难忘的生活和奋斗。

刚到托克托，生活是难以适应的。由于是贫困地区，虽然有工资，却买不到想要的东西。每月供应的是三两油，百分之八十的玉米面，半斤肉，一年到头吃不到多少新鲜的蔬菜，用10斤粮票分配的100斤土豆是一年的主要蔬菜。但这样的生活已远比当地的农民生活水平高多了。

在这里，我们学会了和当地人一样地生活。寒冬腊月，零下二十多度的天气里，到外面把大捆的树梢撅断，用来点火取暖。手冻肿了，粗糙的手背上布满了血口子，和当地的农妇没有什么两样。学着把土豆擓成浆，沉淀后做成淀粉，轧成粉条就是最好的菜。学着吃当地人常吃的酸焖饭，弄得胃里冒酸水。算计着每月的三两油应该怎么吃，用一点油花炝葱花拌玉米面轧成的"钢丝面"吃起来都是津津有味的。

生活是艰苦的，但也充满了激情和无限的乐趣，因为这里有我们的理想和抱负。和当地干部和农民在一起，投入火热的的生活，他们教会了我们很多在大城市里学不到的东西，教会了我们怎么工作，怎么做人，怎么面对困难。在那激情燃烧的岁月里，生活和工作的历练给我们留下了宝贵的财富和难忘的记忆。

忘不了，在"农业学大寨"的日子里，白天和农民们一起挖水渠，平

整土地，晚上把农业学大寨的一篇篇报道写出来，广播出去的场景；忘不了，在五六级的大风里，推着已骑不动的自行车，驮着录音机，到几十里外的公社采访，大风吹得人睁不开眼睛，黄沙吹到嘴里咯吱咯吱作响；忘不了，在秋收的季节里，为现场报道公社完成全年粮食收购计划，不知疲倦地连夜录制录音报道。当时我们的心和农民兄弟的心是连在一起的，为他们的丰收而喜悦，为他们的成就而高兴。同时，也忘不了在自家的小院里播种玉米和蔬菜，秋天享受玉米棒子的喜悦和每天下班后直奔鸡窝捡鸡蛋的乐趣。

黄土地上十年的艰苦生活，十年的辛勤工作，十年的磨炼，使我们成长了，使我们坚强了，成熟了。十年的历练给我们留下的是坚强，坚韧，吃苦耐劳，不怕困难的精神和勇气，留给我们的是一笔无法估量的精神财富。

热情的土默川人

十年的艰苦岁月之所以难忘，还有热情的土默川人给我们留下的难以忘怀的印象和他们对我们父母般的关怀和帮助。

那里的农民憨厚、朴实，吃苦耐劳，对人真诚。一想起他们，就让人想起散文《白杨礼赞》所描写的白杨树，高大挺拔，北方农民的形象。那时那里的农村生活十分艰苦，但是无论多么困难，当我们到家里吃“派饭”时，他们都会把家中最好的东西拿出来，热情地端给你。下乡时，晚上和村里的社员在小学校里一起唱歌，在土炕上聊天，说到快乐处一起开怀大笑，真的和在家里一样。那里的同事们也同样热情，每到过年，我们自己不用准备“年货”，不到年三十，就有一碗碗的黄米油糕、一盆盆自家发的绿豆芽送上门来；从年三十到正月十五，每天都会有同事邀我们到家里做客，为的是减少我们的思家之苦，给我们带来了家的温暖。十年间，我们适应了当地的生活，学会了一口托县话，成了地道的托县人。学会了轧粉条，做粉皮，学会了用玉米面做各种各样的饭食，更重要的是他们教会了我们如何对待生活，如何克服困难。1980 年 1 月，我们调回了北京，原本对当时百分之四十的调工资指标已不抱希望，但是没想到的是，县里把给我们的调资指标寄到北京，使我们又一次地感受到托县人的真诚、朴实和爱心。

难忘十年岁月，难忘黄土地，难忘土默川人，难忘我们的第二故乡。回北京后的二十多年时间里，我们曾四次带着孩子们回到托克托，回到我们的第二故乡，探望那里的挚友、乡亲，带回我们的思念，带回我们的感激，带回我们对第二故乡的热爱。值得欣慰的是，如今的托克托已经是旧貌换新颜，一改旧日的贫困，新的经济开发区里，高科技的厂房林立，建起了国家电网，已成为西部百强县之一，脱贫的先进县。我们衷心地祝愿第二故乡越来越好，故乡人越来越幸福！

2006 年 12 月

【作者简介】

赵恩洲　1970—1980 年先后在内蒙古托克托县广播站和法院工作，1980—1982 年在北京市第二商业局工作，1982—2004 年在中共中央组织部工作，历任副处长、处长、副局长、局长。2002 年任中央巡视组巡视员。

沈芳　1970—1980 年在内蒙古托克托县广播站工作，1980—2001 年在北京市第二商业局工作。

几度归零　挑战人生

周猷德

我的人生充满机遇和挑战。每当难得的机遇到来之时，我都凭着胆识和智慧，十分自信地迎上去，应对一个又一个挑战，攻克一个又一个难题，品赏一个又一个成功的喜悦，书写别样的人生。

初中毕业考取北广

1965年的中国，“文化大革命”前的最后一次高考，当时全国大学只录取13万人，每百人竞争一个名额，可说是百里挑一。在严峻的竞考态势下，我凭借自己的努力，以初中毕业的学历，一举考取了北京广播学院，在四邻八乡引起了轰动。

这并不是我逞能，而是出于无奈，事出有因。我出生在贫农家庭，兄弟五人中我排行老大。当我小学连跳两级保送到初中再保送到高中时，因交不起学费转到免费的黄陂师范就读。这年恰逢三年自然灾害，四个年幼的弟弟总是挨饿，我每天也只有半斤粮，饥肠辘辘。长子的责任和难以忍受的饥饿让我难以安心课堂。三个月后的一天，三个同学相约星夜乘火车奔到了吃饭不要粮票、紧邻湖北的岳阳，几经辗转最后岳阳粮食局建筑队接受了我这个个子已长到一米七几的少年。在那里干了将近一年，饭能吃饱，钱却无几。后因清退外流人员，迫不得已回到了家中。因自动退学，返校无望，唯一的选择只能回生产队种田。农忙时出工挣工分，农闲时随父亲在四邻八乡弹棉花做被絮，后学打剪刀，学电工，还当过生产队会计，最后我读小学的母校聘我当民办老师。此时的我为错失学籍懊悔不已，看到一批批同学进入大学羡慕不已，不久，一则社会青年初中毕业可以参加高考的消息又让我惊喜不已。可当我在大队开好证明，拿着有些泛黄的初中毕业证欢天喜地到黄陂一中报名时，一个应届考生对身边另一个考生讥讽地说：“这小子，我们应届生都难考取，他一个在社会上混了几年的小初中生竟来报考，真是不知天高地厚，不知自己几斤几两。”人胸中有了梦寐以求的目标和孜孜不倦的追求，就会明知山有虎，偏向虎山行。为了我的大学梦，记者梦，这种奚落我根本不在意，只会变成我奋发的动力。所以我冷冷地瞥了他一眼就去同学那里借高中的课本和复习提纲了。回到小学后，我白天给学生上课，晚上批改完学生作业就在煤油灯下攻读高中课程。凭着我的天赋和坚韧不拔，经过三个多月的努力，我将高中特别是高三的课程完全融会贯通、成竹在胸了。1965 年 7 月的七、八、九日三天，骄阳似火，暑气炎炎，我在黄陂一中的考场上，手上缠着湿毛巾，一边擦汗，一边奋笔疾书。此情此景成为我终生难忘的记忆，也成为我两个儿子后来高考时向他们讲的励志故事。

五十年前的金秋，我背着简单的行囊和祖父留下的纸质旧皮箱及家中卖鸡蛋和柴草攒下的十块钱，怀着无限的憧憬和万分的喜悦，看着父母、弟弟和众乡邻热情又期盼的眼神，离开了既无限眷恋又想迅速远走高飞的故土，首次踏上了北上京都的列车，跨进了我心驰神往的北京广播学院，成为了村里第一个大学生，开始了我在心中无数次描绘又真真切切进入到我人生的一流大学生生活。

广院五年，八个月进课堂，上图书馆，吮吸着知识的乳浆，新奇、有序、踏实；三年零两个月搞“史无前例”，轰轰烈烈，闹闹攘攘，惊诧、茫然、逍遥；最后一年避战张庄，读书的学生天天干农活，斗呀，批呀，改呀，最后连大红的毕业证都没有。

从 1970 年 9 月到 1983 年到 9 月，从北流县广播站到湖北孝感地区广播局，从县广播站的新闻采访编培训通讯员到地区所辖九个县广播编辑播音员的指导和管理，我在广院仅八个月课堂学习广播知识的基础上，不断地继续学习、完善、充实自己，不断地在实践中探索、锤炼提高自己。使自己从知之不多，到比较熟练地掌握了广播新闻、科技、文艺和服务三大骨干节目的特点和采编技巧，初步了解了播音的一些基本常识。所以工作起来得心应手，指导编辑、播音员也到点到位。打造了诸如《当日新闻》、《广播评论》、《社员生活》、《水乡乐园》、《农家科技》等省级广播优秀节目，被各县广播站编辑和播音员发自内心地尊称为“老师”。

进入电视领域

第一阶段，在孝感时期。

1978 年 3 月，我迎来了人生中第二次大的挑战，从驾轻就熟的广播领域进入到完全陌生的电视领域。当时呼号为武汉电视台的湖北电视台，要求每个地、市、州配备一名电视通讯员。因我是广院的，孝感地区决定派我到湖北电视台学习培训。

一个光圈速度都不懂的人要去学拍电影 (因为当时用的是电影摄影机和胶片，是手动调光圈和速度，曝光不足和曝光过了胶片就会报废，与后来的

电子管摄像机和现在的数字摄像机这些自动曝光的傻瓜机相比，其难度不可同日而语。所以不是拿起机子就能拍出画面或不经严格训练就能掌握摄影技巧的。)，

一个三十五岁被孝感地区九个县的广播编辑记者播音员称为“老师”的人要去当学徒，真是不可思议。但我是一个充满自信和好学的人，毫不犹豫地接受了这个任务。

电视台五个多月的学习培训内容浓缩了广院电视专业三年中所学的课程。经过系统的理论学习和老记者老编辑在拍摄和编辑中的言传身教，在各种大小不同的场合大量的实践和严格训练，我初步掌握了电视拍摄编辑和场面调动的知识和技巧，比较有信心地准备于八月份上旬回到孝感地区，自定选题，自行拍片。当时电视台发给我一台16毫米的电影摄影机和附属设备以及一盒长300米的黑白电影空白胶片。临出发前新闻部主任满怀期待又十分严肃地说：“这盒胶片能拍二十分钟的素材，希望你能上一条新闻播出。”带着神圣的使命和部主任的嘱托，我回到了阔别近半年的孝感地区，踏上了人生新的征程。

当时的湖北大地遭受到历史上罕见的旱灾，冬旱接春旱，伏旱连秋旱，孝感地区五百多万亩农田全部受旱。抗旱保丰收成为各级党委、政府压倒一切的中心任务。所以按照新闻必须围绕党的中心工作这一不容置疑的属性，我毫不犹豫地把我人生的第一条电视新闻定在了“孝感地区五百多万干部群众齐心协力抗大旱夺丰收”这一当时压倒一切的重大主题上。两天多的时间日夜兼程，连续拍摄了全区干部群众拦河筑坝，三级提水，低水变高水；打深井、挖泉眼，淘沙垱，暗水变明水；水桶挑、脸盆端，水瓢泼，一块块地浇，一丘丘地保，以及军民联手抗旱魔，各级干部吃住在抗旱第一线等大量的战天斗地的抗旱场景和一个个动人的人物镜头。送到省电视台后不仅很快通过，还被总编夸奖“不愧是广院毕业的”。

当时湖北电视台每周播三次新闻，并提前一天在湖北日报上预告。当孝感地委领导看到这个预告，迅速通知地直机关和各县组织干部群众集中收看，并要求收集干部群众的反映报地委办公室。而后我又将到各县拍摄的多条抗旱新闻汇集成约半小时的电影纪录片，在地委三级干部会议上用16毫米的电影机播放。这是孝感地区自己摄制的第一部纪录片，当时参加会议的很多人就是其中的“演员”，当他们看到自己活生生地出现在银幕上时，那种惊奇、赞叹和轰动是前所未有的。特别是当地委领导集中出现在汉北河抗旱工地上，席地而坐研究下一步抗旱部署和察看受害棉花长势的镜头时，现场响起暴风雨般的掌声。置身在这一千多人热烈兴奋的气氛之中，当人们一个又一个投过来赞赏的目光时，我完全震撼了，陶醉了，深深沉浸在事业成功的喜悦之中。在孝感地区九年多的电视新闻报道中，从通讯员到特约通讯员再到特约记者，我迎着朝阳出，踏着晚霞归，足迹遍及了孝感地区的山山水水，身影留在各行各业和工厂农村。每年在湖北电视新闻中播出80多条，在中央电视台播出十多条，还在湖北日报、湖北电台，孝感报上发表了一批文字稿和新闻照片。有一批新闻和专题片如《省委书记关广富冒雪上山走访林业专业户梁光玉》、《百岁老寿星，晚年有余兴》、《建立永久村，工农情谊深》、《大悟回乡青年落榜不落志》、《膏都盐海话应城》、《唤醒青山叩富门》等获得了湖北电视新闻和专题奖，上片率和获奖片位居全省地市州电视通讯员和特约记者之首。后来，当孝感地区建起了电视差转台以后，我用极原始的办法办起了《孝感新闻》，将一个电视节目转播台变成了自办节目的电视台，从而无可置疑地被大家公认为孝感电视新闻节目的创始人。1986年随着知名度的传播，我被借到中央电视台对外部学习工作了半年，见识了这里编辑记者严谨、大气、精准的采摄风格，极大地拓宽了我的视野。在这期间，我还将一贯在各省市电视台召开的全国对外部主任年会，拉到了孝感地区召开，让这些全世界满天飞、见多识广的对外部主任三天中增加了对孝感地区不少感性认识。这次会议的成功举办得到了地委的充分肯定，让大家看到了我的人际交往能力和运作水平。在中央电视台干了大半年后，因我的妻子、孩子不能调入北京，我在管人事的副台长黄惠群老师那儿提出申请和要求，回到了孝感。

第二阶段，武汉电视台时期。

我于1987年10月调入刚刚成立二年多的武汉电视台。一个人才济济的大武汉，为什么大老远地从下面地区调一个正进入中年的人到干得风生水起、常与湖北电视台比肩的武汉电视台？凭着我在工作中表现的吃苦耐劳的精神和获得的高产业绩奖项，很快解除了人们的疑虑。在武汉电视台前八年期间，我每年在本台播出片250多条，被中央电视台采用70多条，最高一年被中央电视台采用102条。《一座深受农民欢迎的庄稼医院》、《汉阳农民闯市场有五盼》、《百岁老翁上大学》、《清洁女工的早晨》、《温馨的女子婚姻驿站》、《武大学子读书热的回归》、《逼上粮山巧种粮》、《大地情深——记武汉农村基层党组织建设》、《都市里的村庄》等七十多篇电视新闻、系列报道和专题片获得了全国和省市电视新闻专题奖，上片率和获奖片一直处在武汉电视台新闻部前列。撰写的《增强新闻敏感，精挑报道选题》、《发挥传播优势，精办电视新闻》、《转变视角，服务引导》、《巧收电视新闻，凭眺大千世界》、《时空共进，多维表达》、《不尽活水滚滚来》、《也谈电视剧面临挑战》、《谈谈“大家谈”》、《手持话筒巧采访》等十多篇论文分别发表在《新闻战线》、《电视研究》、由华工新闻系举办的《新闻学探讨与争鸣》、由广院新闻研究所举办的《新闻广播电视研究》和《中国电视报》等全国性刊物和报纸上，其中有的论文还获了奖。期间还与人合著了由武汉出版社出版的《武汉十年》一书。

在武汉电视台的前两年，根据台里意见，我负责组建了十三个区县记者站，通过“传帮带”，我迅速成长了一批电视采编记者，使他们每年在武汉新闻中播出的稿件占了相当比例，至今他们都尊称我为老师，往来不断。在武汉电视台后两年，我出任台里《荧屏月报》责任编辑，在该刊物上及时报道新闻动态，交流全国各兄弟电视台和本台各采编部门的好经验，起到了桥梁和纽带作用，深受大家欢迎。

进入新华社

我于1998年11月2日进入新华社湖北信息社，开始担任音像内参部副主任，主要摄制音像内参片，供县团级以上领导参阅。开始几个月，我同湖北省委组织部合作，按照人品好、创新意识强、业绩突出三条标准，先后一人深入到十个县市，同各县市委办公室和县电视台组成采访摄制组，从多侧面多角度采访了十个县市委书记，并汇集成《公仆心曲——县市委书记访谈录》的集子，通过音像内参部等多种渠道报道后，受到了省委领导的好评和全省各级领导的欢迎，纷纷订阅这套音像内参。通过这次十分繁重、复杂、成功的采访活动，让分社领导看到了我的沟通能力、组织能力和在湖北地区的丰富的人脉关系，于是任命我为内参供稿部主任，负责内参刊物和内参音像制品的发行工作。一个握了二十八年笔杆，扛了二十年摄影摄像机器，干得得心应手，顺风顺水的我又要归零，进入到新闻产品发行营销这一完全陌生的领域。我的人生又一次面临挑战。当时新华社总社对全国各分社是实行采编和发行各占一半分的考核机制，新华社系统采编人才济济，会发行营销的人却寥寥无几。新华社内参刊物和音像制品以前是免费提供给够级别的领导参阅，现在要自办发行和营销，又不能像各级党报、党刊那样提供目录下达指标。这就让各分社党组从内部、外部到处物色这方面的人才。

面对领导的期待，我还是像前两次一样，挑战自我，一往无前，迅速实现了角色的大跨越，大转换，进入新的岗位，适应新的岗位，出成绩，创经验。

在新华社十年营销经历中我深切感到：在信息十分发达的互联网时代，做纸质内参刊物的发行和营销，确实困难重重。因为网络信息传播速度快，各种信息几乎同时传到大众之中。而我们的纸质内参刊物印刷邮寄这种传统的传送方式就太慢了，等到了订户手中，大部分成了旧闻了。另外，现在内参也没有多少秘密和内部消息，订户看一两期往往就不看了，有的甚至不拆封堆在那儿。而我们的发行还限制在县团级以上的党政机关和厂矿企业。在这种十分严峻的形势下，十年中，我是想尽办法，千方百计在原来人脉关系的基础上用感情沟通法、条条联动法和块块互动法等多种办法一条战线接一条战线，一个区县接一个区县，一个地市州接一个地市州的不断地多层次、多侧面地扩大人脉关系。并研读揣摸了很多营销大师的成功经验和成功案例，通过自己一步步的探索和总结，做到能准确地分析市场，科学地切入市场，有效地巩固市场，使创收平均每年达到一百多万元。十年中共为湖北分社新闻信息中心发展循环用户两千五百多家，平均每年有效订户达 300 多家，共创收 1200 多万元，连年名列全国新华社系统个人创收之首，连年受到湖北分社表彰，还被湖北分社社长颁发了唯一的一个“社长嘉奖令”。这期间我还将发行营销的大量实践经验进行了总结，撰写了《营销决胜在市场》的论文，刊发在新华社举办的《新闻业务》和营销刊物上。

四十五年的新闻从业生涯，特别是进入电视系统和新华社的三十多年中，通过深入到千家万户的采访和发行，我积累了十分广泛多层次的人脉关系，为我创造了老有所为的有效平台。所以目前我还被中央几家媒体聘为湖北办事处主任，被武汉三家大型民营企业聘为顾问。我通过这些人脉关系为亲朋乡邻办了很多急迫的和难办的事情，及时为他们排忧解难。比如小孩上幼儿园、上中小学、找工作等。同时为家乡筹集资金修水库、挖塘堰、扩建小学、修公路、装闭路电视，等等，受到家乡父老乡亲广泛称赞，他们多次要在水库边为我立个碑，要我在搬迁扩建的小学题字，都被我婉言谢绝了。

回顾跌宕起伏的人生，我深切感到：只有不断挑战自我，才能一路前行，不断地向更广阔的领域开拓；才能成就自己喜欢的事业和建立温馨的家庭；才能说话有人听，做事有人帮，有较高的权威性；才能资助亲友润泽乡邻；才能不辜负党的培养和老师们的呕心沥血之恩；才能无愧于人生！

2015 年 8 月 4 日于武汉

【作者简介】

周猷德　1969 年广院毕业后分配到北流县广播站任编播组长；1973 年 5 月调湖北省孝感地区广播局主管广播宣传工作，1983 年调孝感地委宣传部任电视报道组组长；1987 年 10 月调武汉电视台新闻部，先后任编播组长、新闻部副主任，荧屏月报总编辑，先后评聘为记者和主任记者；1998 年进入新华社湖北信息社，先后担任音像内参部副主任、内参供稿部主任。

新闻背后的故事

李德存

退休之前的三十多年里，我是在采编一线度过的，到底撰写和发表了多少篇新闻报道，我记不清了；到底开办了多少个专栏、编排了多少个版面，我也记不清了。我只记得在河北日报当记者时，整天跑机关、工厂、农村、学校，马不停蹄。跑农村的时候还是多，有时骑着马，有时乘坐“驴吉普”，往返于田间村落。车马大店我住过，饲养员的土炕我睡过，吃住在农家是常事。

——在河北日报记者站工作期间，经常参加全省一些重要会议和重大活动的报道。参加新闻改革研修班等业务研讨活动。自 20 世纪八十年代河北新闻界开展评选好新闻以来，我每年都有作品入选。

——在张家口日报任总编辑期间，河北省曾开展过报纸综合质量评比，设版面编排、栏目设置、标题制作、校对水平等 7 个奖项。我们得 5 项，和河北日报社数量相同。另外，在年度好新闻评选中，张家口日报社也没少获奖。

——在当省报记者时，受当地一所院校之邀，利用业余时间，为学生们讲了三年的新闻写作课，写教案二十多万字。为通讯员及新闻从业人员，讲了近 300 场新闻写作课，后来，又被河北大学新闻学院聘为兼职教授。

——在张家口日报当总编辑时，当选中国报纸副刊研究会副会长。还当了十几届河北省好新闻评委，连续 7 年担任河北省新闻系统高级职称评委。

——2002 年 4 月，57 岁一刀切，被切回家。离岗第二天，又被张家口市科协、市政府办公中心等单位聘去办报。随后，张家口广播电视台又把我纳入专家考评组，负责 10 多档节目的日常审查，一干就是 10 年。

——2012 年 3 月初，到张家口桥东区委宣传部帮助办报，一晃已经 3 年多了。如今，我仍然走在新闻从业路上。

这里，是我信手采撷的前行路上的几朵小花。

“稿件被枪毙，兔子粪白吃了”

1970 年秋末，地处海拔 1400 米、河北省最北部的坝上高原康保县，已是草木凋零。县委宣传部领导派我前往距县城不足 5 公里的佟家营村采访秋季植树造林，因水土不服，气候寒冷，我跑肚拉稀已半个多月了。

为了掌握第一手材料，我每天跟农民同吃、同住、同劳动，累得腰酸背疼。一天傍晚，收工回到房东家，打开门，“呼啦呼啦”的拉风箱声伴着一股热气扑面而来。房东大娘寒暄着：“快上炕，暖暖身子吧。”脱鞋上炕坐下来，便感觉屁股底下有东西，圆圆的像是豌豆。抓几个放在嘴里，用牙一嚼，噗的一声碎了，没什么味道。我连吃了三口都是如此。打开了一扇窗子，蒸汽随之飘向窗外，这才看当清楚了，从炕角蹿出一只大白兔子，坏了，我把兔子粪当豌豆吃了。顷刻间，肚里倒海翻江，哗哗地吐了起来。大娘关切地说：“坝上天气凉，你是着凉了。”

第二天，我便乘长途汽车，把稿子送到《张家口日报》编辑部。一位姓王的老编辑看完稿子后，直截了当地说：“稿子不能用。”“为什么呀？”我焦急地问。老王面带微笑，认真地说：“主题不鲜明，内容浮浅。”我立即解释说："采访时，我每天和农民一起种树，怎能说不深入呢？"老王耐心地开导："你虽然到了新闻现场，但观察不够深入。你要记住，观是看，察是思考，从你写的稿子看，你是只观不察呀。"编辑一席话，使我茅塞顿开。老王半开玩笑地说："稿件被枪毙了，兔子粪你白吃了。"我十分认真地说："不白吃，不白吃，等于交学费了。"

"你四只眼还找不到门"

上世纪八十年代初期，张家口市兴起私人摩托车热。每逢夏季，天气凉爽宜人，我时常看到位于地委门前的长青路上飞奔的摩托车。

一天傍晚，我刚走出机关大门，看到几辆摩托车飞奔而来，乘坐在后座上的"女郎"头发飘逸，发出一声声尖叫，引得行人驻足观看。我与一位老大娘和一个身高不足一米的小男孩儿擦肩而过。我忽听小孩儿叫喊："奶奶，你看摩托车跑得多快啊！"这位奶奶却很不屑，说："你别看它跑得欢，汽油指不定哪儿来的呢。"我心里咯噔一下，是啊，满大街跑的摩托车使用的汽油哪儿来的呢？为了寻找答案，第二天早晨一上班，我便连续问了机关的三位摩托车骑手。回答是一致的，都是和单位司机师傅讨要的油票。于是，我又向一家石油管理单位了解实情。据介绍，当时仅在张家口市区内，已有私人摩托车 2700 多辆，而到加油站加过油的仅有 3 辆。我立即向市有关部门反映了此况。后来我忙于采访，逐渐淡忘了此事。时过不到一个月，我去宣化区采访，当路过石油管理单位门外时，透过车窗看到，五颜六色的摩托车排成长龙。我随口发问："这是干什么的？"坐在旁边的一位乘客回答："这是办理购油证的。"他还告诉我，为堵塞私人摩托车用油漏洞，市交通、公安等五部门联合下发了《关于加强私人摩托车用油管理的通告》。我顿时明白了，一个多月前，我向有关部门反应的问题正着手解决，心里甭提多高兴了。我从宣化回来，立即来到那家石油管理单位采访。

谁知刚进门就挨了一顿说。走进这家单位，三栋二层小楼围成马蹄形状的院落，东西两侧的底层不知为什凹进一块儿，里边排列的都是大圆油桶，正面的北楼一层是营业厅。经询问，得知单位领导在二楼办公。可转了一圈，却没找到上楼的楼梯，于是，我疾步走进营业厅，向对面一个窗口询问二楼怎么上，服务员是位年轻姑娘，正忙于工作，连头也没抬，又问了一句，她不耐烦了：“这还用问？从楼梯上呀。”我十分尴尬地解释：“我是找不到上楼的楼梯呀。”那位女服务员看我戴着眼镜，就说：“你四只眼都找不到门，我两只眼更看不到。”实际上，楼梯是在营业厅外面，服务员不耐烦了就不好好说话。

事情的结果当然是采访顺利。第二天，我很快写出稿子，“一张通告管住了白喝油的电驴子”。

“这个人有神经病”

张家口市桥东区有一条古老的商业街——怡安街。地处闹市的这条街，道路狭窄，只有70多米长，可道路两边的门店，鳞次栉比，整日人来人往，熙熙攘攘。与这条街相通的还有两条小巷，民居密集，这里虽然三条街道相连，但只有一处公共厕所，要想如厕实在难。为了解人们的真实感受，我一连走访了十几家门店儿的售货员，一提上厕所，人们就大倒苦水，特别是一些女售货员感触更深。她们说：“每次上厕所都是一溜小跑，到厕所外排长队等候，急的你搓手跺脚。店内要是一个人盯班儿，整天不敢喝水，真是没办法呀。”有的告诉我，“茅坑太少了。”为便于从数字上比较，于是，我进入男厕，一个一个便坑数了起来，背后一位男士直嘟囔：“数茅坑，没事儿干呀？这人有神经病。”没过几天，“三街合用一厕　路人叫苦不迭”的“豆腐块儿”在《河北日报》一版刊登了，心里乐滋滋的，因为我反映了群众生活中的难处，为有关单位改进工作提供了真实的信息。

“咱不当礼物二传手”

我在基层采访中，时常发现一些单位给领导送些自家的产品，名曰留个纪念，请领导试用，多提宝贵意见。每当上级领导告别前，单位负责人将“纪念品”交给秘书或司机，请他们代劳转交。这是一种司空见惯的现象，但构不成新闻，我耐心等待反面文章正面做的时机。

一天晚上 9 点钟左右，我突然接到市委书记打来的电话。走进他的办公室，刚一落座，他就和我讲起了这样一件事情：前不久，市化工公司召开表彰会，每位先进工作者奖励一台石英钟，公司领导顺便送给 4 位市领导每人一台。没想到这事传到省里了，省委书记批示“严加追究”。市委书记立即追要石英钟，但只要回 3 台，有位副市长硬说没收。市委书记顺藤摸瓜，深究细找，才得知是司机代领，用废报纸包起来，放到领导家门厅堆放杂物的桌子上了，那位副市长到企业调研，连续几日没回家，并不知情。

不久，市委常委会很快召开，专题研究司机替领导代领礼品的问题，并有针对性地制定出“约法十章”公布于众。一周后，我来到市委司机班采访，孙师傅讲起前一天发生的事情：“我送市领导到电机厂调研，临走时厂领导让我将他们自己研制的 11 台小型家用报警器送给每位常委试用，我一听就急了，连忙拒绝，我不能当礼物二传手，不能给领导帮倒忙。”于是，我写出稿件发往报社，将孙师傅的亲身经历和感受作为消息的导语，接下来交代了新闻事件的背景，然后是“约法十章”的出台及产生的效果。标题我借用了孙师傅的话，“不当礼物传递手，要帮领导堵风口”，并配上了我撰写的评论“正人先正己”。几天后，市委书记告诉我，省委书记打来电话高兴地说：“我看了今天的《河北日报》头版头条，你们很重视我说的问题，不仅让领导退还礼物，还给司机立了规矩，考虑得很全面、很细。”

发生在采编路上的故事还有很多，我把它们留存在心头，常常作为闲暇时的美好回忆。当记者，真是其乐无穷呀！

2015年7月

【作者简介】

李德存　大学毕业后在河北省康保县县委宣传部任专职新闻干事、副部长；1977年，调入《河北日报》驻张家口记者站先后任记者、副站长、站长；1992年，任《张家口市报》总编辑，1993年张家口地市合并后，任《张家口日报》总编辑，两报均实行总编负责制。2002年随河北省机构改革而离岗。

我参与创办珠江经济台背后的故事

陈连峰

1986年12月15日，我国内地第一家经济广播电台在羊城开播。它创造大板块加主持人直播的“珠江模式”，在中国广播史上留下了深远影响，受到新闻界广泛好评，多次获广电部和广东省政府嘉奖。我作为该台的筹备和实际操作者之一，在历经风雨后，在意的不仅是同行的评价，更享受对我本人是“北京广播学院新闻系毕业”的介绍词。这是一段永存心底的回忆。说到参与珠江经济广播电台创立，得为年轻时的“傻”和“愣”鼓个掌。假若凡事太聪明、太算计，估计啥也干不成。

改革开放前，港澳电台、电视台被列入不能公开收听、收看之列，省内官方广电媒体紧跟部署各耕各田，倒也没啥危机感。改革开放后，随着外资涌入，港澳台也堂而皇之占领了广东沿海区镇，相信不少人都有趁出差，跑到深圳、珠海看香港电视的经历。港澳台的霸道渗透刺激了所有广电人，作为记者到基层采访都臊得慌，但除了行政手段的堵，似乎别无他法。

当时电台有一帮编辑、记者，大都三十多岁，有担当，有干劲，正值追梦年华。为了改变现状，大家经常聚在一起忧国忧民。从最初的骂骂咧咧到后来的理性分析，从拒绝港台到仔细学习研究，一致主张得有自己过硬的杀手锏。所以至今我也坚持珠江台是逼出来的，是底下躁动带出上头决策。

志同道合的年轻人思想碰撞着，互相鼓舞着，真是给个支点就企图撬动地球，信誓旦旦要办个崭新电台，与港澳台比个高低，但终究人微言轻，找不到依托的平台。当然我们也找厅台领导请战，寻求支持。两种意见，一说担心资产阶级自由化倾向，再一种虽不反对但也不放胆支持，只说拿个方案先看看。磨了又磨，才批准成立半脱产的筹备小组。这样八位“二”得可爱的伙伴就名正言顺地成为筹备组成员。有叫好也有讽刺，不管怎样，顶风船总算可以起航了。

谁知人算不如天算，刚有点眉目，上面反对精神污染的力度又加强了，有领导善意提醒缓缓再说，刚聚到一起的筹备组成员心中一片茫然。好在省委书记任仲夷及时智慧地强调：排污不排外，才又鼓起了我们的勇气。

第一次筹备会议不敢放在广州，跑到番禺县乡下一位朋友那召开。会前，大家唱了国歌，气氛略显悲壮。我们渴望成功，但也想到了失败，家庭、前途都在心底纠结。已在部门站稳了脚，领导平常待咱们也不薄，何苦哦！毕竟我们是凡人，没法免俗。

珠江台筹备初期，最大的难题是“准生证”、合法化，争取广电部和省委宣传部点头。因为设计方案中呼号、频道、节目形式大改动，全国从没有先例，主管部门未必会准。若小修小补，无济于事，达不到效果，心存不甘。也曾考虑向省委宣传部和广电部递报告，但贸然递上，担心打回头，白纸黑字一判死刑，连个翻身的机会都没有了。为了保险，决定丢个石头试水深，非正式渠道探探态度。可从哪下手呢？大伙绞尽脑汁想门路，人脉用时方恨少哦。

筹备组中，人大、北大、北广毕业的人朝北京找门路，中大毕业的从本地寻关系。最终转弯抹角确定了七八条道，哪条路都没肯定把握。分任务时，让我拜访吴冷西同志。尽管嘴上说努力完成，心中却忐忑不安，各种各样的可能，各种各样的结果想了个遍，底气全无。

实际上我并不熟识吴部长本人，敢领此命，缘于他的老伴肖大姐。吴老有一年到广东视察广电工作，他老伴肖大姐随行。部长开会期间，台里指派我陪肖大姐在广州周边走走。由于吴老是广东侨乡新会县人，肖大姐对广东民俗特有好感，对广州美食大加赞赏，一路兴致勃勃。我小兵一个，奉命行事，一板一眼，不敢怠慢。分手时，肖大姐留了电话给我，让我进京时去玩。本属客套话，这回我也要厚着脸皮当真了，因为只有这根稻草可抓。

到京城，小心翼翼拨通电话，风风火火的肖大姐还真记得广东小陈，十分热情地告诉我怎么到北京饭店，怎么找红霞公寓，还让小阿姨在楼下等候。到了她家，又高高兴兴领我参观房间，至今记得有间房满墙都是书，沙发旁堆的还是书。闲聊一会儿，我生怕过了热乎劲，赶紧转入正题说明来意，再三表示珠江台一定在广电部领导下，重新夺回被港澳电台占领的广东沿海天空，将听港台的群众重新争取回来。临走，我将新设计的一叠珠江经济台全天大板块模拟播出稿留下，请肖大姐转吴部长审查斧正。

呈上了播出稿后，暂时轻松许多，但更大的纠结还在后头，既想知道结果，又怕听到坏消息。足足在北京憋了两天，我犹犹豫豫拨通了电话，电话那头的肖大姐依然高声大气，快言快语，让我赶快去取回资料。到她家后，肖大姐从书房拿出了厚厚一叠我送上的播出稿。打开一看，兴奋得差点叫出声来。吴部长用红笔在多处作了修改，尤其对大板块栏目设置和办台宗旨，更是密密麻麻写了好几行，对听众投诉节目，提出了让主管领导接听电话的建议，对青年类节目批示，寓教于乐。

虽然我自始至终都没见到吴冷西同志，虽然我没有亲耳听到他对珠江台创新举措说“是”或“否”，但从吴部长字里行间已能读懂他的态度。新闻前辈的认真精神让我敬佩！老部长支持传媒改革的态度令我敬佩！

筹备组其他同事也经过不少周折，先后找到省委宣传部领导和任仲夷书记，争取到他们的支持和帮助。客观地说，领取珠江台的出生证并不是那几个人的功劳，而是集体努力成果。谁又说得清是那根弦奏出的音符打动了领导呢？

有了尚方宝剑，经一年多组建，珠江经济台广播电台的声音终于响彻在南粤的大地上。那天，不少人都掉了泪，有甘甜，也有酸楚。

“珠江模式”成功后，全国广电系统各路诸侯纷纷来交流观摩。最让我难忘的是接待温济泽老师。大约是 1988 年 3 月，我接广电厅办公室通知，说一会儿中央新闻界老前辈来检查工作，叮嘱多“升华，升华”。珠江台问世后，早有一套程式化的汇报内容，来回就是那几条。正敲脑壳怎么升华呢，只见台领导陪着一行人远远走来。这不是温济泽老师吗？我慌忙火急迎上去，向先生鞠了一躬，拉着手叫着：“温老师好！”旁边的人一愣，小声纠正着，“温院长，温院长”。温老师微笑说道：“这是我在广播学院教过的学生，还是叫老师好，叫老师亲切。”

落座后，我习惯性打开笔记本，准备汇报。老师提议，介绍一些背后的故事。向老师交作业，学生自然少了几分顾忌，我就珠江台开播后产生的新问题实话实说，先生也一一谈了看法，让我受益匪浅。当讲到上京找门子一事时，温老师说他在延安就与冷西同志相熟，他可以帮忙的。我回答，不敢给北京的老师、同学添乱。交谈中，我的领导也顺势表扬了广院学生的创新精神，看得出先生是真高兴。温老师再三肯定新闻系六五级学生的素质和扎实基础知识，赞誉大伙是新闻战线承上启下的骨干力量。

接着，我陪温老师参观了直播室的听众互动节目。临离开时，老师给了我很多鼓励，一再叮咛不要事务缠身，不要追风逐浪，要多学点新闻理论。

这是我毕业后第一次也是最后一次见到温老师。老师仍然是那么温文尔雅，那么慈祥睿智。

【作者简介】

陈连峰（原名陈莲凤） 1970—1988 年在广东人民广播电台、珠江经济广播电台任职，1989 年元月调中国国际贸易促进会广东分会工作至今，任秘书长。

我办交通台的故事

桂雅莉（董新）

1994年，我已年近五十，之前在辽宁锦州广播电台做了二十多年的农业记者。职业生涯还有六七年。就在上一年的冬天，市广播局想要利用锦州的地缘优势办一家交通广播电台。他们想到了我，要我来筹办。

当时，我国的海陆空运输及覆盖全球的通讯大交通蓬勃发展，服务交通，转化人们的交通观念，办交通专业台可谓与时俱进。全国除了北京、上海、天津、黑龙江、河南等省、直辖市有交通台，市级城市只有大庆有交通台，锦州紧随其后。

2月6日，农历腊月二十六，没等过大年，广播局就和市里沟通。市政府把办交通台作为政府为市民办的一件好事，决定过了春节就动手干。局长苏海发对我说："董新啊，办交通台困难不少，现状是没有钱，没有采编播人员，没有办公房，只有一个可改建的中控室，一个闲置的频率，两个技术人员。要求你在年内开播，运营体制是自负盈亏。"

这是"有条件要上，没有条件创造条件也要上"，是空手套白狼啊，这不是极左冒进吗？我问："局长，办这么大的事没钱怎么行啊？"局长说："你先贷一部分款，再和与交通有关的'那些家'商量，让他们参与进来，有钱出钱，有物出物，咱们用节目回报，给他们固定的时间段，为他们服务。说它是股份制也行。"

"没听说过办广播还搞股份制，这可是局长说的！错了你负责！"

之后，我马不停蹄地往"那些家"跑，游说展示交通台前景，推销交通台。未曾想，"那些家"很快和我们情投意合，除了公安局交警支队出车，其他

各家像锦州铁路分局、交通局、港务局出钱，邮电局还用手机、BB机垫付一部分，机场则用机票垫付一部分。至此，局长的构想初具雏形。可到位的钱还是少得可怜。过了几天，广播局从“人民台”文艺部抽调一位年轻的“老同志”，应对所有的事务性工作，我这个“光杆司令”终于有了助手。交通台筹备办公室在位于北山的北京路边租房，正式挂牌，那是4月初。后来，这种自筹自支、自负盈亏、服务交通、联合办广播的思路和做法，还得到了同行的认可和赞赏。在1995年8月哈尔滨全国交通台台长会议上，我作为唯一一家市级交通广播电台台长，在大会上现身说法，还介绍经验呢。

“没法干，就走人！”

广播局给交通台的那个无线电频率是AM846千赫，是闲置多年的中波干扰频率。论覆盖面和收听效果，在市级电台中是顶好的。可用它办新台，还得例行公事，还得收听和收测，费用至少上万元。加上中控室和发射台的费用，40万元打不住。中控室的两位技术人员听说筹备办只贷款50万元，皱着眉头算了两三遍：“如果把行政、采编播人员的费用打进去，我们就玩不转！”他俩在对AM846这一频率的收测后，就交摊了。那位年长的说话直：“你终归是女人，小家子气，不会花公家的钱，这点贷款够干啥呀？”

真是站着说话不腰疼，不当家不知柴米贵，借谁的钱不还？我心里说："没法干，就走人！"第二天，我找来两年前"下海"回台的老技术员，问他："这现状你能干不？"他说："能，有些闲置的设备我们可以用。发射台那边，有的可以和其他台借光，搭桥，没问题！"这位当年和我几乎同时迈进锦州广播电台大门的老同志，他叫蔡香柏，他一直在技术上为我保驾护航，直到交通台呼号播出。

明知山有虎，偏向虎山行

交通台的采编播人员，包括主持人，全部面向社会招聘。招多少人，申请多少编制呢？局长拿"人民台"作比较，说："他们是一百多人，你是新台、小台，60人吧！"我说："局长，我可是底气不足啊！我想少点人，先滚雪球，一步步来，我看30人吧！"局长相信我是深思熟虑了，最后决定申请省内事业干部编制30人，外加一名工人编制（司机），共31人。而这30个编制，我掂来掂去，还是想省下一部分，留作日后精选补招。实际是30个编制只招17人。而在市人事局的招聘简章见报后，报考的人超过540人。

有朋友听说我办一回台才申请30个干部编制，说："你傻呀，多一个编制就多送一份人情，多一条人脉。这30个人的编制怎么够呢？你何不趁机多要一些呢？"

是啊，这是吃力不讨好的事，我也预感到日后的阻力和压力。可人都有虚荣心和自尊心，想到自己是北京广播学院毕业的，想到那些在祖国各地的同学们，我不能当熊包，只能是"明知山有虎，偏向虎山行"。

谁走后门，就取消谁的录取资格！

交通台筹备办公室刚挂牌的时候，当地媒体报道过"拭目天际出新星，新星就是交通台”，“我省第一家交通台在锦州筹办”。交通台在舆论中萌芽。而当人事局的招聘简章见报后，交通台招人的消息不胫而走。很快，老朋友、老同学、老关系、老领导相继上门，目的都是通过“后门”送人。

交通台的大门本来是面向社会敞开的,可一些人偏要制造麻烦“走后门”。正是大路朝天，各走各边。那些怀揣抱负的年轻人满怀信心地到交通台筹备办报名参考，而那些有钱有权有背景的人，他们堂而皇之“走后门”。面对这些人，我开始是无奈，是躲。那阵子，每天晚上都要在我居住的小区马路边坐两三个小时，不吭声，不言语，尽管蚊虫叮咬，也得挺着，不到10点不进家门。到后来躲也躲不过了，有人挖地三尺也要找到我。怎么办？只能是具体问题具体对待，现实一点吧。我把那些“有关系、有背景”的人，准备日后统统安排到广告部“待编”工作。而对那些执意要作记者、主持人的，还是不能松口，只能是“小巷里扛竹竿，直来直往”，直面相对。那时，常挂在嘴边的话是：

“我们这里是自负盈亏，国家不拨款，我们要通过考试招聘能人！”

“你们有钱有关系走后门，那些没钱没关系的人咋办？”

“请把钱拿回去，是能人，我们不会漏掉，我们还得给你高薪呢！有信心就参加考试吧！”

到后来干脆一句话：“谁走后门，谁送钱，就取消谁的录取资格！”

招聘简章只作参考

7月中旬，招生考试在即。

我在锦州市第二招待所接待了渤海大学出题、判卷的老师。我和他们来个私下沟通：“各位老师，我们招采编人员，实际是招采编播、主持合一的人才，使之招之即来，来之能战。”“会写会编的人不少，而会写会编又善于观察问题，善于现场发挥，能说会道的人不好招，我想把招生简章上限定的大专以上文化程度降到高中以上文化程度，这样‘网大’而‘网眼’小，便于我们更精细地筛选。给大家找麻烦了，十分抱歉。”过了一会儿，老师们没提反对意见，点点头。他们和我是同龄人，是我的“同类”，给了我实实在在的支持。而后我又把招生年龄限制由在28岁以下，调到30岁以下。

考试那天，暑期冷清了一阵子的锦州市卫生学校5层教学楼，迎来了540多名考生。校园里充满了严肃、紧张的气氛。我在校园里踱来踱去，不禁浮想联翩：我要大海捞“金”了，我要有人才了！这是交通台的生存之本啊……

是骡子还是马，上场遛遛！

第一轮考试，经过对语文、政治、史地、外语的基本知识测试后，由540多人筛选出54人参加下轮的考核，比例是10∶1。而下一轮是54人竞争17个落地名额，比例是3∶1，是决定命运的一轮。

我在局会议室接待了他们。我说：“以前这类考试都是三轮，我们是两轮。以前每轮考试之间不休息，我们这次是间隔3天。和以往面试不一样的是，除了面对面问答，我们还要让你们做主角呢！让你们现场模拟和发挥，尽情地展现你们个人的才华和能力！因此，给你们3天的准备时间，换句话说，是骡子还是马，上场遛遛！”我的话音还没落，现场的年轻人就有各种表情了，有的欣喜自信，有的莫名其妙，有的无奈……

三天之后，模拟现场。

场外等待的考生好像演员等待出场。场内鸦雀无声。我是这一轮的主考官。

“赵××，交通台刚刚接到电话，说锦州机场在今天上午十点首航，到场的人有市领导和省市相关部门负责人，首次航班飞往上海。乘客有70多人。我们派你去对该事件作现场报道。”这位考生手执话筒，表情自如，对该新闻的时间、地点、人物、事件、结果做了准确娴熟的报道后，还带有广告语气地说：“到上海出差、探亲、旅游的朋友，乘坐下次航班吧！何不潇洒走一回！”像这样的考生，在三天的现场模拟考试中频频出现，出乎我们的预料。

还有一位考生，在评说整治交通秩序时，对私人非机动小三轮车的无序运营进行了评说，说它不仅仅是无序运营，还极易造成对机动车和行人，特别是老人和儿童的伤害，形容它是乱钻、乱窜、交通隐患。这个评论得到了大家的认可。他被录取后成为交通台《城市交通面面观》节目的主持人。

扶上马，送一程

人生就是一条河，是深是浅都得过。做事和做人一样。上世纪九十年代的锦州广播电视局，地处锦州铁道北的制高点之一，那里被称为北山。交通台成立之前，广播局大门口的牌匾旁已有4个台的牌匾。交通台成立后，4个变5个，因此有人把北山叫作“五台山”。“五台山”不大的地域，运营着5家广播电视台，足见广告竞争之激烈。弱小的交通台，一出生就得承受同类的排挤和掐咬。它不得不在逆境中过河，求得生存和发展。年轻的交通台，年轻的人，需要扶上马，送一程。

由于台新，人手也新，一切都是从零开始。采编播这块算上我只有18人，我是唯一做过采编播的，是他们的领头雁。怎样飞？怎样办出专业台的节目特色，这是我每天都要寻思的。我对他们说，你们每个人都是在一张白纸上画画和写文章，这张纸没有污点，不受干扰，你们要自己去画，自己去写，用心去画，去写。画出最新最美的画，作出最有特色的文章。

但是，当他们首次接触重要新闻和事件，哪怕是承揽一笔广告，我还是要挂帅出征，给他们做个样儿。有一次，锦州蓝天公司所属的一汽奥迪、一汽大众锦州特邀维修站召开广告发布会。锦州日报和晚报、锦州广播电视报，还有随意发行的小报和5家广播电视台都到会争取广告。会后“广告商”们争着与厂家“决策人”称兄道弟，交头接耳，气氛好不微妙。我感到自己凑不上去，抢不上槽，干脆来个“短平快”，显示我广院毕业生的优势。我和大家打招呼，立刻引起大家注意。我说：“各位领导，各位同仁，交通台为交通和汽车服务行业服务义不容辞，这里，我把交通台的广告词念给各位听，敬请指导”。我朗诵着即兴编好的广告词：“蓝蓝的天上白云飘，蓝天下面奥迪、捷达跑。要想奥迪、捷达跑得好，维修保养……”这是厂家和广告商们第一次看到的不需要无线发射的现场“口语直播”，他们给了热烈的掌声。一百多字的广告，大约半分钟，全天滚动播出十次，播一年才要10万元，厂方十分满意，会后当即签单落实。随同我去的交通台“汽车门诊”节目的主持人兴奋地说：“台长，这广告可不好抢啊！”我说：“这是竞争，是宣传交通台，不光是揽广告。我们还得卖啥吆喝啥，靠办好节目增加收听率，收听率高了，广告也就有了。”

这件事提醒我，交通台提出的“以交通文明建设为己任，以便民利民、服务交通为宗旨”的理念还没有被台人深刻铭记，他们似乎把注意力都放到了挣钱上。而怎么挣钱，怎么生存，需要引导。为了更鲜明地办出交通台的节目特色，拉近和听众的距离，提高收听率，台里决定，专题节目主持人，不执行早8点晚5点的作息时间，规定他们要比“人民台”等其他台的主持人提前40分钟到岗，把所要播出的碟、盘、带等再审听一遍，以保证播出的节目没有瑕疵。而离岗后则不必守在台里按点下班。意在让他们有更多时间，带着节目到听众中去，倾听意见和呼声，到企业中去寻找服务对象和合作伙伴，到社会这个大课堂、大市场中去获得知识，学会做事。在很短时间里，他们体会到：自己的节目办得好不好，需要听众来评判，由收听率来验证。在一次编采播交流会上，一位主持人说她有低人一等的感觉，她指的是低“人民台”主持人一等。另一位主持人马上接茬：“那是咱自己没有底气，心虚。你要是把节目办好了，老百姓听你的不听他的，那你就被人刮目相看了！”还有一位主持人说：“如果说交通台是一片新开垦的土地，我们各自的节目，就是一块块园地。种园子只有精耕细作，才能有好收成。精耕细作就是办好节目，办好节目就有收听率，收听率高了广告就多了，我们就有钱了，谁也不敢小瞧我们了。”年轻人们你一言他一语，显示着他们生机勃勃的竞争力。

我被感动了，鼓励他们："只要你们在交通台，这片园地的使用权就是你们的。怎么耕耘你们说了算。你们可以八仙过海，各显其能！"

这场景勾起了我的回忆：策划节目那阵子，一连几个月的夜晚我都是在家里的沙发上度过的。因为沙发旁有桌子，桌子上有台灯，每每想到一个好主意，好点子，甚至一个好标题，好名称，我都要起身把它记下来。快五十岁的人啦，记忆终归不行了。每天早晨起来，面部都略有浮肿，那是没睡好觉造成的。

开播初调查路况那阵子，连续几天需要出车。公安局交警支队以物顶钱给的三台车，有吉普、面包和日本进口的尼桑轿车。要论坐着舒适，无疑是轿车，它有空调，车身又宽又长。而交通台因人少，车比其他台相对多些，年轻人都想学开车，轿车几乎闲不着。等到我用车时，常常只剩面包和吉普。司机对我说："台长啊，轿车不能随便让别人用，要不，咱们出车咋办？"我说："咱们用面包车不是更合适吗？它车身高，车身上还有咱们'城市交通面面观'节目的招牌呢，出去等于免费给自己作广告了。""它没有空调，你不怕遭罪呀？""过些日子就好啦，暑天快过去啦！"后来这位司机看到尼桑轿车闲着我也要坐面包车出去，他一看没头儿，怕跟着我干遭罪，过两天就不干了。

中控室安装调试那阵子，技术人员连续几天干到午夜。因为人手少，他们的夜餐也是我来张罗。我处理完采编播这摊后，要马上开车赶到火车站附近的饭店，买回热乎乎的饭菜。那时，节气已经过了霜降，可我每每都是一头虚汗。

选拔人才那阵子，原本决定毕业后就到交通台上岗的"辽宁商专"的学生会主席孙恒义，有一天突然找到我，难为情地说他想到辽宁电视台工作，问我怪不怪他。他深知我需要人才。为招聘他，我多次开着老式吉普车，坎坎坷坷，颠颠簸簸到郊外的"商专"去和校方沟通，争取到他来交通台工作。但面对小孙有了新的选择和去向，我只能说："不怪你！你到哪儿都是给国家工作。交通台的大门永远向人才敞开，来去自由！"可说归说，心里却不是滋味，很是失落。这一幕幕，说不尽，道不完……

我过去曾经采访过很多敬业者，问过他们“你图啥呀？”这回该问我自己了，我图啥呢？可以肯定地说，我图的还是广院毕业生这个面子。为了这个面子，我是死要面子活受罪！而现在，我看到这些我在考场上亲自遛出来的骏马，他们长高了，成熟了，将要驰骋在新闻广播的疆场，我没白付出，我值！

母校老师为我“锦上添花”

由于锦州交通台是省内第一家专业电台，当年筹建，当年开播，提前兑现了市政府为市民做好事的承诺，受到省内有关部门和全国同行业的关注，还有当地的重视。开播那天，空中有小型飞机向沿海各县区、乡镇播撒交通台节目单，地面有各家的彩车和一百多辆汽车、摩托车由警车引导，在全市各主要街道游行，扩大影响。全国一些交通台有的发来祝贺词，有的到现场祝贺。这些，除了需要记者在一些现场发回口头报道，还需要身在开播仪式主会场的播音主持人，有娴熟的应变能力，把控好分寸，准确、生动地表达给听众，稍有闪失，就会砸锅。

怎样给听众留下美好的第一印象？面对交通台全是新人，我想到了向母校播音系老师求助。在开播前两星期，我试探着给播音系张颂老师打电话。张老师虽然没教过我，在校时接触也很少。但当他听说我是“北广”的学生创办交通台，希望要在开播当天有位男播音员来现场助威添彩，配合交通台的女主持人主持开播仪式，他马上一口答应说：“好的，你放心，我过几天就给你选派个学生去！”果真如此，两天后，他把刚毕业、准备去上海台工作的李欣派来锦州帮忙，所以，交通台开播是“一炮打响”。而张颂老师却没有喝到锦州的一杯茶、一口水……

2015 年 7 月

【作者简介】

桂雅莉（现名董新） 1970—1994年锦州人民广播电台记者，1987—1992年兼《东北经济报》记者，1994年任锦州交通台筹备办公室主任、锦州交通台台长。

做一个有文化有修养的人

赵玉斋

我于1944年农历8月出生在河北一个农民家庭。我的降生，给全家人带来了快乐和希望，老人们出于对文化知识的渴望，特意请教书先生给我起了很斯文的名字："玉斋"。顾名思义，老人们就是盼着我成为一个有文化有修养的人。1965年8月，我收到北京广播学院新闻系录取通知书，家族长辈们都非常高兴。我本家的一位最年长、辈分最高的太爷对我父亲说："咱们赵家总算出了个有文化的人，赵家兴旺就有希望了。"

大学毕业以后，我在云南人民广播电台工作了整整五年。云南的五年，是我重新学习、实践广播新闻业务的五年，也是我由一个学生转变为一名新闻工作者的五年。在云南电台工作期间，我先后做过农业、文艺、时政记者，先后到曲靖、玉溪、楚雄、大理、保山、西双版纳采访。由于在学校期间闹"文化大革命"，没有系统地学习广播专业知识，在云南电台工作期间，我坚持"干中学"，从广播新闻、录音新闻、录音通讯各种新闻题材练起，不怕失败，不怕领导批评和修改稿件。1974年夏天，我到楚雄采访，先后一个多月的时间，跑了永仁、元谋、武定、大姚、姚安、南华六个县，共计采写了录音讲话、录音新闻、录音通讯 18 篇稿件，电台采用了 16 篇。

在云南电台工作期间，因为是单身，没有家务负担，所以我经常向领导提出申请，下乡采访，磨炼自己的意志，锻炼自己的业务能力。有一次，领导要派记者到武定县一个农业学大寨的先进典型采访，我提出了申请。我一个人背着录音机，徒步翻过一座座高山，穿过一片片丛林，从早上 7 点出发到晚上 8 点才能赶到采访目的地，走了整整十三个小时。我和当地村干部、老百姓同吃同住同劳动，用了三天的时间，掌握了大量的素材，圆满完成了采访任务。1972 年夏天，我和台里一位同事到西双版纳采访，当我们到达勐海县时，县里宣传部的同志建议我们去打洛公社采访，并派了两名报道组的年轻成员陪同。从县城到打洛公社有 160 华里。我们去的时候，正好有一辆运货的卡车去打洛。采访结束以后，要返回县城只有靠双腿。路上，我和台里的同事边走边交流，不着急不着慌，先锻炼腿脚，走出二三十里路以后，放开步伐赶路，一点儿也不觉得累。回到县城，陪同我们去的两个年轻人说："没想到省城来的记者挺能吃苦的，走起路来比我们都强。"

1975 年，因为解决夫妻两地分居的原因，通过组织正常调动，我离开了培养我成长的云南电台，调到河北电台工作。在河北电台，前十年主要从事文教卫生系统的宣传工作。那个时候，我爱人在石家庄市商贸战线工作，孩子才二三岁，家务事很多，可是对于工作，对于台领导交给的任务，我从来没有讲过价钱，外出采访无论时间长短、地域远近，都没有推辞过。1976 年 7 月 27 日，唐山大地震，台里组织人到唐山抗震救灾，我毅然报名参加，在唐山抗震救灾第一线工作了一个多月。在日常工作中，我坚持早出勤、出满勤，从不因为个人私事耽误工作。对于我分管的宣传系统，我经常骑自行车到这些单位了解情况，寻找线索，有目的有计划下乡采访，进行典型宣传。在这十年里，无论下乡采访，还是完成任务总量，我总是名列前茅。

1985 年初，随着我们国家改革开放不断深入，市场经济日趋活跃。为了加大市场经济宣传的力度，我找到台领导，建议河北台应该顺应形势，开办经济信息类节目，为市场经济的发展壮大鼓劲呐喊，并毛遂自荐，由自己组织筹办此类节目。经过一个多月的紧张筹备，一档面向社会、面向企业、面向个体经济、面向市场经济的十分钟信息专题节目诞生了。当时，台里几个年长的同事对我说："你一个北京广播学院毕业的大学生，办个10分钟节目，写那几百字的经济信息，值得吗？"我当时也没有说什么，我有自己的理儿，中国市场经济越发达，经济信息类的宣传越宽广，电台的受众会越多。

尽管有些同事不理解，但节目播出后影响很大，听众来信很多，也得到了当时主管宣传的省委领导李文珊的肯定。他到局台调研时，对经济信息节目给予了充分肯定，还打电话给当时人民日报社负责人安岗交流看法。在这种情况下，台里更重注这类内容的宣传，到1988年，河北电台经济信息类节目增加到七个，广大听众反映也非常强烈。后来，台里决定组建经济信息部，工作人员增加到17名。1993年，省台借鉴广东珠江经济电台的经验，筹建河北电台经济频道，经济信息部为经济频道输送了7名业务骨干。

进入八十年代后期，为适应市场经济的飞速发展，中央相继出台了一系列法律法规，如《税法》、《合同法》、《广告法》、《消费者权益保障法》，等等。有一次听朋友说，北京一所大学正在组织编写法律法规方面的教材，向学生讲授有关法律法规的知识。我及时将这个信息向台里领导做了汇报。并提出由省司法厅牵头，联合省工商行政管理局、省税务局共同举办全省经济法律法规广播函授班，培训全省厂长（经理）、财务、销售、企管等方面的负责人。这个建议也得到了台领导的支持，并取得了省司法厅、省工商行政管理局、省税务局领导的肯定。省委、省人大常委会、省政府有关领导，对这一新生事物给予了肯定和支持。

从1989年到1992年，我和省司法厅、省工商行政管理局、省税务局派出的干部一起，组织编写辅导教材，协调讲课人录音，组织地市级司法、工商、税务工作人员招生，发放教材、组织考试。四年来，我们分两期共培训企业各方面负责人十万人次，帮助河北经济系统人员提升素质起了很大作用。对此，《人民日报》、《经济日报》均给予了报道。全国十几家省级电台效仿河北台的做法，也举办了类似的培训班，社会效益、经济效益获双丰收。

1993年组织上任命我为副台长，协助台长抓全台的对外宣传工作、广告经营、行政管理及技术工作。说实话，这些工作都不好搞。在这十一年里，我每天上班都是兢兢业业，不敢丝毫懈怠，恐怕哪一方面出事不好交待。

在广告经营创收工作中，我坚持一条原则，不直接谈广告业务，不接触钱。凡是来找我谈业务的，都交给广告业务部门人员，让他们签合同。同时，组建了一个广告合同播出管理小组，对全台广告进行合同审查，播出监听。这样，杜绝了许多可能发生的腐败现象。

在行政管理上，涉及盖房、分房、房屋改造维修等工程，我都坚持公开招标，并拒绝一切吃请，拒收来自台内外的一切钱物。我常想，人的一生，名、利两字每个人都离不开，但是，对名、利的追逐要有度。当领导和群众越是信任你的时候，头脑越应该清醒。君子爱财，取之有道。不该你得的就不要伸手，否则，倒霉的是自己。十几年间，我管过两次单位分房，自己不仅不贪不占，而且组成分房小组，深入每个家庭调查研究，将分房方案公开，不搞暗箱操作。在我退休前两年，我主持两栋宿舍楼地上地下管道改造，从选材到选择施工队伍，全部实行招标。现在，两栋宿舍楼的上下水管改造已经过去了十三年，没有一户留下后遗症。

对于电台的技术工作，我是十分陌生的，当领导让我负责这一块工作时，我真不愿意接手。在电台工作几十年，我深深地知道，如果技术上出现问题，绝不仅仅是技术问题，而是政治问题。为了做好这项工作，我一方面深入到录音组、维修组、转播车、小控机房，和第一线同志多接触了解情况，倾听他们的意见和建议，另一方面放手让三个主任大胆地工作，承担可能出的事故责任。由于勤于学习，信任技术人员，又能和他们打成一片，加上遇到重要会议、重大活动期间坐镇指挥，五年来技术部门没有出过一次事故，确保了节目的正常播出。

时光流逝，年轮增长，这是不以人的意志为转移的。2004年10月8日台领导为我举办了退休茶话会，我正式从工作岗位退下来，当时我的心情非常愉快，那种每天承担着责任，休息时手机一响就紧张的日子终于结束了。当时自己写了几句顺口溜："辛辛苦苦几十年，有苦有酸亦有甜。平稳退休真幸福，健康快乐过晚年。"

我始终怀有一个信条：做人要知恩图报。亲戚朋友之恩当涌泉相报；对同事、外人要真诚，不记私仇；尊老爱幼，扶危济贫，终有善果。这是自己一路走过来的感悟，也是大彻大悟的箴言。

我的生母去世时我才 5 岁，父亲当年才 24 岁，不续弦是不现实的。继母进家时只有 17 岁，她要面对公婆和两个年幼的孩子，关系着实不好处。在我的印象中，我上小学的时候，我的继母不怎么管我，因为我吃饭睡觉都跟着爷爷奶奶。真正和继母相处打交道，是到固安中学读书的六年，那时候，爷爷已经去世，父亲在北京做工。一年到头见不上几次面。我从学校回家取干粮要钱，都要面对继母。当时家里非常穷，可以说是一贫如洗。但是，继母十分乐观，每次我回家她都要出门给我借钱。我读中学六年穿了两身学生蓝衣裤，就是继母买布，带着我请裁缝师傅做的。六年的艰苦生活，我苦，我的继母和两个小弟弟也跟着苦。我参加了工作以后常想，如果困难时期继母不再坚持供我上学，我的人生会是什么结果啊！所以，我必须用十倍的努力，回报我的父亲、我的继母。刚刚参加工作那些年，由于父母年龄并不老，加上两个弟弟长大成人，我回家的次数少，管家里的事儿也少。1985 年冬，我的父亲患了胃癌，在北京海淀医院做了手术。从那一刻起，我改变了许多，不仅常往家跑，给父母亲买各种吃穿用品也多了，更重要的是，我把继母接到石家庄住了一阵子，我要用这种方式向继母表明：我是她的长子，以后要为她养老送终。2000 年，父亲因患心梗去世。处理完父亲的后事，我没有马上回石家庄，陪继母过了一个春节。父亲去世以后，我每年都要回家几次，陪老人住几天。随着年龄的增长，继母越来越离不开我，又想让我在家多陪她些天，又替我着想石家庄这一大家子。一两个月不见，就让我弟弟打电话，听听我的声音。她，我的继母，真的把我当成了她的长子。我多么幸福啊！

我的一个本家姑姑比我大三岁，我考上大学的那一年，我这个姑姑正在县里鞋厂上班。听说我考上了大学，特意赶回来，送给我一条新枕巾。她说："玉斋，你要上北京求学去了，我挺高兴，给你一条枕巾吧！也是姑姑的一点心意。"一条枕巾，一顿饭，一声呵护，我都记在心上。那是亲人的爱，那是亲人的情。当我参加工作以后，凡是有机会，我都要去看望那些帮助过我、给过我温暖的亲人。我的小学老师潘广浩，1957 年被错划为"右派"，受尽了磨难。从读书到参加工作，几十年不知音讯。有一次回故乡偶然听说潘老师还健在，当天我就让朋友带着我拜访潘老师。师生见面，非常高兴。后来，潘老师还专门到石家庄看望过我。我们固安中学老校长张鸿藻老师，当过八路军骑兵营长，新中国成立后创办固安中学，我对他特别崇拜、尊敬。从云南电台调回河北电台工作以后，我回固安採访，特意登门拜访了他。

对于我的小学老师、初中老师、高中老师，我对他们都十分敬重。他们不仅传授给了我知识，更重要的是帮助我懂得了如何做人的道理。所以，对待老师，我特别敬重。在石家庄，听说崔静贞老师看望在石工作的儿子，我特意到她儿子家拜访；在廊坊，利用出差的机会，专门拜访了刘东山老师、潘席明老师、娄子祥老师。在固安中学，多次看望侯俊澄老师、马晓野老师、黄仲德老师。我省著名作家、全国作家协会主席铁凝的爱人华生，曾经写过一篇回馈母校的短文。他说："教育主要是育人。育人当然要学知识，长本领，但更关键的在于教人懂得回报。一个人成功地来到这个世界就是奇迹。成长的每一步无不得益于家庭和社会的哺育。因此需要回报父母、回报社会。一个人能力有大小，命运有好坏，但一定要有感恩心。懂得回报的人就是一个负责的人，一个值得尊敬的人，一个成功的人。"愿我们每一个人，愿我们的晚辈都成为懂得感恩、懂得回报社会的人，成为有文化有修养的人。

【作者简介】

赵玉斋　1944 年生，河北省固安县渠沟乡白得碾村人。1953 年至 1959 年在本村小学、渠沟中心小学读书，1959 年至 1965 年在固安中学读书；1965 年至 1970 年在北京广播学院求学。1970 年至 1975 年在云南人民广播电台从事新闻报道工作。1975 年调入河北人民广播电台，从事文化教育体育卫生等系统的宣传报道工作。1988 年以后先后担任经济信息部负责人、信息广告部副主任、主任。1985 年筹划河北人民广播电台第一档经济信息类专题节目，并创建河北广播系统经济信息协作网，推动全省广播系统经济信息宣传。1989 年至 1992 年筹划省台与省司法厅、省工商行政管理局、省税务局联合举办“河北省经济法律法规广播函授培训班”，对全省 10 万余名企业法人厂长、经理进行培训。此举受到全国同仁好评，《人民日报》曾发消息给予宣传报道。1993 年出任副台长，先后参与经济、文艺、生活等专业台的筹建工作。主要分管对外宣传，广告经营，行政财务管理，技术保障等工作。多件新闻稿件获省和国家级奖，两篇论文在《中国广播电视学刊》《河北学刊》发表。1992 年荣获河北省宣传系统先进工作者。2000 年被聘为高级编辑。2004 年 10 月退休。

校梦不曾休

崔一贵　刘桂芬

回母校，走在校园的小路上，沿途嗅闻着曾经怀念过的气息，听一些温暖的声音，在我们退休后平静如水的内心里，掀起了阵阵波涛。三十九年来，那曾经的苦涩，曾经的欢乐，曾经的奋斗，曾经的荣耀，撞开了我记忆的闸门，一浪一浪涌出来。

1970 年 7 月，坐上北京至成都的火车。随着车轮的飞转，我们的心也飞转着，翻腾着，向往着，带着上学时的理想，憧憬那从校门走向社会的第一站——四川省渡口市。可是到了成都，才知道渡口市与成都还隔着重重山水，而且根本不通火车。我们千辛万苦搭上了一辆前往渡口市林场的大卡车，经过三天三夜的颠簸，爬过了一座又一座高山峻岭，终于到了渡口市。

崇山峻岭包围的渡口市，就像一个大铁桶，密不透风，望天也只有巴掌大，似乎飞也飞不出去，我们的心沉到了冰点。

好在当时我们年轻。年轻人藐视困难，“明知山有虎，偏向虎山行”。我们相信，只要有勇气有毅力，人生处在零度也能沸腾！

好在我们有毛泽东思想支撑。“下定决心，不怕牺牲，排除万难，去争取胜利！”

好在渡口是个新兴的城市。来自全国各地的几十万建设大军逢山开路，遇水搭桥，“敢教日月换新天”的豪情壮志激励着我们，鼓舞着我们。

我们不再犹豫和心乱，一头扎进了渡口火热的建设中。“天当被，地做床，枕着星星和月亮”。几十万建设大军在“先生产后生活”的口号鼓舞下，在无房住，无菜吃的艰苦条件下，冒着高温，挥汗如雨地为共和国铸造着辉煌。在渡口如火如荼的建设年代，我们在矿井下，在高炉旁，在航道口，与建设者们促膝交谈，把笔触伸向他们，把镜头对准他们，发自内心地热情讴歌那些共和国的建设者。

在那里工作十八年，我们见证了攀钢第一炉钢水出炉；我们见证了成昆铁路第一次通车；我们见证了第一块钒钛钢轧材成功；我们亲手创建了攀枝花市（渡口市后改为攀枝花市）广播电台，电视台，《攀枝花文艺》杂志……我们亲眼目睹了钢城的巨大变化：一车车钢材运往全国各地；一栋栋高楼拔地而起；一条条水泥大道四通八达；广场，公园随处可见。摇曳的凤凰花，美丽的攀枝花将钢城点缀得分外壮观。攀枝花成长了，从一个婴幼儿长成一个英武的青年。我们也成熟了，从青年步入了中年。我们眼望着高大的攀枝花树笔直向天，硕大的花朵开得火红耀眼，啊，那火红的花朵里也包含着我们的青春和热血。

1988 年 3 月，乘着改革开放的春风，我们来到了南京市。刘桂芬调到

在南京接待赵玉明老师（左）

了江苏省委宣传部、组织部主办的《江苏党的生活》杂志社，负责党建宣传，以后又转到了新华日报新闻编辑中心；崔一贵调到江苏省邮电管理局主持报社工作。新的征程又开始了。

江苏人杰地灵，人文荟萃。江苏又是改革开放的前沿阵地，是全国乡镇企业的发源地。这里的新思想、新做法层出不穷，等待着我们去发现、去挖掘。这里不允许有丝毫的懈怠，丝毫的停留。我们奔走在富庶的苏南与奋进的苏北的大地上，与改革中的先行者亲切交谈，共同探讨，准确而又及时地报道了江苏改革中的成绩与路径，问题与探索。在江苏的改革浪潮中，我们像海绵吸水一样吸收新知识，像蜜蜂采蜜一样不停地汲取改革中的精华。当然，一个个全国闪光的名字：华西村党委书记吴仁宝，全国文明市委书记秦振华，全国反腐英雄、江苏省纪委书记曹克明等，都曾在自己的笔下留下辉煌。

可以说，在攀枝花从事新闻工作的十八年是艰苦而又快乐的十八年，苦的是身。在江苏从事新闻工作的十八年是艰辛而又甜蜜的十八年，累的是心。如今，我们的新闻历程已经结束。我们放松身心，退休在家，享受着天伦之乐……闲暇之余，回想自己走过的历程，都与母校相关，都与恩师相连。我们多少次盼望再回母校，看看自己的母校，看看自己的恩师。

我们的思绪总会情不自禁地回到从前：

在学院3号楼前，3楼东边第5个窗口里传出了王竹筠浓厚的江西口音："刘桂芬，你的饭票又乱了，我帮你整理整理。"

通往学院食堂的小树林里，传来了男生敲打饭碗的声音。"刘桂芬，等等我！"身后传来了孙秀英气喘吁吁的声音。

教学楼里，一群同学朗朗的笑声。心急的刘桂芬在催促："崔一贵，你快发言呀。"腼腆的崔一贵说："我说不好普通话……"组长王求国最后总会说："好，散了吧。"

课堂上，赵玉明老师口若悬河："延安新华广播电台是新中国第一座电台……"

点点滴滴，滴滴点点，宛如发生在昨天。

2009年

【作者简介】

崔一贵　大学毕业后到四川省攀枝花市农机厂工作。1972—1976年，在四川省攀枝花市文化局工作。1976—1988年，在攀枝花市文联工作，任秘书长。1988—2005年，在江苏省邮电局工作，任《江苏邮电报》主编，高级编辑。

好人难做还要做

牛希昌

1970年8月，我们带着对融入社会新生活的向往、带着对“4500支左部队”的企盼、带着对施展才华报效祖国的一腔热血，同时也带着对同窗五载却难以聚在一起互道一声珍重、作“劝君更尽一杯酒，西出阳关无故人”的深情告别、甚至没有留下分别后如何联系的种种遗憾，匆匆逃也似的离开了还弥漫着“文革”硝烟的京城。这一别就是三十多年。2004年9月，当我们重新在母校聚首时，一个个离别时风华正茂的同学少年，都已是脸上布满沧桑年届花甲的老者，有的甚至相见不相识，称名方才忆旧容了。相会之前，回首三十多个春秋的风风雨雨，三十余载的坎坷人生，三十多年的思念之情，有多少话想要倾诉。然而，当梦想成真时，互相面对，却又不知从何说起……

三十五年前，西行的列车把我带入娘子关内。我和徐振荣同学被分配到位于太原市郊外的山西煤炭化工局北营仓库，开始接受工人阶级的“再教育”。徐振荣当搬运工，我当了一名包装工，“臭老九”穿上了工作服。然而，接下来发生的两件小事却给我们上了一堂实实在在的“入社”教育课。当时仓库掌权的是一位工人出身的“造反派”，那时仓库职工中两派阵线还很分明。我们在学校已经尝到了被迫同室操戈、豆萁相煎是一种什么滋味，决定不掺和进去。我们上班时踏踏实实跟工人师傅学习、工作，下班后看看书，或外出散散步，尽量保持中立。但是，在那个不是朋友就是敌人的时代，中立是世所难容的。在我们去领参加工作后的第一个月的薪水时，被告知：我们只能按到达这里后的实际天数领取工资。我们是8月25日到仓库报到的，所以只能领7天的工资。我们明白，这是给我们发出的警告。但是，真理毕竟不在他手里。我们让他仔细看看以国家计委名义发的派遣证上的明确规定：凡是上半月报道的发给全月工资；后半月报道的发给半月工资。他不说话了。真是一计不成再生一计：不久，他又告诉我们，让我们执行日工资。在企事业单位，一般都有两种工资方式：干部是月工资制，你即使请事假，工资也照发；工人是日工资制，按实际工作日计发工资，请事假要扣工资。很显然，这又是想用此办法制服我们。当然又是枉费心机。可是从这两件小事上，让我们这些刚刚踏入社会的青年真切地意识到，现实社会之复杂是我们这些在学校长期接受共产主义教育的幼稚青年人难以想象的，要有心理准备：今后的人生道路是不会平坦的。

加入中国共产党，献身革命、献身党的事业是我们这些毛泽东时代青年的共同心愿。参加工作不久，我就向党组织递交了入党申请书，让党组织监督培养自己。我在仓库过了7年的单身生活，全部精力都投入到了工作中，处处以共产党员的标准严格要求自己。我不仅承担着办公室的日常工作，如人事、劳资、文秘等，而且还担任着团支部书记、局团总支委员的职务。甚至像修大寨田呀、挖防空洞呀，往往也是我带队。在一次挖防空洞时，因绞车刹车失灵我乘坐的铁罐跌下十五六米深的洞中，差点“出师未捷身先死”。那时正值血气方刚，浑身有使不完的劲，总想把工作尽量做好，希望能早日加入中国共产党。然而，主要领导换了一任又一任，党员发展了一批又一批，可我仍是非党人士。我怎么也弄不明白，问题到底出在哪里。后来，听了一位领导对我说的一句话后，我才恍然大悟。

那是一次义务劳动，在仓库的现场拔草。那位领导人对

我说，你是大学生，知识分子，如果再入了党那真是前途无量啊。我一听，几年来一直困惑着我的谜团终于解开了：原来是怕我对他们的地位构成威胁呀！

但是，党组织毕竟没有拒绝我。1982年7月，经过十多年的考验，我终于被批准加入了中国共产党。那时，评业务职称已经是知识分子的主攻方向了。我所在的那个仓库，和我一起分配来的包括徐振荣在内的其他四个大学生都已经先后调走了，我是单位内唯一的具有大学学历的人。身边那些煤校毕业的中专生有的评为工程师，有的评为技术员。我为自己不能从事所学的专业、因而不能评职称而苦恼。同学们大概都还记得，我们入学后的第一篇作文的命题就是《我为什么报考新闻专业》，尽管那时大家的想法很幼稚，但一个共同的目标就是能当一个新闻记者。我不愿接受现在的命运安排，要为自己的理想奋斗。我利用业余时间参加了逻辑与语言函授大学的学习，还自学了速记等，为返回新闻队伍做准备。

机会终于来了，尽管姗姗来迟。1985年，当时的山西煤炭工业管理局要成立记者站。经局党委研究、报社批准我为中国煤炭报驻太原中心记者站记者（副处级）。而立之年，我总算回到了新闻工作者的队伍。我十分珍惜这来之不易而且是梦寐以求的工作。我克服夫人身体不好、孩子还小的种种困难，经常深入矿山井下，当时山西煤管局所属的六大矿务局的几十个煤矿都留下了我的足迹。山西煤炭行业的改革、生产、经营、安全等新闻及时在各种媒体得以报道。顺理成章，1988年1月，我也终于评上了新闻业务职称。

上世纪的末期，煤炭企业遇到了前所未有的困难，一些用煤单位大量拖欠煤款，不少煤矿陷入连工资都发不出的境地。植根于煤矿的《山西煤炭报》也因煤炭行业不景气，广告收入锐减、发行量下降，同样处于困难境地。1988年6月底，我这个当时的中国煤炭报记者站站长在这种形势下又奉命兼任山西煤炭报社总编辑。报社不仅经济上捉襟见肘，而且人员中不团结，告状多也是出了名的。我到任后要求自己要以诚待人，对职工一视同仁；廉洁自律，不以权谋私；关心职工，尽量为大家谋福利。为减轻报社负担，我利用兼职这一点，差旅费、办公费等都在局机关财务报销；必要的接待由副总出面，我也从不陪客吃饭。为扭转被动局面，我还找有关处室，把一些需要在报纸上公告的业务揽了下来，每年可为报社增加一大笔收入，使经济紧张的状况有所缓解。按报社规定，广告收入可以按一定的比例提成。但是，我一分钱也未拿过。报社空前团结，报纸质量也有提高，职工收入也有增加。

2000年，国家机关进行改革。长期的紧张工作等原因，在1997年我就患上了糖尿病。两年多的总编工作，更使我身心疲惫不堪。我决定趁机提前退休。得知这个消息，有人就迫不及待地想取我代之。他们怕我退休后不离开这个位置，不惜诬告我。反贪局立案调查。审查结果是报社的收支是清清楚楚的，没有任何经济问题。这事就发生在我离开工作岗位的时候。开始我很懊恼，想不到一生清白，临退休落个经济犯罪的嫌疑；可又一想，最后不恰恰由检察机关证明了自己的清白吗？也算是为自己的一生工作画了个圆满的句号吧。

虽然世上好人总是吃亏，但从长远看还是清清白白做人好。去年我们聚会时，大家特别对我们班的四十多位同学中，在这复杂的形势下没有一个人出问题感到十分欣慰。我知道，三十多年的人生历程，充满了诱惑，也充满了坎坷，有的同学还经历了大的风浪。但是，大家都平安过来了。身正不怕影子歪，人往往都是被自己打倒的。我们都能够经历磨难而能安然无恙，难道不都是因为能堂堂正正做人的结果吗？不是也正好印证了好人一生平安吗？

三十多年的人生历程已经作为历史的一页翻过去了，大家都到了人生的又一转折点——退休。我认为应抱着平常、乐观的心态去面对。君不闻“谁道人生无再少，门前流水尚能西，休将白发唱黄鸡。”

【作者简介】

牛希昌　北京广播学院新闻系编采专业1969届毕业生。1970年8月，被分配到山西煤炭化工局，在北营仓库工作了十四年。1985年11月，参与组建中国煤炭报驻太原中心记者站，历任专职记者（副处级）、副站长（副处级）、站长（正处级）。1988年1月，评为记者职称；1993年2月，评为主任记者。1998年6月，任山西煤炭报社总编辑。2000年12月退休，享受副厅级待遇。退休后，在山西老年大学学习书法、花鸟山水，老有所乐。

奋斗半生　凡心一点

邢业范

当今心血管病专家洪昭光教授说：“天天三笑容颜俏，七八分饱人不老，相逢借问留春术，淡泊宁静比瑶好。只要我们这样生活，都能健康活到120岁。”如果这将成为事实的话，我们工作到退休，才只活到人生的一半！

我已经走完了人生这一半的路程。

回想毕业后这一段时间，真像“一眨眼”似的。

1970年8月，离开河北望都，我来到了黑龙江省松花江边的肇源县。被分配到县广播站，做编采工作。干了近7年。之后，调入县委办公室当秘书，干了近5年。1981年调到绥化地区水利局，先是搞文秘综合工作，任副局长后抓常务，干了近8年。1988年转调绥化地区电视台，任副台长、常务副台长（台长由局长兼任）、副总编、总编，干了10个年头。1997年改任绥化地区（后改为绥化市）广播电视局副局长，直到2001年末。

我这三十多年，进出过5个单位，一直是“福星高照”。同行们关爱我，领导器重我。几乎是每经过一个单位都有一个“台阶”：在县广播站，入了党，当了编辑部副主任、主任（股级）；在县委办公室，破天荒地被提拔为副科级秘书（虚职，全县过去没有过）；在地区水利局，由副科长直接提拔为副局长（副处级）；在电视台，为使我晋正处，台长主动让出了“总编”的兼职职位；且评专业技术职称时，直接晋升中级（后又晋为副高）；在地区广播电视局虽任副局长，仍保留正处级，并让我主抓了建钢管电视塔、绥化地县广播电视播出机构合并、该广播电视大厦等重要工作，在系统建功立业活动中，两次被评为全省优秀局长。

值得欣慰的是，在每一个工作岗位上，我都是兢兢业业，尽了力的。而且所有的“提拔”，我自己从来没有提过“要求”，更没找过领导“做工作”、“走后门”，甚至连“串门”都没有过。一切都顺其自然。现在回想起来，我真是太幸运了，尽遇到些好人、好领导、好单位！

我从小生长在农村，童年还过过七八年苦日子，因此很容易满足。在校期间，又经过了“文化大革命”的洗礼，不少事都能“看得开”。我的潜意识里有这样一个指导思想：谦虚、谨慎、少说话、多干活，勤勤恳恳做事，老老实实为人。我的名字原本是模范的“范”字，后来改成平凡的“凡”。自知不是当模范的材料，还是做个普通老百姓吧。凡人凡心，做点凡事。随遇而安，知足常乐。在心态上，我力争做到“三不”：一、见人升官不慕：步步高升是进步，挖门盗洞乃鼠物。当官不为民谋福，不如街头卖红薯。二、见人成名不怒：历尽艰辛始成名，沽名钓誉寄生虫。学名实乃树枝叶，品名才是树根茎。三、见人发财不妒：正道发财正当富，坑蒙拐骗惹人怒。比上不足下有余，温饱小康亦知足。

记得有人曾说过，不想当元帅的士兵不是好士兵。像我这样也太没出息了吧？

不管怎么说，调整好心态，兴许在人生的后一半路程中能走得更远一点呢！

写于2004年中秋节

【作者简介】

邢业范　1942年生，北京广播学院新闻系1969届毕业生。大学毕业后，于1970年8月分到黑龙江省肇源县广播站做编采工作。1973年10月入党。1977年3月调到县委办公室当秘书，1979年末提为副科级。1981年6月，调到绥化地区水利局工作。先是在秘书科任副科长，搞文字工作。1983年末提为副局长，抓业务。由于对水利业务不熟悉，要求归队（广播口），1988年调到地区电视台工作，任副台长、副总编。1994年任总编（正处级）。1994年9月晋升主任编辑。1997年3月调到地区广播电视局任副局长（保留正处级），主抓业务。2001年11月提前一年退休。

小村里的第一个大学生

杨迎新

我的故乡，河北省任丘市刘家铺村，居冀中平原腹地，属沧州市，但离保定近，仅百余里。小村只有几十户人家，三百多口人，这里土地贫瘠，旱涝不断，人们常年为果腹而忙碌，读书人不多。1965年高考，我考入北广，成了村里有史以来的第一个大学生。如今五十年过去，村里又出了两个大学生。乡亲们给我们排着队，当做村里的荣耀，经常说起。

当年跳进“龙门”，真是备尝艰辛。父母是地道的农民，除了种地，农闲时节，母亲纺线，父亲织布，除了自用，也拿些到集市上卖，挣点零花钱，供我读书。从上小学起，在家里复习功课，伴随我的就是父亲的机杼声和母亲纺车的嗡嗡声，年复一年，日复一日。晚饭后，迎门桌的油灯下，我读书，母亲怕纺线影响我，远远躲到炕的黑暗角落里摇动纺车。外屋的油灯下，父亲坐在织布机上踏动机板，线梭往返的“哐当”声直到深夜。

自织的这种布，被称为“土布”、“粗布”，一家人穿的盖的，都是用这种布做的，因为粗糙，挨身有刺痒的感觉，我叫它“痒痒布”，父母听了笑个不止。实行布票政策以后，配给的布不够用，土布很畅销，价高的时候，一匹土布能卖到100元。父亲手艺好，织的布密实均匀，母亲拿到集上卖，经常一打开包袱就被买走。

1960年进入初中，每天走读，步行5里到校，正值全国三年经济困难时期，粮食奇缺，吃不饱。早晨5点吃点菜汤，午饭带两个菜饼子，后来连菜饼子也吃不上了，是两个棉籽菜团子，轧完棉花的棉籽，用火燎一下，碾碎，做成小孩拳头大小的圆球，黑黑的，因有棉絮掺在里面，其硬如铁，咀嚼半天也不碎，难以下咽。因此，我午饭经常不吃，挺到晚上6点再回家吃，晚饭大多是半碗煮白薯干。那个年月，看到地上长的，天上飞的，马上就想，这东西能吃吗？因为饥饿，几乎一半的同学不到毕业就辍学了。

1962年进入高中，生活略有好转，但依然清苦。当时实行“带粮入伙”，农村学生每周从家里带几斤玉米面，换成学校的饭票，再背一袋煮熟的白薯，带一瓶自家腌制的咸菜，就是一周的饭食了。每个星期日的下午，我就背着一书包玉米面和一小口袋蒸熟的白薯，从家步行15公里返回学校，到校后，那一袋白薯已经挤成一坨了，吃的时候只能用小刀往下割。到周四周五，白薯就有些变味了，但还舍不得扔掉。大体上，早餐是两碗玉米面粥，泡上一块白薯；午餐是两个玉米面或白薯面窝窝头，一碗白菜汤；晚餐又是一碗粥泡白薯。每周可以吃一次馒头，是四两面做的像个小枕头似的大餋子，每人一个。每当吃馒头时，如同过节，人们眼睛里闪着兴奋的光，风卷残云，品咂有声。

每天以稀为主的饭食，对于十六七岁的小伙子来说，热量当然不够。早晨两碗稀粥下肚，小解特勤，经常等不到下课，就怯生生站起来向老师请假去“方便”，遇到女老师讲课，就更加不好意思。午后的两节课我经常打盹，有时眼使劲睁着，似乎是一动不动地听讲，其实已经迷迷糊糊地睡着了。遇到老师提问，一激灵，才清醒过来，课上没听懂的内容，只好课下弥补。令人感动的是，老师很谅解处于困难时期的学生，在我印象中，他们从来没有冷言冷语地责怪过我们。

“无肉使人瘦，无竹使人俗。”身体瘦而心不颓，在于心中存有像竹子那样的美景，学好功课，考上大学，就是我心中的“竹”。为此，我发奋阅读，在高中，我痴迷李白、杜甫、高尔基、鲁迅，还写下了一个座右铭：“诗学李杜，文宗高鲁”。学校图书室的鲁迅作品很快被我看完了。管理员说：“还想看，只有县图书馆借了，我给你开证明。”县图书馆果然书多，1958 年版的十卷本《鲁迅全集》赫然在目，我惊喜异常，遗憾的是书不外借，只能阅读。每个周六下午，我一直读到太阳落山，才带着一身亢奋和喜悦，恋恋不舍地往家赶，走到半路已是繁星满天了。后来县图书馆也破例借书给我回家看，半年以后，《鲁迅全集》全部读完。从此，鲁迅成为我心中的“常青树”，对我以后的文学创作产生了重要影响。1981 年，16 卷本新版《鲁迅全集》出版，我几乎用去一个月的工资购买了一套，据说我是唐山个人购买此书的第一人。此乃后话。

高一时，我写作的欲望很强烈，一周一篇作文，远远不能满足，我便写些诗歌，甚至还写了一篇小说。小说题目我早已忘记，没想到却留在同学的

杨迎新的杂文被收入《中国新文学大系》和中学语文课本

记忆中，2011年高中同学聚会，一个同学告诉我，小说的题目是《锁》，内容是关于破除迷信的：一对农村夫妇盼子心切，生下一个女儿，给她戴了一把银锁，意思是锁住，以后别生女儿了，生儿子，结果一连气生了五个女儿也没锁住，气得夫妇把锁砸了。砸锁之后生下第六胎却是个儿子，取名“开锁”。

但随着功课日益紧张，我果断停止了业余创作，考上大学，进一步深造，创作会更有利，反之则要回家“修理地球”，挣一天一角多钱的工分，能否创作很难说，便心无旁骛，投入学习。文、理分科之后，气氛益发紧张起来。我们是从高中才学英语的，所以对英语进行了重点突击，晨、晚自习时间，同学们多用来背诵，几十条你争我抢的喉咙齐发声，声震屋瓦，数里之外，依稀可闻。

高中毕业后，填报高考志愿（一本5个，二本5个），文科同学大多填报中文系，我觉得学新闻也不错，可以到处走走，开阔视野。于是，一本的第一个志愿是人大新闻系，二本的第一个志愿是北广（当时全国有新闻系的大学共三个，还有一个复旦）。事后证明，我当时的选择可以说是“有远见”的。

我的总分在班里属于中上等，但文科比较突出。高考很顺利，各科几乎没碰到不会做的题。政治题中，有一道分值很高的题目是“论述‘四清’的政治意义”；英语试卷中的英译汉，是一段越南游击队在丛林中与美国兵作战的英文，我迅速浏览一遍，发现只有一个单词不认识，根据上下文推断，应该是“枪”字，结果也“蒙”对了。作文的题目是两个，一个是《谈谈革命与学习的关系》，另一个是《致越南人民的一封信》，二者选其一，我选了后者。考完后，我很轻松，觉得进入所选的十个大学之一没有问题。

高考结束，同学们拿着高中毕业证书，打起铺盖卷，各自回家了。离发榜还有一个多月，我要利用这段时间挣点工分，给父亲一些安慰。多年来，家里三口人，只有父亲一个人出工，决算分红很少，父亲总是叹息。于是我剃去了学生头，卷起裤腿，跟社员一起出工。我身体强壮，能挣整劳力的工分。

当时正值栽晚白薯的季节，半天要担40多担水，我的肩膀压得肿起三指高。连续20多天的风吹雨打，太阳暴晒，毒火并发，使我的右额和左臂长了两个核桃大的疖子，红肿疼痛。农村医疗条件差，到乡里治了几次也不见好，只好卧床养息。

大约是8月底的一天上午，我正躺在炕上休息，院里突然一声高喊："考上了！"是本族二大爹的洪亮声音。他是一位小学教师，到县里开会，为我带回了北京广播学院新闻系的录取通知书。消息迅速传遍了全村。

金榜题名，我当然高兴，但母亲却很平静，她几乎没有对我说什么赞扬的话，只是默默地抱来柴火，拉风箱做午饭去了，我隔着门帘看到，一颗颗的泪珠从她的脸上流下来，我心里五味杂陈……

母亲不识字，她最羡慕、最崇拜的是文化人，12年的艰辛付出，她多么盼望自己的儿子考上大学，何况在穷乡僻壤，方圆十几里也难得出一个大学生，我想母亲是感到宽慰的，可脸上似乎又有一种怅然若失的神情：我"翅膀硬了"，一直不愿我离开身边的母亲，可能觉得这回我要"飞"走了。

令人心里宽敞的是，学校寄来的大信封里，有录取通知书，户口、粮食关系准迁证等，没有提到带多少费用的事，如果提到，哪怕每年仅是上百元的话，没准我的大学也上不成了。

进京报到的日期临近，母亲决定送我到保定，后来才知道，母亲舍不得我离开，心里难受，顺便到保定舅舅家待几天，静静心。我怀揣着母亲交给我的10元钱，行李再简单不过：一床粗布被褥，一身换洗的衣服，洗漱用具，几本书，其中有《高尔基作品选》和鲁迅的《华盖集》。我背着行李，母亲拎着一个装有搪瓷脸盆的网兜，步行15多公里的泥泞土路，到县长途汽车站上车。我心里翻腾的是奔赴异地、走进新世界的亢奋。远处田野是一望无际的白蒙蒙的盐碱地，庄稼很少，长满了半尺高的苇草和紫绿色的榨蓬菜。这是我经常割的草，我经常吃的菜，它们似乎在恋恋不舍地向我点头致意。

"到北京先把病治好。"母亲说，我点点头。

"你俩姐都来信了，二姐供你上大学，大姐管咱家，我和你爹都能劳动，不用挂念。你出门在外，吃穿别委屈着。”

一边走，一边叮咛嘱咐。57岁的母亲已经见老了，我的心不禁涌起一股无可名状的酸楚，为了供我上学，她付出了多少辛苦！

1965年9月2日上午，我携带行李从北京永定门火车站下车，一幅“欢迎北京广播学院六五级同学到来”的大标语，在一阵阵锣鼓声中映入眼帘，让人心头发热。我们被热情的六四级学兄接到了学校——那座离中央广播大楼不远、有些陈旧的灰楼。好在那时的多数大学，都很朴素，不像现在的高校，高楼一座接一座，器宇轩昂，装潢气派，因此心里也没感到什么异样，反倒拉近了与大学的距离。

当时的我，上身穿的是粗布白衫，下身是粗布黑裤，还是抿裆的，足蹬家做的方口布鞋，鞋底已磨去了多半，右额和左臂上的疖子红肿着，贴着十字纱布。啊，一个多么土气、多么狼狈的形象！有同学开玩笑，送了我一个外号：“平原游击队”。电影《平原游击队》里的李向阳，头扎白毛巾，土气，粗犷，端起大水瓢喝水，典型的北方农民青年样子，细想想，土劲有些像，但我沉默腼腆，哪有李向阳的胆气与豪放？

到校后突出的一个感觉是温暖。院领导和老师像关爱自己的孩子那样，对我们体贴照顾。入校第二天，总务处的樊老师，像个细心的大姐，看到我身上的疖子，非常焦急，“治了一个月还没好？那可不行，快点治！”马上带我去了医务室，医生诊断后，开介绍信去南礼士路复兴医院治疗，在医院做了两个简单的引流小手术，几天就痊愈了。我非常高兴，感动，写了一篇题为《学院春风》的散文，抒发心里的感受，刊登在院报上。

当时在大学读书，没什么交费项目，主要开销就是饭费，每月伙食标准是15.5元，发饭菜票，全国高校都差不多。学校让学生填报家庭经济状况，困难者免交或少交，学校充分信任学生，基本填了什么情况就按什么情况办理。同学们也自觉如实填报，尽可能为国家省一点。我的两个姐姐有工作，属于有些“外资来源”的，我申请每月补助12.5元，自己负担3元，通过了。在沧州工作的二姐，每月寄给我5元，交了3元的饭费后，每月有两元的零花钱。

每月 15.5 元的饭费，每天平均 0.5 元。那时 2 分钱一个馒头，早餐晚餐用不了 2 角；中午花上 3 角，半斤米饭，可以吃个有肉的菜，便宜些的可以买两个，比如白菜粉条，炒土豆丝之类，较贵的半斤水饺，也没超过 3 角。对我们这些农村出来的学生来说，吃的简直太好了，感觉每天像过年一样。入校不到一年，“文革”开始，但这样的伙食标准一直未变，直到 1970 年毕业离校。

我每月 2 元的零花钱，也没花多少，第一年春节回家，我用省下的钱买了一件半大的黑色棉衣。

【作者简介】

杨迎新　高级记者，作家。1946 年生，河北任丘人，1969 年毕业于北京广播学院新闻系编采专业。现为河北作家协会会员、河北省杂文学会副会长、唐山市杂文学会会长。作品以杂文、评论和散文为主，尤以杂文见长。他的杂文思想深刻，知识丰富，笔锋犀利，语言优美。著有杂文集《别思录》、评论集《追日集》等，《鲁迅为官》《新官上任“三盆水”》分别获 2000 年、2004 年全国金奖，《一字最难写》《自由的价格》《情山》获全国铜奖。《进京抓记者案传达的信号》获中国报纸副刊作品一等奖。《白杨礼吊》被收入初中语文课本第六册（1993—2001），《鲁迅活着会怎样》被收入《中国新文学大系》(1976—2000)）杂文卷；《岁岁年年人不同》被收入《中国杂文鉴赏辞典》，2012 年以来被一些省市列入高中考题，由此在网上火爆。

蓝光闪耀的前后

——唐山大地震亲历记

杨迎新

1970年从北广新闻系毕业后，我分配到唐山，亲身经历了1976年震惊世界的唐山大地震，让我永生难忘。

大地震发生前，我是唐山市公共汽车公司工会的一名干部，刚结婚不久，住在唐山市区东南部的刘屯街东风楼，靠近丰南县地界（后来知道，这里是地震最强烈的核心区），这是一幢有六个单元的两层小楼，非常简陋，房顶是七十年代北方农村常见的那种木檩加煤焦板结构，比水泥预制板重量轻，但因为是整体浇注，故整个层面连成一体；没有煤气、自来水，家家备有水缸和蜂窝煤。我住的是二层30多平方米的两居室。

1976年7月28日夜晚，天气像凝固了一般闷热阴沉。我楼下住的是一个八口之家，当外科医生的夫妇和他们的六个孩子，这家人爱好音乐，还养着不少小动物，这天晚上，悠扬的琴声、歌声不断。我睡得晚，夜里十二点半左右才上床，由于天热，翻来覆去睡不着，楼下还不断传来犬吠声，更加令人烦躁。蒙眬中突然觉得一股凉风裹着雨点从窗口扑进来，我便起身把窗帘拉上，然后躺下接着睡。刚要睡着，屋里突然大亮，像白天一样，觉得很奇怪，进而想，可能是停电后忘了关灯、又突然来电了吧？这样想着用眼扫了一下北窗，才发现不是灯亮，是外面的天空全亮了！那是一种闪着淡蓝色银光的亮，像月光而又比月光强百倍（地光）！正纳闷间，一种低沉怪异、令人毛骨悚然的闷响，由远而近、由弱到强地滚动而来，犹如千只猛虎齐吼于空谷，又像万只野牛聚哞于旷野，那是一种蓄积已久、无处排遣而突然冲决出来的怒吼，是一种强遭束缚、不屈而又无奈的哀鸣，是人间很少听见的天籁之音（地声）。正当我被这从未听到过的声音惊得发呆之时，床铺便上下猛烈地颠动起来，身体被颠起半尺多高，直到这时我才明白发生了什么，对睡在旁边的妻子大喊一声："地震！快跑！"我跳下床向房间门口跑去，刚跑几步，便觉得脚下波浪似的摇动起来，像立在轮船甲板上，竭力想站也站不稳，我练武术时练过"站桩"，自认在保持平衡上有点功夫，但此刻一点也不灵了，不由自主地两手扶地，向前爬行，但爬了几步就爬不动了，因为摇动太剧烈，地面像浪尖上的船，忽而立起来，忽而倾倒，人像圆木似的来回翻滚。我滚爬到卧室门口，就听到厨房里噼里啪啦响成一片，我意识到是热水瓶、水缸、锅碗瓢盆被砸碎的声音，我的头上、身上也被落下来的东西狠狠撞击着，当时并没有感到疼痛，只觉得一阵阵头晕眼花，接着就听隆隆一声巨响，我便什么也不知道了……

不知过了多久，我被强烈的烟土味呛醒，感觉自己被埋在了废墟之中，呼吸非常困难，神志恍惚，眼睛什么也看不见，听不到一点声音。我想象不出这样待着能坚持多久，顿时一种绝望的念头袭上心头。难道就要死了吗？一个 30 岁的生命就要完结吗？爱人在哪里？她跑出去了吗？她还活着吗？我的许多愿望和理想还没有实现，还有许多该办的事没有办，这样告别人世太没价值、太匆忙啊！不禁感到一种悲哀与无奈，转念又想，震魔无情翻脸，造物主要收回它的"造物"，又有什么办法？死就死吧！于是 30 年生命历程中的重要情境，像电影蒙太奇的画面在脑海飞闪而过，家乡的土地，上学工作的地方，父母的面容，兄弟姐妹、恋人朋友的身影……他们像是在画上一样，我也像是在看画，一种没有颜色的、年代久远的黑白画，大家都没有悲怆，没有哀号，表情平静自然，难道这就是死亡前的告别吗？多少年之后，我常回想起这一瞬，并与人们对弥留状态的研究和描述相比较，有人说，人的最后阶段是"进入黑暗隧道的感觉"，犹如胎儿从产道娩出；雨果临死前的最后一句话是"我看见漆黑的光"，而我当时感觉仿佛在悠远静穆的月光下徜徉。

且说又过了一会儿，突然，一个豆粒般的微小光点射进我的眼角，定睛一看，是天上的星光！我似乎看到了一线生的希望，这时我才发现自己没有被深埋，臀部以下被砖石、土块紧紧裹住，腰背以上被一块巨大的煤焦板压着，身子像虾一样弯成90多度，我试着想动一下身子，没有成功，只有平伸的右手似可动一动，周围死一般的沉寂。忽然，一个微弱的声音传来："你——在——哪——里？救——救——我！"是妻子的声音！"你在哪里？"我大声喊道，"我在这儿！"原来妻子就在我旁边！她也被一块大焦子板压着，我的右手正好搭在上面，我用力把这块焦子板向上一托，她就说轻松一点，叫我赶快搬开。但我此时被压得匍匐着，平伸的手使不上劲，我必须先拱开压在自己身上的那块焦子板，直起腰来，才能救她，而这又需要以压在她身上的那块焦子板作支撑才行，我说："你忍一下，我先站起来。"于是，我用尽全身的力气，挺胸直腰，背上的那块焦子板被我拱得斜立起来了，但终因体力不支，又重重地把我压趴在地，如此反复几次，筋疲力尽，也没能拱开那块巨大的焦子板，只觉背上阵阵钻心的疼痛。不能这样等死，我说："喊人吧！"于是我和爱人便一起喊了起来，过了一会儿，竟然有人回话："你们在哪儿？""在这里，快来！""你们坚持住，我马上就来！"黑暗中一个人很快过来了，他搬开压在我身上的焦子板，又刨开挤着我两腿的砖石，这时我发现自己不能动了，他把我从砖石缝隙中拽出抱起来，放到废墟上，接着他又把我爱人救了出来，她也不能动了，我俩并排着躺在一起。我们当时只穿着裤衩背心，来人又从附近找来一条被子，盖在我们身上，安慰我们说："你们先休息吧，我去看看别人，不用担心，我随时来看你们。"这时天还黑沉沉的，不到早晨5点钟。

后来我们才知道，救我们的这位大哥叫陈连喜，三十多岁，开滦煤矿工人，他一家三口住在我们楼旁的一座平房里，只受点轻伤，看到我们这幢楼全部倒塌，他迅速安排好家人，就赶来救人，在废墟上跑来跑去，双脚扎得鲜血淋漓，用两块棉布包着。地震中他救了不少人，住在我们旁边楼门的一对京剧演员夫妇，就是他背出来的。

被救出后，我们仰面朝天、一动也不能动地躺在废墟上。周围渐渐传来走动的声音，对老天怒骂声、呼救声、搬动砖石的吆喝声响成一片，独独不闻哭泣声。户户房倒屋塌，家家痛失亲人，人们已被突然降临的伤痛击晕了，淹没了。瓦砾下的生命在呻吟流血，他们没有时间悲痛，有的只是对生命的夺抢，与死亡的抗争！没有受伤或伤轻的人们自动组织起来，展开了悲壮而伟大的救助活动。他们大多只穿裤衩背心，遍身泥污，沉郁悲戚的神情中透射出坚毅和冷静，像原始野人那样无畏而飞快穿行在残垣断壁之间，给绝望的人们送去希望。住对面的牛老师夫妇给我们送来了温情的话语和一把核桃仁。人们用扒出来的面粉在一个砸扁的脸盆里烙饼，烙好的第一张就给我们送来了。张建国、张建华小哥俩来东风楼救父母、妹妹，父母不幸遇难，他俩忍住悲痛，细心照料我们，找来塑料布，在我们身上搭了个小帐篷。建华当时是下乡知青，在瓜园看瓜，弄来一些甜瓜、西瓜，分给大家，至今那饼、那瓜的香甜，仍存留于口齿之间。

然而，震魔的淫威并未收敛，7 月 28 日这天，似阴似晴，天空呈混沌怪异的乳白色，天气变幻不定，一会儿风一会儿雨，一会儿又是烈日当头，几乎每过几分钟就有一次小的余震。下午 6 点多钟，发生了大地震之后最强的 7.1 级余震，只见那些还未完全趴架的楼房，几次猛烈地前俯后仰之后，轰然倒塌。大树歪下身子，像扫帚般扫着地面。地震像一面大铁筛子狂筛猛甩，原本支棱八叉尚有缝隙的废墟经此一筛，变得更沉实了。我们身下，埋在废墟深处的医生夫妇八口之家，声息全无，全部遇难。我们所在的东风楼，伤亡极为惨重，24 户中震亡 18 户，仅存二层上的 6 户，这与它是最高层且房顶较轻有一定关系。此次地震，我爱人的父亲、大姐，我的大姐、姐夫都被夺去了生命。后来得知，我们的遭遇牵动着亲人的心，沧州家乡的老父亲背着干粮和一把小板镐，要去唐山扒我们，被姐姐劝住。在保定工作的舅舅，让孩子开着一部大吊车，连夜赶到唐山，但遍地山一般的废墟和拥堵的道路，他们根本找不到我们。后来这部大吊车加入了抢救不相识伤者的队伍。“远水难救近火”、“远亲不如近邻”、“个人不如组织”，在唐山大地震中得到了充分印证。

地震后最要紧的是抢扒埋在废墟中的人，伤者被救出后，人们便没有时间照顾了，因为到处都是被压埋的人，到处都是撕心裂肺的呼救声。我和爱人在废墟上躺了整整两天，直到7月29日傍晚，单位得知我们的情况，派人把我和爱人抬到了汽车公司，偌大的停车场，躺满了重伤伤员，白杨树的汽灯下，上海医疗队的医生护士汗流浃背、不眠不休地救治伤者。我爱人骨盆骨折，头被砸破，缝了18针。我腰部骨折，手脚膝盖多处受伤，进行了消毒处理。7月31日上午，我们被安排去大连治伤，我和爱人各躺一块门板被运往飞机场，上飞机时人多拥挤，解放军救援队的高团长在前面抬着我躺的门板大喊："同志们！让一让，这两口子都受了重伤，没人照顾，让他们上一架飞机吧！"一边喊一边抬着门板向前冲，汗湿的军装紧贴在他的背上，泛着大片白碱，这个形象永远刻在我的脑海里。这样，我和爱人终于同乘一架飞机，和其他伤员一起，转移到大连海港医院进一步治疗。

大连依山傍海，风景秀丽，气候宜人，一下飞机顿觉周身松爽，汗渍全消，伤痛似乎也减轻了许多。但最让人难忘的是大连人的热情，还是在去往医院的路上，他们就守候在我们身边，拉着手问长问短，不停地嘱咐司机开稳点。当时的海港医院不大，突然安排震区的100多名伤员，床位十分紧张，为了给我们腾出病房，许多本地患者提前出了院，把最好的病房让给我们。伤员多是危重、骨折病人，治疗、护理工作十分繁重，医护人员昼夜忙碌，吃不好睡不好，两眼熬得布满血丝。就拿给骨折病人翻身来说，就是件麻烦事，需要三四个人站成一排，用手托着一齐使劲，慢慢翻过去，稍微用力不均，伤员就痛得钻心大叫，因此每给病人翻一次身，几乎等于一次“战役”，医护人员常常累得气喘吁吁，满头大汗。当时物资供应紧张，为保证伤员吃好，医院专门到外地买来鸭子和新鲜蔬菜，千方百计改善伙食。为使饭菜合乎每个人的口味，他们逐个问我们喜欢吃什么，顿顿饭都是预先登记，保证每人能吃到可口的饭菜。记得有一次，我说想吃点豆腐脑，果然就端来了，是护士特意到街上排队买来的。我们躺着不能动弹，吃饭喝水是个难题，护士就端着饭碗一口一口地喂，从无半点厌烦。每逢开饭时间一到，病房里一个护士守一个病人，开始喂饭，常常是病人一边吃饭，一边眼角滚动着感激的泪水。20来岁的小宋，是从当时开办的“赤脚医生培训班”抽调来的，她高高的个子，白皙红润的面庞，活泼热情，照顾伤员十分周到，吃鱼的时候，她把鱼刺一根一根地择净，一边喂一边讲大连的风土人情。她还经常为大家代写家信，我和爱人写给父母的第一封信，就是她代笔的。这封信我现在还保存着，每当看到它，就想起小宋那笑眯眯的面庞。二十五六岁的护士小刘，身材苗条，娴雅文静，但工作泼辣，善解人意，服侍伤员的“拉撒”，擦身洗脚，她尽心细致，不怕脏不怕累，没有半点嫌弃。多么可敬可爱的人啊！多少年之后，每当忆起当时的情景，我的心中就涌起一股热流……在大连的近两个月的日子里，我们充分感受到祖国处处有亲人的温暖，大连市委多次组织慰问伤员，文艺工作者到病房演出，街道的大妈把我们的衣物被褥拆洗一新。是年九月底痊愈的伤员出院之前，组织上还给每人发了一套蓝色的新衣，当我们登上返回唐山的火车时，大家恋恋不舍，紧紧握住大连兄弟姐妹的手，倾诉感激、惜别之情，车厢内外哭声一片……

唐山大地震，24万多人遇难，16万多人重伤，是地震史上罕见的剧创，是人类的一场噩梦。然而它也展示出全国人民“团结一心、患难与共、百折不挠、战胜天灾”的巨大力量。正是在这种伟大精神的支撑和感召下，唐山人民在凄风苦雨、满目血腥的震灾中，看到了希望，挺起了脊梁，获得了新生！

附记：

此文的各个版本（略有不同），先后发表于：河北《唐山文学》、《唐山晚报》、江苏《常州日报》、广东《清远日报》、上海《新民晚报》。被收入《震中一日》、《唐山大地震》、《唐山大地震亲历记》等书。

2006年7月28日《新民晚报》用一个整版的篇幅，配了插图，加以刊登，既是对拙作的厚爱，也是对唐山的支持、关怀。

令我难忘的是，2006年7月，我将文中涉及大连的内容摘出，补充修改，写成2200字的《大连港医院，唐山地震伤员向你感恩！》，寄给在大连日报当编委的胡金兴同学，本是希望在副刊发表，没想到经过他的力荐，竟全文刊登在一版显著位置，让我非常感动。

本文提到的把我和爱人从废墟中扒出来的陈连喜大哥，他退休后住在丰润新区，我们经常有联系，有时我们还在一起喝两杯，共同回忆当年的事。

在废墟上热心照顾我们的张建国、张建华哥俩，震后我们也联系上了，六〇后的张建华，1986年电大毕业，成绩突出，我指导了他的毕业论文写作，当时我在报社任副刊科副科长，正值报社招人，我推荐他进报社当了记者，他依然保持着乐于助人的精神，曾经在采访途中见义勇为抓小偷，受到嘉奖，现在他已是报社的部主任。

抬我们上飞机的某部高团长，虽多次打听，但没有找到，一直心存感念。

回想我这大半生，面临生死险境有三次，唐山大地震是其一。另一次是1967年冬，寒风呼啸，我从天津南的唐官屯火车站上车去沧州，由于上车人多，等我准备上车时，火车已经缓缓开动，我紧跑几步，一下子跨上了车门，但车门已经关闭，我只好紧紧抓住车门把手，身体贴在车门上，火车飞驰起来，强劲的气流几次差点把我吹下来，掉下来必死无疑，我一动不敢动，就这样大概过了10多分钟，那时我想到了死。后来，车厢里的人发现外面有个人，大惊失色，有人喊，像是对我说什么，但隔着玻璃听不到，又有人用手指窗玻璃，我以为是让我击碎玻璃，我便用拳头奋力砸，竟把玻璃砸了一个洞，里面的人说是让我坚持，不是砸玻璃，已经告诉列车长了，马上就开门，一会儿列车慢慢停下，打开了车门，我进了车厢，车上多数是串联的中学红卫兵，他们一边慨叹，一边纷纷伸手握着我的手，因为我的手已经快冻僵了。那是“文革”特殊时期，列车长见人安然无恙，批评了几句就完事了。

再一次是1997年夏天，一连几天吃不下饭，也没有别的感觉，我以为是各处采访疲劳所致，没有在意，后经医院拍片检查，原来右肾长了一个鸡蛋大小的结石！严重影响肾功能，肌酐数值已接近尿毒症，亲友大惊，在丰润广播电台工作的同学佟玉惠、李春荣夫妇，闻讯心急如火，四处为我寻医问药，后经医院开刀取石，才得以痊愈。医生说，再晚几天，你这辈子就完了。

天灾、人祸、病魔，三死一生，我都闯过去了，实乃幸运。

2015年8月15日

从“厨师”到“建筑师”

吕佩浩

“广播编辑，好比高明的厨师，能烹饪色味俱全的菜肴，让听众一饱口福；图书编辑，就像伟大的建筑师，设计建造雄伟的大厦，永久地耸立在读者的心中……”这是十六年前，我从广播编辑的岗位半途出家到中国国际广播出版社任图书编辑时一位“老出版”对我说的话。至今，我仍回味着这句话的含义。

我于1969年7月从北京广播学院新闻编采专业毕业，到2005年12月退休，此间35年就做了两项工作，即20年的广播编辑和15年的图书编辑。换句话说，就是既当过“厨师”，也当过“建筑师”。现在，我就谈谈自己从“厨师”到“建筑师”的体会。

还记得我到出版社负责编辑的第一本书是作家许延风的童话故事集《凡尔丁大侦探》。我在这本书中所起的作用是对文字做了点加工润色，称不上“建筑师”，恐怕只是做了个“泥瓦匠”的工作。此书出版后，我看着印装精美的图书，心中有一种说不出的快意。后来，我把这本书送给了我在北京的一个外甥，他父亲第二天打电话告诉我：“我们家孩子一拿到书，就捧着看，简直着了魔，连晚饭也不想吃！夜里睡梦中还一个劲地喊‘胖小猪斑斑’、‘猴子貌貌’（按：均是书中童话人物）这些稀奇古怪的名字……”我在基层和中国国际广播电台先后做了二十年的广播编辑，所办的节目也得到过许多听众来信好评，但却有点像“菜肴”，味道虽然可口，但不能久存。而眼前的一本小书，就像一座小亭台，时刻吸引着孩子们的光临。我第一次尝到了当“建筑师”的乐趣。

然而，从“厨师”改行做“建筑师”并非易事。因为两者服务手段不同，工作特点和要求也不同。广播编辑要有新闻敏感，讲究时效，擅用最简洁、明白的话，报道新闻事实；还要充分发挥音响的作用，掌握录音、剪辑等技术。就像一位厨师，凉拌、热炒，拼盘、套菜，样样拿手。而图书编辑应当是一个学问家，知识的积累既要有广度，又要有深度，并且文字一定要过关。图书中的错别字，就像雪白的墙上不小心抹上的污泥，叫人恶心。此外，图书编辑还要懂得体例、版式、装帧、纸张等方面的知识。这就像建筑师，既要能设计蓝图，又要熟悉各种建筑材料，能到现场指挥实际施工。我庆幸自己能当一名图书编辑，能够加入到这富有生气的创造者的行列。

我认为，当好图书编辑，还要有建筑师的敬业精神。这种敬业精神，体现在“一丝不苟”四个字上。建筑师设计图纸，一分一厘，绝对准确；他指导施工，一砖一瓦，不容掺假。否则，盖起的楼房就经不住岁月的考验，一旦倒塌，后果不堪设想。图书编辑塑造的是精神文明的大厦，更不能等闲视之。所以，我对待每一本书，不管“大书”、“小书”，都当成一项“工程”，

作者（左二）向中国传媒大学南广学院图书馆赠书

在设计和施工中丝毫不敢马虎。我早年和傅民杰等选编过一本小书——《中外人生名言录》。我们围绕“人生”这个总命题，精选了古今中外著名政治家、思想家、文学家等名言三千余则，并按与人生有关的十七篇目和“先古后今、先中（国）后外（国）”的顺序严格分类，避免了名言的重复出现。为了使读者对名人有所了解，还在正文后附了“名言作者简介”。光这一项，就花费了很多的时间，查遍了我当时所能查到的有关人名辞典，其中，也有我同事的热心帮助。

十五年中，我负责“设计”和“施工”了120多个项目，也参与了社里一些重大项目的“施工”。其中，有风格各异的“亭台楼阁”，也有雄伟壮观的“高楼大厦”。我负责“施工”的项目中，有不少受到“观者”或“用户”的好评。如：我担任责任编辑、鹤年著的《影帝周润发》发行了三万册，并为上海《文汇报》连载专栏主编、作家徐伟敏先生慧眼相中，以“艰辛影帝路”为题，在该报连载了四十期。我参与策划并担任责任编辑、辛向阳等主编的《再造中国：中国百年大走势》，被有关方面评为1991年度全国十大畅销书之一。在这本书中，我编入了西郊一位农民企业家对我说的话：“毛泽东让中国人民站起来，邓小平让中国人富起来。”这句话后来被《人民日报》发表的书评所引用，成为广泛流传的时代名言。由我引进和包装的日本企业家五十岚由人著的《东方之鹰》，为三十多家媒体报道，还被作为“日中两国民间文化交流的象征”，由作者赠送给了到日本访问的国家最高领导人。

此外，我与陈建文教授主编的《汉语非本义词典》，首次提出了“汉语非本义”的概念，从词语形成、演变、发展的角度，探索了汉语词语的奥秘，被学术界认为“填补了我国辞书编撰、出版的一项空白”。在长期的编辑工作中，我还逐步形成了自己记者式求新和学者式严谨的编辑风格。

我从盖“小楼”起家，再承建“塔楼”，后来又向设计和营造“建筑群”的目标努力。近十年来，我策划、责编或组织编审的套书有：“东方太阳丛书”（四种）、“中国文化名人谈丛”（六种）、“二十世纪中国文学精品学生文库”（四种）、“BBC英语教学丛书”（四种）、“教师技能丛书”（四种），以及工商管理（MBA）、电子商务、实用营销方面的丛书等。其中，由我参与策划和担任编辑的《国是论衡》丛书（第三辑），可谓是一座富有民族气派和民族风格、工程浩大的“建筑群”。这套丛书分为《首都中国》（上下册）、《海洋中国》（上中下册）、《国家地理》（上中下册）、《风暴帝国》（上下册）、《国家安全》（上下册）、《大国人文》（上下册）、《小国人文》（上下册）七部巨著，约八百万字。全套书将国事、政事、天下事熔为一炉，把历史与现实融为一体，以开阔的视野、独特的视角和轻松活泼的语言，对诸多关系国计民生、祖国命运的问题给予了关注和思考。这是一套百科全书式的大型政论休闲读物，知识含金量高，在市场上很有影响，是书店和图书馆引进的首选书。

十五年的光阴，弹指一挥间。在图书出版这片火热的“工地”上，我度过了许多难忘的日夜，尝到了当“建筑师”的艰辛，也分享到了“大厦落成”的快乐。我觉得，人生的价值，不在于地位多高，名声多大，而在于创造之中。一个人的能力有大有小，只要能像建筑师那样，把自己的创造成果，留给社会，留给后人，那就无愧于自己的一生。

2006 年 4 月 23 日在南广学院上第一节课谈的心得

人生有梦不觉苦

佟玉会

深秋，正是北京观赏红叶的季节，漫山遍野，绚丽多姿的枫树、黄栌，红的让人心潮澎湃，然而这却是绿叶的谢幕大典。随后的日子，片片红叶将随着寒风飘落，化做泥土；待来年，又会有新枝吐绿，成就新的辉煌。这使我想到人生，想到离开母校的几十个春秋。

懵懂入学　心存梦想

我家兄弟姐妹八个，哥儿们姐儿们各四个，大姐长我 11 岁，老弟小我一轮。在上世纪五六十年代，大姐只上过扫盲班，大哥小学没毕业，才华出众的二哥也仅上到中专。1965 年，父亲大病尚未痊愈，两个妹妹和小弟在上小学、初中。那一年我高中毕业。别人都在努力学习准备考大学，我却买了个学生月票逛遍了北京的景点。因为我想参加工作减轻父母的负担。女三中当年也是北京市的教学试点学校之一，班主任老师几次家访，动员我参加高考，说要“一颗红心两手准备”。家人也说，“考吧！考上考不上都没关系，别让老师着急啦！”于是，我毫无升学压力地参加了高考，稀里糊涂地迈进了北京广播学院的校门，成为我家的第一个大学生。

我从小学到高中就读的学校离家都很近，广播学院（西校）在真武庙，离我家也不足 2 公里。后来学校迁到东郊定福庄，我才算真正离开家。那时人很傻，单纯得像一张白纸。

对新闻事业一无所知的我，入学后很快被带进了一个全新的世界。在西

校灰楼，聆听赵玉明老师口若悬河的讲述广播新闻史。在温济泽、曹璐、张舒、朱习华、时煜华、田本相、陈宇锴、施琪等各位老师操着南腔北调，大讲新闻工作者的神圣使命和职业修养的时候，我的心中油然升起一个理想：好好学习，做一名名副其实的新闻工作者！从此，这个理想追随我一生，激励我一生！

乱世风雨　增长才干

1966年开始的“文化大革命”，破坏了学校的正常教学秩序，也摧毁了人们美好的梦。在高音喇叭的呼喊和疯狂的斗争氛围里，我很迷茫，众多的不解常常使我痛苦和无奈。由于对运动的不积极，我被指责为“老油条”、“逍遥派”。我本来身体就不太好，那时更是常常发烧，这痛那痛不断，有时还会晕厥休克。记得在去美国大使馆游行示威《要古巴，不要美国佬》时，我就休克倒地，被老师同学送到朝阳医院抢救。为了养好身体，我有时间就和孙敬玫、陈莲凤等同学一起去学游泳，还自学中医，后来又拜校军宣队沈空医疗队的医生为师学习针灸。开始师傅给我针灸，后来自己给自己扎，既练习技法又体会疗效，再后来就随师傅出诊了。当我能独立为病人解除痛苦的时候，那种充实和喜悦无以言表。小小银针，改变了我的心情。在密云山区教改时，在望都张庄劳动中，在离校后接受贫下中农、工人阶级再教育的艰难岁月里，银针成就了我联系群众，为人民服务的途径。在那“一天七两粮，母鸡屁股当银行”的年代，我体会到了农民生活的贫困滋味，尽自己所能，援手相助。他们也把我当成知己，有好吃的留给我，有什么心事告诉我。直到我成家后的很多年，七树庄的乡亲们年年送来农副产品，大事小情都把我当自家人看待。

游泳健身和中医针灸，让我终身受益。在乱世风雨中，感谢母校给了我增长才干的机会和环境。

专业对口　学以致用

提起专业对口，还真有点趣事。1970年9月的一天，我正在七树庄村劳动，组织部一个电话让我第二天就到海河工程指挥部报到。不敢迟疑，匆忙带着行李随车急赴。到那里才知道是筹建海河工程指挥部广播站，同时抽调的还有我校64编采班的史正平学长。我的任务是编辑兼播音。可是刚到两天，板凳还没坐热，史正平还没到位，市委组织部就派人把我接了回来。当时负责大学生分配的董主任叹着气说："知道你能力和水平完全胜任这份工作，可是没办法，你牵扯的'五一六'问题，只好把你撤回来。希望你能理解。"我默然无语。专业对口因这莫须有的"五一六"问题搁浅了，这一撂就是十五年！

1971年10月再分配时，李春荣分配到了机电厂，跟师傅学打黑白铁，我分配到无线电厂。进厂就让我整扩大机的图纸，厂长说："你广播学院毕业的，整点这个还不是小菜一碟！"我说我学的是采编，不懂图纸。他说："会写不会干呐！先下车间吧！"我在车间当过钳工、油漆工，什么绕变压器转子呀，组装元器件呀，什么活全干过。后来，我又在厂办当会计，写材料，有时还被抽调当农村斗批改工作队，这一干就是八年。

1978年，我调到县科委，分管医药卫生、财务、信息等项工作。过去积累的医学、财会、机电等方面的知识都派上了用场。帮老中医整理医案、编书，出版《燕医传新录》等；考察天麻等药材市场和栽培技术，边学边实践。我亲手培育出1斤多重的大天麻，还编写了《天麻栽培技术》等技术资料。

人家问我："你哪个学校毕业？学什么专业？"我总是笑着回答："北京广播学院，新闻采编，杂家专业。"是的，远离本专业，只能博采多学，当个"杂家"，艺不压身嘛！

不管离心中的梦想有多远，不管承受怎样的不公和委屈，我乐观前行，干什么都踏踏实实，兢兢业业。任何情况下都努力学习，注意自己的修为，想着不能放弃尊严，不能给母校丢脸！

正当我在科委干得兴致勃勃的时候，1985 年四级办广播电视的热潮把我拉回了本行。调到丰润广播电视局后，选人才，进设备，筹建电视台，建立无线电台，从跑批文到办节目，一切从无到有。我和李春荣借助时任广电部地方司领导的武子芳老师等的大力帮助，比较顺利地完成了筹建任务。自此开始了我真正意义上的专业对口。

那一年我已是 40 岁，两个女儿的母亲。

为了方便下去采访，我学会了骑自行车。摆弄爱人的大二八永久车，对初学乍练的我来说真费劲。那时买辆自行车也不容易，有钱还得有"票"。

当我买上了二六飞鸽牌自行车，和年轻的同行一起骑车到山村农家采访的时候，那份快乐至今难忘。

1989 年，我们借用当地驻军的军用直升机航拍。我带着三个年轻力壮的小伙子登机，一人照相，两人摄像，大家信心满满。虽然用行军带固定了机位，每人腰上系上了安全带，但是，超低空飞行产生的剧烈震动，盘旋起落形成的倾斜和失重，还是让小伙子们脸色煞白，呕吐不止。我安慰鼓励他们，用塑料袋接住呕吐物，硬是坚持了两个多小时，完美地拍摄下城市乡村、山川河流润泽丰美的景象。从高空看大地，所有的物体都几何图形般地联系在一起，那种感觉真是太奇妙了。航拍资料成了我们以后很多专题片、外宣、展览的重要素材。我这个当领队的大姐，也经受住了考验。

1986 年以来，我和电台、电视台的同行们一起，狠抓节目质量，年年参加好新闻评选，年年获得省市乃至全国的一、二、三等奖，业务论文经常发表在报纸杂志上。在职称评定过程中，我们初级、中级、高级职称几乎报一个过一个，过硬的指标让兄弟台的同行羡慕不已。

在唐山丰润的几十年，心血和汗水洒在这片热土上，这里已成为我生命中的第二故乡！

1998 年，按照唐山市的土政策，我从主管宣传业务的副局长位置上退居二线，索性回到北京，过起了“北漂”生活。北京市农工委宣教中心聘任我当总编辑，中央电视台的农业频道在这里建了工作站，我又干起了央视记者工作，活跃在京郊大地。对广播电视事业的热爱，对新闻工作的追求和执著，使我满怀激情，不辞劳苦。

母校的老师、同学们一直是我工作、生活中的坚强后盾。无论是在唐山还是在北京，办培训班请他们来讲课，从不讲条件；举办各种活动请他们来参加，从不讲代价，有求必应。在这物欲横流的世界，同学情深，师恩难报！我深深体会到，同学是我没有血缘关系的兄弟姐妹；母校是我精神的家园！

天灾人祸　难得真情

1976 年 7 月 28 日凌晨 3 点 42 分 53 秒，一场突如其来的 7.8 级大地震，顷刻之间把唐山夷为平地。24 万多人丧生，16 万多人伤残，7200 多个家庭断门绝户，4200 多人成为孤儿……只在数秒之间，一座城市几乎从地球上被抹去。震中烈度为 11 度，波及天津、北京。

我居住的地方距震中只有二十多公里，亲历了这场 20 世纪最惨烈的大灾难。记得那天天气酷热，人们睡得都很晚。凌晨 3 点多，我被隆隆的声音惊醒，窗外闪烁着耀眼的蓝光，以为要下大雨。随手拉亮电灯，推醒熟睡的春荣，想让他起来关窗。在他起身的一刹那，灯灭了，剧烈的震动像摇煤球一样。我一手搂住 9 个月的小女儿，一手抓住床栏杆，那还险些摔下床。伴着巨大的声响，整个房子在震颤扭动，太可怕了！第一波强震刚过，我们就不顾一切地踹开房门，抱着孩子冲到街上。人们汇聚到小区对面的体育场。

在那里，惊魂未定的人们谁也不说话，一家人在小雨中紧紧相拥……5点多钟，天色微明，才发现附近的房屋已倒塌，逃出来的人狼狈不堪，有的甚至赤身裸体。我家住的是新盖的工业公房，又是中间部位，幸好没倒塌，却也走了形，谁也不敢住进去了。我的左邻小李的媳妇地震中丧生，右舍的徐大姐睡梦中被从三楼的窗户抛出，全身粉碎性骨折，保住了一条命。我家大难无碍，却急坏了北京的老妈，公路铁路全中断了，小弟骑自行车二百多公里，赶到丰润帮我们在路边搭起简易防震棚。母校的老师、同学也千方百计打听我们的情况，有的还亲自赶来寻找、慰问。人生多风雨，难得见真情。抗震救灾的感人事迹几天几夜也说不完。我特别想说的是，天灾很多都是人类自己造成的，唐山开采煤矿上百年，地下早已是空的，现在数百公顷的南湖公园，就是“7·28”地震形成的塌陷区。震后规定唐山地区建楼不能高过六层，可现在25层以上的高楼随处可见，真让人担心啊！

我和李春荣一起分到唐山，一起在七树庄劳动锻炼，一起在丰润度过了

近40年。当初我们爱好不同，性格各异，生活习惯和成长环境差别也很大，是扭曲的历史和共同的命运把我们结合在一起。我们面对苦难和失意，有过怨恨、有过争吵，甚至因为没生儿子的事差点离婚。但是，曲直皆经历，好坏皆风景。我们没有利益的杂质，没有道德的污浊，朴素、坦荡、任性、相濡以沫，不离不弃，共同走过的几十年黄金岁月，如今想来，却也无不让人倍感情趣！

2003年，有名的“李一瓶”（李春荣烟、酒一生）因糖尿病、高血压、心脏病、肾衰等疾病顶不住了，开始在唐山、北京四处求医，直到2009年12月28日，他走到了人生的终点。红尘过往无常久，岁月如歌空喜忧。转眼间他已离开我们五年了。翻开过去的老照片，亲朋好友相聚的情景历历在目，仿佛就是昨天。从某种意义上来说，春荣是幸运的。他在有生之年得到了亲人、同学、同事，朋友极致的关爱，故去也很有尊严。邹兰春、吕佩浩、曾光伟、赵玉斋、杨迎新等同学赶到丰润送他最后一程。曹璐老师，谢骏、陈连峰、徐汝廷等同学发来悼词，送上礼金，等等。在我人生最艰难的时候，母校的老师、同学给了我最大的支撑，因为在春荣重病的2008年，我也因上消化道大出血住院做了脾切除、胃静脉结扎手术。才与死神擦肩而过，又逢春荣撒手西去，那份辛酸和痛苦无法描述。经历了几十年的人生磨砺，经历了生离死别，我开始认真思考，知道了什么是命运的起伏与无奈，明白了生命的宝贵与短暂，更加珍惜友爱与亲情。

夕阳安好　多彩生活

林语堂先生在《人生不过如此》一文中写道：“我们最重要的不是去计较真与伪，得与失，名与利，贵与贱，富与贫，而是如何好好地快乐度日，并从中发现生活的诗意。”

剩下一个人，重新认识自己，我豁然开朗，一身轻松。清晨，看初升的太阳，感受阳光的温暖；夜晚，仰望无边的天宇，欣赏星光的灿烂。春有百花秋有菊，夏荷满池冬有梅。每一朵花开得美丽，每一片叶绿得感动，我在世间万物的倾诉中寻找生命鲜活的气息。放慢人生的脚步，回归自然，回归人的本性，在大自然的怀抱里抬头看世界，去思考，去感恩，去欣赏，去品味，享受不一样的幸福时光。古人聪明，好多文字本身都给人生活的启迪。你看这个“忙”字，就是“心”和“亡”，心一旦死了，奔波又有何用！人生原本就是一次旅行。

2011 年 8 月，在大女儿的帮助下，我开通了 QQ，13 岁的外孙在 QQ 里鼓励我：“姥姥，坚持！”我把“无债即富，无病即福，无欲即仙”作为座右铭，紧跟时代的步伐继续前行。我每天练气功修心养性，还参与组织北京“珍珑文化艺术沙龙”的活动，闲暇时种花养草，弘扬传统文化，设计制作汉服，经常旅游，坚持游泳，简单快乐地过好每一天。

百花山是北京第三高峰，最高峰百草畔海拔 2049 米，素有“天然植物园”之称。山顶的千亩百花草甸，让人叹为观止。2011 年 8 月 28 日，应好友江平之约，同登百花山。这是我大病后第一次登山，即兴写诗一首，登百花山——赠江平：“林海葱郁绿欲醉，阵阵鸟鸣声声脆。三个小时拾阶上，百花盛开惹人醉。山石为桌餐味美，木屋遮雨赏苍翠。百花伴君留倩影，汗流浃背爽滋味。一团云雾眼前起，一阵山雨洗心肺。多亏好友相扶持，百花山中享富贵。”从此一发而不可收，每每参加什么活动、聚会、旅游，都要拍些照片，有感而发地写上一些文字，发到群里与亲朋好友分享。现在，我的微信有北广同学岁月静好群、快乐家族群、一路风景旅游群、润泽丰美第二故乡群，还有知心好友群等，近 200 多位微信和 QQ 朋友，这些成为我生活中不可或缺的重要组成部分。

朝阳固然灿烂，夕阳依然辉煌。人生六十才开始，新的生活赋予我们第二春的情趣、幸福和满足。在追逐梦想的道路上，我要活出滋味，活出精彩。心态安好，幸福长存！

【作者简介】

佟玉会　女，生于1945年12月27日，北京市西城区人。主任编辑。1970—1971年，河北唐山丰润县七树庄村劳动锻炼。1971—1978年，唐山市丰润无线电厂工作。1978—1985年，唐山市丰润县科委工作。1985—2000年，唐山市丰润广播电视局工作，任副局长。2001年退休。

在那遥远的土坯屋

孙智泉

（一）

乌鲁木齐市中心红山脚下，市首脑机关所在地。下午刚刚上班时刻，一个年轻人径直走向主楼的三楼，很自由地进入了一间半掩的办公室：“首长！我是乌鲁木齐县报道组的。”“什么事？”“听您上午的报告，我写了篇报道，请您审查。”他首先翻到末页，溜了一眼署名和公章，再认真地从头看完，提笔一挥，迅即递过稿子：“可以了。”看到市委书记的签名和“已阅”几个字，年轻人竟连个“谢”字也没说，掉头出门，然后三步并作两步走向百米之隔的新疆日报大楼……第二天，《新疆日报》头版右中下方，刊出了乌鲁木齐市出台扶持蔬菜生产系列政策的消息，署名“孙白水”。

一次，年轻人到郊区一个乡采访，在乡党委书记办公室，工作人员送来刚到的《新疆日报》，头版头条是乌鲁木齐县的消息，作者“孙白水”。高个子书记一本正经地似是自语又像是发问："这个孙白水是新华社记者吗？总是他写的报道？"年轻人微微一笑未作答。

这是20世纪70年代中期，报纸新闻稿逐步恢复了作者署名制度，亦允许用笔名。在较长一段时间内，《新疆日报》署名"孙白水"、"白水"的消息、特写、通讯、调查报告屡见不鲜，甚至出现过在同一天的一、二版都有稿的现象。直到有一天，《人民日报》头版右下角加边框刊出"孙白水"的小评论，且同时点明了作者所在单位，县委宣传部门以外的同志这才晓得："孙白水"，既非市、自治区的媒体人，更非新华社驻疆记者，而是一个小小县广播站的年轻编采人员。

（二）

1970年初夏毕业分配时，驻院解放军宣传队告我可分配到宁夏人民广播电台，而老家在新疆的郭宝新老师主动相劝："你离家反正远了，不如去新疆，那里真是个好地方！"我竟不假思索地表态了。在中国人民解放军9901部队农场劳动锻炼一年半以后重新分配，结果大出意料：北京广播学院新闻系编采专业的三位毕业生竟无一人进自治区广播电台，倒是几位学数理、外贸的名校生坐进了广播大楼；而我，却被塞到了一个小小的土坯屋——乌鲁木齐县广播站（对外亦称县委报道组）。

乌县无县城，县机关小院位于市中心地势颇高的一条街区。站在三层小办公楼的顶楼，可以鸟瞰不远处的自治区党政机关大院和新疆军区大院。

紧挨办公楼的一栋土坯平房，总面积也就八九十平方，被一分为二，东边为县主要领导住宅（当时住着县委一把手李书记一家，他后来逐级提拔为自治区党委副书记）；西边为广播站占用，木板又在中间将其分隔为采编组和机房。采编人员连我在内共三人，屋内正好可摆放三张小办公桌外加一个书柜。每当夜晚，只要没下乡采访，单身的我大都伏案于此陋室；开头一些日子，只要走出房门，面对寂静的院落，仰望星星的光亮，内心总浮现丝丝的惆怅……

那年代，各级领导对农村有线广播很重视，县站节目很正常，二十余个乡场转播和自办节目也算规范。乌县是自治区首府的郊区县，也是当时全疆的一个大县，工、农（牧）、商、学、兵，一应俱全，广播节目的内容，自是样样不可或缺。小队伍，却要做出大广播，本身就有相当难度，何况新进的又是一个刚出校门的年轻人。有一次，我头回碰到计划生育的稿子，竟把“人口出生率”与“计划生育率”混为一谈，惹出了笑话。第二次，一篇关于乡镇企业的新闻，工业总产值只留了“同比”，把人家原有的“环比”给删掉了。新闻科班生“笔误”的说法，可以勉强搪塞一时，实则许多并不懂并不熟悉的东西，需要重新学习了！

说来惭愧，如今头发都白了，大金融及其主要衍生品的不少知识，还是知之寥寥，读金融新闻碰到相关的英文缩写，还得临时在百度中找答案。

不出一个月，我内心的“惆怅”，竟消失得无几了……新闻写作的“五个W”，不过是启蒙课；价值观的正确导向，只是对新闻人的起码要求。如果不懂得有关专业的基本常识，就难免说出外行话；再深入一点说，如果不熟悉党和政府的大政方针，不了解行业的基本政策，相关报道就可能偏离导向。一颗有些浮躁的心，迅速而又平稳地栖息在土坯屋的“责任田”里了。

（三）

小院是我新的课堂。不像当今互联网时代，那时任何文件都要直接去查阅，许多知识都要依靠纸质载体或当面向人请教。得天独厚啊！身处机关高度集中的小政府，面对实践多年的专业干部，只要有心，只要腿脚勤快些，只要不耻下问，都很快就有满意的收获。虽到了“文革”末期，但出版业还没有恢复正常。一位机关干部慷慨地送我一册油印的《简明经济统计资料》，几乎被我翻破了。八十年代中期开始，有关国民经济统计辞典类的书籍多起来了，但我仍保存着这册油印本，想留住这份珍贵的记忆。但可惜，最终它还是被遗失了。

一个县就是一个小社会，作为专职的新闻人员，各领域、各行业你都可以涉猎。有趣的是，只要非人事等带机密性的会议，你可以不经请示自行去旁听，并得到一份可公开的会议材料。至于县里的流动现场会甚至现场办公会，只要车上还有位子，也可大大方方搭车前往；到了牧区，还会特地为你配上一匹温顺的马儿。那年月，县领导都没有专职秘书，有时就带上报道组人员下乡场下企业搞调研。一次，县委一把手常书记仅带着我，一部旧吉普相随，整日灰头土脸，走遍了全县绝大部分乡场。跟着白吃了十余天的饭，餐费都是由司机付的。其实那饭，每餐都没超过一荤一素，所谓素，除了土豆就是白菜，而所谓荤，不过是陈存的羊肉丁作点缀；不过在牧区倒是常能喝上地道的奶茶，就是闻不到一丁点儿酒香。我也没让领导失望，回来很快形成了一万多字的调研材料，在全县经济工作会议上作为参阅件印发。会后，我将主题集中，压缩为乌鲁木齐县乡镇企业的长篇调查报告，占了《新疆日报》二版的大半个版面。

（四）

回到开篇。

当天，乌鲁木齐市农村经济工作会议召开，下辖县区级媒体人员自不在受邀之列，我又贸然当了回不速之客。市委书记上午作报告，我到材料分发处很容易地拿到了一份文稿。在会场最后一排找到位子，我一边听书记讲话，一边快速翻阅报告。今天的会议精神“新”在哪儿？我很快发现，尽管关于农村经济的政策措施有专门一部分，但大都是重申中央和自治区的精神以及市里原来已明确的举措，真正联系当下实际新出台且具操作性的，就是关于扶持蔬菜生产的那么六七条！我开始暗忖起来：

蔬菜生产关乎城乡人民日常生活，这些新举措，当地市、县要宣传，在全疆的面上也有新闻价值，但新闻源是市级的会议，上级机关报能报道吗？

不，仅从一个角度摘取“新闻眼”，未必不可！

自治区和市里都有记者在，轮得到你发稿吗？不，新闻就是要“抢”嘛，捷足也许可以先登！

这些政策措施尚未形成文件，要以市委领导作报告作为新闻的“引子”，市委书记会为县报道员的稿子签字吗？不，试试无妨！

下午书记在哪里，在会场还是办公室？由近及远吧，先到他办公室碰碰。

定下心后，一散会我就回站先编好稿，盖上报道组公章，然后再吃午饭。下午快到上班时，就直奔市委书记办公室……

祸福倚伏。虽无缘走进省级广播电台的高楼，但身处小土坯屋七个年头，却收获了不少自我感觉的惬意！

（五）

心怡而神往。在县广播站的后两年，我对报纸新闻业务的兴趣愈浓，同时关注起党报的言论写作来。那是一个夜晚，一时兴起，决定写一篇关于社论写作的专论。夜深人静，土坯屋内电灯还亮着，院内值班人员先后两次过来敲门。直到凌晨三点多，我才完成初稿。“孙白水”又不自量力地将文稿投寄人民日报社主办的《新闻战线》，尽管杂志只摘登了其中的一个部分，区区 1200 余字，也还是让我有些沾沾自喜。

总算要同报纸结缘了。爱人带着幼儿，在另一间不到十平方米的小土坯房住了两个半月，怎么也不习惯，于是决意回老家去。1980 年，凭借这些年工作的“积累”，我很顺利地被江西日报社录用。女人事处长带我一一拜见所有正副总编辑之后，她要求我至多休息三天即来南昌上班。可是风云莫测，我前脚踏进省报的大楼，后脚却被省人事厅以“基层急需”为由紧紧拖住，最终戏剧性地走进了小城宜春的一栋小楼——刚刚复刊的宜春地委机关报赣中报报社。在这里，我乐此不疲地“爬格子”，划版面，干了两年有余。

1983年初，一纸调令，告别勤笃多年的行当，我走进了政府机关的办公室，开始了另一类的“爬格子”生活。每当感觉尚顺心顺手时，那遥远的土坯屋，总是眷眷于我的心……

2015年7月于江西

【作者简介】

孙智泉　大学毕业后先后在新疆、江西宜春从事新闻工作。1983年后历任宜春行署办公室副主任，上高县人民政府县长，地区粮食局长，地委秘书长；1995年进入地委（后改市委）班子，先后任行署副专员，地委宣传部长；2003年任市委巡视员至退休。

我和全国第一份《小学生报》

蔡　友

恋爱时，我即开始做教育子女的功课，读了大量教育学、人才学、心理学的书刊。

我发现，国外对早期教育相当重视，抓得很紧。少年儿童的刊物肯下大力气办，又确有特点，尤其是日本，人家是生下来就有《零岁儿》杂志可看。以后每长一岁，都有自己的刊物，而且办得非常好看。我们的少儿报刊，品种、数量少，且嫌雷同，年龄的针对性尤其不强。配合文化课学习的报刊还没有。

我们国家的基础教育，还远远不能适应形势发展的需求。怎么样为造就21世纪人才打基础，从早出人才、多出人才的战略高度着眼，给孩子们提供营养丰富，又适合胃口，容易消化的精美食品，让孩子们花最少时间，读到既对目前有用又具潜在好处的东西，实在是一个值得贡献终生的神圣伟业。

经过深入调查论证，1981年4月15日，我给辽宁省委写了《建议出版〈小学生报〉》的报告。先后得到省委文教部长张立达，宣传部长刘异云，省委第一书记郭峰，省长陈璞如，中央教育部副部长董纯才的赞同和支持。

6月12日，我被调到省委文教部，负责筹办《小学生报》。

新起炉灶的滋味我这回尝了个够。从确定办报宗旨，起草发刊词，到请谁题写报头；从确定版面分工，栏目设计，到采编、组版；从办批件，跑编制，到筹备开办费、纸张；从联系印刷厂，到打开发行渠道；从物色、选调工作人员，到手把手教他们采编业务，等等，甚至连刻公章、钢印，印记者证、介绍信、稿纸、信封，买办公用品，订报刊，都得我自己跑。没有办公室，就在家里干。

刚创刊，没有稿，我就一人连写带编，还要组版，设计版式，审稿，每期校4遍大样……没日没夜忙活。有时脑袋发木发胀，有时累得拿着稿子，不知什么时候倒到床上睡着了。

张立达部长很放手，经常对我说："你就大胆干吧。大事来找我定。"我考虑，老人家文教部的事就够忙的了，尽量不打扰他，得自己学着挑门过日子。

这比在科技报抓一个版时的担子重多了。这需要总体构思，这得学着当"导演"。

首先，自己得挤时间多读点东西，像教育学、心理学、人才学、社会学、美学。多翻阅一些，还要精读几本。多深入孩子中间及他们的家长、教师中，细致调查研究，跟各界有真才实学的人士请教，探讨。

我当时主要考虑的问题是：

作为一种课外读物的《小学生报》，在造就人才的整个基础教育中，到底起什么作用？办报的着眼点到底应该放在哪里？

在注重智力开发的同时，如何加强非智力因素的诱导？如何激发学习兴趣？如何帮助学会学习？

德育教育方面，如何解决空泛以及说教问题？德育报道如何增加花色品种，做到短小、生动？

报社一班人的积极性怎样充分调动？怎样密切配合，协同行动？报社人员怎样提高各种素养？

如何调动社外的积极因素？

怎样尽快提高作者的水平?

与此同时，我还要精心琢磨、亲自组织具有引路、示范性质的重点稿件；与美术编辑一起琢磨，版面如何才能活泼生动，使人爱看、耐看。

真是千头万绪!

总之，一个目标：将《小学生报》办成有特色、有益处、受欢迎的报纸。

创刊后反响强烈，都说“《小学生报》在中国是个创举。”

陈璞如省长、中央教育部张文松部长、《光明日报》、《新闻战线》给予充分肯定。北京新闻学会会刊 1982 年 19、20 期合刊，全文转发了我《办小学生报的想法》的文章，并派人员到沈阳采访我。《中国新闻年鉴》让我们介绍办报经验。

截止 1982 年 7 月，我主编了 46 期（从创刊号到第 46 号）《小学生报》，最高期发量达 286 万份。

我提出了“围绕教学大纲，艺术再现教材”的办报宗旨；

诚恳告诫孩子们，各种少儿报刊都订阅，“不要叮在一处”（这篇短文立即得到《光明日报》的称赞表扬）；

右起蔡友　胡金星　亢书堂　陈群林

提议举办“第一次小学生作文竞赛”、“谁不说俺家乡好征文”；

提议并亲自与《大众摄影》组织“今日小学生摄影比赛”。《人民日报》为此刊发消息，《大众摄影》刊登了我为这次摄影比赛撰写的《儿童摄影亟待突破》文章。

“作始也简，将毕也钜”。我深知，自己的知识面还是窄；思维方式，各种素养还很差，尤其是在错综复杂的社内外人事关系中，缺乏应变和驾驭的能力。

现在，我终于明白了：不会编报，不是报人；只会编报，也不是一个称职的报人。

1982年5月17日，我登上黄山，感慨万千。

黄山的博大精深、不断创新，极大地震撼了我，《小学生报》为什么不能办成报纸中的黄山呢?

执著的心愿夺胸而出：

名山精粹融一身，洒向人间美善真。

云雾总嫌变化少，千姿百态酷求新。

——《黄山堪为办报师》

【作者简介】

蔡友　高级编辑。北京广播学院新闻系编采专业1969届毕业生；1970年8月分配到沈阳市大东区委，任新闻干事；1979年3月调入辽宁科技报社，任报社编委和要闻组长；1981年6月至1989年5月提议并创办全国第一张小学生报，任副总编辑；1989年5月至1994年6月在中国开发报社，先后任采通部主任、秘书长、副总编辑；1994年6月始，任法制日报社《市场法治导刊》杂志常务副总编辑、新闻研究所研究员。2006年6月退休。

这一辈子我无怨无悔

李　海

日月如梭，光阴似箭。转眼之间，我们离开母校——北京广播学院，已经整整三十五年。回忆过去的岁月，真令人感慨万千。大学毕业后的三十五年间，我们经历了太多的社会变革，太多的风风雨雨。想当年，我们正年轻，朝气蓬勃，风华正茂。看今朝，我已两鬓斑白，步入老年，即将退休。在回首往事的时候，我不悔恨，因为没有虚度年华；我也不惭愧，因为没有碌碌无为。三十五年来，我的绝大部分时间和精力，都在为人民广播电视事业勤奋工作。在工作中，我努力学习。在学习上，我永不自满。在生活上，我知足常乐。在新闻采编第一线，我恪尽职守，尽心尽力，有一分热发一分光，为宣传党的路线、方针、政策，为社会主义物质文明、精神文明、政治文明

李海采访著名豫剧表演艺术家常香玉（左）

建设，为张家口人民广播电视事业的发展、壮大，贡献了自己的青春年华和聪明才智。在即将离岗退休的时候，我可以自豪地说：作为“广院人”，我没有给母校丢脸，我一直在为母校争光。我这一生，没白活。这一辈子，我无悔。

我是生在旧社会，长在红旗下，在党的阳光雨露下哺育成长起来的这一代人中的一员。我是家里祖祖辈辈第一个大学毕业生。我对社会主义、对共产党、对毛主席怀有深厚的无产阶级感情。没有共产党就没有新中国，没有共产党就没有我们的幸福生活，没有共产党就没有我的一切。

1970 年 8 月，我告别首都北京，来到了塞外山城——张家口。这是一座具有光荣革命传统的北方名城，更是一块英雄的土地，曾经享有“第二延安”的美誉。我能在这里长期工作和生活，由衷地感到欣慰和荣幸。张家口成了我的“第二故乡”。

1970 年 8 月至 1976 年 1 月，我在张家口地区宣化县农村劳动锻炼，接受贫下中农再教育，并在基层任职。在广阔天地里，学到了许多在城市、在学校、在书本上学不到的东西，增强了对农业、农村、农民的感情。1972 年 10 月，时任宣化县响水铺公社团委书记的我与西望山公社妇联主任张桂英结婚。1974 年 1 月，我的大女儿李琼瑜出生（今年 31 岁，系张家口市第六中学一级教师）。1975 年 9 月，我加入中国共产党。1976 年 2 月，我“专业对口”调到宣化县广播局，任编播组长。1984 年 3 月，调入张家口市广播电视局，参与了张家口人民广播电台恢复播音和张家口电视台筹建工作，先后任张家口广播电台新闻部主任、专题部主任、总编室主任和张家口电视台新闻部主任等职务。

我采写、编辑的大量新闻稿件和专题节目，有数百篇（件）在中央和地方各新闻媒体播发和刊登。有数十篇新闻稿件、广播电视节目及学术论文，在省以上好新闻、优秀节目评比和学术论文评比中获奖。

作为广播电台、电视台新闻部主任，我多次直接参与并组织了党和国家领导人以及国家有关部委、河北省委、省人大、省政府、省政协、省军区主要领导同志到张家口考察调研等重大采访报道。1995 年 1 月 24 日，中共中央总书记、中央军委主席江泽民来张家口视察工作，慰问干部群众和解放军官兵。受市委书记、市长的委托，作为唯一的市广播电视新闻从业人员，有幸与江总书记有了一次近距离接触。虽然没有公开宣传任务，但我采录下了江总书记在张家口的谈话，为市委、市政府保留下了珍贵的录音资料。1995 年 7 月底至 8 月初，国务委员陈俊生到张家口考察调研，我自始至终跟随采访，除为《张家口日报》、张家口电台、电视台写稿外，还为新华社提供了我采写的 1200 多字的新闻专稿，《人民日报》、《河北日报》等都在头版显著位置发表，中央人民广播电台《全国新闻联播》、中央电视台《新闻联播》也都及时播出了。

多年来，我主编电台、电视台龙头节目《张家口新闻》。为充分发挥广播、电视宣传优势，我经常加班加点，争速度、抢时间、重要消息一定要播发在《张家口日报》之前。作为电台、电视台新闻部主任，不仅要安排、协调好各项工作，而且要身先士卒，深入一线掌握第一手材料，寻找新闻亮点。市人大、市政协每年一度的“两会宣传报道”，我都要起草制订报道计划，参与组织领导和采编工作，同参加“两会”报道的记者一起，圆满完成了各项宣传任务，每次都会受到市人大、政协领导的好评。1985 年 3 月 17 日，市人大、政协会议闭幕前夕，我在回电台送广播稿的路上，遭遇了车祸，致使右腿胫骨和腓骨粉碎性骨折，在空军张家口医院住了两个多月。这次工伤，给我留下了“创伤性骨质增生”后遗症，也使我深深体会到“平安是福”、“健康第一”是真理。“平安”、“健康”对每个人来说太重要了。

关心下一代，是崇高的事业，永恒的话题，关系到我们国家、民族的前途和命运，是我们新闻工作者义不容辞的责任。1985 年以来，我一直热心于此，直接参与策划，组织了对青少年进行爱国主义、革命传统教育和知党爱党跟党走的教育活动。我是中国延安精神研究会会员、张家口市关心下一代工作委员会委员，多次带领我市少先队员代表到革命圣地参加一些全国性的活动。如：1993 年 9 月 9 日，在北京和毛新宇一起瞻仰毛主席遗容；1993 年 12 月

26日，到李有源的家乡——陕北佳县参加东方红小学奠基仪式；1994年9月8日，纪念毛主席的光辉著作《为人民服务》发表50周年，到司马迁的故乡——陕西韩城，参加八路军东渡黄河出师抗日纪念碑落成活动；1996年10月中旬，在陕西吴起，建成一座新型小学——红星小学；2000年7月下旬，到毛主席的故乡——湖南韶山，参加全国首届“火炬引导我前进”夏令营活动……这些活动我都写成了新闻稿或侧记，在第一时间，采用口头报道的形式，通过长途电话打进张家口电台直播间，及时播出。其中，《八路军东渡黄河出师抗日纪念碑落成》新闻稿，我用明传电报发给中央人民广播电台，当晚《全国新闻联播》就播出了。我的这篇口头报道，在1995年度河北省好新闻评比中荣获一等奖。

二十多年来，我担任一些学校少先队的校外辅导员，孩子们把我当成“红领巾的知心朋友”，受到他们的爱戴和欢迎。市教委还聘请我担任张家口市中学生记者团顾问，中学生新闻文学社顾问。张家口长城少年书社、市六中“红星文学社”、市十五中“桑干河文学社”、桥西区利民小学“红领巾记者组”、桥东区实验小学“第二课堂”小记者班，也都聘请我担任顾问或辅导员，帮助他们培养人才，组织报道。孩子们的作品由我推荐给有关报刊，基本上都被采用刊发。利民小学五一班范云翔、陈振坤、范丽琴三名小记者在我的辅导下，采写了广播稿——《古长城脚下颂英雄》，在1985年度河北省好新闻评比中，荣获三等奖。由小学生采写的稿件获省级新闻奖，这在河北省历届好新闻评比中还是第一次，在全国也比较少见。

我是恢复职称评聘后张家口市第一批新闻从业人员。任职以来，我在各年度业务目标考核中均被评为优秀或合格、称职。我还应聘担任广播电视大学新闻班的指导教师，给“电大”学员指导、批改毕业论文，带河北大学新闻系实习生参加社会实践采访活动，其中一篇新闻作品在河北省教育好新闻评比中荣获二等奖。我又是河北省新闻学会理事，多次以评委身份参加河北省广播电视系统和河北电台组织的好新闻、优秀专题节目评比工作，参加张家口市新闻系列职称评委会，为报社、电台、电视台和有关单位的新闻从业人员评定职称。

在我的新闻生涯中，采访过文艺界的一些名人名家。主要有：豫剧表演艺术家常香玉、豫剧新秀小香玉、曲剧表演艺术家张新芳、一代名丑牛得草、著名电影导演谢添、孙道临，电影演员程之、白杨、秦怡、张瑞芳、田华，特型电影演员古月、卢奇、赵恒多，相声演员马季、冯巩、笑林、李国胜、李金斗、陈涌泉，歌唱演员李谷一、关牧村、宋祖英、李丹阳、蒋大为、阎维文、任静、付笛声、张振富、耿莲凤，评书表演艺术家刘兰芳，撰写名人专访文章数十篇，见诸报端，并根据采访体会，撰写论文《浅谈人物专访》，获黄河、陇海区域城市电台第四节优秀节目评比会优秀论文二等奖，入选《黄河之声》一书。

在三十多年的工作实践中，我没有发生过任何差错、失误和事故，没有因犯错误受过任何处分，却受到过各级组织多次各类表彰和奖励，多次被评为先进工作者，劳动模范和优秀共产党员，各种荣誉证书有数十张。对此，领导对我很放心，我感到很欣慰。

光阴荏苒，岁月留痕，随着年龄的增长，我即将退休，离开新闻工作岗位。离岗退休后，我也不会停歇、享清福。步入老年，如果只作享受者，将是社会的一大负担。我会尽自己所能，为社会尽一份老年人的责任，多做一些贡献。关心下一代成长，给后来人做一个好榜样。作为新世纪的老年人，我要不断地提高自身素养，与时俱进，注重知识更新，要活到老学到老，为社会奉献到老，为人民服务到老，做学习型、知识型、不落伍的老年人。

对社会“鞠躬尽瘁，死而后已”，对自己“淡泊明志，宁静致远”，这是我一生的座右铭。

2005年

【作者简介】

李海　1945年11月15日生于河南省开封市。北京广播学院新闻系编采专业1969届毕业生。1970年8月—1971年8月在河北省宣化县农村大队劳动锻炼。1971年9月—1976年2月任公社团委书记。1976年3月—1984年2月在宣化县广播站任编播组长。1984年3月—2005年11月在张家口人民广播电台、电视台任新闻部主任、专题部主任、总编室主任。2005年12月退休。2006年12月被评为河北省孝亲敬老楷模。退休后参与编纂《河北省志·广播电视卷·张家口分卷》、《张家口广播电视志》、《张家口年鉴》和《张家口市志》。

五十年后的汇报

季淑兰（季胜昔）

能考入北京广播学院（后更名中国传媒大学）是我终生的荣幸，那里有那么多优秀而有责任心的老师，如：姜树琪、时煜华、吴为章、曹璐、赵玉明……

而进入新闻系六五一班，是我又一大幸事：那里有那么多比我优秀而又富有特性的同学！

他们是：似乎能包容一切、摆平一切的邓良宝、李振海、陈方学、姜荣芳；才华横溢的栗金孚、邹兰春、张淑娟、桂雅莉、李志英、陈为琛、崔一贵；刻苦不辍、孜孜以进的姚明贤、王春林、李德存、于景林、肖九连、张成有、徐汝廷；思路开阔、不拘一格的朱久安、朱传济、朱武成、常炳林；秀外慧中的孙秀英、王兰、王竹筠；平和而具有丰富内涵的徐振荣、王求国、孙智泉、刘桂芬、石征献；见过大世面、有着广阔视野的冯皖丽、万淑鹏；永远朝气蓬勃勇往直前的王肇文；该糊涂时会糊涂，把糊涂的艺术运用到炉火纯青的刘国治……我作为一个生于小山村，长于小山村的柴火妞，一个连小队长也从没当过的我，与这些优秀同学相比，相差太远太远！

然而，昨天不如你们优秀，并不意味着明天也一定没有你们优秀！

经过五十年的努力，我做到了！今天，我们已是各有各的精彩！

在云南人民广播电台从事记者编辑期间，全国广播系统的优秀业务论文评比，我的3篇论文连续3年被评为一等奖。有评委说，这样连续3年获得一等奖，是全国唯有的一人。“文革”后，在首次职称评定中，我是云南省新闻系列最年轻的副高职称获得者（当时云南省没有评选正高的权力）。

调中共云南省委宣传部任处长后，我曾多次承担大型活动的指挥。如第三届中国艺术节、第五次中国少数民族运动会、每年一度的中国昆明国际贸易交易会、每年云南“两会”、“中国99”世界园艺博览会等。

来到云南省社会科学界联合会任副主席后，曾以专家身份，多次到州市，为当地的发展献计献策。

退休后，以研究藏品为主。被聘为云南省收藏家协会秘书长。考取了国家人力资源和社会保障部的“鉴定估价师”职业资格证书。收藏到了堪称国宝的珍宝，被评为云南省民间优秀收藏家。我的藏品中，有十来件古陶瓷进入《中国民间收藏陶瓷大系》这一国家级的大型专著。

这些成绩本不值得一提，但成绩再微不足道，也值得向培育了我的母校汇报！

我的些许成绩的取得，也有你们——新六五一班同学们的功劳！是你们优点的闪光，让我找到了起步的方向——从向身边的你们学习开始缩小差距！尤其是，你们对我的鼓励，鼓荡起了我心底的正能量！还记得吗？是你们无视我的弱点和欠缺，把我推举为“学习毛主席著作积极分子”。从那以

后，我便立志“读毛主席的书，听毛主席的话……”这也是我能够跨过沟沟坎坎不断前行的诀窍。

我来到工作单位，主动改造自己。我自愿每天清晨3点骑车去云南日报社取回报纸供电台“新闻和报纸摘要”用。义务劳动时，当我把拉大粪车的粗绳套在自己背上的时候，同事们一下子惊呆了！当然，也感动了他们：即使在“臭老九”不吃香的年代，也有人投票选我进入党支部。

那时一旦晚上的新闻联播要发表毛主席“最新指示”，都要到群众中去听反映，进行报道。每逢此时，我都主动到远郊农村去采访（而不是相对较近的企事业机关单位），深夜回来不争要那仅有的一辆车去接我，我自己背着沉重的录音机一步一步，步行3个多小时回单位。

当龙陵地震发生后，我主动请缨前去灾区采访：日夜与泥水相伴、那时没人在意记者采访，而更在意救灾物资，我就扒车去灾区现场，与那些救灾的男男女女混住在一个简易棚里……

在电台我曾经策划实施了若干个宣传专题：扶贫对策、企业管理、优生优育、区域自治、思想工作艺术等。并将若干专题汇集由出版社出版（其中有相当部分由我自己撰写）。

我没有大富大贵，也没有什么名气，更谈不上惊天动地。但是并不聪明的我、没有优异家境条件的我，没有虚度过一寸光阴！母校，我向你汇报：从进入广播学院开始，我无愧于我这五十年的人生！无愧于你对我的培育和教导！

2015年7月

【作者简介】

季淑兰（季胜昔） 毕业后被分配到云南人民广播电台，做记者编辑工作二十年，曾任政文部主任、主任编辑；1991年调中共云南省委宣传部新闻出版处任处长；2000年调云南省社会科学界联合会任副主席，2007年退休；2011年被聘任为云南省收藏家协会秘书长至今。

跨出广院大门后

谢 骏

跨出广院大门之后，我的工作分为两个阶段：一是新闻宣传，二是教书育人。生活过的城市有三个：一是本溪（1970—1978），二是北京（1978—1982），三是广州（1983 年至今）。

本溪地处辽东山区，被人们习惯称为“煤铁之城”，由两大家构成：本溪钢铁公司和本溪矿务局。城中有座山叫平顶山，有条河叫太子河，周围是山，是个盆地，天空总是灰蒙蒙的，烟尘散不去，炼铁废渣倾倒，差不多使太子河断流。

1970 年 8 月，我到本溪市革委会教育局报到，接待我的人，脸色冰冷，让我空等了两个小时。他忙着热情地笑脸迎接并欢送从桓仁县到来的被推荐到清华大学去读书的工农兵大学生，这是一个高高个子的面色红润的女性。我第一次感到世态炎凉。

他跟我说的第一句话是：“你暂时留在教育组帮忙，然后等待分配”。后来才知来自全国各地分到本溪的六百多大专院校毕业生，都分配到各中小学校当老师，只留下十几人待分配，在教育组帮忙，筹备教育战线的活学活用毛泽东思想的讲用会。

忙完讲用会后，我被分配到市革委会宣传组报台办，这是一个负责联系报社、电台的机构，负责人是军代表艾辉，他是 38 军某宣传科副科长。从此我就踏上了新闻宣传之路，一直到 1978 年 4 月离开本溪前。

中共本溪市委成立后，原市革委会的宣传组就改为市委宣传部，报台办改名为新闻处，从事新闻报道的则叫市委报道组。随着时间的推移，我后来又到了宣传处和理论处工作。

不管是从事报道，还是宣传，都是紧跟一个又一个的运动转。我大部分时间都是在往厂矿跑。去过的地方遍布全市，本溪钢铁公司有：机修厂、钢厂、二焦化、一铁厂、二铁厂、南芬露天铁矿、歪头山铁矿、石灰石矿等；本溪矿务局有：彩屯煤矿、本溪煤矿、牛心台煤矿、田师傅煤矿等，其中长时间以蹲点形式去的单位是本钢机修厂和彩屯煤矿。在这过程中曾在工人师傅的保护下，下到了采煤的掌子面，知道了什么是开拓、掘进、冒顶、淋头水、瓦斯、传送带、危险、阴暗、潮湿，由此更感到阳光和空气的宝贵……另外，在二铁厂还见过什么是跳高炉，人跳入沸腾的铁水中，立即升起一股青烟就消失得无影无踪了。

除到工矿企业外，与农村也有过接触，短期陪同省委石飞同志到桓仁县下甸子大队做调研，了解情况，到本溪市偏岭公社支农，还在本溪市委建在刘家哨的“五·七”干校劳动锻炼一年零一个月，上山伐过木，到酒厂做过工，不仅知道了酿酒生产的全部流程，而且学会了品尝判断酒的度数。

谢骏和温济泽老师

1978年4月底，我们全家迁往广州。在温济泽老师的鼎力支持下，5月15日在北京日坛中学参加了首届新闻研究生的招生考试，7月下旬到北京师范大学参加了复试，10月上旬到北京报到。在京又读了三年书。毕业后留研究生院工作，帮助温济泽老师起草了两篇文章：《从邸报到现代的新闻事业》和《中国新闻学研究发展概况》，分别刊于《中国新闻年鉴》（1982，1983年版）。

1983年1月调至广州暨南大学，开始了教书生涯，在暨大新闻系（后改为新闻与传播学院）教学直至退休，后又在中山大学南方学院文学系教书五年，在广东商学院华商学院文学系教书一年。教过的课程有："中国新闻传播史"、"外国新闻传播史"、"传播学"、"新闻心理学"、"名记者研究"、"普通心理学"等，开过讲座有"红楼梦"、"金瓶梅"，分别在南方学院博学大讲堂各讲过两讲。

参与《中国新闻事业通史》、《宣传舆论学大辞典》的编撰工作；参与《中国大百科全书·新闻出版卷》的编撰，被指定为广州地区初审小组成员，

谢骏和他的学生在一起

负责定稿工作；主编《港澳台大百科全书》文化篇。

应邀赴香港浸会大学传理学院讲学，赴台湾政治大学和新加坡南阳理工大学出席国际会议，到韩国进行考察和交流。

出版一本论文集《新闻传播史论研究》。

曾被新闻学院推荐为广东省新闻界金钟奖获奖提名人。

回顾走过的七十多年，有以下感悟：

一、永记恩师

对我帮助和产生过影响的老师有：

小学时：冯焕耀、王德和、常倬、潘志仁；初中时：严彪、钱尧干、陈汝楠；高中时：谷治平、李荣昌、朱正，王中华；大学时：赵玉明、康荫、姜树琪、温济泽；研究生时：温济泽、方汉奇、甘惜分、梁明、谢冰岩等。

二、永记贵人

我一生中帮过我的人很多，成为我贵人的有八位：本溪市委宣传部长王晓清；南方日报社社长丁希凌；复旦大学新闻系主任王中教授、余家宏教授、宁树藩教授；著名作家巴金；中国人民大学新闻学院方汉奇教授；大学老师、研究生导师温济泽，在他百年冥辰时，大学同学吕佩浩与我共同发起活动，为他塑了一尊半身铜像，收藏于中国传媒大学博物馆，以作永久纪念。

三、整人者会有报应

我这一生走过不少地方，换过不少单位，不管哪里都少不了窝里斗，都有整人者和挨整的人，只不过程度上有轻重。凡是整人者都是有权有势的，被整的往往是弱势者。胜负也不是固定不变的，给我的印象是冥冥之中有因果报应。我工作之后，碰到的第一位领导，很会整人，后来他下场很可悲，由唯我独尊变得人人唾弃。刚到暨大时也碰到有人整人的事，后来被整的人，扬眉吐气，整人的反而威风扫地。

我的体会是：人要将心比心，不要企图压倒谁，和平共处、与人为善才是上上之策。

四、与人为善

人生在世，总会与人打交道，建立一定的社会关系，与人相处，以一颗善良的心真诚待人，一定会得到别人的尊敬和爱戴。几十年来，我教过不少学生，许多人还记得我，时常来看望我。在我过七十岁的生日时，分别有学生多次组织替我祝寿，还联名赠送一面寿幛，表示他们良好的祝愿：骏马长青藤。我想这就是他们对我以前付出的劳动最好的报答。

2015 年 7 月 10 日于广州

半是坎坷　半是幸运

乔沧桑

明年是我的花甲之年。到此时，我才真正体会到“人生几何，转眼就是百年”。记得刚上大学时，学院很注重我们的体育锻炼，尽管操场很小，但仍要每天坚持上早操，并提了一个口号：“为革命工作四十年而锻炼。”可是，社会变革，现在工作四十年就要“解甲归田”了。

回首往事，半是坎坷，半是幸运。

在上初中时，教室贴着两条大标语：一是黑板上方的“知识就是力量”；另一条是墙报上方的“名誉是人的第二生命”。我一生都会记住这两句话，没齿不忘。而且在工作、生活中一直遵循这两条。没有知识不会有我的今天；不珍惜名誉，也不会有我的今天。

我一生中最看重的是“责任”两个字，我把这两个字当成座右铭，对国、对家都要有责任心。有了责任心就会不懈地努力。前苏联的作家奥斯特洛夫斯基有一句名言：“每当回首往事的时候，能够不为虚度年华而悔恨，不因碌碌无为而羞耻。”我基本上做到了。可以肯定地讲，我的这大半生无愧于党和母校的培养。这六十年，我经历了两次“洗礼”。一次是朝鲜战争；二是“文革”。在我 4 周岁时，爆发了朝鲜战争。那时我与父母侨居在朝鲜新义州市。童年是不幸的，那几年，几乎天天晚上住防空洞。警报一响，高大健壮的父亲便背上我，挟着我姐姐往防空洞跑。在孩提时便感受到了战争的残酷。1953 年，响应祖国的号召，全家回国，定居在丹东市。在我 20 周岁时，中国爆发了动乱——“文化大革命”。在“文化大革命”初期，我算个激进派，所幸由于从小家教的严厉，我没有过激的言行。但后来在反思中，我还是批评了自己。1983年丹东日报要招考新记者，我到吉林大学找老师出考题，顺便拜访了杨学明和孙颖。我记得我和杨学明说过，“文化大革命”时我们都像他那样，可能就闹不起来。我认为杨学明在“文化大革命”中是比较保守的。有了“文化大革命”这次的洗礼，自身也增强了免疫力。

总之，我们这代人是和中华人民共和国一起长大的，亲身经历了祖国的磨难和兴盛。非常幸运的是，在“文革”前我们进入了高等学府。虽然正儿八经地在大学只学习了一年的课程，但我认为在求学的路上，和中学比已发生了“质”的变化。正因为有了这个基础，毕业后，在业务发展上能一帆风顺。1983年辽宁省“文化大革命”后第一次评定专业职称，我就被省新闻专业评审委员会评为记者（当时中级职称也拿到省里评）。5年后又被评为主任记者。这时期是我最勤奋的时期。除了看稿、审大样、与记者采写新闻，还结合自己的新闻实践在国家级及省新闻刊物上发表多篇论文，并主编了论著，1993年我被评为高级编辑（正高）。

1970年我被分配到本溪电台，由于两地生活，4年后转回老家就职于丹东日报，一直到现在。俗话说：“树挪死，人挪活。”三十多年没动地方，

乔沧桑（右）、王小戍在丹东

自然也发达不起来。好在我没有太大的官欲，满足于现在的高级职称。七八年前，赵恩洲以中央组织部官员的身份到丹东调研，正巧丹东市委书记是赵恩洲的中学同学，得知我们的关系后，让我参加陪同。那时若让赵恩洲说句话，有可能把职务变动一下，但由于满足现状，也就没麻烦赵恩洲。

要说三十年值得回味的经历，也是最有收获的就是去了几个国家。我先去过越南、朝鲜以及俄罗斯的边境城市，后来参加省新闻代表团去了美国及香港地区。这些国家和地区经济生活的巨大反差，震撼了我。从美国回来后，我对别人说得最多的一句话是，谁要是对“改革开放”不理解，只要到这几个国家转一转就行了，这比坐下来学习效果快。

要说幸运，有一个美满幸福的家算一条。从我的“全家福”照片中，也可以看出我在享天伦之乐。我自认为我在家庭观念上是较传统的。我成家时，“文革”还没结束。左的思想还统治着我。大学毕业后到一个中学同学家串门，当他要把当工人的妹妹介绍给我时，我毫不犹豫就答应了。我们在学识上没有共同语言，但回家不是做学问的，要生活，生活中的语言是共同的。

乔沧桑（前中）一家

她非常孝顺老人，我的父母生病卧床时，她比我还尽心，甚至用手帮我母亲抠大便。她持家能力强，我没有后顾之忧。儿子找了个知书达理的媳妇，姑娘也找到满意的对象，又都生了可爱的第三代。

要说幸运，工作后，尤其当了报社的领导后，出门的机会多了，顺便见到的同学也就多了，再加上到丹东见我的同学，毕业后我已见了近半数的同学。同学之间的友谊，就像陈娜那首诗中讲的：“有一种情谊，没有半点虚伪和铜臭”“因为我们是青春做伴的同窗，我们是同师共门的校友”。

记得 1983 年末在长春见到孙影时，她刚与从部队转业的丈夫离婚。闻其离婚原因，是孙影嫌他没有上进心。她自己带个儿子在吉林日报社和好几个家庭合住一间大房子，每家用屏风、卷柜等间隔开。中午孙影留我吃饭，因开火不方便，就买了烧鸡等熟食品。在学校时，我们接触不多，加之“文革”不是一派的，没有什么往来，可此时真的很热情。不幸的是 1986 年夏季，她到长白县采访，回来的路上她乘坐的吉普车被山洪冲下来的石头砸碎了。

左一孙影

由于沿江修的这条路很窄，车子只能单行，所以两天后尸体才被挖出来。所幸的是，她儿子和她乘的不是一辆车。转过年，也就是1987年的夏天，我送记者去长白山沿鸭绿江采访，长白朝鲜族自治县的宣传部长向我讲述了孙影等人的遇难经过。我还到她遇难的地方凭吊了一番。这可能是我们班的唯一。

同学相见，特别让我感动的是王小戍、谢骏、罗文成。我们丹东地处边陲，而他们是到东北出差，特意从沈阳湾到丹东来见我。在这世风日下、世态炎凉、世道不公的社会环境中，更显出同学的友谊，我真的很谢谢他们。

大学毕业时，我与胡金兴、邢业范一起回东北，罗文成也与我们做伴到北戴河，当时邢业范到“鸡头”（中国地图黑龙江是鸡头的上方），罗文成在“鸡尾”（新疆的阿勒泰），我们都以为以后到北戴河不容易，也可能再也见不到了，便在北戴河下车看海，并留了影，也珍藏了我们的记忆。只可惜，四十年校庆我在母校没见到几个同学，而五十年校庆又错过机会。节前，我接到老班长邢业范的电话，很意外，很惊喜。我感谢邢业范还有特殊的原因，“文革”中，辽宁是重灾区，吃不饱也吃不好。两个孩子的奶水不足，是邢业范给我寄来了奶粉，使我年幼的儿女能够健康成长。

这次新六五二班校友联谊会让我们各自写篇文章，这也给了我们诉衷肠和反省自己的机会。请同学们接受我的祝福和道歉。

2005年

【作者简介】

乔沧桑　北京广播学院1969届毕业生。1970年分配到辽宁本溪广播电台，任编辑、记者。1975年至2006年在丹东日报社工作，先后任文教部记者、副主任、主任，1985年起任副总编辑。2005年底退休。2009年9月3日病故。

回望六盘山足迹

陈广寿

“六盘山”三个字在我青年时代就深深印在我的脑海中了。心目中那是革命的圣地，是红军长征翻越的最后一座高山；特别是毛主席翻越六盘山时写下的《清平乐·六盘山》更让人无比赞叹。红军那不到长城非好汉的革命豪情激励我，鼓舞我。但我从没想过大学毕业后会来到这里，在这里的村村寨寨、田边地头留下采访的足迹。

1970年秋，我分配到宁夏台。六盘山地处宁夏最南端，距银川600多里，是全国有名的贫困地区。因为年轻，台里经常分配我去那里采访。那时的采访条件比较差，长途主要是靠公共汽车，比较近的靠自行车，加上步行。下乡徒步走几十里或是上百里也不是什么稀奇事。

有一次，我在固原县召开的“三干会”上采访时，与双井公社书记约好第二天去公社采访。第二天，我们骑着自行车上路后不久就下起了大雪，同事劝我找个村民家住一晚，等雪停了再走。可我没听劝，执意要走。结果，同事住在村里，我一个人继续前进。那里是回民聚居的地区，山大沟深，而且路不熟，就这样盲目地上路了。

我从早上出发，天快黑才到。一百多里山路整整走了一天，没吃没喝，沿途没有看见一个路人，只有远处星星点点放羊人。当我出现在公社干部面前时，他们所有人都惊呆了。我瘫软在公社办公室的椅子上，竟然一句话也说不出来了。我终于体会了一次人到了极端饥渴和虚弱时的感觉和状态。

这就是我在六盘山区采访点点滴滴中的一个小片段。那时年轻，任性，在山区采访，常常是一个人背着书包，拄一根打狗棍，沿着山路一路前行，蹦蹦跳跳，不知道累和危险。

六盘山地区包括五个县，主要是少数民族。他们豪放、质朴，也很好客。但常年干旱，水土流失严重，人畜饮水困难，庄稼广种薄收，糜子一亩收 200 多斤就不错了。主粮主要就是土豆和糜子，还有玉米等，许多地方要靠国家救济。

那时下乡采访在老乡家吃饭交三两粮票和几块钱，有时在公社食堂吃，没有肉和白面，但尽管艰苦，在我来说，那里仍然是一片令人留恋的热土，一草一木皆有情！

1935 年，毛主席带领工农红军长征经过六盘山。红军部队经过的地方主要有西吉、泾源、隆德等县。老百姓口口相传的佳话和故事很多，在以往纪念活动中，我沿着红军走过的路采访，写过一些通讯报道。

我想提到的是，红军经过时，有些重伤员因为不能跟随大部队作战行动，就留在了当地，与当地老乡融合在一起，后来为当时的抗战付出了很大的牺牲。今天，我们在纪念抗战胜利七十周年活动中不应忽略和忘记他们！

【作者简介】

陈广寿　江苏广播电视总台高级记者。北京广播学院新闻系编采专业 1969 届毕业。1970 年 8 月分配到宁夏人民广播电台担任编采工作。1981 年 1 月调到江苏人民广播电台，先后在农村组、新闻部、采通部担任编辑、采访工作和做驻外记者站的管理工作。2006 年 2 月退休。

在贵州安顺的日子

栗金孚　邓良宝

从北京广播学院毕业后，我们被分配到贵州省的安顺。虽然只在那里工作、生活了两年，但这毕竟是我们从校门走上社会的开始。我们第一次远离家乡，远离亲人，经风雨、见世面。因此，有不少的“酸甜苦辣”留在了我们的记忆里，至今难以忘怀。

我们是乘北京至昆明的火车进入“十万大山”的。从北京出发时，我们怕买卧铺票不给报销，就排了一天的队买了两张硬座票，在火车上坐了三天两夜才到安顺。途中人山人海，车厢里拥挤不堪，加上我们的心情不好，一路上少食懒言，特别是列车进了贵州境内，车窗外一座座山头堵在眼前，心情是那么的压抑、惆怅。就这样，我们相依为伴，开始真正体会人生路之艰难。

我们到达安顺时，是从北京出发后的第三个夜晚。到达时，没有人接站。由于行李简单，火车站离安顺城里也不远，我们便跟着出站的人群走进了安顺，在一家小旅馆的小阁楼上住下。小旅馆的房间是用席子隔开的，隔壁房间的谈话听得清清楚楚。我们知道了左邻右舍住的也是刚分来的大学生，有北京的，也有上海的；有学理工的，也有学医的。由于坐了三天火车，又累又困，我们很快就进入了梦乡，一觉醒来，天已大亮。听到屋外嘈杂的说话声、叫卖声和欢笑声，我们感受到了这座小城跳动的脉搏，压抑、惆怅的心情也舒缓了许多。简单的洗漱和用过早餐后，我们便去报到。

当时，安顺是地、市、县合一的城市，新来的大学生报到要到地区组织部。我们报到时问分到哪里，接待的人不冷不热地说："啊，你们俩，男的分到县广播站，女的分到市广播站。"接着，我们又到市里、县里和各自单位报了到，安顿下来。说是安顿，其实只是明确了一下工作，男的做编辑，女的当播音员，既没有安排住房，也没有办公室。我们各自住在各自广播站的机房里。由于当时"文革"尚未结束，市和县广播站都没有自办节目，我们的工作只是值班看机器和转播中央人民广播电台的节目。

当初分配工作时，虽然我们是被动的，但也是怀着一颗忠诚、火热的心和美好的憧憬前往边疆的。我们曾写下一首小诗共勉："胸怀父母长征志，一心革命去边疆。不学牡丹称高贵，要做松柏浴冰霜。"现在看来虽然显得有些幼稚，但当时却曾激励我们做好了扎根边疆，到最艰苦的山村小学当教师的思想准备。所以，当分配工作时，听到把我们留在安顺市、县广播站工作，我们感到了意外。

在广播站工作的日子很单调，除了每天开机、看机、预告节目外，有时也给前来购买广播器材的农民开开发票或由老同志带着下乡为农民安装和修理广播线路。由于有充足的业余时间，我们除了打打扑克、聊聊天外，也学会了组装、修理收音机。我们还同市银行的一些朋友组织了业余理论学习小组，学习《共产党宣言》、《矛盾论》、《实践论》等著作。

在安顺的两年，生活对我们是最大的考验。单位没有食堂，吃饭自己解决。当时国营粮店每人每月供应 27 斤粗米或灰面、二两菜籽油和一斤多皮包骨的猪肉。于是，我们学着自己做饭，经常吃酸馒头、夹生的米饭、水煮馒头、酱油熬白菜。由于工资低，每月还要给家里寄钱，我们不敢下饭馆，只是靠北京的亲人每隔几个月寄少许的午餐肉、肉松和家里自制的咸肉等，改善一下伙食。记得有一次，我们正用电炉做酱油熬白菜，突然停电了，我们就慌慌张张地到外面找饭吃。回来后，我们看到屋里浓烟弥漫，结果电炉把锅烧干，连锅底都烧掉了。幸好没有发生火灾，算是不幸中的万幸。

到安顺工作不到一年，我们就结婚了。婚后住在市广播站给腾出的一间十来平方米的小屋里，只有一张单人床和一张桌子。后来市广播站领导关心，给买了一张双人床。当时，市广播站位于一座小山上，每天下班后，就剩我们两个人在山上，遇到雨天，电闪雷鸣就像在头顶上一样，让人惊恐不安。这时，有两个人相依为命算是最大的安慰和幸福了。

对我们这些在北方长大的人来说，在安顺最难熬的是冬天，阴冷阴冷的。我们结婚后决定买一个铸铁炉子，但由于当时是计划经济，吃大锅饭，铸造厂牛得很，买炉子要市领导审批。我们好容易把审批手续办完了，拿着条子自己推车到厂里取炉子，结果厂子大门紧闭，厂门外聚集了很多买炉子的人。大家敲了半天门，里面才慢腾腾走出一个人来，说是他们在学习，今天不办公，叫我们改天再来。大家气得又喊又骂，也无济于事。

安顺的人还是友好善良的。我们在那里的两年结识了很多至今难忘的好同事、好朋友。我们能顺利地度过在安顺的两年时间，与他们的关心、照顾、帮助是分不开的。他们虽不富裕，但都很大方，无论到谁家，都是拿最好吃的、最好喝的给我们。我们的家具坏了，他们帮助修理；他们的老人过世了，我们一起守灵。感情至深，情同手足。记得有一次下乡为农民安装广播线路，住在一个苗族老乡家。他把自家最好的床让给我们睡，把过年才吃的腊肉拿出来给我们吃。同去的广播站的领导说，只有到了乡下才能见到、吃到和买到带有这么厚膘的猪肉。果然，有了这些朋友，我们也能吃到猪油和有膘的猪肉了。直到今天，每当我们回忆起在安顺的日子，总是说，安顺有两样值得留恋：一是夏天不热，二是朋友情深。

转眼间，我们自安顺参加工作、结婚至今已过去了四十多年。当初，我们俩虽走在一起，但爱好不同，性格各异，家庭背景和少时的成长经历也差别很大。在这四十多年里，我们工作中能互相支持、鼓励，生活上能互相关心、体谅，面对各种困难乃至失意、不幸，依然不离不弃，相濡以沫，这恐怕与我们在安顺度过的不寻常的两年时光所打下的牢固的感情基础是分不开的。

2011 年 10 月

【作者简介】

粟金孚　大学毕业后，先后在贵州安顺、江西南昌、河北廊坊和新华社北京分社从事农业、工业、理论等领域的采访和编辑工作。1982 年调入新华社总社经济参考报社，先后任总编室主任、副总编辑、常务副总编辑、党委书记。兼任中国经济信息报刊协会副会长、中国新闻学院（后并入中国传媒大学）硕士生导师。编辑采访了大量好新闻，多篇稿件获中国优秀新闻奖、中国经济好新闻奖、中国科技优秀新闻奖、全国民族好新闻奖和新华社好新闻奖。主编与参编大型丛书多部。先后被评为新华社先进工作者、新华社优秀共产党员、中直机关先进工作者、全国优秀新闻工作者。

邓良宝　大学毕业后，分配到贵州省安顺市广播站工作，1972—1974 年在江西省民政厅工作，1974—1978 年在河北省廊坊地区民政局工作，1978—2000 年在河北省驻京办事处任办公室主任、党委办公室主任。

我心中的黎族阿嫂

李志英

1970年7月，从北京广播学院毕业后，告别学习和生活了5年的校园，踏上了南下列车，我和陈为琛来到即将工作和生活的地方，地处海南岛东部沿海的陵水县。

当地称已婚女人为阿嫂。刚到陵水县城的那一天，就看到几个卖槟榔的阿嫂，二十几岁到三十岁的样子，身着一色的黎族服装，紧紧的腰身，细细的袖子，配上稍带宽松且不太长的裙子，光着脚站在路边“槟娜（榔）槟娜（榔）”地招呼着，热情大方，让我们一下变得轻松起来，只觉得她们很美。

那几年县里有个制度，每年机关干部都要下乡实行“三同”，一人一村。我在县广播站工作，第一次下乡，为了照顾我，专门从团县委找来另一位姓胡的女同志。地方是离城较远的本号公社。住户家也有一位新婚的黎族阿嫂，她是按当地风俗回到娘家住一段时间。每天晚上，这位阿嫂都会主动把门闩好，笑笑说：“努兰（你们）好好困麦（睡觉）吧。”小胡说，当地习俗可是晚上不闩门的。阿嫂要回婆家了，临走对自己的父母说：“这是新来的大学生，远离家乡和亲人，要好好照顾。”阿婆连说知道知道。阿公阿婆悉心照料我们，天天吃着当地农村少有的猪油炖萝卜。小胡说，当地农村一小罐猪油吊在房梁上要吃一年，平时可是舍不得吃的。

第二次下乡我是一个人去的。领导问我去哪儿，我说还是老地方本号公社吧。这次是阿坝村，“三同户”三十几岁的阿嫂，有四个孩子。家里很穷，一天三顿稀饭，再掺上番薯，吃饭时，中间放个碗，盛点盐，每人用筷子在盐碗里蘸一蘸，再在碗里搅一搅，从不吃菜。看这种情况，我提前交了伙食费，

前左起　李志英　王竹筠　孙秀英　后左起　张淑娟　刘桂芳

这点钱却被阿哥（阿嫂丈夫）换了酒喝，气得阿嫂把阿哥大骂了一顿。为了照顾我，阿嫂每顿饭总是先给我盛出一碗光米饭，然后再放番薯。还为我做一点腌姜片或番薯叶当小菜，而他们一家仍是用一碗盐就饭，这让我又感激又难过。每次下地割稻子，她总是带着我，不让我离开她，不让我靠近田埂，说田埂上有蛇，你会害怕的。割稻时，她都带一个小篓子挂有腰间，看到蚂蚱就抓到篓子里。到家后，挂在灶塘里用余火烤，只听得一阵噼噼啪啪的响声，接着闻到一股扑鼻的香味，孩子们都抢着吃。有一次阿嫂拣出一个大个蚂蚱来，把皮扒了，让我尝尝，我大着胆子放进嘴里，还真好吃。几天后，劳动结束，要回县城了，阿嫂叫孩子爬上高高的槟榔树，摘了一包槟榔塞进我的包里，还把我送到大路边等车，对我说："有时间常来看看。"汽车开动时，看着还站在路边的瘦弱的阿嫂，我的眼睛湿润了，一路上我都在心里默默祈祷这位勤劳善良的阿嫂身体健康，能早点过上好日子。

在陵水县工作期间，我们在机关食堂就餐。机关食堂有一位四十来岁的黎族阿嫂，也姓黎，大家就叫她黎阿嫂。黎阿嫂干活干净利索，炒菜烧饭样样在行，是食堂里的一把好手。那时饭是限量供应，一人一份不好多买。我当时怀孕了，有一次黎阿嫂见我吃完饭还不想走，就问："小李，听说你有宝宝了，几个月了？"我说，黎阿嫂，怀孩子可真是太折磨人了，开始什么也不想吃，恨不得五脏六腑都要吐出来。现在又感到天天肚子饿，有时饿得眼发黑，浑身出汗。阿嫂安慰说："别害怕，没事，这是正常现象。"她立即找来司务长，悄悄说了几句话，回头对我说："小李，你以后吃饭不限量，吃多少可以买多少。"有一次吃早餐我连吃了三份，同事们都笑我是"大食客"。很快我就变成了"大肥婆"，肚子比正常孕妇要大。没想到黎阿嫂一直在注意我的情况，一次吃饭的时候，黎阿嫂走到我身边，悄悄对我说："小李，你现在可要控制一下食量，孩子太大，到时候不好生。"在我临产的时候，黎阿嫂带着生姜红糖水，一直守在我身边。感谢黎阿嫂在我人生重要时刻对我无微不至的关心和爱护，让我养育了一个白白胖胖的壮实的儿子。如今看着儿子长大成人，成家立业，我的脑海里总会浮现出黎阿嫂那可亲的身影。

时光流逝，转眼离开海南岛已经三十多年了。那7年的生活给我留下了太多的难以忘怀的记忆，勤劳、朴实、善良、热情的黎族同胞值得我一生铭记。黎族阿嫂是我心中最可亲的人，我想念她们，感激她们，更深深地祝福她们：我心中的黎族阿嫂一生平安！

2009年

【作者简介】

李志英　大学毕业后到海南陵水县广播站工作，任编辑组长。1976年调江苏省滨海县，先后任卫生局秘书、统战部秘书、盐城市政协秘书、市图书馆馆长、党总支书记等职，副研究馆员。

我家的石榴树

王求国

在我家的院子里有一棵树龄已有二十多年的石榴树，主干近两把粗，其树冠占去整个庭院的三分之一。每年阳春三月，石榴树开始发芽，五、六月间是盛花期，繁花怒放，灿若云霞。一串串、一簇簇火红的花朵，开满了枝头。红花在绿叶的陪衬下，显得格外美丽。微风吹来，飘起一缕缕淡淡的幽香，引来蜜蜂蝴蝶在花丛中翩翩起舞。石榴树花期过后，长出了许许多多小石榴，绿中沁有黄色。夏天，石榴树枝繁叶茂，遮住了炎炎烈日，是人们闲时乘凉、聊天的好地方。秋天是收获的季节。石榴树上挂满了比拳头还大的石榴，个个硕大的石榴都涨红了脸，咧开了小嘴，为秋天的到来感到高兴。石榴缀满了树枝，压弯了枝头。大的有一斤多重，我每每看见石榴摇摇欲坠的样子，还真担心会把树枝压折呢。石榴熟了，摘一个，掰开，一颗颗宛如水晶玛瑙般的水灵灵的红色石榴粒便滚落出来，让人馋涎欲滴。吃上几粒，甜津津的，既好吃又补身！每年我们都会把摘下的石榴分给左邻右舍一起品尝，大家吃后，个个都跷起大拇指赞不绝口，说我们家的这棵石榴树是好品种。

说起我家这棵石榴树，有着曲折的经历，充满着感人的故事，饱含着人与人之间的真情和友谊。

记得三十年前，我姐姐在郑州工作，那时外甥年幼，母亲常住郑州帮助姐家料理家务。外甥的奶奶家是郑州市的老住户，他家里种了棵石榴树，据说是从黄河边的邙山移栽的优良品种，属晚熟、耐储存石榴，其果实又大又甜，每年霜降后果实才开始成熟，第二年春季食用，仍可保持原汁原味。

那年腊月，外甥的奶奶听说我母亲要回延津过春节，顺便送上几个自家树上结的大石榴作为年礼。母亲是个有心人，把吃后剩下的两个大石榴，小心翼翼地存放到第二年开春。在清明节种瓜种豆的季节里，母亲找来两个花盆，把留下的石榴籽种进去，放在院子里的向阳处。经过施肥、浇水、除草等方面的精心管理……功夫不负有心人，很快花盆里长出几株鲜嫩的石榴幼苗。母亲对这几株石榴苗很珍惜，告诉全家人说："十年树木，百年树人，有小不愁大，大家一定要像培育小孩成人那样管理好这几株石榴树苗。"这些石榴树苗在全家人的悉心照料下，发育得很壮实。在出苗的第二年春季，母亲亲自动手，挑选出一棵旺盛的小石榴树移栽在院子里一片开阔的向阳地。到了第四个年头，石榴树成型，开始开花结果了。十年后，原来的小石榴树已长成大石榴树，每年秋季摘石榴时，全家人都沉浸在丰收的喜悦之中。

随着石榴树的变化，我的家庭也发生了一些变迁。1992 年，按照父母的意愿，我和弟弟分家各自立灶，分门另居。在我们分家那天，父、母亲在石榴树旁给我们开了一个别开生面的家庭会，语重心长地对我们说："你们都已长大成家了，今后就要独立生活了，父母都是靠工资吃饭，没有给你们攒下可分的家产，前几年我们育了两棵石榴树苗，给你们弟兄俩每人一棵，栽到自己的院子里，下工夫管理好，等石榴挂满枝头的时候，你们的日子就好过了，我们盼着这一天呢！"父母的一席话使我们感悟到：育树和理家是一个理，就是要勤快，一分耕耘换来一分收获。

按照父母的教诲，这些年来，我上班时努力工作，休闲时不忘对石榴树的管理。剪枝、追肥、浇水、治虫、疏花疏果……年复一年，年年如此。俗话说：人勤地不懒。如今我家这棵石榴树不但年年丰收，而且成了我结朋交友的好助手。

2002年，在大学教日语的初中同学带着他的一位日本朋友到我家做客。当时正逢石榴成熟的季节，挂满树枝的硕大石榴，个个裂开笑口，好像专门欢迎远道而来的客人。我的那位同学和日本客人大开眼界，在石榴树旁站了好长时间，好像看不够的样子。那天，我们不但用这棵树上的石榴招待客人，而且在离别时，又在石榴树旁合了影，临走时，还专门拣了几个大石榴送给日本朋友做留念。日本朋友对这个特殊礼物爱不释手，非常感激。时隔几个月之后，我收到从日本寄来的邮件，打开一看才知道是那位日本朋友寄来的。他亲手制作了一个陶瓷茶杯，上边刻着他的名字。并盛情邀请我们到日本参观旅游，到他家做客。

2011年，正赶上石榴熟的时候，在郑州工作的大学同学王春林电话通知我，赵玉明老师来郑州参加广播史志座谈会，住在黄河迎宾馆，邀我一起去看他。赵玉明是我的大学老师，毕业后，几十年来从未见过面，书信也很少往来。这次自己的老师近在身边，有了见面的机会，心里非常激动。俗话说：千里送鹅毛，礼轻情意重。在给老师送啥见面礼的事情上，我同老伴考虑过好多遍，觉得送重了怕老师不收，送轻了又怕老师不稀罕。最后决定送本地的土特产，其中就有我家石榴树上结的大石榴。

在同赵老师见面后，阔别多年的思念之情表不尽，说不完，谁也没在意送的礼物都是啥。傍晚，在同赵老师道别时，王春林说了些客套话，他说："这次赵老师来得匆忙，走得急迫，也无法陪老师到河南几个知名景区走走，我给老师带来一盒云南产的沱茶，不知老师喜欢不喜欢？"没等赵老师开口，我就接着说："我家有棵石榴树，这次来顺便摘了几个石榴，想让老师品尝一下学生亲自培育出的果实滋味。"赵老师朝着我俩笑着说："这次来河南郑州，能见到离别多年的学生，拉拉家常，说说心里话，非常高兴，了却了我多年的心愿。至于礼物就不要送了，你们的心意我都领了，我倒是要把求国送我的石榴带回去尝尝。"

我真没想到，从街坊邻居到日本朋友，再到赵老师，几个石榴能把我们之间的感情拉近！

真情邀请我的老师、同学们在石榴成熟的时候到我家做客，那时候我一定用我的大石榴招待大家！

【作者简介】

王求国　大学毕业后先后在河南省延津县广播站、城关镇、广电局任广播站长、副镇长、广电局长。1986年任延津县政府办公室主任，1989年任县委常委、办公室主任。2008年退休。

想起了水石浒

邹兰春

【题记】在参加母校五十五周年校庆同学聚会时，卢振海同学告诉我，他收存着我的一篇文章，叫《红太阳照亮了水石浒山村》，是一篇村史。很快，他就给我寄了过来。看到当年的旧作使我很惊喜。时间过去整整四十年了，一个小山村的记忆鲜活地闯进我的思绪……

我并不缺乏农村生活的经历，但京郊山村水石浒却使我感到新鲜与陌生；我自认为是熟悉农民的，但这里的山民们却给了我从未有过的感动；水石浒是比较贫困的，但其精神文化的底蕴却令人久久地回味。

水石浒，是新闻系师生 1969 年秋深入农村进行教育改革的一个点儿。它坐落在燕山余脉，长城脚下，地处北京郊区密云县上甸子公社最北部的深山区。全村 36 户人家，散居在一条十里长的山沟里，古老的长城把它分割成两部分。

我们“教改小分队”一行 10 人，两位老师，8 个同学，他们是李振水、高文心、孙秀英、王竹筠、刘国治、陈为琛、张成有、徐汝廷、王春林、邹兰春。在水石浒为期一个月。这段时间是学院“文革”运动喧嚣后的片刻宁静；是望都“揭批运动”凄风苦雨前的短暂晴朗；是步入社会前迷惘与彷徨时难得的心灵休憩。

10 月 12 日，当我们小分队到达水石浒的时候，天色已经暗下来了。环顾四周，都是黑黝黝的高山。一路上，我们顺着一条潺潺的溪流行进，在随后的一个月时间里，这条小溪一直陪伴着我们。溪水清冽甘甜，是我们喝水、洗漱的唯一用水。溪流很小，日夜流淌，终年不断。夜深人静的时候，溪水淙淙作响，仿佛一支淡雅的乐曲。

小分队分别借住在几个老乡家里。我们几人住的是村边一处木工房。我们人未到，房东就已经把炕烧得热乎乎了。这一夜睡得很舒服，第二天天大亮我们才起床。到屋外一看，把我们惊呆了：好一个清幽静谧的小山村，好一幅美丽动人的山居图：村子位于山谷的开阔处，村舍参差错落地分布在高高低低的坡地上。四周的高山十分雄伟壮观，峭壁高耸，古松盘结，灌丛杂树点缀其间。远处山峦起伏，层峦叠嶂，古长城的墩台俯瞰着这里的沧桑巨变。时令已近晚秋，山区又比别处凉得早些，寒霜把树木染得苍郁斑驳，五颜六色。果实一团团地挂在树枝上，在秋风中摇曳，红的是山里红，黄的是柿子。一片片大大小小、上下错落的玉米地、谷子地已是一片金黄，该收割了。多好的季节，多好的山村！注定了，我们将幸运地在这里收获金秋。

说“教改”，其实就是劳动，“接受贫下中农再教育”。这个季节的农活主要是收割庄稼，刨地等。山地崎岖，难用车马，牲畜也不多，凡属运载，基本靠人背肩扛。山民们背东西惯用一种固定在木架上的背篓，装满玉米棒子大概有百斤左右吧，我们几个同学好奇地试背了一下，勉强可背起来，但迈不起步子，还是体力不行。像这样的重活，村里就不安排我们干，怕把学生们累坏了。同学们大都来自平原地区，对山区有着天然的好奇心。村干部通情达理，有一次为我们安排了上山干活的机会。我们跟着一个村民上山。他是个猎户，身体强壮，身材高大，人又豪爽，据说有一手打猎的好本事。清晨五点钟左右，天还黑着，我们一行人听着小毛驴的蹄声和铃声，迷迷瞪瞪地一路往山上走去。到处是黑糊糊的，深一脚、浅一脚，大约走了一个多小时才到达目的地，一块山顶的坡地。其实，这里因为山高坡陡，耕地七零八落，没有多少。待到收工下山的时候，看着山路在险峻的山崖边蜿蜒，看着淡淡的白云和薄雾在脚下慢慢飘散，看着山下的山林小屋凝缩成一个火柴盒大小的时候，大家都为山路的险峻而惊异，更为土地的珍贵而叹息。从1963年到1965年，村民用三年多的时间在西沟打眼放炮，开山凿石，仅开垦出十二亩沟洼地。为了开垦一小片土地，村民们的付出超出了我们的想象。

邹兰春与王春林（右）

有一次我们走几里地到山沟深处去劳动。全村三十几户人家分十个居住点，有个地方只有一户居住，为的就是距离那块贫瘠的山地近一点。“一条大沟五个岔，两边山头有人家。”土地的匮乏使村民居住偏僻而又分散。

随着对情况了解的增多，水石浒在我们的心目中越来越异样起来。水石浒是块英雄的土地，水石浒群众是了不起的！这是我发自内心的赞叹。在同干部群众聊天、调研的短短时间里，我们了解到水石浒群众被剥削、欺凌的悲惨经历和同反动统治阶级、同日本侵略者英勇斗争的光辉历史。抗日战争时期，水石浒所在的密云地区是冀东抗日根据地开展游击战争最活跃的地区之一。水石浒组织了自卫队、抗联会，团结发动广大群众配合八路军以各种形式同日寇斗争，涌现了许多军民团结打敌人的鲜活事迹。有民兵张振昇一家在鬼子和汉奸面前英勇机智掩护两个八路军侦察员的故事；有英雄妈妈王大妈为保护八路军伤员惨遭敌人毒打折磨，始终坚贞不屈的故事；有民兵中队长张德俊在敌人严刑拷打面前大义凛然、绝不出卖组织的故事；有八路军刘队长为保护群众，在危难之际挺身而出、舍生忘死的英雄传奇……小小的水石浒，竟有这许多动人的革命故事，这大大出乎我的意料，这使我们对水石浒的群众由衷地充满了敬意。

在我的笔记本上记录着水石浒的歌谣。这些民歌无文字记载，靠着口口相传，续写着小山村的历史记忆和情感传递。村干部张振林会唱许多民歌，我只记录了他唱的3支歌。由于时间短，其他人还来不及采访。《挖大沟》共12段，控诉日本鬼子强迫群众挖封锁沟的罪恶。“四月里，草叶厚，鬼子强迫去挖沟，不分孩子和老头，一个不许留。”“十二月里整一年，抗战胜利在眼前，主力部队拼刺刀，要小鬼子命一条。”《十二月花明》是1938年八路军初进水石浒时编唱的民歌，也是12段。“五月里来海棠花儿红，青年人参军去当兵，父母一见心欢喜，打退鬼子大家享太平。”“九月里来菊花黄，妇女都给八路做衣裳。做鞋做袜还要做大氅，做了背篼手榴弹装。”“十二月里来腊梅真出奇，农民会来讲话减租又减息。放钱的，三分利减去一分五；租地的，一石粮减去三斗七。”还有新中国成立前夕的土改歌曲《千年仇恨万年冤》，唱出了翻身农民的心声：“打倒地主大恶霸，土地牲口分给咱，大缸红柜往家搬，赤贫住的是瓦房檐。”……这些民歌质朴、生动，是时代的产物，是历史的见证，是劳苦大众思想感情的结晶。

在水石浒的日子里，我深深地感到了村民的热情、质朴和真诚。像对当年的八路军一样，村民们对我们这些城里来的“臭老九”表现了诚挚的情感、体贴和大度。有几件小事在村里引起了较大反响。第一件事是“罢饭”。当时我们在村里吃派饭。村民的生活还比较困难，而且由于是山区，主要产粗粮，细粮很紧缺，能吃上小米饭就是高档享受了。乡亲们把我们当贵客，倾其所有，挑好的做给我们吃。虽然事先再三申明，还是不管用。一次，老乡给我们蒸了一锅白面包子，大家目瞪口呆。在李振水老师的带领下，我们一致拒绝吃这顿饭，只吃了些煮红薯就下地了。说也巧，走了几里地到达劳动的地头以后竟下起了雨，一时无处躲避，大家索性冒雨干了起来，直到把那块地的玉米碴子全部刨掉才回到村里。这罢饭与冒雨干活的事，村干部好一阵赞扬。

第二件事是铲猪粪。猪圈有两米多深，站在上面是无法干活的。正当大家面面相觑时，陈为琛鞋袜一脱，率先跳进连粪带水的猪圈里，紧接着其他同学也进去干了起来。对这些“臭老九”的表现，村民们惊叹不已，直竖大拇指。

第三件事是写村史。帮村里写村史是临时动议，是“我们为村里做点什么”的一个动作。时间很紧了，在一周多的时间里，我和王春林等几个同学，从走访村民到整理素材，非常紧张。白天访谈，晚上挑灯写作。直到小分队撤离的前一天，才把材料用蓝色复写纸誊写完。虽是“急就章”，竟洋洋洒洒地写了四十多页，足有两万多字。对这部村史，村干部们如获至宝，那种激动劲儿，是我们很少看到的。四十年后再看这篇材料，除了由于当时的政治环境所导致的一些偏颇以外，即从“村史”写法上也是有很多毛病和缺憾的。但令我宽慰的是，这是该村的第一部村史，之前并无任何文字材料。这第一稿，搜集整理了许多素材，也提供了一些线索，有些是非常可贵的口头材料。如果以后再整理村史，这会是一个不错的借鉴吧。

能得到乡亲们的肯定，这在当时的我们是难以名状的。在收获金秋的同时，我们最珍贵的收获，是乡亲们真挚而朴素的感情，是乡亲们的希望和期待，是与乡亲们之间温馨的惦念和回忆。

整整四十年了，又是金秋时节。水石浒的乡亲们，你们好吗？今年的年景怎么样？村里的果树一定又挂满果实了吧！村边的小溪还在流淌吗？

我们想念你，水石浒！

2009 年 11 月

【作者简介】

邹兰春　毕业后分配到昆明军区某部工作，任参谋、干事。1978 年转业到北京市物资局系统，先后任干事、宣传处长、公司党委书记、中专学校校长。1992 年调北京市统计局，先后任副局长、党组副书记、巡视员。2007 年退休。系北京书法家协会会员，东方书画研究会会员。

忆贺亹

张成有

入学时，我同贺亹住在一个宿舍。那时我很困难，星期天不少同学去找老乡同学聚会，去公园游玩，我没有去过。一段时间，星期日早饭时，多夹点咸菜，留着中午吃，省下的一毛五分钱留作他用。不知贺亹同学怎么知道了，就在我枕头底下放了几元钱，还写了个纸条，最后两句是“送你几元钱应收下，阶级兄弟心连心”。当时心里很欣慰，但是同学的钱不能要。经过几次反复，才把钱退给他。我同他说“心意领了”。我当时处事低调，没有声张，同学中少有人知。后来有同学说，应该告诉班里或者老师，现在这样做把好人好事给埋没了。我觉得这是我同贺亹之间的事，与外界关系不大，就没那么做，贺亹也没有吭声。

毕业后，我同贺亹一起分配到保定地区农业科学研究所的农场劳动锻炼。同去的还有王春林、卢振海、万淑鹏。贺亹和王春林、万淑鹏分在第三生产队，我和卢振海分在第四生产队。当时，最苦、最累、最脏的活有两项，一是起猪圈，二是弹棉花。猪圈的粪是一层麦秸秆一层土垫起来的。浇了水，尽由猪拉尿拉粪，积沤得又黑又烂又臭。记得当时天还热，起圈时常常是汗水粪水顺着脖子后背往下流。手打泡，后背晒得都脱了皮。贺亹身体弱，但这样的活总是抢着干。因为活儿重，不到11点就饿得肠肚打架。后来厨房大师傅看我们苦，每逢起圈时就提前做饭，还准是烙饼卷鸡蛋，油也多多的。活重吃得多，每到下旬，饭票就不够了。万淑鹏知道了就把她的饭票送给我们。开始给粗粮票，后来说不能把老同学当要饭的，按比例再增加点细粮票吧。弹棉花是把棉花籽分离出来，这活儿戴着口罩都把人弄得灰头灰脸，看不清眉目。贺亹高度近视，队长不让他参加，但他坚持去。加工点距我们住处有十几里，没有交通工具，来回全靠步行。那是冬天，天冷还不能生火，得保证安全生产。后来贺亹就感冒了，人们劝他休息，他坚持上班，“轻伤不下火线”。后来病情严重了，发展成了肺炎、胸膜炎，才不得不休息。

劳动锻炼结束后，又搞起清理阶级队伍，批判极左思潮。在运动中，照例是叫我们这一批劳动锻炼的学生交代自己的问题，揭发别人的问题，重点是本校的。我当时在交代材料中写到：首先我自己没问题，在学校从清理阶级队伍到清查“五一六”运动，我始终在专案组和运动办公室材料组，一直跟着军宣队、工宣队干；再是保证本校同学没问题，因为在学校都查过多少遍没有发现他们有问题。然而有一天，卢振海忽然把我和王春林叫到一起，说贺亹要成为审查对象，还说消息确切。这怎么可能呢？难道是外校的人干的？我们商量的结果是要坚持实事求是，不能让贺亹无辜挨整，不能让别的学校整我们学校的。这不光是为了贺亹，也是为了母校的名誉。具体办法是

右起贺亹　张成有　陈为琛　王春林　王求国

由我出面请领导运动的老许出来坐一坐，这人爱喝酒，由卢振海陪他喝酒，我和王春林帮腔。在一个饭馆，我们坐一块儿，把我们对贺亹的了解和想法同他仔细谈了。最后老许同意了我们的意见，事情就过去了。

分配工作时，卢振海到了一个山区工厂，万淑鹏回了北京，王春林回了河南，贺亹到一个中学当语文老师，我因在搞“专案”就暂留在了原单位。后来贺亹结了婚，有了一个小女孩。他爱人也是一个中学老师，每逢星期天就带着孩子过来，一家人团聚，很幸福。1976年粉碎“四人帮”后，保定的两派群众还在“争高低论输赢”。这年冬天，搞了个“三大讲”运动，说是肃清“四人帮”的帮派体系，肃清“四人帮”的流毒影响，这一派就把另一派定为“帮派体系”，办学习班，大小会批斗。贺亹因住在学校，平时有什么事学校领导爱找他帮忙，有的领导写了黑板报稿交给他去抄。为此他被定为“受帮派体系影响”，就挨批斗、做检查。对这个事，贺亹思想压力很大。学校怕他出事，专门派了个年轻教师日夜守护。一天早晨，天蒙蒙亮，有老师到操场锻炼，看见地上躺了个人，近前一看是贺老师，就急忙找校领导把他送到医院。但为时已晚，贺亹已去世了，诊断是摔倒了摔坏了内脏。

当时各单位都在搞政治运动、军事化管理，吃住在单位，下班不让回家，有事也不让请假。得知贺亹去世消息后，我和班上几个同志没敢请假，偷偷跑到学校去了。学校领导得知我是贺亹的大学同班同学，向我们介绍了上述情况。还说贺亹母亲一会儿就到，大家一起到医院去。大娘认识我，一见面就抱着我的胳膊哭。扶着大娘，我心里非常难过，这真是白发人送黑发人呀。

贺亹同学走了近四十年了，但我一直在念着他，也念着他的女儿和他的白发老母……

2015年7月

【作者简介】

张成有　大学毕业后到河北省保定地区农业科学研究所劳动锻炼并留下工作。1984 年 6 月—2005 年 11 月在中共保定地（市）委宣传部工作、退休。

忆王兰

常炳林

当年毕业去陕西，有一个最直接的原因，是听说那里细粮多，还心存一点侥幸，能找个对口的工作。但是，未能如愿。在解放军农场劳动了一年半后，又重新分配，到了煤炭系统。心有不甘时，一块劳动锻炼的出主意，找主管分配的说情。“行吗？”我是六神无主。“怎么不行？赶紧，先买点东西。”于是，买了一只鸡还有其他，用网兜一提就上路了。真不是干这事的料，我和这位高人绕西安转了半天，竟不知门在何方。

最后的结局如今记不清了，反正是有“礼”送不出去。只记得找到王兰，道出我心中的郁闷。她是好言安慰了一番。随后，她倒是领着我走这家，到那家，出这个门，进那个门，反正拜见的都是前辈一级的人物，听到的也都是一些鼓励安慰年轻人到艰苦的地方锻炼只有好处没有坏处的话。

当然，事情的结果没有什么改变，但从此倒是让我对这位老同学有了不一样的感激之情。她的跑前跑后，她的热情相助，使处于困境中的我有了一种绝处逢生的感觉。多年后，想起来，也还是暖融融的。我永远忘不了那一幕。

在陕西十多年，我在韩城煤矿，王兰在西安，相距较远，来往不多。出差，或回家，往往会到她那里，或是邢继英那里，坐一会儿，说几句话，甚至还吃顿饭。我和她俩都是老同学，邢是二班的，我也不把自己当外人，不会手足无措，不会坐立不安。记得有一次，王兰见我去了，专门买了西瓜来招待。天热，有西瓜吃，感觉挺爽，她笑着说，真是老同学，一点也不装。我还记得，有一次家里可能有事急用，找她借过30元钱，过后赶紧还了。此外，为了提高自己的业务能力，借过同学的书，包括她的一本，后来也还了。这些，我都是非常感激的。

在我的一些老同学中，真有一些这样的人，十分乐于助人。由此想到，我的广院老师也多是这样，这算是一个好传统。说心里话，值得我学习。

后来到了北京，都为所在的报社服务，各忙各的，住地也比较远，见面不算经常，但来往还是有的。间或也会打个电话。她搬过两次家，搬到潘家园时，我和于景林过去，帮她修了修窗户。过了几年，她又往方庄搬，我找了一些废纸箱子，草绳和一个大袋子送了去，她自己找的车，我和于景林过去帮忙，连打包带装车，跑了好几趟，忙活了大半天，完事请我俩在小饭馆吃了顿饭。那时，都已人到中年，干体力活多少有点力不从心，累是累点但大家都挺高兴的。我更不必说，早先人家帮过我，作为回报，我帮忙更应该。

在北京工作，同学之间会有聚会，王兰参加次数不多。平时大家来往不多，一般是老同学来北京出差，或是校友聚会，大家能碰个头聚一聚。开始她参加，后来少了，最后，就不参加了。反正每回都聚不齐，就会打问一下每人是啥情况。王兰是怎么回事，一般也是出去了，不在家，回老家了，等等。电话打过去，有时她接，有时没人接，后来是她侄女接。惦记归惦记，就是见不着人，多少年了，没人留意，也没人觉得日子过得快，大概，最后一次见到她都有小十年了。

王兰（1995 年）

2012 年 10 月，两班同学郑州聚会，兰春说，北京河北的你通知吧。我电话打过去，她在那头说：“我，去不了。”有气无力的样子，好像刚从床上挣扎起来，特别累的感觉。我想，是不是刚从外地回来？就说："那好，你早点休息吧。"现在想来，她可能已经生了重病了，有气无力的声音恰好就是说明。但我没那么想，我很后悔。

她的离世，我是在微信的朋友圈里得知的。微信里发了一张照片，是她和几个同学的合影，年轻的样子带着微笑，说她已在两年前就去世了。这个消息，让我好像受到了重重的一击，好几天不自在。

从微信内容来看，她是默默地走了的，从生病到离开这个世界，少有人知。但我听说，她有一个侄女早先就来到北京，和她生活在一起。这个侄女可能就是为她最后送行的亲人吧。

我的印象里，王兰是一个很稳的人，稳重、稳当，不疾不徐，不紧不慢。一毕业就入了新闻这一行，工作上也很有一套。她做人做事有原则，很正派。不是那种四面讨好、八面玲珑的人。她又是一个很简单的人。多复杂的人际关系，她都简化了，有点以礼相待、敬而远之的意思，对不待见的人，她会远离。不好与人争执，我印象中，没见过她死乞白赖与人争论过。她是善良的，看人看世界也是单纯的。由于身体原因，她不到退休年龄就办了退休手续，想象着退休后，看点书，写点有感觉的文字，充实地过着每一天，找到属于自己的世界。

她是要好的人，十分珍惜自己的形象。给她搬家时，见其房间有一小相框，放着一张她自己的放大了的照片，青春焕发，光彩照人。在北京有数的几次见面中，也总是把自己收拾得干净利落，与我们这些拖家带口的人相比，显得很是年轻。又想起，她不告诉大家她的病情，或许，她是不愿以病中不堪示人，而想给大家留下美好的印象吧。

几分优雅，几分文气。永远是那么光彩照人的王兰就这么默默地去了。我们六五级编采专业两个班同学为了纪念入学五十周年，又要聚会了，咱一班同学会会长邹兰春还会对我说，"北京河北的同学，你通知吧。"我幻想着电话打过去，"王兰，你参加吗？"这一回，她没有回答。她是真的不会参加了，永远地不会了。

2015年8月

那情怀，那精神，伴我一路走过来

邢继英

所从事的工作，从非专业→专业→非专业→专业→非专业，让我在围城内外潇洒地走了一回。这潇洒中还包含了把受挫时的天昏地暗硬说成是阳光灿烂。

所走过的单位，从最初的解放军农场劳动锻炼，到退休后的民企打工，其中有政府机关、事业单位、国有企业、民营企业，让我投入地体验了一把各种的滋味。这滋味中有寂寞，也有热闹：有烦恼，也有快乐，而这些都是我的精神财富。

自大学以后的三十多年间，工作在变，单位在变，可我内心保持的那份学生情怀没有变，大学五年在母校所汲取的那种精神一直熏陶和影响着我。今天，当我在老同学们的鼓动下，提笔写这篇“征文”时，因那情怀、那精神而忆起的往事，也随之浮上心头。

大学毕业到解放军农场劳动锻炼

1970 年 8 月，我和陈娜在母校 3 号楼的宿舍里度过了最后一个晚上。第二天，我们告别了校园，踏上了西去的列车。我们要下车的那站叫孟塬，要报到的单位是：陕西华阴中国人民解放军 5251 部队农场。

列车经河北，过河南，到了陕西孟塬。我们与同车并继续前行去贵州的崔一贵、刘贵芳告别后，从孟塬下了车。令我们没有想到的是，一下子我俩就被“军事化”了。原来这个解放军农场包括一个总厂、五个分场，从不同的方位分布在方圆百里的三门峡库区里。我被分到总场，陈娜分到了四分场。还没等我反应过来，就眼巴巴地看着陈娜去了四分场的军车，一阵风似的不见了。什么都不要说了，这就是军人的天职——坚决服从。后来得知王兰去了三分场，再后来我们利用周日休息，几个老同学相互看望。

陈娜走后，我一个人特别失落地、孤零零地站在那里不知所措，忽听有人喊："去总场的跟二分场的车走！"这时我才想起行李还没有取。分到二分场的北京中医学院的几个男生，帮我到行李房取了行李，人和行李一起上了车。也一阵风似的离开盂塬，向库区深处驶去。

盂塬，离开北京我们记住的第一个名字就是你。可我们在这里只做了短暂的停留，后来再没到过盂塬。农场锻炼期间没有探亲假，到 1972 年准许回家探亲时，我已在西安工作了。至今，我难忘盂塬，因为那里毕竟是我大学毕业后踏上工作之途、并留有特殊记忆的第一站。

当开往二分场的军用卡车，路过总场时，把我和行李一起扔到了路边上。这时，天色已近黄昏。眼前是一片荒地，远处有几排红砖房，我想那就是我们的住处了。我正在呆呆地看着前方，只有两个人直奔我这里跑来，是常炳林和白益华。他们俩也分在了总场学生连，比我早到两天，这两天里，他俩的首要任务就是等着接我。虽说是几天前才和两位老同学在北京母校暂时告别，而此时、此地、此心情，再见到他们时，倍感亲切。他俩一个帮我扛着行李，一个帮我扛着离校前和张淑娟一起去"王府井"买的那个草绿帆布大提箱，把我送进了那排红砖房。

从此，以劳动为主的部队生活开始了。脱坯、盖房、开荒、种地、修水渠、割蒲草、抬大筐、喂猪、放羊……我们经历了苦与累的磨炼，冬与夏的考验，尝过了"汗滴禾下土"的滋味。当我们将"三猛精神"（三猛指猛吃、猛睡、猛干，是大学生们自己编的口号）进行到底的时候，我们开始分享成功者的喜悦了——一年四季在农场广袤的田野里，见油菜花黄；见秧苗青葱；见麦浪滚滚；见茄子、辣椒、西红柿的五彩斑斓。一年四季这不断变幻着的美景，正是大地赐予我们这些年轻劳动者的最好礼物和最高奖赏。为此，我们十分骄傲。更让我们欣慰的是，我们不仅仅收获了物产，还收获了快乐。

快乐之一：住进了自己亲手盖的茅草房。

秋天，我们离开了暂时住下的红砖房，搬进了亲手盖起的茅草房，那是我们学生连刚到农场的第一个杰作。盖房时的场面热火朝天，上梁的时候还放了鞭炮。一排十多间的房子完全靠我们的双手并用很短的时间就盖好了。搬家那天，大家兴奋地欢呼雀跃。我们除了下地干活，其他如学习、娱乐，休息全都离不开这茅草房。

清晨，推开房门，抬头看去，第一眼见到的就是那白云缭绕的西岳华山，它的雄姿与我们朝夕相望了 18 个月。

傍晚，姐妹们结伴到茅草房前面的井边洗衣服，那是一段享受轻松的时光。微风吹送着庄稼和野草的清香，带给我们沁人心脾的舒畅，也吹散了一天的疲劳。洗完衣服，仍不肯离去，我们喜欢欣赏夜幕降临时，在辽阔的星空和大地之间那灯光闪亮的茅草房。

这会儿，我们会情不自禁地唱起一首歌：“黄河之滨，集合着一群中华民族优秀的子孙……”

这会儿，我们会发自内心地生出一种感慨：这茅草房不就是当年的“抗大”，这农场不就是当年的“南泥湾”吗？而我们正是这渭水之滨集聚着的一群中华民族的优秀子孙。

快乐之二：菜田里飘着笑声。

在我们总场学生连劳动锻炼的学生主要来自北京、上海、西安三地的大学。一、二排为男生排，三排全是女生。我所在的三排九班，开始和大家干一样的活，后来随着分工的细化，主要经营自给自足的菜地，还有连里安排的轮流放羊。

放羊这活儿我从没干过，遇上我的班儿，一个人赶上一群羊，在蓝天白云下，忽而甩几下鞭子，忽而吼上几声，如诗如画，自在又逍遥。只要把头羊管好，收工时保证一只不丢的赶回家。干菜地里的活儿，少不了要出些麻烦。我爱睡觉，大学时在女生中是出了名的。到了农场，中午很短的休息时间也不放过。上班号声一响，即刻起床，拿起铁锹就往地里跑。要是碰上下午给菜地浇水，常把口子开错，该开的没开，不该堵得给堵上了。

班里10个女生，来自九所大学：北京农业大学、北京农机学院、北京林学院、北京医学院、北京广播学院、上海医学院、上海第二医学院、西安交通大学、西北农学院。大家同住一个屋，同吃、同劳动、同学习，相处得其乐融融。这地里的活儿，她们都比我能干，尤其是农学院的。可她们从不挑我毛病，就像大学里的姐妹们，总愿把更多的友爱送给我。我每次犯错误之后，听到的依然是那开心的笑声："你们广播学院的就是与众不同，每天下午4点以后才能清醒……"接着，我的好朋友"北医"的姚金陵——一个喜欢动脑筋的细心人，定会把那句对我特有感情的话说出来："别人在想第二个问题了，第一个问题你还没想呢！"于是乎，姐妹们却管她叫起了"想第二个问题的人"。

因我的迷糊，因我的睡不醒，因而引发的幽默和风趣，让我们九班的菜田里，多了些笑声。

快乐之三：演节目增添新乐趣。

为庆祝1971年的国庆节，连里要组织一场晚会。《沙家浜》作为压轴放在最后。我扮演的卫生员小凌背着药箱上场了，先是把药箱放在桌子上，然后叫伤员小王来换药。这换药的具体细节是连里卫生员“上海二医”的龚大夫教的，自我感觉演得还不错。本来换完药背起药箱我的任务就完成了，可就在我刚提起药箱带子准备往肩上背时，带子断了，我定神仔细一看，原来是带子一端的挂钩儿脱离了药箱，因为这药箱带子的两端与药箱之间是靠挂钩儿连接的。当时，还真没觉得紧张。我从容而又迅速地将挂钩儿重新挂好，背起药箱像个胜利者似地面对观众。不但赢得了热烈的掌声，还有笑声。

演出结束了，大家还沉浸在欢乐中，一些人还在饶有兴致地谈论着演出中的“意外惊喜”。

四十五岁那年去了开发区

如果说早些年的工作是由组织决定，那么近些年的选择，便是我个人的随心所为了。45岁那年去了开发区，更是我的得意之举。

天津经济技术开发区一成立，就成了我追逐的目标。初建的开发区不通公交车，我骑着辆旧自行车，穿过塘沽通往开发区的大桥去开发区找工作，像个独行侠。望着一片荒芜的盐碱滩涂，带着那份广院新闻系给予我的特有的敏感，我相信，全新的理念，现代化的管理，一定会在这里诞生。当时真有点革命者到延安去寻求真理、寻求希望的感觉。

1986年，改革开放的总设计师邓小平视察天津开发区，他那具有远见卓识的题词：“开发区大有希望”，为正在艰苦创业中的开发区指明了航向。

我去开发区的愿望，最初由于一些客观原因，没能成行。后经努力，而不放弃，于1992年得一机会，让我如愿以偿，成为了这片热土上的一名耕耘者。

我在开发区工作的十年，正是开发区飞速发展的十年。刚去时开发区一大街初具规模，二大街才起步。我所在的“中建大厦”——二大街最早的建筑物正在筹建。到2004年开发区成立二十周年时，已经由1992年的二大街发展到了十三大街。今年3月21日在开发区下线的首次拿到本土外生产的日本旗舰型高级轿车“皇冠”的生产厂，就坐落在天津开发区的十大街。

开发区快速的发展，源自于一种全新的理念。自进区以来，开发区政府始终把投资者的需求视为政府的第一需求，一次次更新和提升服务与效能的理念，并把这种理念延伸到每一个环节。开发区管委会实行的、也是在全国最早推出的“一站式”、“一条龙”窗口式服务、开放式办公，大大加快了政府各部门的办事效率。在开发区注册的投资者，最多4小时就能办成在很多地区一个月也办不下来的审批手续。

因我在房地产公司的办公室工作，有很多事情经常要到开发区政府各部门去办理。每一次我一踏进开发区管委会，这幢没有台阶的、被称为投资服务中心的办公楼，就会置身在一个高品位的、方便、快捷、亲切、文明、充满人性化的办公环境中。到窗口式服务区办事，你可以不用排队，只需在自动取号机的屏幕上触摸一下，就能拿到你的号码，坐等叫号。到开放式服务区办事，你可以在宽敞的大开间办公区的沙发椅上与工作人员交谈，你还可以在明亮的落地大玻璃旁的小圆桌上填写所需的表格。那难忘的美好，深深留住我的记忆里。开发区的开拓、务实，不搞形式主义，宽松的精神氛围，圆了我最初要来开发区的希望之梦。

开发区飞速发展的10年，正是我在这片创造奇迹与辉煌的土地上工作的10年。我亲眼看到的、亲身感受到的“全新的理念、高效的服务、现代化的管理”已结出了累累硕果。在开发区33平方公里的土地上，已经聚集了42家全球“五百强”企业；工业用地平均每平方公里投资强度达到5亿美元；平均每平方公里工业产值达到80亿元；2000年联合国工业开发组织评选出世界100个工业发展最快的地区，天津开发区榜上有名；1994年—2004年，天津开发区主要经济指标连续11年位居国家级开发区第一。

今日的开发区，不仅仅是投资创业的热土，也是宜居的家园。从幼儿园、小学、中学、大学到图书馆、国家足球场、会展中心；从海关大楼、滨海金融街、五星级酒店、友谊商场到国际心血管病医院、国际养老院；从花园式住宅小区、别墅区到热带植物园、生态公园……国内以及世界六十多个国家和地区的人们在这里和谐的生活着。

开发区的大街上，走着全国各地的人，也走着世界上许多国家的人。我走在其间，看着昔日的盐碱荒滩上绿草如茵；看着昔日的不毛之地上新城崛起，时常会有这种感觉：脸上洋溢着自豪，心中涌动着激情。我爱这片曾经播种过的让我感动的土地。

自大学毕业后，从华山脚下的解放军农场，到海河之滨的天津开发区，三十多年过去了。这一路上，有风雨，有阳光，更有那不变的“精神”和“情怀”。

【作者简介】

邢继英　北京广播学院新闻系编采专业1969届毕业生。大学毕业后分配到陕西阴华山脚下的解放军农场劳动锻炼。1971年12月—1972年4月，在陕西省委群工部当干事；1972年4月—1978年10月，在陕西省人民广播电台当编辑、记者；1978年10月—1990年6月，在天津中建六局三公司工会宣传部经理办公室任副主任；1990年6月—1992年11月，在天津塘沽区广电局当编辑、记者；1992年11月后在中建房地产开发总公司天津分公司任办公室主任。2002年12月退休。

心灵深处的震响

罗文成

1970年8月26日下午，一辆军用解放牌卡车，在锣鼓声中把我以及对西域风情的向往，送到了原7977部队农场。自此我便与来自全国20余所高校的百余名同学在这所大学校中接受近两年的教育。其内容以学农为主，军事训练含量不高，政治待遇是没有军籍，不拿工资的兵。

7977部队，又名新疆独立骑兵二团。部队驻地在阿泰勒市至尔津县中间的盐池乡。部队农场坐落在盐池南一片东草场。晚秋季节的农场营房，好似一叶孤舟悬浮于黄色的海洋，与外界几乎隔绝。旬日后，连队开拔到新农场水池工地。任务是清理、撬搬工兵爆破后的碎石裂岩。虽然劳动强度之大，前所未遇，辛苦异常，幸喜伙食不定量，无后顾之忧。且自己体魄强壮，力大天生，在校期间又曾刻意锻炼，故活儿再累再重，从不怯手，总能往前，事事不落人后。每天日出踏歌而赴，红日西坠踏歌而归。如此日复一日，至11月初，天公脸色骤变，一场没膝大雪在呼啸的朔风中从天而降，阿尔勒山的冬天来了。修渠劳动无奈结束。

营房外银装素裹，漫天皆白，气温逐渐降至零下20余度。在这滴水成冰的严冬，又一场新的战斗拉开了序幕。学生连倾巢而出，连大白、小花两只狗也不甘寂寞，跟着队伍来到苇湖，为割苇的学生助威。场地上没有红旗，没有歌声，唯有咔嚓、咔嚓，镰刀的切割声此起彼伏，响成一片，偶尔夹杂着女同学的惊叫声，不知谁又踩破冰，鞋子陷入冰水（湖水盐度很高，冰结不牢），此刻大家始明为何选在这时节割芦苇。在百余把镰刀的挥落间，铅笔粗细的芦苇在身后一片，一片地倒下……多好的资源啊！据说这里的芦苇每年仅仅割用微不足道的极少部分，其余皆任自生自灭。年复一年，如此宝贵的资源都白白浪费了。学造纸专业的同学无限感慨地说：“这里应该建座造纸厂！”风声中我似乎听到广袤的苇湖也发出急待开发的呼唤……一周后割芦苇的劳动结束了。除学生每日收工肩扛背驮运回的芦苇外，马车还要拉一周。价值是仅割获得部分芦苇就省下连队一年伙房的煤炭费，用这笔款买回冬季食用的百余只羊。

雪越下越大，风越刮越猛，天气越来越冷。此时我才真正领悟到“风雪阿尔泰”五个字的真正内涵。这一点在随后采写农场机耕排长沈全发同志的先进事迹材料过程中，更是留下刻骨铭心的记忆。那几天气温已降至零下 30 多度。为夜间赶写材料，农场专门为我开了间空房，因嫌麻烦没生火，心想能挺过去。我头戴皮帽，脚穿皮鞋，身着棉大衣，确实挺住了。可钢笔挺不住，写不出字，罢了工。原来笔胆内墨汁结了冰。随后书写前必须先在烛火上烤一会儿才能正常工作，写一阵，发现下水不利，便赶紧把笔烤烤，就这样写写，停停，烤烤，写写，历经数日夜的苦熬总算完成了任务。春节后，团里召开的“三代会”选用了此材料，并把我抽到团政治处负责会议的宣传工作。期间我身兼广播站宣传稿件的采编和播音工作。虽然自知不留神就露

出河北韵味的普通话绝非标准，但仍得到部队军官的认可。有的甚至谬赞有中央台的风范和气势。可能正因此，会后团里决定把我留在部队子女中学任语文、音乐课教员，直到连队学生再分配工作开始。回连队前，团领导对我说："本来准备把你留在部队任新闻干事，但报军区未批。因'林彪事件'1971年全国不征兵。"

返回连队后值得一提的是，在一次手榴弹投弹训练中我的强健身体和运动技能现出价值。当时在距投掷线40米处放一铁质水桶，全排30余名学生轮流朝铁桶投弹近三小时，只有我一次把手榴弹投入桶内(并数次击中水桶)，获得满堂彩，着实令我兴奋不已。

1972年3月初，我被分配到自治区公安厅。这就意味着要放弃自己喜爱的新闻工作，转而从事一种陌生的职业，此弃旧图新之举，虽然实非己愿，但回天乏术，无力改变。这种难以预料，毫无准备，突如其来的就业转轨，在心灵深处引发强烈的震响，很长时间使我陷入困惑迷惘，苦闷烦恼的心绪

之中而难以自拔。痛定思痛之后，方若有所悟：若把学业与职业的结合比作婚姻，那么违背人意，专业不对口，甚至学非所用的强制分配就是粗暴的包办。正如封建社会一个用情专一的姑娘，日夜思念心仪自己的情郎。但最终事与愿违，被社会逼迫，家长包办，嫁给一个自己不爱的陌生人。当时，因专业分配不对口，出现学非所用的现象比比皆是（不爱所学专业，或甘愿改行者除外）。尽管他们情不由己，业非所志，但在迷人眼目的奇谈怪论蛊惑中，麻木的世人对此已司空见惯，习以为常。于是这些执著的无辜者，最终被变态的时代抛向动乱的巨大漩涡，顽强地挣扎着，呐喊着，试图摆脱阻力。虽然无效，却也无奈地展示出精神理想与现实社会两重世界的冲突，对立与变奏，显示着自我精神与社会生活的碰撞、妥协与复归。

由于自己在职业错位的转轨过程中逆向力较强，适应性差，从而延长了所学专业与从事职业的磨合期。工作初，我承担的任务是编写《工作简报》、《情况反映》，也有时随厅领导下基层。通过对各种具体工作的不断接触，逐渐认识到公安业务并非原来想象的简单，它涵盖了自然、社会科学的多门类，多层次，多领域，多方位。眼下自己虽能应付交办的差事，但有自知之明，不过现买现卖，跟与人后学舌而已。自己所掌握的业务知识，不仅点少、面窄，而且浮浅的连皮毛都不会。写材料要突破旧套路，拓展内容，创新意境，写出个性、特色和情采，根本无从谈起。其原因自己心如明镜，皆由精力分散，事理不清，情况不熟，业务不精，底蕴不足所至。自此慢慢悟出："到什么山唱什么歌"这名俗语的内涵精要。既然自己无法选择职业，跳槽无望，倒不如随遇而安，顺其自然，就此收敛心神，集中精力，研习公安厅业务。并在以后岁月的砥砺中，深深感悟出：人有追求的目标固然可贵，但必须务实，要有一技之长，不管从事什么职业，一定要在工作实践中把知识转化为本领，把能力提升为价值，才能成为行家里手。而迈向目标的第一步就是把锁定的业务搞懂、弄通。这是人生职业平台的主页，这样在工作中才有发言权，说话才有分量，得到认可，才能站住脚，站稳脚。有你不多，无你不少，你在与不在都行。毋庸置疑，真如此这种人生的含金量与一只气球无异。在竞争机制日益激烈的时代势必被淘汰。而我的人生价值准则是：工作我可能不是最好的，但一定向把工作做好的目标努力。争取做到岗位没我可以，但要受影响。基于上述思想理念，通过对人生感悟的梳理，终于脱身专业磨合的尴尬与无奈，并在其碰撞火花的引导下，清除不安分的杂念，步入求真务实的人生观里程。

自此我改进了工作态度，调整了学习内容和方法，纠正了脱离工作实际，涉猎面过宽实滥的积习，贴近岗位需求，加大法律、警务知识的比重和力度，不仅对各时期的工作思路，大政方略，敌社情况等，认真看文阅卷，记笔记。同时对公安业务分门别类摘录卡片，作为自身业务素质建设的能量储蓄。这项工作耗时费力，辛苦异常，貌似拙笨，实则聪慧，持之以恒，定见成效。多年来我始终乐此不疲，并随时从中汲取营养，吸取力量，补脑强身，充实自己。这使我完成各项写作任务中受益匪浅。如此日复一日，年复一年，业务上开始有了发言权，而且与时俱进，分量渐渐加重。一步步在岗位上站稳脚跟，一段时日曾出现工作离不开的情况，得到同事和领导的认可。1985 年、1994 年被先后任命为区厅副处级研究员、正处级侦察员。可以毫不愧色地说：我是凭着勤奋学习，尽心尽力工作，在公安业务平台上占得一席之地。

在我从警的三十三年中，有十八年是在区厅办公室研究科度过的。随后的岁月，两年在喀什地区公安处代职，协管政保、刑侦、技侦、预审等工作，回厅后在预审、监管处就职。反思过去，从全新的视角审视自己，当时之所以能承担那些任务与自己多年对上述部门业务知识的了解、积累，至关重要，作用之大，体会之深，此处不做赘言。

本文宗旨是谈人生感悟，前面讲了一些，虽不深刻，却真实，可能谬误，却发自心灵。既谈人生就难离职业。我的人生经历表明：职业有时是无法选择的，但脚下的路却如同一张白纸，怎么走，写什么，画什么，靠自己……

斗转星移，岁月流逝，真是人生苦短，弹指间已走过境龄六十年的旅程。儿时的梦幻，少年的苦读，青年的激情，中年的勤奋，老年的沉思，伴着社会的是是非非，工作中的磕磕绊绊，生活中的风风雨雨，在退休欢送酒席的碰杯声中一起消逝在历史的时空……

回首来路，少的是风正帆顺，鲜花掌声，多得是羁绊坎坷，汗水艰辛；深憾业未遂志，绩不如愿，喜的是一生平淡，傲骨犹健。望夕阳灿烂，归雁唱晚，一路平安。

2005 年 2 月 12 日于乌鲁木齐

【作者简介】

罗文成　北京广播学院新闻系编采专业 1969 届毕业生。1970 年赴新疆，曾在中国人民解放军某部接受锻炼，期间，任部队子女中学语文教员。1972 年分配到新疆维吾尔自治区公安厅办公室工作，1981 年加入中国共产党。1984 年任副处级侦察员兼研究科科长。1989 年根据公安厅安排在喀什地区挂职锻炼，任公安处处长。在巴仁乡反革命武装暴乱时，冷静指挥前线民警抓捕了杀害武警、夺走枪支的暴徒。1992 年调回自治区公安厅，从公安厅办公室转到预审处任副处长，兼正处级调研员。2005 年退休。

五味人生

陈　娜

告别母校，告别校友，那仿佛是历历在目的昨天。弹指一挥间，三十五年却已过去。当尘封的记忆被打开时，那悲欢苦乐的一幕幕，又重现在眼前……

有幸“专业对口”

1970 年的盛夏，五年的大学生涯结束了。我被分配到位于陕西省华阴县的 5251 部队农场劳动锻炼，接受解放军的“再教育”。这个农场坐落在渭河南岸，是在三门峡水库湿地上开荒兴建的，方圆百余里。和我一道分来的有全国各大专院校学生近 1500 人，分布在一个总场、五个分场的十多个连队里，排长以上的领导都是“无产阶级革命立场”坚定的军人。我所在的四分场十连专管装卸，活最苦重。男生们每人身披一片麻袋，整天风里来、雨里去，战严寒、斗酷暑，活跃在料场、谷场和车站的货场上：卸下煤炭、水泥、沙石、木料；装车运走我们生产的小麦、大豆、玉米、菜籽。女生们则在无边无际的茅草中开垦荒地。我因病后身体虚弱，加之是广播学院毕业生的缘故，连队的头头们分派我除帮厨、种菜外，主要的就是搞广播宣传。我和另一名学生在战友们的帮助下创建了大专十连广播站，每排“干打垒”住房前拉起了高音喇叭，每班设有通讯员，每天都有“战天斗地”、“斗私批修”、“好人好事”方面的报道，连队的大事小事都离不开我的广播通知，我的声音天天都回响在荒原上空。我从早到晚都忙碌在写稿、约稿、改稿、播音上面。可以说，在华阴农场劳动锻炼的千余名大学生中，只有极少数人有幸“专业对口”，而我就是其中之一。

与狼共舞

1971年，大约是劳动锻炼了一年左右的时光，我们大专十连从靠近岳庙镇的营地移至农场的腹地——午桥。初时，男生住在西午桥，女生和炊事班住在东午桥，两处相隔二里许。午桥四周荒无人烟，已开垦的耕地和未开垦的大片湿地犬牙交错。湿地中的毛腊草比人高，飞禽走兽出没其间，人进去后若迷失方向，常常一时半会儿走不出来。我们女生排“干打垒”住房就面对茫茫一片湿地。

一天夜间，疲惫的战友们正酣睡梦乡，我和班长在值班巡逻。听见从房前湿地方向不时传来几声婴儿的啼哭，我俩十分纳闷，荒野里哪来的孩子？循声望去，只见一群狼就在不远处，眼中泛着阴森森绿幽幽的光。或蹲或立或走，影影绰绰。我俩吓得立即回屋内，全体女生都被惊醒。胆大的搬来箱包堵住门口，胆小的用被单蒙头，钻在蚊帐中瑟瑟发抖，有的在哭，有的在叫。女生们的闹腾惊动了住在后排炊事班男生，他们有的持棒，有的操刀，打着手电，点着火把赶了过来，女生们也纷纷从“干打垒”里钻出。看到如此阵势，狼群才慢慢地消失在荒野中。

受此一惊，从此再也没有人敢在夜晚单独外出了，没人再到湿地中采毛腊、掏鸟蛋了。不久，整个女生排和炊事班都搬到了西午桥，和几个男生排汇合在一起。当时我们没有人认识到，狼群示威是因为人类对湿地的开发破坏了它们生存的家园。

吉日遇难

1972年的早春，我们的劳动锻炼进入了尾声。在粉碎林彪反革命集团之后，农场的军人领导对待大学生的态度也友善了许多，管理也宽松了许多。在跨越三个年头的同甘共苦、相知相交中，大专十连成就了几对鸳鸯，我和西北大学的老高也是其中一对。

2月3日，这是一个雪后初晴的日子，也是我们离开农场走向工作岗位的一天。在连队领导和战友的鼓动下，上午我俩到华阴县领取了结婚证，中午举行了简朴的婚礼，下午将捆好的行李装上卡车，人爬上车坐在行李上，就向华山车站进发，各奔前程了。

我们这辆车的司机是个入伍不久的新手。当车开到西（安）潼（关）公路成“T”字形的大上坡路段时，车没能冲上去，反而在冰雪路面上失去了控制。左摇右摆滑下坡来。司机惊慌失措跳下了车，全车人见状也不顾死活地往下跳。我从车后跳下便失去了知觉，在老高拼命拍打和呼喊声中苏醒过来后，查遍全身竟无一处受伤。老高告诉我，车翻时，两只后轮卡在了坡边的水坑里，而我就躺在车轮后面，车再下滑半米，就从我的头上碾过！老高只是忙着照顾我，全然忘记了自己，等到救援车辆将受伤者送往医院后，才感到自己的脚下不对劲，脱下鞋看，脚面肿得像馒头，一片淤血。他忍住剧痛，我搀扶着他，又重新上路了。那天，我们是深夜到达西安的。那个年月，夜间没有公交车，没有电话和家人联系。车站距离老高家仅数里之遥，但等我们一步一步挪到他家时，已经天明。随即老高就因骨折住进医院。

每当回想起这场车祸的经历，就有些后怕。人们常说：“大难不死必有后福。”对后福的祈盼，成了我们精神上的寄托。

洪水无情人有情

1976年，我在延安第一中学任教。这年夏天，延安遭受了百年不遇的洪灾。

灾难发生在6月7日的深夜。此前整个延安大雨滂沱，沿河两岸的沟壑中，大小水坝蓄水超负。当上游的水坝垮塌后，洪水倾泻而下，接二连三冲

垮下游的水坝，形成多米诺效应。数不清的水坝垮塌后的洪水汇聚到延河中，直扑延安城。那天夜里我正在梦乡，被外面的大声呼喊惊醒。推开房门一看，外面一片漆黑，只见距我约百米的东关街上，不停的有手电光射来，一群人在焦急地叫我。我应声后，他们告诉我说，洪水来了，要立即转移（延安一中地处河滩，地势低洼）。我急忙穿起衣服，抱起三岁的儿子，从薄壳窑中跑出，下了楼梯，汹涌的河水已齐腰深。不要说往前迈，就连站立都很困难。正当我不知所措的时候，校长、工宣队和一位老师的丈夫，他们三个高大的男子汉趟水过来了。一人抱起我的儿子，两人紧紧地拽着我，顶着急流，艰难的挪到了安全带。

那场洪灾，一中虽然没有一人死亡，但数十间平房荡然无存。近邻东关小学的四层教学大楼被夷为平地，校长夫妇双双罹难。老高的地委党校及所在的王家坪革命旧址死亡8人，当年陕甘宁边区特等劳动模范杨步浩及老伴、儿媳、孙子均惨死在窑洞中。整个延安，172条生命被洪水夺走，数以千计的房屋被洪水摧毁，公共设施遭到极大的破坏。洪灾的消息震动了全国，传遍了世界。当时人们的目光只停留在天灾无情上，没有人更深的思考或者有意回避这一事实：是人类滥肆毁林开荒种地破坏了植被，致使土壤无法涵养水分，是人类过度掠夺引发大自然的报复，这场天灾实质上是一场人祸。

洪灾过后，没有受灾的学生家里争相收留我们母子，有的专门腾出窑洞，有的送来米面衣被。我住在山上的学生家中，有些帮我到山下担水，有些帮我接送孩子……从南泥湾“五·七”干校赶回延安救灾的老高见到我和孩子不仅健在，而且活得很好，高兴得合不拢嘴。洪水无情人有情啊！每当我想起是延安人冒着生命的危险把我和儿子从洪水中救出，在最困难的时候给我送来温暖，泪水就不由得盈满眼眶。

延安的窑洞生活

从 1972 到 1983 年，我的家在延安生活了十二个年头。十二年中，我们搬了 11 次家，其中我五次，老高六次。那个年代，我们所在的单位都是宿办合一，个人办公室即宿舍。办公室调整了，家也就搬了。搬来搬去，几乎都是窑洞，有新窑，也有旧窑；有土窑，也有石窑；有普通的窑洞，也有伟人的旧居。

刚到延安时，我的单位延安市第一中学没有房子，我就住在老高所在的延安毛泽东思想干部学习班（延安地委党校的前身），它占用着部分王家坪革命旧址。分给老高的窑洞，就是当年彭德怀的旧居。这孔旧窑十来平方米，墙壁多年没有粉刷了，木格的窗户油漆早已剥落，空洞内低外高也很不平整。但我们心中很温暖，不仅仅是因为农场苦役般的生活结束了，我们有了自己的窝，更重要的就是这里曾住过我们无比敬佩的革命前辈彭老总在这里工作生活的情景。这位战争年代为民族解放横刀立马威震华夏的将军和平年代为民请命敢于犯颜直谏的清官，惨遭迫害，在“文革”中含冤去世。我们为他的命运鸣不平，被他的精神所感动。

一中为我安排的第一个住处是借用东关小学的半孔窑洞。一孔窑洞中间垒堵墙，一分为二。我因怀孕，不能再远路徒步上班。那时延安尚无公交车，自行车没有配额指标买不到。不得已，校领导给我找到了这住处。半孔窑洞约五、六平方米，放了张床和办公桌、煤炉子，就再没什么空间了。窑洞面对延河荒滩，夜晚昏暗阴森，河水哗哗响个不停，恐惧和喧嚣使人难以入眠。特别是数月后无意中得知，就在我入住的前几天，原先的主人在这里上吊死了。我当天就找领导，态度坚决的表示，决不再在半间窑洞住下去。

一中当时也在为教职工盖窑洞，只因缺少经费，窑洞主体虽起，但内部尚未竣工就停了下来。我从东关小学搬出就住进了这半成品的窑洞中。窑内倒也宽敞，有二三十平方米，但里面湿漉漉的，石缝中间长出一棵棵小草，又细又嫩。我们用炉火烤，用身子暖，窑洞才逐渐变干，但我的风湿性关节炎就是在这里益发严重的。

我在延安住的最后一处窑洞，是在杨家岭中学。那是一孔旧石窑，由于年久失修，外面只要下大一点雨，窑洞顶壁就洇出一片水渍，疏松的泥皮就往下掉。为防止土石渣落在饭锅里，落在睡炕上，老高用几块大塑料布棚住窑顶。窑洞外咫尺之遥就是杨家岭革命旧址。那时这些旧址进出自由，游览免费。我的两个孩子经常在旧址内嬉戏，我和老高也喜欢到旧址内清净处读书、备课，不愿待在破旧的窑洞家中。

离开延安的二十多年里，我再也没有住过窑洞。房子后来越住越大，也越住越好，但我时常怀想起延安的窑洞。一个伟人说过，延安的窑洞有马列主义。我生性愚钝，对此没多少体会。但延安窑洞的冬暖夏凉，却是实实在在的。延安的窑洞给了我对艰难困苦的承受能力，也是无可置疑的。因为有延安窑洞生活的经历，我对后来生活的每一点改善都有很知足，都很珍惜。

平淡的幸福

在 5702 厂的二十多年里，我度过的是平静的岁月。

这座直属空军的大型企业坐落在临近西安的关中平原上，工作环境、生活条件都远比延安优越。“文革”结束后，国家停止了折腾，校园也走入了正常。大气候、小环境都变了，我终于能够安居乐业了。

正如世人所喻，教师是辛勤的园丁。我确实也像是个园丁，在教育这块园地上，日复一日，年复一年地耕耘播种，仿佛一季季果实成熟了，我教的学生一批批毕业了，他们从我身边走向高校，走向广阔的世界。

在这期间，我也将自己的两个孩子培养成人。他们先后以优异成绩进入浙江大学和北京大学，以良好的素质走向社会，建立了自己的家庭。我的两个儿媳妇均毕业于北京大学。

2001 年我退休了。我像绝大多数人一样，度过的是平淡的一生。我不是大款，没有重权，没有高位。但我并不缺乏幸福，因为我认为真正的幸福是一个人力所能及地做了对社会有益的事后拥有的内心的安宁，是拥有健康和家庭的和谐。

人生在世，有逆境也有顺境。我的一生，悲欢苦乐都曾经有过。最重要的是，在逆境中要坚强、自励，处之以忍，切勿气馁，才有可能否极泰来；在顺境中要谨慎、自律，处之泰然。不要忘形，才不会乐极生悲。

真正的、持久的幸福是平淡的。

【作者简介】

陈娜　女，汉族，生于 1945 年 12 月 20 日，河北省深州市人，中学高级教师。配偶高玉宏，两个儿子，都已经成家并分别给我添了一个可爱的孙女。

工作经历：1965—1970 年北京广播学院新闻系编采专业、学习。1970—1972 年解放军 5251 部队华阴农场锻炼。1972—1983 年陕西省延安市第一中学、杨家岭中学任教。1983—2000 年解放军 5702 厂子女中学任教。2001 年退休以后，除了有时在陕西老家以外大部分时间都在上海、深圳、北京陪孩子们和孙女们。

平淡是真　健康是本

元书堂

四十年前，北京广播学院的一份录取通知书，把我这个“农村娃”带到了北京，有幸结识了新闻系六五二班的全体同学。经过五年的共同生活、学习和劳动，与大家建立了深厚的友情和亲情。

北京广播学院五十周年校庆，分别了三十四年的我们再次返回母校，相聚北京。沧桑巨变，我们之间的友情与亲情没有变。在热烈、奔放、友好的座谈会上，大家深切的问候，热情的交流、良好的祝愿使我从中受到了教育和启迪。几十年的往事一幕幕呈现在眼前。

平平淡淡写人生

平淡的家世　战乱年代，我出生在一个贫困农民家庭。因家居偏僻的小山村，全家世世代代靠种地为生。从我记事起，全家人天天都在为填饱肚子而奔波。听老人讲，我们家因为人多、地少，父亲带着我们兄弟姐妹逃过荒、打过工，做过小生意，勉强的维持着一家人的生计。小时候，我每年有两盼：一盼过年。每逢过年，任凭家里再穷，总能吃到白蒸馍、萝卜馅饺子和穿件新衣服。二盼过生日。每到生日那天，母亲在做中午饭的时候，总要给我煮一个鸡蛋，并且让我偷偷地吃掉，生怕哥哥、姐姐们知道了。生活在这样的家庭里，没有什么奢望，也没有什么抱负，就是不怕吃苦。等到该上学了，就在本村小学念书。每当放学后，还要到地里帮助干活，或者去割草喂牛，从来没有闲暇的时候。所以，从小学一直到高中毕业，自己既是学生，又是农民。上学的时候读书，放学的时候务农，因此，家里、地里各种各样的农活自己都能干，都会干。那时候，根本没有想过要上什么大学，会到大城市里去生活、去工作。

平淡的学业　到了上学的年龄，教室就是一个又暗又潮的窑洞。用土坯支起木板就是课桌，搬一块石头就是凳子。小学四个年级同在一个教室，有一个老师任教。老师在教一个年级的时候，其他年级学生写作业，以此类推，日复一日，年复一年，这样读完了小学四年课程。该上五年级了，要到五里以外的大村里去上高级小学。每天天一亮就起程去学校，天黑又匆匆忙忙往家里赶。无论刮风下雨，天寒地冻，从未间断。考上初中后，到离家二十多里的乡里上学。初中毕业后，接到高中录取通知书，因三年自然灾害，学校停办。休学一年后，通知到宜阳县高中继续求学。那时候的学校，无论小学、初中、高中都没有图书馆，更没有阅览室，读书与饥饿相伴。一边读书，一边挨饿。在求学中要忍受着饥饿，在饥饿中艰难求学。记得在初中的时候，有机会读了两本课外书。一本是《创业史》，一本是《红旗谱》。因为这两本书写的都是农村、农民的故事，它深深地吸引了我，打动了我，从而使我对文学产生了兴趣。也就是从那时候起，开始偏爱了文科。到了高中，接触到部分县城同学，从他们手里才借到了《钢铁是怎样炼成的》和《红楼梦》。书渐渐读的多了，视野开阔了，思想活跃了。这时候，我才意识到自己的知识是那样浅薄，不发奋，不努力就有可能被社会淘汰。

高中三年，虽然还是饥饿难耐，但自己没有忘记发奋学习，最终考取了母校——北京广播学院。刚入大学，本想机会难得，抓住有利时机，发奋苦读几年，为自己一生奠定一个良好的基础。终因“文革”而打乱了我们正常学习生活秩序。70年离开广播学院后，正式结束了学生生涯。

平淡的事业　离开了母校，离开了六五二班的同学，我好像一只孤雁，飞回了河南，回到了家乡。开始在部队接受教育，后被分配到郑州铁路局洛阳分局，就这样在铁路企业开始了自己的生活、工作轨迹。

在铁路企业开始当了四年教师，还当了七年工人。后被调到洛阳铁路分局洛阳车务段机关工作，从教育干事到党委干事，后任党委副书记，直至任工会主席。铁路是个大企业，内部管理和各种条条框框要求相当严格。虽然自己从事的是最基层的工作，但在工作中从没有懈怠过。尽管自己干的工作无职无权，但无论干什么都不甘心落后。特别是从事工会工作十多年中，无论对男职工、女职工，老职工和年轻职工，自己都能以礼相待，尊重他们。在处理日常工作中，敢于仗义执言，替职工说话，为职工办实事，办好事。工会主席本来也不是什么“官”，在单位有人戏称为“北斗”和“领袖”，但我可以无愧的说，我和广大职工同事是朋友。广大职工对我的工作是认可的。

十多年中，我始终坚持扎根基层，心系职工群众，勤奋工作，积极探索铁路企业工会工作新途径、新经验，使我主持的工会工作不断创出新鲜经验，迈上新台阶。连续多年受到上级和河南省总工会及铁道部总工会充分肯定和表彰。尽管工会工作十分忙碌，又十分劳累，尽管我所从事的事业和所干的工作与同学们相比是那么微不足道，那么平淡，但我可以坦然的告知六五二班全体同学，我没有给你们脸上抹黑！

平淡的家世，平淡的学业，平淡的事业决定了我平淡的一生。正因为平淡，才使我一生的工作、生活充满了真实、真情和乐趣。在几十年的工作中，我没有在仕途上明争暗斗之劳累，没有在金钱上互相倾轧之艰辛，没有人际关系上相互算计之疲惫。

虽然一生平淡，但一生坦荡、安然！

健健康康度晚年

从我记事起到从领导岗位退下来，在一生的生活、学习、工作过程中，各种各样的疾病陪伴了我几十年。在上小学的时候，不明原因的经常肚子疼。有时候疼的我在地上直打滚，大声喊叫。最严重的一次疼得我几乎要命，多亏一位扎旱针的大夫，在我全身扎了几十根旱针，把我从生死线上救了过来。在读初中、高中期间，由于常年饥饿，加之勤工俭学中的高强度的劳累，身体过度虚弱，各种疾病不断袭身。那时候，读书、吃饭都很困难，当然更没有钱治病，硬是咬着牙关，挺了过来。考上大学以后，条件优越了，生活改善了，思想愉悦了，五年的大学生活是我一生中最幸福的年代。

刚参加工作那些年，由于上有老，下有小，工资收入低，家庭负担过重，工作十分繁忙劳累，八十年代初经医生确诊患了肝硬化。在这种情况下，自己没有休息过一天，一边看病吃药，一边坚持上班。在医生的精心治疗下，吃了 108 副中药，才使我再次从生死边缘解脱出来。走上领导岗位后，由于铁路企业的特殊性，经常要下现场，到沿线，运输生产安全成了铁路干部职工生活和工作的头等大事。为了安全，各项规章制度、考核机制严而又严。无休无止的检查，无完无了的考核，打破了人生的正常生活规律。因为生活无规律，加之工作紧张，自己又得了胃病，不知有多少次，深更半夜胃疼得起来去找医生。更严重的是 1998 年，不知什么原因，又患上了胆囊炎和胆结石并发症，住了十几天医院。那一次，还差一点动了手术。

经过一次次病魔的折磨，使我深深体会人们常说的一句话，什么都可以有，千万别有病。特别是到了晚年，健康尤为重要。为了自己，为了家人，为了晚年彻底能够摆脱病魔，我做了两个方面的努力。

一是心态调整。1999 年从领导岗位退下来后，很快进行了心态调整，思维转换。从“失落”中找回了轻松。就待遇而言，自己再不为铁路安全操心、劳累了，仍然享受着领导待遇，我很知足。正式办理退休手续后，虽然退休工资不高，只有1200余元。这点钱，对那些大款来说可能不够一顿餐费，对那些“高官”来说可能不足一次娱乐消费，我知足矣！我常想起我们村与我同龄的三个男孩，两个已告别人世，还有一个仍然生活在农村。他也是60多岁的人了，没有一分钱的退休金，每天面向黄土背朝天，辛辛苦苦一年收入不过千元。我又想起，我们高中同班同学，已经有八个谢世。与他们相比，我还有什么不知足呢？再想起那些年饿着肚子求学的日子，现在比过去不知要好多少倍。常这样想想，使自己保持一个开朗、豁达、欢乐的心情。

二是生活调理。上班时间生活没有规律。虽然也有过公款吃喝，却没有一个健壮的体魄。退下来后，首先生活有了规律。遵照早上好、中午饱、晚上少的原则，合理安排一日三餐膳食。平时生活中，坚持粗细搭配，不喝酒、不贪嘴、不偏食，几年来自己的胃病、胆病再也没有犯过。身体状况一天天好起来。

三是加强锻炼。退休以后，清闲了，有时间了，但思想不能松懈，锻炼身体不能间断。近几年来，无论刮风下雨，无论酷暑寒冬，我始终坚持早晨、夜晚两次锻炼。好天气坚持到室外练长跑，下雨、下雪天气坚持爬楼梯。白天坚持读读书、看看报，与老同志们打打扑克、下下象棋。不为输赢而争吵，不为胜负而面红。这种休闲娱乐，其实也是一种锻炼，是锤炼一个人的身体心态和乐观精神。因此，我现在既没有“三高”，也没有心脏病，自我感觉各种器脏运转正常，身体良好。

一生坎坷，一生磨砺，人到老年，怀念往事。一生中令我最难忘怀有三点：忘不了毛主席、共产党的恩情。没有毛主席、共产党领导人民打土豪、分田地，就没有新中国，就没有劳苦大众的今天，也就没有我的今生、今世；忘不了父母的养育之恩。父亲对我说过，从我小的时候，也没想过我能长大成人。听了这话尽管我很悲伤，但我十分感谢父母在那艰苦的日子里含辛茹苦地把我养育成人。因为从我出生那天起，母亲有病奶乳不足，我是靠喂红薯、柿子长大的；忘不了同学间的深情厚谊。一个人从小学到大学有很多同学，最难忘的还是北京广播学院六五二班同学间友谊和亲情。五年中，我们之间虽然也曾有过认识问题不一致，思维方式不一样，彼此之间产生过一些误会和不愉快。这是因为历史原因造成的，归咎于大伙天真浪漫和年轻气盛。我相信时间可以流逝，我们之间的友情、亲情是永存的！人生到了晚年，我从不奢望什么福如东海、寿比南山，假若人生有来世，假若历史的年轮能够逆转，我企盼北京广播学院新六五二班全体同学之间的友谊与真情延续到永远。

2005 年 2 月于洛阳

【作者简介】

亢书堂　1969 年毕业于北京广播学院新闻系编采专业。1970 年分配到河南铁路企业工作。在铁路高中教书四年，后在基层火车站当工人六年。1982 年供职于郑州铁路局洛阳车务段机关，先后从事党委、工会领导工作。2003 年退休。

哈尔滨往事

王宝三

2013年的盛夏，我参加了大学老同学的休闲消暑游，回到了阔别半个世纪的哈尔滨。旅行大巴在广袤的东北平原上飞驰，看着车窗外故乡的山、故乡的水故乡的一草一木，不禁心潮澎湃。许多年少时经历过的人和事，以及和俄罗斯人友好相处的生活场景，清晰地浮现在脑海里，甚至到了让自己动情落泪的地步。

曾经生活在这片土地上的俄罗斯人，喜欢把哈尔滨说成“东方的莫斯科”。他们把这里当成了自己的家，修了很多石头马路，盖了许多洋葱头大屋顶的教堂，俄国风格的建筑，还有散发着浓郁欧洲情调的音乐厅电影院。初到这里的人们自然会眼睛一亮：这是一座多么漂亮别致的城市！

我上小学的时候，读过一篇文章，标题是“晒网场——哈尔滨”，写的是哈尔滨三个字，其实是满语打鱼晒网的地方。美丽的松花江依城市边缘而过。远古时期的女真人，就是今天的满族人，在这里打鱼晒网，繁衍生息，这样就有了一个好听的市名。上世纪五十年代，我国著名诗人严辰，在诗歌里把哈尔滨比喻成“天鹅颈下的一颗珍珠”，使这座城市在人们的心里，有了更加美好的意境。

我对哈尔滨的第一印象是一座教堂：圣·尼古拉大教堂，是信仰东正教的俄罗斯人从事宗教活动的场所。它处在南岗大直街与中山路交界的地方，距驰名中外的秋林公司大楼也就百步之遥。它占据着宽广大街的十字路口，显得从容大气，巍峨壮观，特别是高高的绿色洋葱头大屋顶和气派的钟楼，更是让人惊叹不已。映衬着这座宏伟建筑的，是蓝天、丽日、棉花般雪白的

云朵；围绕在它身边的，是响着铃声，来来往往的有轨电车。解放初期，人们大都没用手表，读书的孩子和上班的大人，习惯于收听钟楼里的报时信息。大约每隔一个钟头，教堂上空都有钟声响起，非常守时守信，行路的人们每逢听到深沉而悠扬的钟声，有的脚步变得匆忙，有的变得步态从容，无论是谁，都能从钟声里感受到生活的美好，人生的幸福。

同尼古拉教堂相依相偎的，是一座苏联红军纪念塔。塔上站立着两个持枪的苏军战士，双手高举着一个大红五星。这座至今犹存的纪念塔，昭示一个伟大的历史事件。1945 年 8 月，有 174 万苏联红军，无数的飞机坦克，横扫了侵占我国东北的 120 万日本关东军，解放了整个东北大地。他们在战争中建立了卓越的功勋，也付出了巨大的牺牲。记得小时曾去过几处苏联红军烈士陵园。我看见烈士墓前摆放的花圈，是用金属制作的。大概制作花圈的人都是能工巧匠。他们把金属薄片卷成红色的花朵和绿色的树叶，组成一个大大的花环，透着庄严和肃穆。让人惊讶的是，每一朵红花，每一片绿叶，都很鲜活生动，花瓣的曲线十分优美，叶脉的纹路清晰可见。想当年工匠们在制作花圈的时候，倾注了怎样细密的柔情和深深的敬意。更让人惊奇的是，每一座烈士墓碑上，都开着一个小玻璃窗，里头镶着一张漂亮小伙子的半身照片。有的戴着船形军帽，有的留着短短的平头，秀气的脸庞轮廓分明，露出阳光的暖色。再看他们大大的眼睛，那么沉静温和，洋溢着青年人的自信和热情。他们的生命虽然不在了，但只要看一眼他们的照片，就会觉得他们仍然活着，正在我们的身旁一边说笑，一边打闹嬉戏。

哈尔滨分道里、道外、南岗几个大区。我家住在南岗郊区。这里的中国居民，有的几家合住俄罗斯人住过的别墅，有的住着自家盖的草房。我们的俄罗斯邻居，大都住在别墅里，有大大的院子，美丽的花园。远远望去，红色的铁皮屋顶，黄色的砖墙，掩映在花草树木中间，很是令人神往。许多俄罗斯人爱养荷兰黑白花奶牛，有的家里养着吐着红色肉鼻子的火鸡。俄罗斯人的生活品位很高，到了周末，青年男女们喜欢聚在花园里，拉着手风琴唱歌跳舞，尽情地享受生活。我看见会说俄语的中国小伙子，也去参加他们的聚会。散场后从花园里出来，主动挎着抹口红、戴三角头巾的俄国姑娘的胳膊，在我们面前招摇过市，引来一阵孩子们的嬉笑。

俄罗斯老人活泼开朗，充满了童趣。隔路的对过住着一个老头，他家的花园里，出产一种菌类，圆圆的像个足球，表皮白色，里头是棉絮一般的物质。晒干以后，里头的物质成了黄褐色。人们说，它是治疗外伤的好药。谁的手脚碰破流血了，只要轻轻撕下一小块棉絮样的东西，涂在伤口上，血就止住了。不过它的名字不大好听，叫马粪包。有邻居小伙伴告诉我，那位俄罗斯老头每次采到马粪包，都要用小刀在上头刻上鼻子眼睛，夜里放在马路上，单等起得早的孩子来拿。他的话，勾起我得到一个马粪包的欲望，于是我变得勤快了，一连起了几个大早，却始终没有得到刻着鼻子眼睛的马粪包。我并不失望，再也不愿睡懒觉了。

虽然混杂在一个街区生活，但俄罗斯人的饮食习惯与中国人有明显区别。我们常吃的是苞米面窝头、高粱米饭和面条；俄罗斯人爱吃的是列巴（面包）、奶油、红肠和莲花菜西红柿混在一起煮的苏波汤。俄罗斯人很讲究礼尚往来，处事落落大方，别人给他一点好处，他都会真诚地给以回报。我家的后院，住着一位老奶奶，她慈祥而又善良。她养着两头黑白花奶牛。有些中国男人，常用毛驴车拉来高高一车水稗子草，卖给这位老奶奶。牛爱吃水稗子草，尤其是秋天结了穗的水稗子草，牛更爱吃。于是，有些小孩也学大人样子，拿上一把镰刀，在房前屋后到处找带穗的水稗子草，等割够了一捆，就抱着草去敲老奶奶的院门。一边敲一边大声喊："玛达姆（妇女），要不要草？"老奶奶听了，摇晃着走出房门，嘴里说着斯巴希巴（谢谢），就从孩子手里接过草来，然后拍拍他的头，让他在门外等一会儿。过不了多久，老奶奶又从屋里出来了，她手里拿着一块列巴，上面还撒着一层白糖，送给孩子吃。见着这样的情景，许多孩子都变得馋嘴了，手里也都有了镰刀，没事的时候，就四处寻找奶牛爱吃的水稗子草。

从前人们吃水，都在自家院子里打一口井。提水的时候，只要握住铁把咯噔咯噔压几下，清水就咕咕地从铁嘴里流出来了。后来，打井的多了，水就枯了，人们只好挑两个水桶，到远处的自来水站去挑水。我不到十岁开始挑水，因为身上没劲，个子又小，一次只能挑两个半桶水。每当扁担往肩膀上一搁，就压得生疼，走不了几步就变成了一路小跑，桶里的水咣当着，走一路，洒一路，到了家里一看，两个铁皮桶里都剩下少半桶水了。我在挑水期间，认识了一个俄罗斯老头，他个儿不高，穿着扎成竖条纹的列宁装，黑色的布裤和皮鞋，他的长相平常，脸色白净，胡子梳理得十分整齐，一副很有风度的样子。他是一个送水工。每天从早到晚，他都提着两桶水，走大街串胡同，给各家各户送水。无论俄罗斯人还是中国人，谁家缺水了，跟他打声招呼，他很快就会给你家提来两桶水。他性格温和，也不计较你给多少钱，从没见他跟谁吵过嘴，红过脸。我发现他挑水不用扁担，只用双手来提，而且每次提水，都接得满满的，然后提起来就走。他提水走路的时候，身板挺直，神态轻松，脚步稳健有力，看得出他是一位以提水为生的老人。我开始有点奇怪，他桶里的水怎么不往外洒呢？后来才弄明白，他是个聪明的老头，在简简单单的活计上动了脑子。他在两个铁皮水桶里，都搁了两个小木片，接满水以后，木片就浮上了水面，压着水花，不管他提着水走得是慢是快，

桶里的水都咣当不起来，也就不往外洒了。

挑水的中国孩子有时候跟他调皮捣蛋。接水的人多了，水桶就排成了长长的一溜。来得晚的孩子，特爱加塞，悄悄地把俄国老头的水桶往后挪，把自己的水桶放在前头。这位老头也不生气，只是眨眨眼睛，狡黠地笑一笑，就原谅了淘气的孩子。

我跟提水的俄罗斯老头没有打过交道，甚至没有说过一句话。因为他的平易近人，友爱善良，不仅引起了我的尊敬，还结下了很深的感情。那年冬天，一连几天没见老头提水了，禁不住开始打听他的消息。有个挑水的大人告诉我：俄罗斯老头去世了。他家住在前面的街角上，你到他的窗前看一看，就什么都知道了。我顾不上接水了，跑到街角的那座房子跟前，站在老人的窗下，看见长方形的大玻璃窗里，垂着勾花的白色纱帘，把屋里的一切都遮住了。我心里一阵难受，眼里涌出了泪花，像丢了魂似地傻傻地站了很久。我忘了自来水站上，还扔着我的一条扁担，两个水桶。

2015 年 5 月 17 日

【作者简介】

王宝三　1944年3月出生于哈尔滨市。1965年考入北京广播学院新闻系。1970年8月从北京广播学院分配到宁夏人民广播电台担任记者，从事了十年的新闻采访工作。1981年担任宁夏人民广播电台文艺部文学编辑。1984年担任宁夏人民广播电台新闻部副主任。1986年担任宁夏人民广播电台副台长。1997年被评为高级编辑。2000年获得第四届“全国百佳新闻工作者”称号。自80年代至今，担任宁夏记协理事、宁夏体育记协副主席、曾担任宁夏文联委员。自80年代以来，先后担任“宁夏好新闻奖”评委、“中国广播电视好新闻奖”评委、“中国新闻奖”评委、“中国国际广播电台彩虹奖”评委。在此期间，先后在宁夏和外地报刊发表了许多文学作品。2004年退休。

诗词篇

江城子·回母校（外两首）

邹兰春

江城子·回母校

故园牵手话当年。望西山，正斑斓。流年似水，往事俱如烟。漫忆迢迢风雨路，窗上月，照无眠。

夜阑踽踽旧楼前。影只单，树参天。悔我年少，岁月付狂澜。白发学童温旧梦，心未泯，不须鞭。

2009年10月

采桑子·遥寄贵州聚会同窗

夜来梦游花溪水，寻觅群芳。独自徜徉，水复山重近夕阳。

故人思念愁何似？烟雨茫茫。阅尽沧桑，莫笑青丝已染霜。

2007年9月

霜天晓角·访开封府

宦海寻踪，谁称黎民意？白黑是非分明，有铁面，青史记。刚直缘无欲，清廉遭人忌。任是地崩天裂，三铡利，何所惧！

2012年10月

雨中游吉林松花湖（外三首）

邹兰春

雨中游吉林松花湖

北国浮一镜，江城若弹丸。
云蒸山如黛，浪涌海无边。
雨细惊眠鹭，舟轻忘湿衫。
葱葱无尽处，烟水碧连天。

2008 年 7 月

长白山

独峙北国拄太空，冰峰涧瀑挂云中。
高崖鬼斧千寻险，碧水澄清一镜明。
浪静波平无怪客，云飘雾渺有仙踪。
今朝已遂凌霄志，振臂高呼快此生。

2008 年 7 月

游净月潭

一湾碧水映苍穹，万顷松涛撼影城。
欲晓湖山几处秀，栉风沐雨且徐行。

2008 年 7 月

竹林七贤

昔闻七贤士，同气聚云台。
诗酒伤时乱，清谈释忧怀。
超然凡尘外，惜乎栋梁才。
官隐皆难就，高声误后来。

2012 年 10 月

缅怀温济泽老师

邹兰春

历尽坎坷为理真，新闻战线建奇勋。
风云不测蒙冤甚，学子有缘受业深。
望重德高启后辈，握火抱病整遗文。[1]
先贤风骨今犹在，仰望弥高愧寸心。

1999年5月

注1：鲁迅曾称整理亡友遗文如同捏着一团火。此处指温老主编《瞿秋白文集》。

重会京城（外十首）

曾光伟

重会京城[1]

大庆国门学子欣，京师聚会共金樽。
红枫又染西山上，报取中华万木春。

2009 年 10 月

注 1：我们原北京广播学院新闻系六五级二班同学在母校五十周年大庆时有组织地到北京聚会，这次是第二次聚会北京，故云“重会”。

重聚武汉

去岁京华别梦残，楚天江岸续欢颜。
秋风晓月舟唱晚，黄鹤大江永相连。

2005 年 8 月

登武当

武当群峰绿连绵，天池遥看彩云间。

同窗相见神仙境，缓步轻歌上九天。

2005 年 8 月

欢聚仙女湖

霞仙出浴雾蒙纱，湖恋飞鸿归有涯。
学子花甲重相聚，狂歌劲舞庆芳华。

2006 年 8 月

真情在民间

不见长河久，又逢落日圆。
千里会故旧，风烛已残年。
宦海多少事，真情在民间。
华堂共杯酒，一笑释前嫌。

2012 年 10 月 15 日

曾光伟在河南聚会中朗诵新作

游清明上河园

日照汴梁逝水东，银楼商铺酒旗风。
御河桥上人流舞，更比前朝盛世雄。

2012 年 10 月 16 日

题开封府

一府生明两袖风，龙图学士治开封。
无私铁面千秋誉，匡正去邪万世功。

2012 年 10 月 16 日

白马寺

几度明皇释梦怀，弥勒东土落尘埃。
清池月下放生去，白马晨钟迎客来。

2012 年 10 月 17 日

游龙门石窟

云淡风轻伊水流，龙门石阙锁金秋。
窟龛佛影飞天宇，万客寻踪画里游。

2012 年 10 月 18 日

题中岳庙

大庙嵩山伟壮哉，红光香雾罩神台。
琴声箴语飞天上，福寿吉祥下界来。

2012 年 10 月 18 日

中　秋

中秋明月思乡远，绿岛春风海上欢。
桂酒天香飘万里，清辉朗照暖人间。

2014 年 9 月 7 日于澳大利亚

沁园春·国庆六十周年（外四首）

曾光伟

沁园春·国庆六十周年

月满中秋，国逢甲子，金水桥旁。见千年都市，鲜花竞放，无边广场，赤帜飞扬。鹰掠长空，兵驰大地，铁甲雄师气宇昂。至深夜，看火花映月，妩媚辉煌。

环球翘首东方，历长夜，中华沐朝阳。喜鹤翔九派，金扬四海；龙腾五岳，船傲八荒。三港笛鸣，花香两岸，一统江山凤望乡。怅天下，问豪强巨霸，谁与争狂。

2009 年 10 月 2 日

注：宇宙为八荒。三港指台湾、香港、澳门三地。

虞美人·秋游云台山

云台四野红枫俏，秋岭白云绕。飞泉隽永沐清风，流注一溪山影，入潭中。

少时玩伴同携手，信步峡间走。红石引路上高台，望尽一山秋景，爽心怀。

2012 年 10 月 17 日

水调歌头·少林寺

古刹嵩山坳，丽瓦彩云间。清流绿树环绕，祥瑞普蓝天。僧众舞拳弄棒，救国健身护院，佛语记心田。寺庙钟声起，香火旺人间。

牡丹开，黄河笑，震天寰。嫦娥喜我华夏，舒袖舞中原。百代风流故土，盛世繁华再现，高厦入云端。回首少林寺，佛祖卧花莲。

2012 年 10 月 18 日

水调歌头·夜游香港

霞满香江水，日落凤凰山。船过九龙新界，放眼望中环。到处高楼林立，更有霓虹闪烁，丽港彩屏间。都市繁华夜，灯火靓南天。

紫荆开，游人乐，想联翩。海上明珠璀璨，屈辱百年还。大道军车威武，万众回归庆典，礼炮响山川。港九洗前耻，一国梦双圆。

2013 年 12 月 13 日

浪淘沙·团圆

朗月挂中天，星汉无边，抚琴把酒对缠绵。隔岸相思思不断，骨肉情牵。

华夏五千年，沧海桑田，年年月满盼团圆。正道人间花烂漫，共赏婵娟。

2013 年 9 月 19 日

悼念诗两首

曾光伟

悼念李春荣同学

入泥冬雪润春花，万物死生各有涯。
君梦天庭无恶弊，轻扬魂魄上仙霞。

2009 年 12 月

悼念张书玷同学

碧宇高天降锦云，邕江漓水起悲音。
痛失学友无哭处，泼墨挥毫寄恸深。

2010 年 9 月 4 日

注：张书玷同学系北京广播学院（现中国传媒大学）新闻系播音专业 68 届毕业生，广西人民广播电台播音指导，中国播音与主持人协会广西分会会长。邕江、漓江为广西境内有名的两条江河。

赞母校（外一首）

邢业范

赞母校

母校校庆近重阳，五十五载业辉煌。
铸就名校耀光彩，踵事增华翰墨长。
海北天南留声影，传媒系统赖顶梁。
济济人才后浪涌，新闻通达著华章。

记校友与老教师座谈会

传媒校友聚一堂，采烈兴高述衷肠。
学生感谢师恩广，老师偏说子特长。
相亲相敬心常想，互勉互励业辉煌。
盼望来年再聚首，执手相看道安康。

2009 年 10 月

河南游打油诗十首

邢业范

游开封“清明上河园”

走进清明上河园，宋都景象入眼帘。
殿试斗鸡马球场，绣球打中新郎官。

2012年10月16日

游开封府

宋朝衙署开封府，不知冤死多少人。
自从包拯升堂后，一股清气飘入云。

2012年10月16日

游开封龙亭

龙亭曾是御花园，如今景象胜从前。
时逢开封菊花展，万紫千红似春天。

2012年10月16日

游云台山红石峡

栈道半山过，溪水脚下流。
人在矮岩下，谁敢不低头！

2012 年 10 月 16 日

游云台山小寨沟

潭瀑峡叫小寨沟，清潭飞瀑溪水流。
顽石矗立进山路，两边悬崖遮日头。

2012 年 10 月 17 日

游洛阳白马寺

进入白马寺，天色渐朦胧。
僧众忙打豆，处处关门声。

2012 年 10 月 17 日

游洛阳龙门石窟

伊阙山下看龙门，石窟艺术美绝伦。
北魏北齐隋唐宋，卢舍那前独聚人。

2012 年 10 月 18 日

游洛阳嵩山中岳庙

古柏参天中岳庙，四百余间建筑群。
听说法神能祛病，人人争去摸铁人。

2012年10月18日

游登封少林寺

禅宗祖庭少林寺，“天下第一”是刹名。
巧逢彩排武术节，红旗飘飘遍地僧。

2012年10月18日

游少林寺塔林

“塔林”名字不虚传，新旧相间千百年。
虽是墓地犹可看，增加少林一景观。

2012年10月18日

赞蔡友（外五首）

邢业范

赞蔡友

同学屈指数，蔡友称大家。
爱书不顾命，攻读领域杂。
勤奋蜂酿蜜，学识仰泰华。
人品更纯正，有朋遍天涯。

赞《蔡友诗选》

诗选是自传，新鲜又别致。
无需多言语，形象已矗立。

2011 年 3 月

读《蔡友文集》有感

士别三日刮目看，何况不见几十年。
读罢文集和诗选，与君相距几重山！

2015 年 2 月 24 日

与蔡友电话忆旧

同学聚会老照片，放大之后仔细观。
有的面孔不敢认，千里电话唠半天。

2015 年 4 月 26 日

给蔡友寄《尚志碑林》

市场去淘宝，书摊偶得之。
知君喜此物，内里多相识。

2015 年 4 月 28 日

喜获《蔡友诗歌全录》有感

蔡友诗歌录，收到最新版。
鲜红珍藏印，亲切题赠言。
显眼井冈照，醒目题词款。
赠答诗记趣，友情在心间。

2015 年 7 月 8 日

同窗情（七首）

蔡　友

陈群林到访

难忘八达岭，常怀己巳年。
君容大舰撞，我拒纤尘沾。
造境知音少，纪实赏爱宽。
野生茶细品，至淡有余甘。

2015 年 5 月 23 日

题徐爱群夫妇照

自在汀竹凝碧瑛，甘泉常注细无声。
一生所阅万千水，几处可曾及此清。

2004 年 9 月 11 日

注：徐爱群，大学同学。他看上去很内向，低调，淡然，但越交越厚，越接触越觉其人格极为纯粹，就像深山老林中的泉溪，澄澈人的灵魂。今生遇到一个这样的朋友，足矣。

乒乓照赠陈莲凤

勤挥汗水对朝阳，晨练至今兴味长。
细数“文革”无尽憾，乒坛失却混合双。

2011 年 9 月 28 日

注：陈莲凤，大学同学，我的第一任乒乓球教练。

忆陈娜伉俪探访

争相跪拜富官星，轻叩寒门有几人。
莫叹邪风刮愈烈，真情天地共亡存。

2014 年 10 月 6 日

注：2004 年 10 月 6 日午后，陈娜伉俪来家探访。当时我正在与病魔搏斗，深感老同学真情之宝贵。陈娜，大学同学。一双慧眼识得模范丈夫。

喜见业范兄大函近照

四十五载太匆匆，黑瘦翁成白胖青。
同做农家有志子，都成书海小忙蜂。
世风日下心锥痛，物欲横流魂倍清。
大道之行孰可逆[1]，人间不信不东风[2]。

2015 年 4 月 26 日

注 1：大道之行，见《礼记》。

注 2：见北宋王令《送春》："子规夜半犹啼血，不信东风唤不回。"

佟玉惠制汉服

高雅美装太讶惊，自寻乐趣更堪称。

我今阅世七十载，未见夕阳如此红。

2015 年 5 月 16 日

注：佟玉惠，大学同学，其善良、好学、踏实能干、随和，给人留下深刻印象。晚年自找乐趣，活得有情趣，有品位，感染到周围人。

缅怀马智敏

悲余屈指数，老友弥足珍。

参非速生贵，酒乃陈酿醇。

新枝难耐雪，红叶易成尘。

健在多来往，少将恨悔吞。

2014 年 12 月 16 日

岁月拾零（六首）

陈为琛

一

母校重逢忆旧踪，园丁桃李话峥嵘。
似火年华酿佳醪，沧桑历尽味醇浓。

二

时乱离校甚匆匆，[1] 凄冷寥落各西东。
别意遥遮梧桐绿，离愁深锁枫叶红。

三

回眸难觅校园夜，三号楼空人亦空。[2]
怕见黄花偏入眼，潇潇落叶怨西风。

四

天涯逐鹿路漫漫，[3]创业无果亦无功。
疑雨疑云全无谓，知非知是烙心中。

五

“而立”故里孝慈颜，[4]误入仕途费谦恭。[5]
不卑不亢官府事，无悔无愧自从容。

六

花甲退业戏儿孙，顿觉息肩一身松。
草根书生仍还我，一笑风清两袖空。

2009年10月

注1：“时乱”指“文化大革命”后期。

注2：“三号楼”即当年我们新闻系同学居住的宿舍楼。

注3：“天涯逐鹿”指毕业分配至海南岛陵水县工作。该地与三亚的景区“天涯海角”、“鹿回头”毗邻。

注4：“而立”故里，言我32岁从海南调回江苏老家侍奉耄耋老母。

注5：误入仕途，自嘲也。时归故里不年，即“荣任”县官。我本一介书生，不谙官道，故谓“误入”。

赠母校（外两首）

陈为琛

“五五”经得风雨狂，铸就名校耀彩光。
海北天南留声影，新闻通达著华章。
峥嵘岁月意飞扬，踵事增华翰墨长。
漫怀广院千间愿，共祝传媒万世昌。

注：“五五”，指中国传媒大学建校五十五周年。

戏平生

平生自奉诗书乐，二字功名风马牛。
仕途亦非又亦是，浮生恕不逐封侯。

别师友

彩云易散聚萍难，霜鬓弥嗟霜叶丹。
我有一言赠归棹，颐年康乐祈平安。

2009 年 10 月

校庆诗两首

贺亚生

北京广播学院五十华诞同班学友聚会有感

欢聚一堂笑声飏，握手已是两鬓霜。
耕耘岁月终无悔，直上云天小白杨。

2005 年 9 月 9 日

中国传媒大学五十五周年校庆师生欢聚有感

又是一年菊花黄，天南地北会一堂。
学友重逢无心曲，师生欢聚诉衷肠。
母校漫步寻旧梦，景山登高唱秋光。
风华岁月化青史，传给儿孙造辉煌。[1]

2009 年 11 月 10 日

注 1：2009 年 10 月 23 日至 25 日北京广播学院新闻系六五一、六五二班校友欢聚京城，在母校与老教师座谈，登景山，逛前门，观鸟巢；在人民大会堂欣赏校庆五十五周年晚会。特作七言诗一首，留下永远的纪念。

同学欢聚黄鹤楼（外六首）

贺亚生

同学欢聚黄鹤楼

同窗谈笑彩云中，千里相聚亲如兄。
三十五年风烟过，黄鹤漫舞第二春。

2005 年 11 月 29 日

注：在新华社武汉分社周子平同学的热情承办下，北京广播学院新闻系六五二班学友及六五一班部分学友欢聚武汉黄鹤楼。周子平学友提出了人生第二春和第二次创业的思想，令人振奋。

与学友共登滕王阁

随步上云端，江横千里湾。
共唱秋光好，心飞天地宽。

2006 年 10 月

注：在学友周复民、孙志泉的热情承办下，北京广播学院新闻系六五一班、六五二班同学江西大聚会，盛况空前，圆满成功，留下美好的回忆。

游黄果树瀑布

雷声十里卷洪波，白云飘处挂江河。
飞珠溅起千堆雪，大浪淘沙向东歌。

2007 年 9 月

与学友同游长白山天池

碧波高悬唱大风，云卷远山鸟无踪。
笑语峰巅春心在，霜鬓浩气撼龙宫。

2008 年 7 月

与学友同游松花湖

烟雨松花浮远山，浪飞银珠情自燃。
浩瀚湖波连天碧，一船欢笑一船仙。

2008 年 7 月

大学同窗长春聚会有感

千里欢聚弹心曲，岁月如歌甘苦多。
洗净功名童心在，胸襟万里走山河。

2008 年 7 月

注：2008年7月3日至8日由李振海学友做东，北京广播学院新闻系六五一班学友欢聚长春，新六五二班10位校友应邀参加。大家同游吉林的山水名胜，尽享友情之美，山水之美。7月3日晚，学友们在宾馆座谈，畅谈人生经历和感受，如美酒沁心，醇厚绵长，真是精神的大会聚。我代表新六五二班校友会致贺词说："今天我们欢聚在这里，说明我们虽然退休了，但依然有着理想和追求。我们不但热爱生活，而且会创造生活，更会享受生活！"

赠东道主李振海学友

许酒长白山岳雄，情注松江浪千重。
事业人脉两兴旺，智慧人生传子孙。

注：学友李振海主办的这次同学聚会，照顾十分周到，游乐十分尽兴。所到之处，他的部下、朋友，热情款待，令人感动。其部下、朋友对他的交口称赞，令人钦佩。显示了振海学友雄厚的事业基础和兴旺的人脉。他成功的人生经验，我已来不及学习，应当传给子孙。

赞温济泽老师（外四首）

贺亚生

赞温济泽老师

浦江沉沉播火种，牢狱森森铁骨铮。
笔锋穿破旧世界，宝塔山上雄鸡鸣。
讲坛耕耘桃李新，笑对人生路不平。
追求真理平生志，万里长空不落星。

2000 年 10 月 12 日

赠吕佩浩学友

宝剑磨砺不畏寒，抛洒肝胆化诗篇。
册册新书凝智慧，人生路上创新天。

2001 年 6 月 28 日

注：吕佩浩学友先后任中国国际广播电台对华侨广播部副主任；中国国际广播出版社编委会副主任兼中文编辑部主任、编审。他在任期间曾编辑出版了 200 多种图书，有的书在社会上产生了很大的影响，也曾支持出版了我的文集。

赠王淮胜学友

瑶乡耕耘写春秋，口碑永铸风雨楼。
两袖清风恃傲骨，垂钓清江亦风流。

2005 年 5 月 28 日

注：2005 年 4 月，我与学友王小戍在广西贺州市王淮胜家小住十二天。参观访问了王淮胜曾经战斗和工作过的地方。王淮胜大学毕业后分配到广西工作，历任富川县县委书记、贺州市发改委主任。富川政协主席对我说："王淮胜在我们这里做出了显著的成绩，口碑很好！"1992 年，我因工到广西考察，广西壮族自治区组织部长马庆生在接待我们时也称赞了王淮胜。

读谢骏学友新著《新闻传播史论研究》有感

百花园里采蜜忙，心血浇灌育华章。
岁月磨出神来笔，桃李芬芳醉玉浆。

2006 年 1 月 25 日

注：谢骏为广州暨南大学新闻学院教授。

清远访学友石征献

千里访友正逢春，清远创业汗马功。
电波荧屏溶智慧，青春心血化彩虹。

少年饱尝人生苦，英年尽展抱负雄。

红袖添酒谁能比，快活林里不老翁。

2007年3月15日

注：石征献学友是广东省清远市广播电视事业的开拓者，先后创办了清远市广播电台、电视台，退休前是该市广播电视局副局长兼电视台台长。

缅怀任远老师

春蚕日夜吐芳华，心血浇灌荧屏花。

夕阳落去青山在，桃李芬芳万道霞。

2010年7月5日

缅怀学友张书玷

声震井冈诗韵长，仙女湖暖会同窗。

一生心血化金筒，玉音袅袅上天堂。

2010年9月

【作者简介】

贺亚生　山西沁源人。1969年毕业于北京广播学院新闻系编采专业。1976年9月入党，历任河北省邢台市机械局政工科宣传干事，北京人民广播电台新闻部记者，中国引进报社专题部主任，中国财经新闻报社记者通联部主任，国务院新闻办《人权》杂志采访活动部主任。1993 年评为主任记者。采写过大量有社会影响的新闻、通讯和人物专访等。1995 年担任全国引进工作十五年成果展览会组委会办公室副主任兼宣传组组长。2000 年策划并参与主编了大型画册《江南长城》。2001 年出版《江南长城雄风在——贺亚生新闻作品集》。2005 年 9 月创办北京华夏艺海书画院，任院长。

河南聚会诗两首

佟玉会

游云台山

昔日同窗鬓发白，千里相约赴云台。
红峡珠瀑苍山美，不老泉边笑颜开。

菊花节

九月菊花黄，开封处处芳。
不畏秋风冷，万菊展轩昂。

赞菊情高雅，赏菊形潇洒。
莫叹夕阳晚，如菊炫仙霞。

2012 年 9 月

老年抒怀

牛希昌

京华一别四十年，岁月雕颜两鬓斑。
回首历经坎坷路，无怨无悔心坦然。
位卑未敢忘国事，丝尽到老一春蚕。
而今修来自由身，珍重健康少忧烦。

2010 年春节

校庆五十五周年回母校聚会有感

吕佩浩

少年不懂惜光阴，岁月流金四十春。[1]

风雨同行得教益，艳阳分享振精神。[2]

茧蚕织就校园锦，蜡炬照明学子心。

喜看晚霞多绚丽，师生俱是老天真。

注 1：我们原北京广播学院新闻系六五级同学 1969 年从母校毕业至此次返校，恰好整四十年，故云“四十春”。

注 2：上句指当年师生共同经历“文革”的磨难，在逆境中，我们从老师那里受益匪浅。风雨，比喻“文化大革命”。下句指此次座谈会上老师对同学们的鼓励，其中，原系主任曹璐老师赞扬同学们团结友爱，奋发有为，永远是母校的骄傲。

江西采风（六首）

吕佩浩

游仙女湖

一泓秋水似妆台，绿树蓝天影徘徊。
小岛飘浮妆镜里，莫非仙女掷笄来？

2006 年 10 月 16 日

宜春一日

绵绵秋雨涤尘埃，洁净泉城众卉开。[1]
明月山中明月隐，[2] 美泉轻浣梦中来。

2006 年 10 月 17 日

注 1：卉，即花，众卉即众芳，也比喻当地各行各业取得的成绩。

注 2：明月山是当地著名风景区，以“月在山中行，山在月中明”得名。温泉是当地著名休闲胜地，洗温泉浴可驱病强身。

参观抚州王安石纪念馆

大策安邦举世惊，书生铁腕有威名。

乡人已建荆公馆，功过从来后代评。

2006 年 10 月 18 日

井冈行

井冈叠嶂笼轻纱，处处红楼处处花。

校友采风黄洋界，欢声笑语唱飞霞。

2006 年 10 月 20 日

登滕王阁

滕王高阁久闻名，美序一篇诵至今。

乘兴登楼极目眺，长天秋水物华新。

2006 年 10 月 21 日

注：滕王阁建在赣江边，高六层，登楼可俯视南昌全景。此楼以唐·王勃作《滕王阁序》而闻名，序中有“落霞与孤鹜齐飞，秋水共长天一色”之佳句。

雨日游庐山

烟雨山崖万壑松，苍茫云海九江风。

六旬校友匡庐会，偏爱林间枫叶红。

2006 年 10 月 22 日

吉林采风（八首）

吕佩浩

游长春净月潭森林公园[1]

放眼尽葱茏，身飞绿海中。[2]
和谐生态地，北国一春城。

2008年7月5日

注1：净月潭国家森林公园，有人造森林面积100平方公里，湖水面积4.3平方公里，是个山水林合一的生态风景区，也是北国春城长春的休闲胜地。

注2：身飞，指我们乘坐缆车在林海上空遨游。

参观长春伪满皇宫有感

辱国伤心处，溥仪帝后宫。
内廷器物在，当事人皆空。

2008年7月4日

注：长春伪满皇宫皆中西结合式建筑，占地12公顷。是伪满洲国皇帝爱新觉罗·溥仪的宫殿。现辟为博物馆，揭露日本武力侵略中国东北地区以

及溥仪伪满傀儡政权卖国求荣的罪行。

雨中游松花湖[1]

满目青山影，雨烟蒙碧湖。
此行惜范蠡，[2] 林秀蠡园无。

2008 年 7 月 6 日

注 1：松花湖是吉林最大的人工湖，与太湖、洞庭湖被列为国家重点开发的三大湖泊。这里美在水阔、山幽、林秀。

注 2：蠡园，在太湖附近，相传是春秋时越国宰相范蠡功成隐居之地。

观长白山天池

黛嶂白云间，天池绕紫烟。
关东藏大美，挺秀一神山。

2008 年 7 月 7 日

注：天池位于长白山主峰火山椎体的顶端，四周奇峰环抱，池水碧绿清澈，湖面高度为海拔 2194 米，方圆 9.8 平方公里，平均水深 204 米，是世界上海拔最高的火山口湖。

观长白山瀑布

天池积圣水，倾泻成飞流。

疑是青龙跃，清凉洒不休。

注：从天池倾泻而下的长白飞瀑，高 68 米，是世界上落差最大的火山湖瀑布。

观绵江双叠瀑布

耳际沉雷鸣，眼前瀑布稠。
崖间飞瑞雪，落地化清流。

游长白山原始森林

长白峰岭秀，积雪抹云端。
谷底森林绿，暑天增暮寒。

2008 年 7 月 7 日

注：长白山有十几万公顷原始森林，林木遮天蔽日，空气清新，凉爽宜人。走在蜿蜒的林间栈道上，让人心旷神怡，流连忘返。

海蓝江畔观日出

旭日跃长空，大江一缕红。
朝霞和夕照，美丽五洲同。

2008 年 7 月 8 日

注：此诗从朝霞美联想到晚霞美，歌赞晚年生活之乐趣。

河南采风（九首）

吕佩浩

河南开封菊花文化节游园有感

菊龙腾跃舞银黄，[1]玉蕊金英带露香。
迎面花潮多艳丽，满园秋色胜春光。

注 1：今年是龙年，河南开封菊花文化节的主会场——清明上河园和龙亭公园都有用菊花盆景造型的巨大花龙。这句诗是对这些花龙造型的赞美。

和大学同学在河南开封龙亭赏菊

龙亭秋菊珍，[1]校友共观吟。
御道金风过，花香沁我心。

注 1：龙亭，古城开封的一个著名游览点，也是开封文物古迹的一个代表。其实，这不是亭，而是建筑在一座高达 13 米的巨大青砖台基之上的殿堂，位于开封城内西北隅龙亭公园内，南接宋都御街。目前，以它为中心已经形成了开封最大的风景区，成为中外游客向往的旅游胜地。这里也是今秋开封市菊花文化节的主会场。

参观开封府

开封堂上镜高悬，铁面无私执法严。
今日门庭人似水，只缘民众爱青天。[1]

2012年10月16日

注1：青天，即包拯。他为官清廉，不畏权贵，秉公执法，伸张正义，平反了许多冤假错案，被百姓称为包青天。

游龙门石窟

飞来神笔龙门赋，万窟群雕现巨筹。[1]
栩栩如生莲上佛，[2]魏唐艺术耀千秋。

2012年10月17日

注1：巨筹，巨大的筹划与规模。史载洛阳龙门石窟从北魏起建，至唐朝完工，前后历时四百余年。

注2：龙门石窟雕像具有外来文化本土化的划时代意义，其艺术价值不可估量。其中一尊坐在莲花座上的释迦牟尼大佛，站在河对岸也清晰可见。

咏嵩山少林寺

千年香火一仙宫，翠柏苍松半碧空。
释道同坛高境界，武功传世少林风。

2012年10月18日

拜谒中岳庙

古庙坐群峰，入门林木葱。
铁人看暮鼓，猴鹿守晨钟。[1]
台阁连天宇，碑亭映日红。
焚香参岳帝，[2] 闻道在祠中。

2012 年 10 月 19 日

注 1：铁人，北宋时铸造的四尊镇庙铁人像，耸立于中岳庙的入口处。相传抚摸此神像能祛病消灾。猴鹿，中岳庙内形似猴和鹿的古柏树，俗称猴柏、鹿柏。

注 2：岳帝，中岳大帝，又称岳神，供奉在中岳庙的正殿——峻极殿，又名中岳大殿。

咏洛阳白马寺

重重花木锁深幽，善土禅宗殿阁留。
白马驮经天竺事，至今传颂唱千秋。[1]

2012 年 10 月 19 日

注 1：据史料记载：东汉明帝刘庄梦见一天竺圣人，便派人由洛阳前往天竺国寻求佛法。三年后，他们带着印度高僧摄摩腾和竺法兰，以白马驮载佛经佛像返回中土。第二年汉明帝下令在洛阳城建造了中国第一座佛教寺院，储藏他们带来的经书佛像。这里便成为中国佛教发源地。这座佛教寺院就是今天的洛阳白马寺，据说是因当时驮载经书佛像的白马而得名；而白马从天竺国驮经来中土的故事也传颂了一千九百多年。

秋游云台山

秋日云台峰谷秀，同侪结伴踏歌行。
溪潭水远清泉涌，瀑布流高雾气腾。
红石崖边攀鹤路，[1]白云天际望仙踪。
子房湖阔烟波碧，[2]谈笑古今游兴浓。

2012年10月17日

注1：鹤路，仙鹤才能飞过的地方。神话故事中，神仙通常骑着仙鹤云游仙山琼岛。此处用以比喻山的险峻，道路的难走。是一种夸张手法。

注2：子房湖，相传汉代名臣张良（字子房）帮助刘邦成就大业后隐退至此，因而得名。湖面800亩，长约4千米。两岸青山对峙，夹一带绿水，景色如画。

桂枝香·清明上河园怀古

虹桥放目，[1]正北国中秋，金菊如簇。[2]汴水潺潺似练，画船横渡。楼台倒影清波里，背西风、酒旗飞舞。殿前科举，蹴鞠尘起，绣球招婿。[3]

追往昔，繁华竞逐。叹城外峰台，兵戈相续。千古风流人物，几多荣辱？[4]宋朝旧事随云去，浩诗词歌赋。喜看华夏，文明再造，百花芳馥。

2012年12月1日于海南三亚

注1：虹桥，清明上河园中的一座木结构拱桥名。站在此桥上，可以看到园内浓缩的北宋都城汴梁和汴河两岸的景象。

注2：金菊如簇，我们游览清明上河园时，正值开封市举办国际菊花文化节，清明上河园是主展区，有许多以菊花造型的花坛，故云。

注 3：殿前科举、蹴鞠尘起、绣球招婿，系清明上河园内上演的三个节目。殿前科举，即殿试，中榜游客可穿状元服入朝为官。蹴鞠尘起，系宋朝皇宫里的一项娱乐活动。蹴鞠，是用皮革做的球，比赛时双方队员骑在马上奔跑争夺，用棒把球打入对方球网多者胜。绣球招婿，这也是与观众互动项目。王员外女儿站在楼阁上挥手抛出绣球，抢得绣球者上楼披红戴花，和小姐拜堂成亲。

注 4：千古风流人物，几多荣辱？这是作者对历史的一种反思。宋朝在科技、文学方面有很大成就，但在政治、军事上存在不足，如改革家王安石、文学家苏轼、大诗人陆游都在官场不得志，抗金名将岳飞还被皇帝所杀。作者认为，不重视人才，摧残人才，是这个王朝由强变弱、直至灭亡的一个重要原因。

黑龙江采风（五首）

吕佩浩

乘船游松花江

夏日冰城万物欣，同窗相约画船巡。
一江波水连天阔，两岸风光尽揽臻。

夏游太阳岛

草木葱茏伴响泉，太阳岛上尽欢颜。
烛龙衔火南飞去，[1] 留下清凉避暑天。

注 1：烛龙，古人称其为太阳神。古书《易纬乾坤凿度》即开烛龙为太阳说之先河。唐人僧鸾有诗云：烛龙衔火飞天地，焰焰流光热凝翠。清人俞正燮在《癸巳存稿·烛龙》备引古书烛龙之文，认为“烛龙即日之名”。也有学者认为烛龙是火神。

夏游哈尔滨城市森林公园[1]

北国名园六月中，景观不与岭南同。

蝶飞燕舞花如锦，松海天棚拂面风。

2013 年 7 月

注 1：哈尔滨城市森林公园又名黑龙江省森林植物园，面积为 133.33 公顷，是全国唯一一座坐落在大城市市区的国家级森林公园，是当地市民夏季度假休闲的好去处。

与大学校友冒雨游镜泊湖

琼岛仙山湖上现，清风烟雨水中天。
游程校友联欢会，笑浪歌潮满客船。

2013 年 7 月

雨中观吊水楼大瀑布

白浪排空百丈屏，银河四泻北天倾。
俯观跌瀑汪洋界，身若飘浮踩绿萍。

2013 年 7 月

诗词唱和（二十八首）

访邹宅

陈群林

半亩庭园着意裁，蓬门犬吠应声开。
无山无水无雕砌，有菜有花有青苔。
百姓情怀多客室，文人雅趣一书斋。
羡君得遂农夫愿，可伴蝉鸣远雾埃。

2003 年 10 月

田园乐（和陈群林学友）

邹兰春

老圃参差任剪裁，菜花野卉竞相开。
果蔬有味酬嘉客，竹树成荫护绿苔。
皓首忧国存正气，陋才研墨醉书斋。
欣逢盛世耕读乐，莫教诗书染厚埃。

2003 年 10 月

一剪梅·同窗长春聚首

邹兰春

草草当年别仲秋。惆怅萦怀，蛛网萦楼。飘零四海几多愁。梦里分明，携手曾游。

相见时分喜亦忧。秉性依然，相顾白头。江河长恨不西流。苦辣酸甜，欲说还休。

2008 年 7 月

和邹兰春《一剪梅》

陈群林

弹指人生已过秋。漫解征袍，且下危楼。老来不用酒浇愁。重检诗书，再作神游。

也与同窗说喜忧。苦在心中，笑在眉头。兴亡自有大潮流。冷眼沉浮，善罢甘休。

2008 年 7 月

赠蔡友二首

陈群林

睽违半世上重楼，往事如烟说未休。
二十六年杯酒尽，也无欢喜也无忧。

乖女贤妻不复求，诗书影像自风流。

一生爱憎分泾渭，更有童心付白头。

2015年5月

集句和陈群林二首

蔡　友

天下皆忧得不忧？欲回天地入扁舟。
褰衣步月踏花影，更有童心付白头。

山外青山楼外楼，英雄儿女各千秋。
虚名满世真何用，唯见长江天际流。

2015年5月28日

注：第一首，第一句，清代王夫之《读文中子》；第二句，唐代李商隐《安定城楼》；第三句，宋代苏轼《月夜与客饮杏花下》；第四句，陈群林《答蔡友二首》。

第二首，第一句，宋代林升《西湖》；第二句，清代赵翼《西湖杂诗》；第三句，宋代杨万里《诗情》；第四句，李白《送孟浩然之广陵》。

甲子退休述怀

吕佩浩

甲子退休意未酬，天南海北写风流。
苍龙晚日犹行雨，良骥暮年仍恋丘。

不教声名虚岁月，且将信仰赋春秋。
壮怀应是夕阳志，续耀余晖遍五洲。

2008年冬

和吕佩浩同学《述怀》

邹兰春

双鬓已衰志未休，忍将意气入俗流。
长悔少壮付荒岁，空对桑榆叹隐忧。
板凳清冷宜悟道，性情愚钝不识愁。
一年最是从容日，翰墨田园乐晚秋。

2009年1月

大学同学聚餐有感并赠陈群林同学

吕佩浩

昔日职场苦乐多，沉浮荣辱化清波。
功名洗净童心在，霜鬓笑谈皆是歌。

2008年10月20日

和吕佩浩同学

陈群林

书生自古隐忧多，块垒难平唤奈何？

莫若童心观世事，兴亡胜败也成歌。

2008 年 10 月 21 日

与大学同学赴河北固安秋游有感

吕佩浩

假日秋游到固安，[1] 温泉浴罢进中餐。
农家土馔多新意，驴肉飘香玉黍甜。[2]

2011 年 10 月 9 日

注 1：固安，河北省紧靠北京的一个县，赵玉斋同学的故乡。这里有远近闻名的华御温泉。赵是此次活动的东道主。

注 2：驴肉，固安县的特色菜肴，色泽鲜红，含脂率低，肉质细嫩，不膻不腥。

和佩浩

曾光伟

老同学固安聚会令人神往，应兄邀请，和诗一首。

异国思乡梦里游，轻风飘海过神州。
席间拜酒云中客，花季流年共晚秋。

2011 年 10 月 23 日写于澳大利亚

初四游什刹海

蔡　友

极更鼓楼久停声，前海柳丝又转青。
不是春风不公道，半湖绉水半湖冰。

2015 年 2 月 25 日

和蔡友

观哈市防洪松花江冰上欢乐谷，原韵奉和蔡友诗。

邢业范

江上一片欢笑声，溜冰滑雪趁年轻。
不是游人不知冷，酷爱白雪酷爱冰。

新　春

张书玷

冲天牛气兆春新，艳艳桃符驱旧尘。
浊酒渔樵谈笑快，来年佳酿更清醇。

2009 年 2 月 7 日

和张书玷同学《新春》

吕佩浩

寒冬过后即新春，万户千家除旧尘。
若待金牛开锦绣，神州俱是种花人。

2009年2月9日

观北京奥运会开幕式

曾光伟

琼楼霞照不夜天，皇城宫宇礼花连。
最是鸟巢飞画轴，流光耀史鉴华年。

2008年8月

和光伟《观北京奥运会开幕式》

贺亚生

千人击缶卷巨涛，一轴飞天画图豪。
星球灿烂一家亲，童音美妙醉鸟巢。

2008年8月

游秦淮

吕佩浩

岁岁清流入帝城，河房水阁酒旗风。
六朝胜迹今何在，灯影画船波作声。

2010 年 10 月

和佩浩《游秦淮》

曾光伟

秋月旧朝随逝波，春风新政绿城郭。
秦淮烟雨夫子庙，香雾钟声漾金佛。

2011 年 1 月

中秋节致佩浩、秋芬夫妇

张书玷

玉兔玉山在玉盘，吴刚折桂酿陈年。
为君斟满一杯酒，共邀明月竟陶然。

2008 年 9 月 10 日写于南宁

步书玷中秋诗韵和一首

吕佩浩

碧山碧水碧云天，更有瑶池福寿泉。

愿请七仙递朱柬，邀君到此共怡然。

2008 年 9 月 19 日　写于海南保亭七仙岭温泉

附：中秋哀思

吕佩浩

年年月缺再成圆，又到中秋共玉盘。

惜友匆匆乘鹤去，只闻唱和一遗篇。[1]

2010 年 9 月 2 日

注 1：此诗是悼念 2010 年去世的好友张书玷的。遗篇，指他 2008 年中秋节前夕用手机发给我的贺诗。我当时正在海南保亭休假，和诗邀请他方便时到海南一游。他因病未能成行，终为一件憾事。

喜相逢

贺亚生

爆竹声声春意浓，三家三亚喜相逢。

笑谈往昔峥嵘日，盛宴酒香自醉人。[1]

2014 年 2 月 1 日

注 1：马年大年初二，我偕夫人贾延平，与大学同学周复民夫妇、吕佩浩夫妇，在三亚市内吕佩浩大妹家中聚会。大家回顾大学时的岁月，谈兴甚浓。吕佩浩大显身手，做了十五个菜，其中红焖肘子、烧大虾味甚美，真令人刮目相看！特作诗一首以记录这次难忘的欢乐聚会。

和贺亚生

吕佩浩

昔日同窗今聚首，人生风雨不知愁。
一杯红酒添谈兴，请寄天涯春意稠。

和贺亚生

周复民　赵国兰

吉祥马年乐春风，吕贺周友喜相逢。
更有夫人甜相伴，难得机遇多缘分。

聚会篇

三十四年后的一次班会

胡金兴

2004年9月7日是北京广播学院（同日更名为中国传媒大学）五十周年纪念日。当天上午，师生们在人民大会堂举行了隆重的纪念大会，晚上在广院大操场举行了“红烛颂”大型文艺晚会。著名演员张国立、王刚、宋祖英、沙宝亮等参加了演出，校友白岩松、周涛、文清和鲁健主持了晚会。所有这一切，似乎都是为我们新闻系六五级编采二班的同学聚会创造了一个机会，搭建了一个舞台。

9月8日上午，我们新闻系六五二班返校参加校庆的同学在广院研究生公寓的一间会议室内相聚，召开了一次特殊的班会。说是一次特殊的班会，是因为1966年6月“文化大革命”的突然爆发，完全打乱了我们正常的学习生活，直到毕业，班上再也没开过一次正常的班会。1970年夏天，在一片纷乱之中，同学们连一张毕业合影都没留下，手中也没有红本本（毕业证书），便匆匆地各奔东西了。有的同学至今还不知其下落！

一年又一年过去了，黑发被白发侵占，青春被老迈追赶，大部分同学已经整整三十四年没有见面了。渴望相聚、渴望重逢的心情潜藏在班上每一个同学的心间。

早在今年（2004年）春节期间，就有好几位从没有联系过的同学给我打来电话，相约五十周年校庆时回母校见面。正是在这种心境的驱使下，今年五六月间，身在江西南昌的周复民——这位入学时班上唯一的共产党员，首先发出倡议：今年校庆时我们举行一次聚会，大家座谈一下，介绍各自别后经历，畅叙同学情谊，他将提供赞助。倡议很快得到了北京几位同学的响应。

有的同学也慷慨解囊赞助。7月，由陈群林、曾光伟、贺亚生和吕佩浩组成的聚会筹备小组正式成立，并决定为返校的同学在广院专家楼包三天的住宿。而广州的谢骏同学当起了联络员。于是，从北京和广州两地向外拨出的联系电话铃声在祖国的四面八方响起。

这次聚会，黑龙江绥化的邢业范来了，广州的陈莲凤来了，宁夏的王宝三也来了；安徽的马智敏来了，广西的王淮胜来了，江西九江的黎向荣、孙敬梅同学夫妇也来了。新疆的罗文成有事来不了，但也发来了长诗表示祝贺。总之，凡是有可能参加这次聚会的同学都尽力争取来了。全班43名同学中有31位返校参加了这次难得的相聚。12位女同学除一位侨居德国、一位因公去世、一位有事以外，其余的全到了。最有情节的是在天津的同学邢继英，同学们谁都没法确定她的所在地。最后，是由在新华社湖北分社工作的周猷德（周子平）同学通过新华社天津分社才找到了她。为此，小邢在聚会上大发感慨，称“这是一个奇迹”。

是的，这种“奇迹”体现了彼此深深牵挂的同学情谊。正如陈娜同学在座谈会上所朗诵的《同窗情》诗中所说：“有一种怀念，从年少到白头；有

一种情谊，没有半点虚伪和铜臭；有一种信赖，人在江湖可从来没丢……因为我们是青春作伴时的同窗，我们是同师共门的校友。”正是这种情谊和信赖，才使同学们在座谈发言时随心所欲，一吐为快。王宝三同学甚至说出了埋在心底三十九年的秘密：刚入学的那一年，同屋的杨迎新同学脖子上长了一块白斑，用一种药水涂抹；而另外一同学张宪恩因咳嗽这时也在喝药水。正巧两瓶药水外观上一模一样，于是宝三偷偷给调换了一下。结果，两位同学一个白斑不掉，一个咳嗽没好。但他们始终没发现药水不对，有人在搞恶作剧。宝三说，今天趁这个机会把这个秘密公布出来，并向两位同学表示诚恳的道歉，也了却一块心病。被“熊”的两个同学立即站起来笑道：“今天才知道真相，宝三不说我们还真不知道。”同学们被宝三的坦诚所打动，都发出了会心的笑声。

我在聚会上说了三个关键词：心情、感悟和祝愿。我说：“我的心情用一句东北小品的话说就是和同学们‘一样、一样、一样的’。”在聚会上，我再次感悟到，共产党始终是我们的领导力量，这次聚会就是由我们班的老共产党员提议的。经过“文化大革命”的重大挫折，我们党终于走上了正确的轨道，相信今后会越来越好。同时，我也深深感悟到，发展才是硬道理，经济实力是一切事业的保障。由于同学的慷慨赞助，才使我们的聚会有了经济基础。最后，我祝愿老师和同学们心情愉快，身体健康，越活越年轻。大家都说，我们的愿望是一样的。

相聚情，意绵绵。就在这次特殊的班会上，同学们还讨论通过了北京广播学院新闻系六五级编采二班校友会章程，选举产生了会长、副会长和秘书长、副秘书长，可谓认真之至，热烈之至。会上决定将这次活动的录像刻成光碟留给大家作纪念，还有同学建议把每个人的发言整理一下出本书留念……会上还向大家分发了由同学自己设计的带有滕王阁雕刻的电光水晶纪念品，上书“北京广播学院新闻系六五二班同学别离三十四年重聚纪念 2004 年 9 月 8 日北京”。大家还穿上广院文化衫在一起合了影，了却了萦绕心头三十四年之久的一个心愿。

因为第三天恰好是第二十个教师节，同学们向出席班会的老师表达了深深的敬意和感激之情，祝老师们节日愉快，身体健康。正是这些老师们，不仅在我们在校时教给了我们知识和德行，在我们离校后又给同学们出具了公正的结论，保护了一批同学，使大家都有一个光明的前程。

出席班会的老师有雷跃捷、曹璐、赵玉明、李振水、姜树琪等。

8日中午，北京广播学院新闻传播学院（由原北京广播学院新闻系编采专业发展而来）副院长雷跃捷专门宴请了我们新六五二班的同学，曹璐老师还特地从自己家里拿了一瓶茅台为大家助兴。席间，周猷德同学热忱邀请同学们来年到湖北武汉相聚。我们期待着这一天。

本文发表于2004年10月13日的《大连日报》

缘

——北京广播学院五十周年校庆聚会感怀

黎向荣　孙敬梅

四十年前，一群烂漫天真充满幻想的青年学生从四面八方赴北京广播学院新闻系六五二班学习。三十四年后，一群风霜老成、走出梦想的花甲之人，从四面八方重聚北广新六五二班。岁月的流逝，造就了人也改变着人。有的相见却不相识了。但去掉红尘、镇定之后，举手投足、音容笑貌依稀中仍看到了当年的你、我、他。久别重逢，真诚所致，不停地说啊，笑啊，嗓子都哑了，恨不得把相聚的时间留住，亲情相见何尝不是如此！我认定这就是缘。

“缘”即缘分。是说人与人之间由命中注定的遇合的机会，泛指人与人或事物之间发生联系的可能性。四十年前，我们因缘而走到了北广新闻系，从此为我们的一生写下注脚。当时报考大学时，并不了解广院的内涵，是广院负责招生的老师在我填写志愿时推荐了广院广播电视新闻系。那时候，我尚未见过电视机，心中或许有诸多憧憬。还有一位同学同时收到两份入学通知书，一份是华东政法大学，一份是北京广播学院，最后也选择了“北广”，缘分使大家走到一起。

正当我们憧憬未来美好前景之时，突如其来的动荡将梦惊醒，使这些充满求知欲望的青年学生被大浪淘沙。在特定的历史时期，同学们背负着不同的冀望，甚至无奈离开广院，人各有志，是金子总会发光的。

对广院新六五二班毕业的同学来说，当时能从事所学专业是一种奢望。我们被分配到一座中等城市报到。当年该省下达文件，大专毕业生一律到中小学从教。我们拿着北京广播学院开具的毕业生分配介绍信到该市政府分配办公室杨主任处报到。经多次多方面商谈，我们竟被破格同意专业对口分配。当时能走上与生有缘的广播电视新闻事业，我想凭两点：一是凭广院广电新闻系在世人眼里的不俗，二是凭个人对广电专业由衷挚爱并一味追求的韧劲。从此我们便与广播电视结下了不解之缘。

几十年的记者生涯饱尝了酸甜苦辣。年轻需要奉献时，忘记了自己，时常加班加点，挑灯夜战。中年需建家教子时，却经常顾不了家和孩子，外出采访甚至大年三十晚上。步入知命之年后，逐步看到了继往开来的希望。女儿在省新闻出版局工作，儿子在中央电视台工作，这可以说是缘分的延伸吧。

回顾这几十年，走过的路是脚踏实地的，人生是平凡的，而生活是充实的。有付出，就会有收获。当我们连续三年荣获国家级政府奖电视文艺最高奖之一“星光奖”，并捧回奖杯时，我的心平静下来了。北京广播学院是我事业成功的摇篮，社会是我事业成功的基础，个人的努力和才智是我一生的追求。

今天，当我们回首往事并展望夕阳绚丽的红霞时，我们的心态是平和的，胸襟却更开阔了。因为“缘”使我们山南海北的同学挚友的心在沟通，形散而神聚。

2004 年 11 月

【作者简介】

黎向荣　1943 年 9 月生于山东乳山县，1950 年随父亲南下到南昌。

1953—1959 年在江西南昌育新小学读书。1959—1965 年在江西师大附中读书。1965 年 8 月考入北京广播学院广播电视新闻系。1969 年毕业后一直从事新闻工作。1970—1977 年 5 月在辽宁抚顺人民广播电台担任记者。1977 年 5 月—1982 年在江西九江地区广播站担任记者。1982 年加入中国共产党。1982 年 8 月至今在江西九江日报社担任记者编辑、主任、主编、高级编辑。2003 年 9 月退休。

孙敬梅　1946 年 5 月生于辽宁丹东。1953—1959 年在丹东金汤小学读书。1959—1962 年在丹东四中读书。1962—1965 年在丹东二中读书。1965 年 8 月考入北京广播学院广播电视新闻系。1969 年毕业后，一直从事文字工作。1970—1977 年在辽宁抚顺市五十八中学政工组工作。1977—1984 年在江西九江地区广播站任事业科长。1984 年 5 月始就职于江西九江电视台副台长，主管新闻宣传、文艺创作等，高级编辑。2006 年 5 月正式退休（60 周岁）。

黄鹤武当万里情

谢　骏

天高云淡，金秋送爽。周子平（猷德）、唐南英伉俪作为主人在汉口热情地迎来24位同学和两位同学的夫人。他们分别来自北京、上海、新疆、河北、河南、江苏、江西、广东、广西、福建、山西、辽宁、黑龙江等13个省、市、自治区，包括北京广播学院新闻系六五二班的17位、六五一班的5位、六四级的2位同学。其中三十五年后首次见面的有7位：他们是新疆的罗文成、黑龙江的姚明贤、辽宁的桂雅莉、江西的孙智泉、广东的肖九连、河南的刘忠舟、北京的赵恩洲。其余同学一年前在北京广播学院校庆五十周年时见过面。久别重逢，大家兴高采烈、亲热异常。刘忠舟是今年（2005年）元旦之后才寻找到的。他说："以为这一辈子不会见到同学了，这次能见面像做梦一样。"他的大实话，说明了同学之情深厚无比。天下没有过不了的河，世上没有找不到的人。现在新六五二班"遍插茱萸少一人"，就缺可爱的常买（一丁）同学了。

这次聚会是周子平先生一年之后的履约。食宿、旅游安排都精心到位。参观黄鹤楼、攀登武当山，"极目楚天舒"。不少人回想起四十年前，我们进京的报到证上写着真武庙，并未见庙，"文革"中，虽有来自真武塔下的工宣队师傅，皆"非真武不足当之"，而今来到"亘古无双胜景，天下第一仙山"，真的登上武当绝顶的金殿，拜谒真武大帝，终于还了心愿，可能是主人诚心之所在。因为冥冥之中，也许是修仙得道之人保佑了我们大家：历尽艰辛和坎坷，苦去甘来，才终于安享晚年。

周子平、唐南英二位为此次同学四天生活在一起（10月28日至31日）

作了精心的安排，是一个完整的系列，有欢迎宴、告别宴，主人都作了充满激情、友情的致词，给四方宾朋学友留下了亲切深刻的印象。周子平同学红光满面、神采飞扬。周夫人携着挎包紧紧相随，结账付款，沉稳细致，是个很称职的贤内助。欢迎辞中，周子平同学回溯了我们广院同窗五载之谊和离京后天各一方之路。他说："我们这一代人的人生是备受磨砺的人生，既苦涩又甜美，既深沉又高亢，既阴雨又阳光。这样的人生才是感悟至深、绚丽多姿的人生，才是价值永恒值得回味的人生。"他还鼓励大家花甲过后，把握大好年华，进行第二次创业，极大地勃兴了大家的雄心壮志。

首次参加聚会的同学，都讲了进入社会之后的不平常的经历。卢炳勋、姚明贤到了中国最北的珍宝岛附近，罗文成、孙智泉到了中国最西边陲的新疆，赵恩洲和沈芳到了内蒙古的托克托，肖九连到了中国的南大门广州，陈学新到了东南沿海的福州，刘忠舟到了中原腹地南阳。桂雅莉偕男友吴亚根回到辽宁的锦州。东西南北中，音信全无。可是，不管身处何种环境，大家凭着一腔热血，把握了各自的命运。罗文成唱了《赞歌》和《花儿为什么这样红》，裂石穿云，也说了多次有入伍的机会，但都未能穿上军装，最后成为边疆的一名公安战士。他总结的格言是："官场无义，战场无情。慈不带兵，义不敛财。"字字铮铮，有金石之声！卢炳勋讲了他专业"对口"的往事，听起来有些不可思议，但当年却是无懈可击。他学的是新闻，但当地无用武之地的媒体，专业是电视，安排到一家照相馆，照相、冲印都不是长项，只能用其短，开了三年的发票。后来他到齐齐哈尔、宁波、上海从事新闻工作，而所有的媒体都是由他从采购器材开始。孙智泉从新疆回到老家江西，发展比较顺利，当上了宜春市委宣传部长、市委常委，但他认清了社会现状，急流勇退，辞掉"长"字，要求自己以平常心对待各种人和事，所以，他显得一身轻松。已经发福的陈学新，用男高音唱了《北国风光》和《太阳岛》，简直有专业水平，绕梁三日。他由新闻战线退役，现正从事绿化工作，种起草来，也是一种回归自然的选择。刘忠舟，当年在校是公认的"活雷锋"，如今寡言少语，人们都知他曲折的经历，沉浮不由己，时代所造成。同情者更多，因为同学最知根知底。大家为他有三个能干的男孩而赞叹不已。桂雅莉身着连衣时装一日一换，仍延续在校时的爱美特点，她在新闻战线几十年孜孜以求，亲手创办了锦州交通台，获得了社会的好评。她和先生吴亚根的形影不离，引起了不少人的羡慕。朱月昌说："你总是跟吴亚根坐到一起不感到'腻'歪吗？"她笑而不语，不否定就是回答。贺亚生同学给她起的外号是新创造的。在校时叫"玛丽小姐"，现在叫"娜达莎"、"撒切尔夫人"，都是与时俱进很动听的名字，也许体现了桂氏的个性特点。赵恩洲同学在夫人沈芳同学的精心照料下，心宽体胖，一身福相。他们夫妻初在内蒙古的广播站，到京后又同在二商局，中组部向北京市委要人，赵进审干局，当了多年的局级"钦差大臣"。他也是"以平常心，做平常人"，打上前半生人生的分号。肖九连一直从事新闻工作。主编过《广东节目报》和《广播之路》，后到南方电视台体育频道当编辑。在校时是副连长，此次由夫人陪同，一直很低调。但他到达武当山紫金宫时，还念念不忘他几十年前的部下，用手机询问叶成华女士登山情况，生怕她身体吃不消，可见他对本职工作还一如既往。叶成华说："到山顶一定敬他一杯酒。"可见同学之情都是对等的，来而不往非礼也。下山时，多数人乘缆车，而姚明贤、朱月昌、曾光伟坚持步行，他们跳跳蹦蹦，显示了强而有力的后劲，只用了一个多小时，便到达乌鸦岭，令人惊叹。

两位乘飞机赴约的，也值得一说。一位女性叶成华，一位男士朱月昌。叶从苏州赶到上海飞，朱从西安飞。当石种玉结束省人大的公干后与叶通话问为何还未动身，叶说坐飞机去。石后悔说："我怎么没有你聪明想到坐飞机呢？"一念之差，误以千里，当决定要飞时，为时已晚，无飞机可乘了，留下一点小小的遗憾。朱参加陕西电视台举办的广告研讨会开幕式后，立即直奔西安咸阳机场，只有小飞机，也无选择直取武汉，为的是早一刻与同学相见。朱在广告界是知名人士，但在同学面前，他还是当年的同学。尤其是他在舞池中的手脚快速变化，早已忘记身份而"聊发少年狂"了。

一曲女声小合唱《在北京的金山上》将武当山上的晚会推向高潮。这次聚会女生不多，但她们提出要求，她们合唱要对等的四个男生伴舞。台上一呼，阶下百诺。结果下去八个，会跳的，不会跳的，全都闻风而动，超额满足了她们的要求。全场同欢，全体同乐。

此次相聚是成功的，“军功章”也有周复民、吕佩浩一半。

周复民早在年初就亲赴武汉商量此事，发出通知后又再次赶到汉口商定接待事宜，然后向每个人去电邀请，日期变更后又挨个通知，一个不漏。他还提前一天到达武汉，便于到车站迎接陆续到来的同学。同时还从江西运来两大袋南丰蜜橘，让大家共尝。聚会结束时，又主动邀请大家来年到江西聚会，到新余的仙女湖再见。不少人说，进大学时，他是班上唯一的党员，三十五年后仍发挥着党员的先锋模范作用，成为同学中先进性的一个榜样。另一位就是吕佩浩秘书长，事无巨细，他都承揽过去，起草下发通知都由他一竿子插到底。为了答谢东道主周子平夫妇，他特地请广西著名书法家罗健书写了崔颢的《黄鹤楼》横幅，不幸书写者病重去世，他还是将这幅绝笔无私相送。说明诚意和友情是无价的。

还有一位文到人未到的杨迎新。上次聚会决定由他主编文集，他认真负责，将收到的10篇文稿打印出，分别是乔沧桑的《半是坎坷，半是幸运》、陈娜的《五味人生》、李海的《这一辈子，我无悔》、邢业范的《奋斗半生，凡心一点》、亢书堂的《平淡是真，健康是本》、罗文成的《记忆深处的心灵震响》、牛希昌的《好人难做还要做》、邢继英的《那情怀，那精神，伴我一路走过来》、孙敬梅的《缘》、王宝三的《两幅油画的来历》，杨都细致地写下了综述，字里行间饱含他鼓励大家踊跃投稿的热盼。为此大家认为，稿要写，书要出。王淮胜深受感染，他保证回去之后一定写出文章来。

为了支持同学聚会坚持办下去，曾光伟说，他要是赚到一笔钱，会拿出10万元作为活动基金，大家为他的慷慨而深表敬意和谢意。曾光伟还赋诗二首，为此次相聚增添颇多诗情画意，留下了美好的印记。

重　聚

去岁京华别梦残，
楚天中州续欢颜。
晓月秋风舟唱晚，
黄鹤大江永相连。

登武当

武当群峰绿延绵，
遥看金殿彩云间。
学友相伴神仙境，
缓步轻歌上九天。

“送尔难为别，衔杯惜未倾”（李白）。到了分手的时候了。首先离队的是刘忠舟，他下了武当山就直取南阳，当大家在汉口举杯话别时，他已安全到家，共享天伦之乐。而其余多数人出发也有先后，每走一个都是由同学簇拥着离席走出大门，相拥相抱，难舍难分。最后有 8 人一起到了火车站，各奔南北西东。最后离开的是曾光伟、吕佩浩，他们被老鸭汤店时钟所误导，差点赶不上火车。天留人，钟也留人，也算是此次聚会意味深长的结束曲。

2005 年 11 月 9 日于广州

拳拳之心　眷眷之情

——周猷德在新闻系校友武汉聚会上的欢迎词

周猷德

各位同学、各位来宾：

“正是江南好风景，落花时节又逢君。”去年9月，我们在离别了三十四个春秋后，从祖国的四面八方来到我们日夜眷恋的母校——北京广播学院，共话离愁别绪，倾谈人生感悟，追忆同窗真情，商谈重聚事宜。那种执著、那种氛围，令人感慨，久久难忘。今年，在这寓意着我们人生历程现在时的金秋十月，承蒙会长周复民的不辞辛劳，承蒙新六五二班同学会的重托，承蒙各位同窗的厚爱，大家不远千里，满怀着重见的喜悦，重聚在这具有深厚文化底蕴的江城武汉。此时，我们正沐浴在这诗情画意般的小蓝鲸美食广场。对大家的到来，我表示热烈的欢迎和诚挚的问候。

岁月悠悠，情亦悠悠。四十年前，我们这群热血青年，怀着人生的远大志向，带着父母亲友的重托，凭着一张过硬的考卷，汇集到了培育广播电视高级人才的神圣殿堂——北京广播学院。五年的朝夕相处，五年的心心相印，五年的共话衷肠，我们共同度过了那充满激情又带着众多疑问的动乱岁月。五年岁月，五年同窗，或者说五年闹腾，虽说世道茫茫，人心惶惶，但我们同窗的真情在凝结，同窗的道义在锻造，在现实和历史的交叉中凝结成一种亘古不变的永恒，凝结成一种威武不屈、富贵不淫、贫贱不移的厚重同窗精神。

三十五年前，在河北望都那片苍凉的土地上，没有隆重的毕业典礼，没有激情的告别宴会，甚至连毕业证书也没有，我们带着满身的尘土和一脸茫然，奔向各个陌生的地方。从此音讯全无，天各一方。那份凄楚可说刻骨铭心，那份忧伤可说终生难忘，接下来，那种对同窗的思念可说是绵远悠长。星移斗转，冬去春来，三十五年，我们从激情满怀的青年时代进入到沉稳干练的中年时代再到修身赋闲的老年时代。这时，正是我们国家从动乱年月到拨乱反正的年月再到全面改革开放的年月，也是我们党从第一代领导人向第四代领导人平稳过渡的年代。在这个价值观念从单元走向多元，经济模式从计划转向市场的特殊年代里，各位同窗在各自舞台上，含辛茹苦，披荆斩棘，勇往直前，奋力拼搏，既取得了一个接一个可喜的工作成绩，又取得了育子成才的家庭成果。从“臭老九”到“香饽饽”，从被踩在脚下到被捧在手上，回顾人生，追忆历程，从政也罢，从商也罢，从文也罢，风风雨雨，波波浪浪，我们付出了比常人不知多多少倍的代价和心血，真是酸甜苦辣咸，样样俱全。可以说，我们这一代人的人生是备受磨砺的人生，既苦涩又甜美，既深沉又高亢，既阴雨又阳光；这样的人生才是感悟至深、绚丽多姿的人生，才是价值永恒值得回味的人生。

俱往矣，雄关漫道真如铁，而今迈步再创业。同学们，我们的阅历是丰富的，我们的社会资源是广泛的，我们的智商是较高的，还有我们的身体是健康的，儿女也长大了，家庭没有拖累了，正是进行第二次创业的大好年华。现在的养生理念是60岁前不生病，80岁不显老，轻轻松松一百岁。我们大多数同学都在知天命之年，只有少数同学才过60岁，正是人生第二个青春勃发的年代。所以，这次同学聚会，我建议在畅叙友情、游览名胜、陶冶情操的同时，是否还可以漫谈一下各自第二次创业的打算，是否可以请周复民会长、曾光伟同学介绍一下创办公司运作市场的经验，以便我们在修身养性中做一些有益于社会又壮大自身实力的事情。

同学们：此次聚会，从武汉到十堰，从黄鹤楼到武当山，三十多人的团队，从吃到住到玩，点多面广，内容多，线路长，而且又属于私人性质的聚会，我不愿意也不应该利用新华社的权威去动用公款消费的力量，加之我的财力能力有限，所以尽管我尽了本人和我多年相知相交私人朋友的力量，但一定会有很多不尽如人意的地方，望各位同窗多加关护，多加谅解，多提意见，

共同完善这难得的校友聚会，为以后各届校友会的活动提供一些可借鉴的东西。

预祝同学们此次聚会开心愉快!

预祝同学们第二次创业成功!

让我们共同举杯，开怀畅饮!

2005 年 10 月 28 日晚

徜徉在星火点燃的大地上

谢　骏

金秋时节，丹桂飘香。中国工农红军长征胜利七十周年纪念日来到之际（2006年10月14日至22日），中国传媒大学电视与新闻传播学院（原北京广播学院新闻系）部分校友组团奔赴当年红军点燃星火的江西老区参观采风：重温艰难困苦的岁月，领略风土人情和蒸蒸日上的建设场景。身临其境，比起从书本上获得的更受教益。

这支团队共50多人，其中有8人是当年老红军的子女。由中组部原干部监督局局长赵恩洲任团长。成员有新闻系六五二班26人，新六五一班8人，新六四级4人，外语系3人。他们来自北京、河北、河南、黑龙江、辽宁、广东、山西、广西、云南、江苏、浙江、海南、陕西、四川、福建、贵州、江西等17个省、市、自治区，还有一位来自德国。

中国传媒大学高度重视此次活动，学校委派电视与新闻传播学院原院长曹璐教授和副院长陈作平亲临现场祝贺，江逐浪博士全程随团活动。采风团所到之地，受到当地党和政府领导同志的热烈欢迎和盛情款待。

精彩纷呈

此次参观采风的第一站是新余。

从文景、吴建华分别代表新余市委、市政府和新余经济开发区热情欢迎从全国各地来到的嘉宾，并详细地介绍了新余市情和开发区的基本情况。

新余位于江西省中部，总面积3178平方公里，人口111.59万，是一

座有着悠久历史的人文古城，三国吴宝鼎二年（公元267年）就开始设县筑城。美丽神话“七仙女下凡”的故事就发生在这里，晋·干宝的《搜神记》对此有文字记载。人民大会堂壁画《江山如此多娇》的作者之一傅抱石和明朝一代权臣严嵩都是在这里诞生的。毛主席也在这里留下足迹，1930年在这里主持召开了“罗坊会议”，写下了名篇《兴国调查》。

在这里有中国最大的铁合金生产基地新余钢铁公司，还有国家4A级重点风景名胜区仙女湖。2006年9月21日《人民日报》头版头条报道了新余市职业教育的经验，被国家教育部誉为“新余现象”。在招商引资中，他们巧妙地套用了雷锋的话：“对待客商要像春天般地温暖，对待招商引资工作要像夏天般地火热，对待影响发展的困难和因素要像秋风扫落叶般地把它排除，对待破坏投资环境的行为要像冬天般地残酷无情。”

在欢迎大会上，中国传媒大学曹璐教授、陈作平副院长都致词祝贺。曹璐回忆了当教师以来的经历，她说：“与这一个年级的同学相处的感情最深，在张庄我们同吃一锅饭，同睡一个炕，可以说是血肉相连。与你们相处我们永远不会老。咱们都减去40岁吧。我也才30岁。”听说要在江西聚会，她推掉许多重要的事，说啥也得与大家会一会，聊一聊，机会太难得了。

江逐浪博士还为校友相聚之情所感，赋诗两首：

十八相见今花甲，六十犹是少年心。
乍唤名号歌且饮，又说白发笑还鬑。

朝游正庆会千里，夜话须臾又五更。
恰喜互言垂钓乐，满堂姜尚与严陵。

此次聚会，邢业范偕夫人从黑龙江到江西，坐了三天的火车，方才到达目的地。他说，沿途经历了冬、秋、春、夏的四季变化，并用四句诗作了概括：

冰城发车飘雪花，沈阳收割遍农家。
聊城暖风犹扑面，南昌夏装映晚霞。

他见到了老同学之后，诗如泉涌，从此成为一名随团大诗人。兹录他在新余的诗作两首：

天南地北会新余，广院校友重相聚。
见面俱道退休好，握手互问家安居。
艰难困苦成以往，快乐健康且自娱。
红尘滚滚无穷事，少为儿孙作马驴。

钟灵毓秀谈古城，工业崛起看新兴。
环境优雅宜居市，开明开放赖包容。

贺亚生、吕佩浩各有一首志游：

仙女湖上笑声盈，刀山火海见英雄。
火把穿裆盘蛇舞，人妖醉人别样情。

一泓秋水似妆台，绿树蓝天影徘徊。

小岛飘浮妆镜里，莫非仙女掷簪来？

曾光伟曾游过仙女湖，这次因故未到，但也事先赐诗一首：

仙女出浴雾蒙纱，飞鸿恋湖归有涯。

学子花甲重相聚，劲舞狂歌庆芳华。

李延的丈夫刘歌步曾光伟诗韵和一首：

绿水青山雾蒙纱，江西大地景绝佳。

去年湖北曾相聚，今秋红都聚芳华。

在这里有必要作点注释：

在仙女湖游览中，人们并未遇到仙，却亲眼目睹了泰国的人妖，是男人，但比女人还女人，妖娆无比。还近距离接触真人饰演的七仙女。

在《天仙配》折子戏中，七仙女求一名男子充当董永。大家推举前额流油（实际是汗），头顶放光的李海上台。李海凭他四十年前就能唱豫剧《朝阳沟》的老底，唱起“夫妻双双把家还”来，有声有色，很是投入，人们称赞他唱得自然真切，羡慕他艳福不浅，有七个美女相伴。

在蛇岛上，表演者要求一位男士上台扛起大蟒。六五二班一生谨慎行事的陈广寿，勇敢地走上台去，脸部并无表情地任由大蟒围着颈项，闪光灯顿时闪耀不停。新六五一班的姚明贤也快速跳上台去，与陈广寿一争雌雄，若无其事地与蟒蛇亲密接触。为何两个内向人能有如此举动呢？大家猜测，陈是为整个团体争光，而姚是为他们那个班挽回面子。

在新余的高潮，要算是辞别的晚宴。

邓良宝、柯俊杰、李延、王小戍、王淮胜、王小玲等 8 位老红军的子女声情并茂合唱《十送红军》。刚罢，朱月昌教授所在桌的人，立即唱起《智取威虎山》选段《我们是工农子弟兵》，情绪激昂。男高音周复民的《沁园春·雪》、女高音李延的《天路》，大概都可以参加全国歌手比赛，可惜没有老年人的。

邢业范也用诗作了记录：

新余领导设盛宴，男女老少同联欢。
歌声飘在笑声里，阵阵幸福阵阵甜。

第二站是宜春。

古称“江南佳丽之地”，完全被雨幕所遮盖，更显得朦胧多姿。宜春大概是全国唯一没有“牛皮癣”小广告的一个城市，城中有山，山中有城。经雨水一洗刷，更加洁净如玉。市委任副书记如数家珍地向大家介绍了宜春的历史、文化、品牌。该市位于江西省西北部，总面积1.87万平方公里，总人口530万。历史悠久，汉高祖六年（公元前201年）建县。汉代高士徐孺子，晋代文学家陶渊明，宋代史学家、《资治通鉴》副主编刘恕，明代科学家、《天工开物》的作者宋应星，清官况钟等都是宜春人。佛教禅宗五大宗派中有曹洞、临济、沩仰三宗发祥于宜春。樟树阁皂山是江南三大道教名山之一。毛泽东、朱德、彭德怀都曾在这里生活和战斗过。湘鄂赣省委和苏维埃政府就设在万载县的仙源，秋收起义也是在铜鼓县点燃了火炬。唐初王勃称宜春是“物华天宝，龙光射牛斗之墟；人杰地灵，徐孺下陈蕃之榻”。韩愈也在宜春当过刺史，写下“莫以宜春远，江山多胜游”赞美之词。2004年，宜春还成功举办了第五届全国农民运动会，给与会者留下“江南生态休闲城市”的深刻印象。

采风团的成员冒着淅淅细雨，饱览了明月山的明媚山水风光，还到天沐温泉泡汤，简直让人有“亦狂亦狷亦神仙”的体验。不少人用诗歌抒发了自己的感觉。照录于下：

吕佩浩的七绝：

绵绵秋雨涤尘埃，洁净泉城众卉开。
明月山中明月隐，美泉轻浣梦中来。

邢业范的诗：

弯弯曲径到半山，溪水岩畔洗温泉。
有名堂池五十九，按摩保健享天然。

贺亚生也写下了他的印象：

云蒸雾绕山月明，珠飞玉泻泉凌空。
陶令故里花似锦，温汤一夜暖人心。

百年名校桃李红，生态小区绿葱茏。
英才辈出谱新曲，桃花缘里处处春。

陈娜同学和她的丈夫高玉宏作五律《宜春行》：

江南钟灵秀，宜春占鳌头。
明月山养心，温汤水添寿。
人文斐古今，体育坐赣首。
吾侪乐忘归，疑作天堂游。

这里也需作一些注解：

明月山下有一温泉名就叫温汤，常年温度保持在 68℃—72℃，当地人把鸡蛋放到水中都能煮熟。泉水含有大量的硒，对人体十分有益。邓良宝两条小腿患神经性皮炎，已经红肿，上山时是农民用躺椅抬上去的。下山后她泡了温泉，泡了脚，全身作了按摩，还做了做头发，效果如何？在爬高耸入云的井冈山时见了分晓。她不用人扶，也不用人拉，直登山顶。又顺利走下山来。她说，腿不疼了，人也精神了。你说怪不怪？

第三站是抚州。

市委副书记甘良森，市委常委、市委秘书长谢发明，市委常委、宣传部长王晓媛赶到京福高速临川区出口处迎接采风团一行，让每个成员感动不已。随后汽车开道，隆重、热烈、盛情，大家油然产生久别重逢像见到亲人一样的兴奋。

欢迎宴会十分隆重，市委书记钟利贵、市长谢亦森，副书记甘良森，市委常委、宣传部部长王晓媛，市委秘书长谢发明以及韦萍、彭银贵、武伦明等负责同志全都出席。宴会由王晓媛主持。市委书记钟利贵，市长谢亦森分别致欢迎词。从他们热情洋溢的高水平讲话中，人们获得很多信息：从对抚州不知到对抚州有较深刻的了解，对这个著名的才子之乡产生美好印象。

抚州市古称临川，位于江西省东部，面积 1.88 平方公里，人口 380 万，这里是连接长江三角洲最便捷的黄金通道，大有“襟领江湖，控带闽粤”之势。在这里产生了著名的“临川文化”。唐宋八大家中有两家诞生在这里，一位是王安石，一位是曾巩。还有大戏剧家汤显祖，哲学家陆象山，词作家晏殊、晏几道等名人。这里物产丰富，是中国农业部命名最多的一个地区，如南丰是蜜橘之乡，崇区是麻鸡之乡，广昌是白莲之乡，临川是西瓜之乡。市委、市政府提出了实施“赶超型”发展战略和“全力主攻两区（工业园区、城区），推进三大建设（新农村建设、和谐社会建设、执政能力建设），三年确保财政收入翻番，五年实现全面进位”的发展思路和奋斗目标。大家看到市委和市政府的领导成员如此团结一心，紧密合作，相信一定能达到他们的目的，未来的抚州更加绚丽辉煌。

在抚州，采风团参观了王安石、汤显祖的纪念馆和燕京啤酒（抚州）公司，感慨万分。

邢业范《赞抚州》诗道：

青山绿水共谋思，面目一新正逢时。
班子团结民奋力，抚州腾飞唯恐迟。

吕佩浩作七绝《参观抚州王安石纪念馆有感》：

大策安邦举世惊，书生铁腕有威名。
乡人已建荆公馆，功过从来后代评。

贺亚生也作诗《游抚州》：

安石变法动九州，显祖牡丹唱春秋。
一代英才风云起，描绘神州新画图。

在抚州的晚会上，市委、市政府的领导与全团人员一起，唱歌跳舞，亲密无间，同乐同欢，一直持续到子夜时分。

翌日清晨，市委书记钟利贵，市委副书记甘良淼，市委常委、市委秘书长谢发明，市委常委、宣传部长王晓媛，又与大家共进早餐，并一直送至京福高速临川区出口处。还向每个团员赠送工艺扇和书画笔作为纪念。

第四站是井冈山。

此次采风的重点目标是中国第一个农村革命根据地井冈山。到达时正是中国工农红军长征七十年前准备出发的时日。当晚中央电视台现场直播了纪念晚会。采风团所选择的下榻处也是很有深意的，是黄洋界宾馆。

大雾笼罩井冈山，大家集中到黄洋界纪念碑前拍照留念。看到了那枚立下汗马功劳的迫击炮。1928 年 8 月 30 日，敌人从早上到下午以 4 个团优势兵力发动四次猛烈进攻，而守军不到一个营，凭险反击，三个炮弹两个是哑炮，唯一一个打响了，正中敌人指挥所，吓得敌军屁滚尿流，连夜撤走了。“黄洋界上炮声隆，报道敌军宵遁”，就是毛泽东回到井冈山兴奋地写下的气势磅礴的诗句。

大家还参观了山上和茨坪的毛泽东故居，瞻仰了革命烈士纪念馆和纪念塔。参观了井冈山革命斗争博物馆，王小成看到了他爸爸王集成的名字。团里所有人都受到了深刻的革命传统教育，特别是过去不很清楚的“山大王”王佐等人的情况，这次看到他们的照片、事迹、塑像，今天为他们被错杀平反昭雪，还了他们及其后人一个公道。刘歌和李延伉俪还专程回到他们父母的故乡拜访乡亲，受到了盛情接待。

采风团中不少人以诗的形式，抒发了无限的感慨。

贺亚生《游井冈山》：

残壁弹洞秋风狂，血洒杜鹃浩气长。
铁手劈开新天地，英灵睡处桂花香。

吕佩浩《七绝·井冈山采风有感》：

井冈叠嶂笼轻纱，处处红楼处处花。
校友采风黄洋界，欢声笑语唱飞霞。

邢业范作诗两首，其一为《巍巍井冈山》：

井冈山林秀，鲜血染成丹。
朱毛红旗举，星火渐燎原。
革命根据地，工农新政权。
我今来仰望，巍巍好座山。

其二为《革命摇篮》：

红色井冈山，革命称摇篮。

遍地英雄史，永为后人传。

王小成也兴致勃勃地作《同上井冈山》：

冲破重重雾，驱车入云端。
前人滴血道，如今已平坦。
举杯论功过，岂知创业难。
漫漫人生路，不忘井冈山。

刘歌作《回故乡感言》一首：

我本江西人，久居在京城。
梦里归故乡，醒来泪湿枕。
全仗周仁兄，夙愿始成真。
喜看青山碧，又闻赣水清。
此行真不易，临风诗意兴。

第五站是南昌。

这是一座有着悠久历史的城市，是采风的最后一站。这里有两处强烈地吸引着所有采风团员的注意力，一是滕王阁，二是八一南昌起义纪念馆。

滕王阁是因王勃的诗文而闻名遐迩，人们随导游乘电梯到达六楼，欣赏了唐乐和舞蹈，然后逐层参观游览，放眼望去，楼房此起彼伏，赣江波平浪静。

八一南昌起义是中国共产党于1927年以革命的武装反对反革命的武装打响了第一枪的指挥部。毛泽东著名的“枪杆子里面出政权”论断就是从这里引发的。

在南昌，同学们也留下了充满激情的诗作。

吕佩浩的七绝《登滕王阁》：

滕王高阁久闻名，美序一篇诵至今。
乘兴登楼极目眺，长天秋水物华新。

邢业范《登滕王阁》：

滕王高阁耸入云，千年争传美序文。
二十九次又重建，为文为阁已难分。

贺亚生《参观南昌起义纪念馆》：

枪声破夜空，血染赣江红。
多少英雄胆，呼啸转乾坤。

《大学同窗共登滕王阁有感》：

健步上云端，江横千里湾。
共唱秋光好，心飞天地宽。

王淮胜在大街闲逛，在一家渔具店停留下来，问答之中竟引出了广院外语系六五一班的校友蒋光亮，他刚从江西省民政厅处职位置上退下来。王带他到明园酒店与大家见面，向大家说："你们都说我钓的是小鱼，这次我钓了一条大的，一百多斤。"说罢把身后的蒋光亮推出来，大家恍然大悟，宴会上又掀起一阵欢声笑语。

22 日早晨，又有 20 多人奔赴庐山，还有 3 人去了景德镇，看来大家仍流连忘返，眷恋着这片点燃星火的红色土地。

首次参加者

此次采风，有不少人是第一次参加校友活动的，他们2004年的北京和2005年的湖北两次聚会，都未能出席，此次赶上了江西聚会。这些新面孔都分别讲了自己的别后经历和故事。

分述如下：

刘国治　这位贵州省文联的厅级干部，对自己一路仕途平顺，当了多年的广电厅长竟片言只语全无，而津津乐道讲起了钓鱼。与王淮胜形成天壤对照，王钓的每条二三两，一天能钓二三十斤。刘不屑一顾。他说他钓一条就有二三十斤。大家啧啧称奇。也许除了他的技术而外，其他人望尘莫及的是没有贵州那样的外部环境。

方国宏　也是厅级干部。毕业后，在四川省委宣传部、广电和出版部门，都做过领导。在饭桌上，他把搜集的一个又一个段子讲出时，那有声有色，那灿烂笑容，才恢复了他普通百姓的本色。

陈广寿　声音低沉，态度严肃。简单介绍了军代表动员他去宁夏的过程，一去就是十年，后为解决两地分居，调回南京的江苏电台。他认为没有什么好讲的。“与有成就的朱月昌等人相比，人家多风光，多神气！我也无多大贡献，只是混着了此一生。”悲怆的声调，引起大伙哗然。有人说：“陈广寿在宁夏电台，背着军用小书包，跑遍那里的山山水水、村村寨寨。回到江苏，还是跑农村，还是一样认认真真、踏踏实实。做出的贡献是很大的。”陈广寿羞涩地低垂了头。这位少言寡语人，只有到了夜晚，与他孙子通电话才变成另一个人。眉飞色舞，神情专注。回答对方一个个问题：江西有多远？井冈山有多高？宜春是不是个大公园？那时的世界全是真空，只有他爷孙俩。

王小玲　脸庞红润，光彩照人。是此次聚会唯一不远万里从德国赶来的客人。她毕业后从过军，在北京旅游报当过记者、编辑，后去了德国，她又当了学生，从头学德语。现在也做点生意。一直处于热情亢奋之中，始终不停地拍照、摄像，恨不得把所看到的一切，都录下来，也许这是为了日后慢慢回味和重温。她详细地介绍了她的经历。总括起来，她对自己是满意的。她感到很幸福。

柯俊杰　在校时是男性行注目礼的人物之一，有小“辛耕一”之称。如今略微富态了一点。跟四季如春昆明气候不无关系。比当年更开朗、更活跃些。她失去了另一位，无限怀念。她说，他活着时，不觉得怎么，现在才知失去的是非常珍贵的。以前还常要点小脾气，大小家务皆推给他，现在才知自己不应该。如今她学会了自己照顾自己，打打牌，散散心，讲点养生之道，很多事都让儿子去操办，活得也很轻松自如。

邓良宝　一开头就说出吸引人的题目，讲她的“工作和爱情”。她讲了与夫婿分到贵州的偏远山区，每月油只有三两，不会炒菜，买回的油一下子就用完了。以后就是清水煮菜。不得不求北京家里寄些咸肥肉来，增加点油水。后调回南昌，最后作为河北省驻京人员在北京定居下来。她说与丈夫栗金孚生活了大半辈，她让他说一声“我爱你”，从来都未得到满足过。她透露她的红娘是桂雅莉。“文革”促成了他们的婚姻。她介绍说，栗金孚虽不说，但心里是爱的。她有个病呀痛的，栗心急如焚，火烧火燎。不过，对栗得了抑郁症后，他更是照料有加，形影不离。人们都在想，“我爱你”只在那胡编乱造的影视剧里出现。在家庭生活中，却是金口难开，大概是润“人”细无声吧！她劝诫大家：“记得美好的，忘掉不美好的”。

何建平　已是古稀之人了，但一点看不出。有何诀窍？他说，每天清晨骑自行车，还要心胸开阔。十几年前，何从无锡电视台退下后，在郊区建了自家房屋，有时帮助当地搞点开发，与广院不少老校友建立了联系，日子过得相当不错，这也是他保持身板挺直，精神抖擞的一个原因。

张书玷　广西电台播音指导，不愧为指导，那声音丰润、醇厚，很有韵味，简直是夏青的克隆。他夫妇二人朗诵毛泽东的《井冈山》、《重上井冈山》，把所有人迷得如痴如醉。有时别人的诗作自己念过一遍，还要他重新朗读一下，意境大有不同，味道也不一样了。

郭新兴　腰里紧系着钱包，洒脱超凡。其实，在一年多以前，他已经将贝斯特广告公司以一百五十万价转让给别人，所以一身轻松。他讲了“文革”后到地方还受到审查，直接影响到他的婚姻。他当过中学老师。开放之初，他就下了海。现在他今世无放不下的事，已经为身后着想，请贺亚生同学找门子在京城买一块优惠的墓地，还准备把家安置到北京，因为他女儿在广院当老师。我们从他写的两首诗中，也可以略知他的情怀：

当年争山头，今日聚船头。
青山逐绿水，相逢泯恩仇。

昔日同窗今聚首，欢声笑语共杯酒。
忆到情深伤感处，相拥无语热泪流。

王荣辉　个头、嗓音未变，人却变了。他说他是学外语出身，不知怎么搞的，瞎闯瞎碰，竟吃起了新闻这碗饭。他解释说，这是因为跟新闻系的人接触太多的缘故。在仙女湖观看“火海”时，差点发生一场“火斗”，对方是人高马大的保镖。王跳将上去，拉着那个人，到亭子坐下，天花乱坠地聊起来，结束时，那人递上一支“中华牌”香烟作回报。王得胜回朝，玉帛化了干戈。有人说：他的见面和分手的诗很有味：

人面依稀昨日时，一别三十六年期。
人生无须伤往事，写好夕阳白头诗。

欢聚数日又相别，离情别绪不忍言。
从此关山万里外，莫忘温馨一线牵。

王求国当了多年的父母官，脸圆体壮。从他的介绍不难找到原因。他们那里的土地含富硒，生产的蔬菜、瓜果、粮食都含富硒，对人体的保健大有好处。如果校友想健美长寿，他可助一臂之力。

还有一位已经接通电话，经过长时间考虑未能成行的就是常买（一丁）。他从山西忻州调回河南老家许昌，从检察院退了下来。“众里寻他千百度”的立大功者仍是周猷德（子平）先生。在此附上一笔，特此表彰鸣谢。

有功人员

此次采风活动是非常成功的，人数之多，规模之大，时间之长，路途之远是空前的。不少人认为主要原因是内外团结形成合力的结果。

当然还是由于许多人为之付出了大量的辛劳和心血。人们当然不会忘记这些人：

周复民专程跑到北京与校友领导成员商量路线和人员名单，多次往返几个地市，与有关领导协商接待安排，落实所有事宜。10月13日开始，他让全家人一同做接待工作，他赶到新余亲自接站，安排食宿。他家里的人在南昌接站接机，负责送人到新余。活动的全过程他夫人赵桂兰为大家照相，女儿周林也跟着帮忙。他把这次活动当作他家一件大喜事在做。从10月14日零点接最后一个人，到23日零点送走最后一个人，始终认真负责。

孙智泉也是投入全部精力。他是宜春的东道主，请领导讲话，安排采风点和食宿，想得很细致很周全。如为大家泡温泉备上游泳衣，下雨备上雨衣，直至每人住哪个房间都预先安排得妥妥当当。临别时还给大家赠送介绍宜春和天沐温泉的书和画册。最后一站南昌，因俞向党去京开会，接待采风团所有的事也是由他具体安排的。参观滕王阁时，他受赵恩洲的委托与省委组织部的人接头，但因介绍信需盖章，那天又是星期六不办公，无法免票。他自掏了腰包买了门票。在明园酒店的食宿事宜，省电视台的校友也伸出援助之手，解决了一切后顾之忧。

孙敬梅、黎向荣夫妇分开两处作接待工作。黎在南昌，负责接待从北京南下的大队人马，并安排到五星级酒店用餐，品尝阳澄湖的大闸蟹。孙则提前到新余，安排房间，采购水果，迎接各地到来的校友，成为大家的“公仆”。

还有广院的领导的重视和各采风点党政领导的关怀，都为此次活动圆满成功起到了重要的支柱作用。

作为团长的赵恩洲，每到一处都发表讲话，那声音那块头都是很有分量的。

贺亚生风趣幽默的主持，自如掌握火候和气氛，也是大家公认的。

贺亚生《大学同窗江西聚会有感》：

黄洋界上忆风云，明月山里踏歌行。
重逢笑谈同窗趣，人生路上有真情。

邢业范作诗两首，其一为《感谢》：

三年三聚首，观景又谈心。
慷慨为校友，感谢召集人。

其二为《惜别》：

何年再相聚？离别依依情。
互道多珍重，活好后半生。

周复民说，这一次不是结束，我们以后还会继续开展下去。希望大家群策群力，把联谊活动办得更深、更广、更好！唱响一曲更加壮丽多姿的夕阳红。

2006年11月

观瀑崖悬黄果树　荡舟洞探天河潭

——记 2007 年贵州同学聚会

吴亚根

2007 年 9 月下旬，六五一班、六五二班同学会的 20 多位同学相聚贵阳，参加由六五一班在贵州的刘国治同学主办的“2007 年贵州同学聚会”。

六五二班从 2004 年起连续三年组织同学聚会，开创了母校校友聚会的先河。此举给六五一班同学不小触动：我们难道不能有所作为？

在校时为人憨厚而被同学戏称“老糊涂”的刘国治，首先动脑筋。凭贵州得天独厚的旅游资源和自己在贵州几十年的影响力，他筹划了一个为期四天的聚会计划。

同学们应约在 9 月 20 日相继报到。深圳的王肇文、江苏盐城的陈为琛等和刘国治自毕业后从未相遇，如今在高原贵阳见面，分外亲切，双手相握，久不放松。毕业后第一次见到季淑兰的同学，发现在校时“假小子”的她，如今是一头齐耳秀发，成为名副其实的“裙钗女”了。爱喝水的冯皖丽保持着当年喜欢捧个大搪瓷杯的习惯。而如今，这也成了朱久安的养生爱好，他走哪儿，旅行茶杯提到哪儿。王肇文说起话来和当年比，显得有些矜持，但若说起“企业管理文化”，他马上谈笑风生，滔滔不绝。

观看黄果树瀑布是贵州活动的第一项。21 日清早，同学们乘大客车赶路，不到三小时就到了黄果树。一下车，同学们的耳朵马上被一种像大地震来临时发出的轰鸣声灌满。向导告诉说，如果不是坐在车内，这种令人敬畏的宏伟轰鸣声，远在几里地外都能听得到。

随着缓慢的人流，我们走向瀑布谷口。到飞泻的大瀑布全部映入眼帘时，有同学迫不及待拿出手机或相机，边朝前挪步，边向这亚洲第一大瀑布对焦。阳光斜照，瀑布浪花飞扬，水珠四溅，云蒸雾绕。一轮彩虹，倒挂瀑底，满崖生辉，令人叫绝。据介绍，黄果树瀑布高近 80 米，宽 101 米，其中瀑布顶宽 83 米多，分布着大小各异瀑布 18 个，组成了庞大的瀑布群。贵州人称它为中国的“尼亚加拉”瀑布。但见过美国的“尼亚加拉”瀑布的人知道，那个瀑布令人生畏。想要正面观赏，必须全身罩雨披，登游轮，在峡谷中远眺，无法接近。而黄果树瀑布除了具有宏大威严的气势外，还拥有可让人亲近、触碰的柔顺！游人只要沿着长廊似的小道，身贴弧形崖壁接近瀑布，穿过“水帘洞”口的水帘，瀑布就像顶巨伞在人头顶上，可以体验、感受“瀑布之水天上来”的神奇妙处。若伸手向崖边，还可以任清凉的水珠冲击沐洗。因此，游人大多愿在此处多停留。来自福建的 64 编采班的陈学新和云南的柯俊杰，都在此停留良久，照了不少相。

下午 3 点多，在返回贵阳的路上夜宿安顺市。晚餐后，举行联欢晚会。贵州省文联副主席汪信山和一批歌唱家登台献艺。贵州著名书法家张友碧以

他龙飞凤舞的草书，在第二天给每个同学赠送了一幅字。

22日的活动有两项。上午，游览青岩古镇。这座古镇是贵州四大古镇之一，建于600多年前，据介绍说原为土城，是经几百年的沧桑变化，整修扩建才渐成如今的模样。一进古镇城郭，明、清两代古建筑交错密布。有寺庙楼阁，牌坊宫院，有宗教、人文和美食。但这座古镇和同为明、清时代建筑的江南水乡的古镇以及北方的古镇有很大不同：纵横交错的街巷尽是石墙、石板路，满眼皆石头，堪称是座石头城。人文景观上印象深刻的是邓颖超的父母曾在古镇久居。当年邓颖超常到此地看望父母，至今还保留着昔日的故居。

下午的时光是在天河潭景区度过的。这里有飞瀑、清泉、奇石、怪洞、深潭。“怪洞”分水洞和旱洞两种。旱洞和外景区相连。一些旱洞硕大空间有三四层楼高。踏石登高攀越，即使是年轻人都感吃力。而六五二班同学会会长周复民大哥步履矫健，令不少同学自叹勿如。所以许多同学更愿意乘船钻水洞。水洞有窄有宽，有深有浅，有时还能穿洞而过，有的洞连洞。灯光泛着粼粼波光，在洞壁上交相辉映，令静坐在船上的人如入神话中的龙宫一般，流连忘返。

按刘国治的计划，23日去历史名城遵义。无奈，高速公路大修封道，此行只好作罢。贵州的聚会也由此结束。

2015年8月补记

情同松江水　谊高长白山

——2008 年长春聚会纪实

李振海

2008 年 7 月 3 日至 8 日，北京广播学院新闻系六五一、六五二班同学聚会于吉林长春。参加聚会人员共计 42 人。活动由新六五一班同学会策划组织，李振海具体承办。整个聚会活动历时 6 天，到访长春、吉林、延吉三个城市，参观游览了长春客车厂、伪满皇宫、松花湖、长白山天池等八个景点。期间还组织座谈会，自由论坛，欢迎、欢送酒会等活动。这次聚会交流了同窗情谊，欣赏了吉林美景，品尝了东北美食，活动丰富多彩，学友欢乐满怀，是一次成功的同学聚会。

7 月 3 日报到的当天晚上，学友们在入住的天新饭店举行了座谈会。东道主李振海同学对大家前来吉林聚会表示欢迎并讲了聚会的日程安排；新六五一班同学会会长邹兰春同学介绍了这次聚会的筹备过程并提出了几点希望要求。第二天晚上在吉隆坡大酒店举办了隆重的欢迎酒会。长春市委原副书记、省文化厅原厅长邢志同志发表了热情洋溢的讲话，并请来了省歌舞团部分演员，载歌载舞为酒会助兴，对北广新闻系同学莅临长春表示热烈欢迎。新六五二班同学会秘书长吕佩浩同学还把著名书法家郭勤书写的《同窗情深》、《莫道桑榆晚　为霞尚满天》两幅书法作品赠予此次聚会，以表示祝贺。在座谈会和欢迎酒会上，许多学友按捺不住激动的心情纷纷袒露心声，畅谈人生经历和感受。发言者踊跃，座谈时间不够，于是在去长白山长途旅游大巴上，学友自发组织了“自由论坛”。贺亚生、桂雅莉同学轮流主持，大家争先恐后踊跃发言。有的回顾四十年前校园生活中的轶闻趣事；有的讲述几十年工作生活中的艰辛与苦乐。最多的话题还是健康与养生。徐汝廷同学说："退休后没有了工作的压力和功名利禄的诱惑，感到无比从容、真实和美好。我们应该把健康放在第一位，去掉一切困惑、焦虑和烦恼，使我们的晚年生活越过越快乐，越活越年轻！"贺亚生同学说："今天我们能欢聚在这里，说明我们虽然退休了，但依然有着理想和追求。我们不但热爱生活，而且会创造生活，更会享受生活。"有的同学还借用古诗说："但得夕阳无限好，何须惆怅近黄昏。""人生就像一本书，一支歌，一幅画，一坛酒，年龄越大越要活得有智慧，有情调，有内涵，有味道。"这些满怀激情的话语，充分展示了两班同学年过花甲不服老，面对退休不失落，满怀豪情迎接新生活的信心和决心。同时也表达了过去同窗共读，几十年后重逢相聚的浓浓的同窗情，深深的相思意。

吉林省位于我国东北地区中部，地处北温带。夏季到吉林，宜人的气候让人心旷神怡。分布在全省各地琳琅满目的人文景观、秀美风光也给人留下深刻印象。在长春，同学们首先参观了中国首家电影工业与旅游业相结合的电影娱乐园——长影世纪城，体验到了世界特效电影文化独有的魅力；在长春雕塑公园，拥有来自世界110多个国家的270多位雕塑家创造的320多件涵盖多样艺术风格，融合各种艺术流派的精美雕塑作品，令观者大饱眼福；被誉为台湾日月潭姊妹潭的净月潭国家森林公园，浩瀚林海，茂密如织，依山布阵，威武壮丽，让学友们流连忘返；在吉林市，学友们乘坐湖光号观光旅游船，游览了风景如画的松花湖。经过近3个小时的湖中观景，大家无不为这里的水之静，山之奇，林之秀，石之异而叹为观止。

登长白山是这次聚会游览的一处重头戏。作为中国十大名山之一的长白山，是一座休眠火山，历史上有过数次喷发。因此形成的独特地貌景观神奇秀丽，巍峨壮观，原始自然，风光无限。当大家乘坐摆渡车登上海拔2194米的我国最高的火山湖——天池时，学友们振臂高呼："我们看到天池了！"天池四周奇峰林立，池水碧绿清澈。这里的气候变幻无常，神秘莫测。今天我们能够看到她绰约多姿的真容，心情哪能不激动呢？这种透人心田的惬意感受，让大家共同发出小平同志 25 年前登长白山时的赞叹：“不上长白山，终身遗憾！”

这里还有一段小故事：在学友们乘车向长白山进发的路上，有人幽默地说：“据说能看到天池的都是好人，今天我们如果看不到天池，说明我们队伍里一定有坏人。”大家哗然，因为在长白山山顶天气多变，天池水面经常被云层覆盖，难得一见真容。当地传说只有正直、善良的人才能看到天池真面目。说来也怪，当同学们登上山顶时，原先笼罩在天池上空的浓云，都悄悄地飘过去了，天池神秘的景色在蓝天下一览无余。那个同学高兴地说：“看来我们都是好人啊！感谢天池仙女保佑我们登山时遇到了好天气。”

学友们普遍反映，通过这次聚会对东北菜有了更多的了解，品尝到了正宗的东北风味菜肴。游览途中，除了小鸡炖蘑菇、猪肉炖粉条这些传统的东北菜外，在吉林市还品尝了颇具特色的松花湖鱼宴——“三花一岛”（鳊花鱼、鳌花鱼、鲫花鱼、岛子鱼）给大家留下了美好印象。在延吉市，朝鲜大碗冷面是不可少的，延边打糕，金达莱狗肉也让大家啧啧称赞。有的学友风趣地说：“东北的菜肴太好吃了，到吉林一周我体重增加了 4 斤。”

总之，这次聚会，内容丰富，活动充实，学友们玩得开心高兴，是一次成功的聚会。谈到成功的原因，7 月 7 日在延吉市举办的欢送酒会上，邹兰

春同学做了高度概括。一是这次聚会活动酝酿准备时间比较长，组织策划比较科学周密。早在2006年时，新六五一班几个同学就有了在长春举办同学聚会的动议。邹兰春同学经常与邓良宝、肖九连、刘国治等同学策划聚会事宜，多次与李振海同学沟通，制定了一个比较详细具体的聚会方案。二是李振海同学为这次聚会做了充分准备，他发动自己的夫人和老朋友作手册、制光碟、迎来送往做了大量的工作，为聚会增添了不少色彩。三是聚会期间，各位学友遵守纪律，服从指挥，保证了活动安全顺利进行。聚会前，邹兰春与夫人付玉静女士拟定了一个通俗易懂、易记易行的《友情提示》，大家在活动中照章行事，整个活动期间没出任何大小事故。《友情提示》风格独特，不仅着眼这次聚会，而且寄语以后的活动，有所期望。《友情提示》文字不多，现全文记录于后：

1. 此番来吉林，登山又临水；特立不独行，远离险和危；社会较复杂，切勿惹是非；管好财和物，防窃免伤悲；大家乘兴来，安全满意归。

2. 团队有规矩，守时当为先；步调要一致，拖拉招人烦；有事打招呼，找人最着急；行动听指挥，安全又顺利。

3. 东北人好客，美味难抗拒；年老肠胃弱，健康当谨记；小吃要慎尝，卫生非儿戏；小药随身带，防病时警惕。

4. 花甲不服老，雄心固可嘉；毕竟非年少，劝君莫自夸；劳逸须有度，量力且慎行；攀谈莫太晚，明日又远程。

5. 东北风光好，避暑最相宜；气温变化大，随时增减衣。

6. 一别几十载，今日到君前；情同松江水，谊高长白山；曾经风和雨，苦辣与酸甜；同窗何其幸，叙旧不揭短；交友贵交心，坦诚化前嫌；今日说不够，明年再细谈；友谊不断线，再聚几十年。

7月8日，各位学友来到图们市，饶有兴趣地参观了中朝边界大桥之后返回延吉，午饭后结束愉快旅程。

2015年7月追记

青绿随风去　依然是白杨

——原北京广播学院新闻系六五级编采班同学2009年北京聚会纪事

杨迎新

2009年10月23日至25日，北京广播学院（现为中国传媒大学）新闻系编采专业六五一班、六五二班的54名同学及家人相聚北京，下榻于中国传媒大学西门的格林联盟酒店，应邀参加中国传媒大学五十五周年校庆活动。

这是继新六五编2004年北京五十周年校庆聚会、2005年武汉之游、2006年江西革命老区采风、2007年贵州相聚、2008年吉林观光之后的第六次聚会，也是首次以两个班的名义联合开展活动。参加者为：

新六五一班（24人）：邓良宝、栗金孚、邹兰春、常炳林、李振海、王肇文、陈为琛、李志英、李德存、孙智泉、朱武成、徐振荣、姚明贤、卢振海、吴亚根、桂雅莉、冯皖丽、刘桂芬、孙秀英、张一兵、徐汝廷、陈方学、王求国及夫人。

新六五二班（30人）：周复民及夫人赵国兰、赵恩洲、沈芳、李延及丈夫刘歌、吕佩浩及夫人魏秋芬、周猷德及夫人唐南英、王淮胜及夫人、陈娜及丈夫、邢业范及夫人、刘忠舟及儿子、佟玉会、谢骏、曾光伟、朱月昌、方国宏、贺亚生、王小成、赵玉斋、亢书堂、杨迎新、李海、张宪恩。

重聚京华友众　悼思丹东一人

10月23日，是聚会的第一天，来自全国各地的同学们陆续到达。两个班校友会的负责聚会人以及居京的同学，已经提前来到酒店，相关事宜已经安排妥当。因此，当同学们提着行囊迈进酒店时，一班校友会会长邹兰春、副会长李振海、邓良宝，以及陈为琛等，二班校友会顾问赵恩洲、会长周复民、副会长曾光伟和贺亚生，秘书长吕佩浩，以及佟玉惠、沈芳、李延等，已经在大厅笑盈盈地迎候大家。

“哎呀，可来了，正念叨你呢！”大厅里不时响起“他乡遇故知”的那种惊叹声，然后是情不自禁地敞怀相拥，执手问讯。最让人心热的是这样一幕：心里已经有数的一方握住来人的手暂不报家门，向对方微笑着：“考考你，还认得我不？”旁边的人也笑着“敲边鼓”：“大家先别说，别说。”“眼拙”者盯着对方，东瞧西看，上下打量，嘴里念念有词，稍倾，终于认出，便大喊一声：“你是——”当然，也有人费尽脑汁也认不出来，尴尬地摇头苦笑，同学们见他被“烤煳”了，便齐声告诉他答案。

晚上，在酒店小会议室，两个班的同学先后召开班会。一班同学研究了今后的活动思路和撰写回忆文章的问题。二班座谈会由吕佩浩主持。同学们坐在一起正兴高采烈地谈笑着，只见吕佩浩站起来，表情凝重地说：“大家过一会儿再谈，现在向大家宣布一个不幸的消息：我们班的乔沧桑同学，前

天突发心脏病去世了！”

惊闻噩耗，会场顿时掠过一阵叹息声。吕佩浩接着说：“让我们大家起立，为乔沧桑同学默哀一分钟。”

人们起立垂首，气氛肃然，在悲痛中陷入沉思。乔沧桑本名乔瑞来，在校时微胖，圆脸，戴一副眼镜，他爽朗、洒脱，嗓音高亢，豪兴起时，一曲“阿拉河尼哪——乌苏里江长又长——”声震屋瓦，响遏行云。毕业后回老家丹东，历任丹东日报社编辑、主任编辑、高级编辑，副总编辑。退休后，超然物外，痴迷象棋。本来，乔沧桑已决定来参加这次聚会，没想到在报到的前两天，他突发心脏病去世。大连的胡金兴同学赶到丹东，参加追悼会，也未能来京。得到消息后，吕佩浩以六五二班同学会的名义给乔沧桑的家属发去唁电：“乔沧桑是我们北广新闻系六五级同学中的佼佼者。他把一生献给了党的新闻事业。分别四十年了，我们一直没有见面，大家都想念他。本想这次回母校聚会，我们有见面的机会，没想到他这么快就走了！我们备感沉痛！望你们节哀顺变，保重身体。”同时，致电乔沧桑生前单位老干部科科长、治丧负责人秦建忠同志，嘱请代同学会送大花圈一只，上书“沉痛悼念乔沧桑同学”，摆在追悼会现场。另外，周复民、谢骏、吕佩浩、佟玉惠、陈莲凤同学送挽联一副，上书：“文章犹在生无死，风骨长存逝为神。”接着，吕佩浩又以六五二班同学会秘书长的名义，发短信告知乔沧桑家属，将在同学聚会开始时，提议为乔沧桑默哀一分钟。乔沧桑长子乔成宇 10 月 22 日回电，代表母亲和全家表示感谢。

往来礼节周到、细致、郑重，充分表达了同窗的深厚情谊，同学们感到欣慰。

尔后，二班与会人员选出了新一届同学会领导班子。会长：周复民；常务副会长：曾光伟；副会长贺亚生、谢骏、周子平（周猷德）、朱月昌；秘书长：吕佩浩；副秘书长：佟玉会（负责组织）、沈芳（负责财务）、杨迎新（负责宣传）。同学会继续聘请赵恩洲、陈群林、邢业范为顾问。一班同学会是去年确定的，今年没有换届任务，班子成员是：会长邹兰春；副会长李振海、邓良宝、刘国治、朱久安；秘书长：肖九连；副秘书长：陈为琛、吴亚根。

会议号召大家继续撰写回忆文稿，为编辑出版校友文集而努力。乔沧桑的突然去世，无疑给人们增加了紧迫感，幸亏他把自己的回忆录写出来了，否则会留下难以弥补的遗憾。

倾诉师恩难忘　情注校友之家

10月24日上午，两班同学与当年老师、电视和新闻学院领导、传媒大学校友会代表在电视和新闻学院五楼会议室欢聚一堂，共叙师生情谊。下午，参观鸟巢、水立方、奥林匹克公园。

座谈会由李振海、吕佩浩主持。邹兰春代表两个班的同学会首先发言。他说，我们这两个班的同学对母校有着难忘的记忆和深厚的感情，在母校创建五十五周年之际，我们向老师和学校表达我们的感激之情和真诚祝福！他简要汇报了两班同学会的活动情况和本次聚会的活动安排。随即，周复民、邓良宝代表同学们向母校赠送“师恩难忘”的条幅。贺亚生、陈为琛代表两个班同学会向传媒大学校友会赠送“校友之家”贺幛。

在热烈的掌声中，电视与新闻学院党总支书记雷跃捷代表母校讲话，表示热烈欢迎同学们参加校庆活动。他回顾了学校近几年的快速发展和喜人前景，学院2500多名学生中，研究生达一半以上。学校社会发展与服务办公室主任、校友会代表卜希霆在讲话中希望大家常回来看看，为母校发展贡献才智。

原北京广播学院副院长、广播史专家赵玉明老师，原新闻传播学院院长曹璐老师，原北京广播学院教务处处长陈宇锴老师，原广电部社管司副司长尹廉钊老师，语言学教授施旗老师，新闻业务教授张舒老师，学院博士生导师王武录老师，教授哈艳秋老师，都在座谈会上发表了情深意长的讲话。当年的班主任姜树琪老师对冯皖丽同学请时任省委书记的父亲帮忙，把他们一家从大西北调回北京的情形记忆犹新。他用“不简单、不容易”高度赞扬同学会五年坚持活动，并为同学会进一步发展提出了宝贵意见。

吕佩浩接着姜老师的话头，表示同学会一定要在母校校友会的领导下，开展活动，更好地为同学们服务。同时又代表同学们恳切聘请雷跃捷、赵玉明、曹璐、姜树琪四位老师为两个班同学会的顾问。他们含笑点头答应了同学们的聘请。曹璐老师充满激情地说："和同学们在一起，我感到年轻，充满活力，只要我能走得动，我就愿意参加同学们的活动。如今成为顾问，这是一种不同寻常的'特别顾问'，要特别服务好，当一个永远的志愿者！"热情洋溢的讲话，博得了同学们的阵阵掌声。

同学们踊跃发言。王肇文、徐汝廷、刘桂芬、孙智泉、朱月昌、谢骏、周猷德等纷纷说经历，谈感想，回忆当年老师的风范和教诲。王肇文身着西装，显得很年轻，自信中透露出沉稳。他是当年颇有知名度的风云人物，毕业后先去西北后到南方，同学们常常打听他。如今，他是深圳市工业经济联合会常务副会长，工作非常繁忙。这次母校聚会，他说起母校老师的关爱，同学的情谊，很动感情。从河南郑州市唯一考入北广的李海同学清楚记得，负责录取他的老师是尹廉钊，现场又把当年高兴得跳起来的情景演习一遍，引起阵阵笑声。杨迎新谈到，当年高尔公老师还在"牛棚"时，他就偷偷从图书馆找来高老师的《刘胡兰小传》，读后赞赏不已，深深折服。此时，与会人员纷纷谈起逝去的院领导左荧、顾湘……尤其是提到温济泽老师时，人们感慨万千，"那可是大师级的人啊！""当年有幸聆教，是我们的幸运。"大家陷入沉思怀念中。

诗思敏捷的邢业范，当场赋诗两首，诗句朴实明快，其中"学生感谢师恩广，老师偏说生特长"、"相亲相敬心常想，互勉互励业辉煌"，准确抓住了座谈会最突出的特点。陈娜朗诵了她与吕佩浩同学合写的《校友之歌》，可谓句句情真意切。陈为琛，当年给人的印象是文质彬彬，富有文人气度，这次见面，同学们笑称他是班里的"小资"。发言时他说毕业后被分到海南岛，后来调回老家江苏陵水县当了县官，本来喜欢创作，"平生自奉诗书乐，二字功名风马牛"，却"误入仕途"。听到聚会的消息，他非常激动，一连写了九首诗，追忆昔日，感慨人生。同学们又看到了他过去的书生本色。最后，李延激情一曲《兰花花》。座谈会在欢快的气氛中结束。

中午，电视与新闻学院在川渝坊餐厅宴请同学们。同学们排队向餐桌上的老师敬酒。尹廉钊老师高兴地举杯，朗声吟诗作答："国庆又逢中秋，鲜花更添美酒。时光倒流十载，定当一醉方休！""酒，不要喝醉／牌，不要玩得太累／出去走走，中秋夜色最美！"尹老师身材高大，英俊挺拔，当年讲课，常带诗人的激情，如今豪情未减。

下午，同学们游览"鸟巢"、"水立方"，以及矗立着巨型大鼓、长笛和编钟的奥林匹克公园。大家兴高采烈地合影留念。

晚上，就餐于亚运村西贝莜面村。这是一家坝上风味的餐馆，一支蒙古族歌舞队演出助兴，为校友频频献歌。在粗犷豪放的壮歌劲舞中，同学们推杯换盏，逸兴遄飞。有"百灵鸟"之称的李延走上台前，手持话筒，再次一展歌喉，功夫不减当年。她与演出队歌手合唱的《山路十八弯》，更是穿云裂日，余音绕梁，使现场气氛沸腾起来。周复民、李海、谢骏、朱月昌等加入合唱。李德存则跳起了民族舞蹈，神态、招式惟妙惟肖，同学们赞叹不已。

景山漫游畅怀　广场留影尽兴

10月25日上午，同学们到景山公园游览。

景山公园，同学们并不陌生，但几十年后重游，自有另一番感受。时至晚秋，薄雾轻笼，站在山顶南眺，故宫的红墙黄瓦，在眼底若隐若现。景山地处北京城中心，对于守护北京内城，具有战略价值。北京和平解放之前，傅作义曾在此布设炮兵。但使景山闻名的，还是李自成攻入北京时，崇祯皇帝殉难于此。在景山东面的半山坡处，有一株歪脖树，据说崇祯即吊死在这棵树上。山脚的一块石碑上，刻有崇祯仓促间写下的"绝命书"，意谓：彼等叛众可取我衣冠邀赏，勿伤我黎民百姓。同学们驻足沉思，似乎又想起了那段遥远的历史。

今日的景山，已成为北京群众休闲的所在，其中的“激情广场”最为有名。邹兰春一再提醒大家：“这个地方很有味道，一定要去看看。领略一下革命歌曲大家唱的气氛和激情。”邹兰春很会享受生活，他从北京市统计局巡视员、副局长的位子退下来后，写字作画，种花种菜，精心经营自己那半亩大的京郊宅院，其乐陶陶。陈群林、吕佩浩曾经慕名造访，作七律七绝，赞叹有加。吕诗云：“京郊宅院向阳花，半亩田园似锦霞。今日陶公多雅兴，香茶待客道农家。”陈诗云：“半亩庭园着意栽，蓬门犬吠应声开。无山无水无雕砌，有菜有花有青苔。百姓情怀多客室，文人雅趣一书斋。羡君得遂农夫愿，可伴蝉鸣远雾埃。”邹兰春和之曰：“老圃参差任剪裁，菜花野卉竞相开。果蔬有味酬嘉客，竹树成荫护绿苔。皓首忧国存正气，陋才研墨醉书斋。欣逢盛世耕读乐，莫教诗书染厚埃。”诗均意雅而工，堪可玩味。

说话间，同学们来到“激情广场”。其实，它是散布于景山北部许多“音乐角”的总称。只见道路两旁，山梁树下，许多爱好相同的市民聚集一起，或切磋技艺，交流经验；或各持乐器，合奏演唱。路旁的一个帐篷下，十几个身穿少数民族服装的男女，在吹奏葫芦丝，而它的不远处，就是几个手风琴爱好者，在专心致志地同练一支曲子。聚集人数最多的，是北侧山坡和靠近北门的一处广场。简易的舞台上，有乐队伴奏，指挥神采飞扬，激情四溢，台下是黑压压的数百人在动情合唱，许多游人还在不断加入进来，真可谓气势壮观，声动霄汉。同学们赶到时，正在唱《十送红军》，那泣诉交织的真情、浑厚低回的声音、起伏缠绵的旋律，如松风海涛，荡漾在景山上空，令人心灵震撼，热血沸腾。和同学们一起活动的冯俊英老师，以及周复民、李振海、徐振荣、李延、李海、吕佩浩等同学，也加入了群众大合唱。

景山一游，同学们领略了北京群众的休闲情况，也勾起了保健的话题。“养生的关键是保持阴阳平衡。不管多忙，每天的子午时分，必须休息。因为这是阴阳交接的时候，此时错过，一天难以恢复，对身体伤害极大。”对《易经》颇有研究的赵玉斋向经常熬夜的杨迎新劝告道，陈为琛、佟玉惠、方国宏也有同感，点头称是。旁边的亢书堂，坚信他的“粗茶淡饭，心情放宽”的经验之谈。他经历过官场却未改农家子弟本色，前些年一度为胃病所苦，靠调整心态和保养渡过了难关。善于思考总结的朱月昌说，以后再聚会，应该少讲奋斗，把养生、延年益寿作为重要话题。大家都很赞成。

中午在沙滩宾馆用餐。下午，参观国家大剧院、天安门广场和前门一条街。大家为首都的巨大变化而欢欣鼓舞，纷纷合影留念。在去天安门广场的路上，邓良宝等几个女同胞看到路边在卖糖葫芦，灵机一动，解囊犒赏同学们。人们吸咂有声，边吃边赞：“味道好极了！”一群须发斑白的老者，似乎又回到了天真烂漫的童年。

天安门前留影最多。两班合影、分班合影、老乡照、寝友照、学友照、夫妻照、父子照、母女照、单人照，凡是与友情、亲情、爱情联系起来的，都找出来“定格”珍藏。

告别晚宴情深　母校晚会增豪

告别晚宴在前门大栅栏北京烤鸭店举行。首都著名的特色美食，古色古香、优雅喜庆的场所，宣示着这是本次聚会的重头戏。一直未露面的栗金孚，在女儿栗杰的陪伴下来了，席上响起了掌声。他从新华社《经济参考报》副总编的位置退休后，又被返聘，加之身体欠佳，很少参加聚会活动，同学们都很想念他。这次他携女栗杰与妻子邓良宝同坐席上，成为聚会中唯一的“全家福”。聪明伶俐的栗杰，跑前跑后为大伙服务，受到人们的夸奖。吴亚根、桂雅莉夫妇带来了他们在锦州家中自酿的红葡萄酒，让同学们品尝。桂雅莉热情讲述制法，细说其养生功效。人们品之，果然味道醇正，也仿佛体味到了他们那相扶相依、琴瑟合鸣的甜美生活。

宴会开始。一班同学会会长邹兰春举杯，以北京东道主的身份祝大家身体健康、平安幸福。他说，这次聚会，在大家的积极参与和热心支持下，圆满结束，再次证明我们六五班同学是一个团结的高素质的集体，相信同学会的活动一定能够更好地发展下去。他还向大家通报了这次聚会的财务收支情况，代表同学会对慷慨解囊资助活动的同学予以高度赞扬，同学们用热烈掌声表达谢意。

二班同学会会长周复民举杯，对北京同学为操办此次聚会所付出的奉献和巨大辛劳表示深深的感谢。他说，这次活动非常圆满，非常成功。通过聚会，大家交流了感情，开阔了眼界，增加了友谊，使我们的退休生活更加丰富多彩，同时也积累了活动经验。相信活动会一次比一次好。他的话代表了外地来京同学的心声。

新当选的二班同学会副会长周献德举杯祝酒。他神采奕奕，满面红光，脸上几乎没有皱纹，是同学中岁数不小却显得最为年轻的。他似乎看出同学们对自己身体状况的羡慕，颇为自豪地大讲养生妙处，说到激动时，还现场来了一个“金鸡独立”，引起欢快地笑声。最后，他现场赋诗一首：“正是北京好光景，五五大庆又逢君。把酒临风畅抒怀，感慨万千品人生！”

晚宴的烤鸭名不虚传，传统包子味道极佳，更美的是觥筹交错、互相祝福、倾心交谈。餐后大家带着无尽的回味，步行去人民大会堂观看校庆晚会，这是人们期待已久的时刻。进场出现了一个小插曲：唐山来的杨迎新出发时换衬衫，票忘在住处，来不及返回去取。正在他懊悔失望的时候，旁边的张舒老师把自己的票给了他，说：“你去吧，我们在京，去大会堂机会多，你们来一次不容易。”杨迎新十分感动。

晚会宾客如云，气氛热烈。传媒大学在校师生，连同五九级以来的历届校友，近万人欢聚一堂，共祝母校华诞，真个是：广播电视播音编采，各有秋色；黑发白头巾帼须眉，一样桃李。晚会在校歌《年轻的白杨》的旋律中开始，屏幕上首先映现的是全国各省校友会的祝福。突然，方国宏同学出现在四川校友会的图像中，只见他张开双臂，一声激情呼唤：“母校，我爱你！”大家顿时一阵惊喜，热烈地鼓起掌来。

晚会明星荟萃，精彩纷呈。供职于央视的各届校友闪亮登场。白岩松担任主持。崔永元、敬一丹、李瑞英、贺红梅、李修平等一大批名主持、“金话筒”激情出场。冯巩、王刚、朱时茂、陈佩斯、于文华、毛宁、宋祖英等明星联袂献艺。母校交响乐团的演奏，表演系学生的舞蹈，方明教授带领的播音系学生的朗诵，庄严宏大，活力四射。整台晚会把观众带入如醉如痴的境界，激起潮水般的掌声。同学们为名家辈出、声名远播、兴旺发达、前途美好的母校，感到无比自豪！

终场灯光亮起，大家步出会场。聚会结束，明天就要返回各自的家，人们执手相嘱，互道安康。此时，自由奔放的《年轻的白杨》的歌声仍然在耳畔回响。小师弟小师妹、小小师弟小小师妹矫健靓丽的风采，让同学们感慨万千，羡慕中又有些许惋叹，我们的当年，本来也应该是这个样子，却被裹挟在一场风暴中，浮沉消磨，浪掷青春。但同学们更多的是欣慰，我们毕竟调正了脚步，拼搏奋斗，为社会做出了应有的贡献；我们毕竟驱散了心头阴影，固守了美好，使珍贵的师生情、同窗谊，焕发出熠熠光彩。因为大家一直没有忘记，我们永远是母校春晖下那一排根须相连的“白杨”！

众人添柴火旺　北京同学功高

这次聚会之所以成功，是两班同学集体努力和个人慷慨解囊赞助的结果。陈群林同学赞助5000元，他因去外地出差，未能与会，在给周复民、邹兰春两位会长的信中表示了歉意和祝福，祝同学们永远健康幸福平安；周猷德同学大力支持同学会活动，曾付出极大精力筹办了武汉聚会，这次又赞助了3000元。为使经费得到保证，外地同学每人交300元，北京同学尽地主之谊，每人交500元。但有不少同学交了1000元。

此次聚会人数达五十多人，即使由专业机构操办，也非易事。从通知、报到、食宿到开会、游览，方方面面都要提前谋划、安排，而一项一项具体落实的担子，就压在了北京同学的肩上。为了找到合适的旅馆、餐馆，要去实地察看、体验。单是为落实人民大会堂校庆晚会票，邹兰春、曾光伟、吕佩浩从国庆长假后就多次去母校申领。因票源非常紧张，他们在学校社会发展与服务办公室和电视与新闻学院的支持下，争取到了每人一张，还满足了部分外语系同学等的需求。最后三张票，甚至惊动了校长，通过“特批”得以解决。

聚会期间，北京的同学自觉以“主人”待“客”，不顾身体，牺牲休息，跑前跑后，当起了“服务员”和“导游”。二班同学会副秘书长佟玉会，做过大手术，家中还有患病卧床的丈夫李春荣，负担、压力可想而知，但她从始至终，全身心投入聚会，落实好每一个细节。发福的赵恩洲，迎来送往，满面春风，传递着温馨，须知他的腿脚可不是小伙子了。沈芳负责财务工作，收款、付款、报账、结账，一丝不苟。冯皖丽、贺亚生等到外地同学宿舍嘘寒问暖，真诚谈心。曾光伟不仅诗写得豪放大气，书法也好，这次他把自己的书法精品赠送大家，“龙飞凤舞”中涌动着热情。邹兰春会长、吕佩浩秘书长几乎没有一刻休闲，当人们坐在车上舒舒服服闭目养神的时候，他们还在一遍又一遍地讲解注意事项。徐振荣主动当起这次聚会的会务，跑前跑后，承担了许多琐事，他深夜整理复印通讯录，及时发送给大家……

当然，不少外地同学在聚会启动时就热心参与其中，尤其是周复民，更是功不可没。周复民会长不辞劳苦，曾专程赴京，与顾问陈群林、赵恩洲及邹兰春、李振海、曾光伟、贺亚生、吕佩浩诸君，运筹帷幄，制定活动计划。周复民当年是新六五二班唯一的党员，被人们称为“党代表”。现在大家对他的付出和奉献，常常凝结为一句话：“不愧是我们的党代表呀！”人们更不会忘记另一个成员，那便是周复民的夫人赵国兰。这位摄影技艺高超、数获全国大奖的摄影家、江西画报高级记者，无疑是此次聚会中最累、最敬业的一个。她周到热心，不厌其烦，不管是谁，“呼之即来”，为两个班的集体和个人拍下了数百张优质照片。聚会结束后，她又夜以继日地把照片分门别类整理好，然后给全国五十多人打电话，发邮件。照片传给个人时，常常要等上几个小时，遇上电脑不熟的，还得耐心讲解技术，以致累得病了一场。人们表示，一定要把他们的付出和情谊珍藏在心里，为以后聚会多贡献力量。

这次聚会，同学们非常满意，收获很大，体验到聚会对身心健康的良好作用，认识到我们六五二班人才荟萃，是个凝聚力强、潜力很大的精英团体，对以后的活动充满信心。同时，也建议，今后的活动仍须坚持“长久不懈，间隔适当，量力而行”的原则；所需经费，宜用AA制和赞助基金相结合的办法解决；活动方式可因时、因地制宜，人数可多可少，多种多样，使聚会长久成为我们晚年生活中的一道亮丽彩虹。

2009年12月17日

相聚中原大地

——河南聚会纪要

王春林

2012年金秋10月，中原大地秋高气爽，北京广播学院新闻系六五级部分同学，在河南聚会。18日在郑州市广州大酒店报到并开启了河南之旅。

此次聚会由六五一班河南籍同学组织，由王求国和王春林负责实施，得到了两班同学会负责人邹兰春、周复民同学的大力支持和具体指导。两班共有近40人参加（含家属）。

同学们参观了河南具有深厚文化底蕴的名胜古迹，游览了壮丽的自然风

光。聚会给大家提供了互相交流、加深同窗情谊的机会。同学们充分利用一切可以利用的时间和机会，无论在途中、在餐桌、或在住处，大家聚集在一起，或深情回忆学校生活及深厚的师生情谊，或畅谈工作和家庭生活以及对人生的体味，同学们过得开心舒心。

同学们先后参观游览了日新月异的郑州市容市貌；开封大型历史主题公园“清明上河园”和宋代皇城遗址龙亭公园；云台山青龙峡的飞瀑流泉和红石峡的奇山异水；洛阳中国佛教“祖庭”“释源”之称的白马寺和世界文化遗产龙门石窟；世界文化遗产“天地之中”建筑群少林寺和中岳庙等。

王求国同学在组织活动期间，不幸被汽车撞致腰椎骨折，同学们非常关切，不少同学自发到医院探望、慰问。

此次活动至10月23日完满结束，历时六天。聚会第一次尝试实行AA制。河南籍同学作为东道主适当多承担了部分费用，王求国同学提供了聚会用酒和水果，经费不足部分由王春林同学承担。

2015年7月追记

休闲消暑北国游

谢　骏

正当我国南方赤日炎炎似火烧之际，地处北国冰城哈尔滨的邢业范、张淑娟（一兵）、姚明贤三位同学以满腔热忱组织了原北京广播学院新闻系六五级同学哈尔滨至镜泊湖休闲消夏之旅。活动时间是2013年7月20日至25日。参加者共有十对夫妇：赵恩洲、沈芳，吕佩浩、魏秋芬，朱月昌、刘鸿雁，王宝三、王月梅，周猷德、唐南英，周复民、赵国兰，邢业范、闵素华，陈方学、董付菊，张成有、野玉洁，孙秀英、沈洪清；另外，王小戍带上胞妹王小波，周复民夫妇带上孙女周伽如，邓良宝带上儿媳王丹、孙子栗弘恩，王宝三带上外孙女姚瑶，周猷德夫妇带上亲戚周年兰、刘传烨，张一兵带上弟弟张石；还有刘国治、孙智泉、佟玉惠、姚明贤、谢骏和首次参加聚会的殷国栋同学；六四级中播班的冯俊英同学也应邀参加，共40人，可谓夫妻成对，三代同堂，校友欢聚。7月25日晚，外语系六五级的韩广儒、李北英夫妇二人也赶到饭店看望聚会同学。同学们毕业四十三年后的再次相逢，被戏称为大广院的一次“小汇合”。周猷德有诗赞云：

三代同堂乐呵呵，
一路笑语一路歌。
北国风光无限好，
千般万般感慨多。

迎来送往倍艰辛

相聚是开心的，快乐的，然而是用组织者的辛劳和汗水换来的。这次聚会的动议始于去年河南之行。当时有人提出下次去广州或哈尔滨。广州方面没有回应，于是，家在哈尔滨的邢、张、姚主动担起了重任。他们四月初就行动，广泛征求意见，开始确定六月中旬，但有些人工作脱不了身，改为七月中下旬。由佟玉惠和张一兵分别落实参加人员名单，而邢业范就多方寻找旅行社商谈路线、讨价还价，最终确定了哈尔滨的一家正规旅行社。迎来也非易事。有的早到，孙秀英夫妇、吕佩浩夫妇、亢书堂等；有的第二天清晨才到，如殷国栋；有的乘火车，有的搭飞机；有的开始不到，晚两天到，如孙智泉；还有的报了名，电话追问才知因故来不了的，如常买。有的夫妻二人兵分两路，分头到的，如朱月昌从北京出发，夫人从上海出发，邢业范守候在饭店，寸步不离，随时准备接待和安排。特别是刘国治、朱月昌二人，苦等几个小时也没有消息，让人更为担心，直到半夜，二位老兄终于到了。原来首都国际机场发生了一起爆炸案，实施空中管制，造成长时间停飞，朱晚点4个小时，刘晚点10个小时，总算平安到达，万幸！真是：天有不测风云，

人有旦夕祸福。

与迎来相比，送往要轻松得多了，但也不是简单的一件事。邢业范小本子上记下每个人离开的时间，排列好先后次序，逐个送行。25日夜晚，他几乎通宵达旦未合一眼，开始脱了衣服睡，盖被子又嫌热，后来干脆穿上衣服不睡，凌晨三点听到有动静，原来是陈方学夫妇动身赶火车。邢送走了二人，就无一点睡意了。四点多钟孙秀英夫妇等要往机场去，他又送下楼。机场大巴快开时，周复民竟赶上送行了。可见，一人动身走，牵动大家心。直到26日下午，邢业范送走了最后一个走的殷国栋同学。直到此刻，他才算松了一口气，终于结束了这次复杂的接待任务。年已古稀的老头子这下可以安心睡觉了。

时空天壤一瞬间

太阳岛是松花江畔的一颗灿烂明珠，郑绪岚的一首歌，吸引着无数中外游客慕名而至。太阳岛，这个美丽的名字来源于女真语的“太易安”，就是鳊花鱼的发音。早在三百多年前，这里曾是清王朝的水师营地。上世纪二十年代初，又成为白俄罗斯人的夏季度假村。新中国成立后，太阳岛经扩建改造，成为北国著名的疗养、休闲、娱乐场所。游览之后，不少人都留下了诗作。兹照抄如下：

吕佩浩：七绝·夏游哈尔滨太阳岛

草木葱茏伴响泉，
太阳岛上尽欢颜。
烛龙衔火南飞去，
留下清凉避暑天。

吕夫子认为，太阳岛与太阳神有关，以烛龙而称之，即火神祝融也。想象力太丰富了！

邢业范、佟玉会二位则以纪实见长，把眼中之景，凝结成如下诗句：

邢诗：

花草如茵林木繁，
斜拉桥下过游船。
盛夏参观冰雕馆，
欧陆风情小镇瞻。

佟诗：

盛夏时节赏冰雕，
棉衣紧裹暑气消。
松鼠岛上逗松鼠，
返老还童乐陶陶。

他们的诗作中都提到了俄罗斯风情小镇和冰雕馆，为何？因为反差强烈，时空悬殊，简直天壤之别。

就空间来说，哈尔滨距俄罗斯有万里之遥，但是要想实地考察一下，一点不难，远在天涯，近在眼前，不用一小时，手携一本仿真的护照就可以走遍俄罗斯小镇的许多风格各异的居室和店铺。大家争先恐后，忙着去各处盖章，如同参观上海世博会要多盖一些国家的签证章一样。

就时间来说，骄阳似火，汗流浃背，但是顷刻之间就进入到一个冰天雪地之中。刘国治先生大概肚子里板油较厚，坚持不租棉大衣，工作人员苦口相劝，零下十度受不了的。进到馆内才知厉害，他不得不裹紧了大衣，见到一个汽车轮胎一屁股就坐下，哧溜一下左碰右撞就滑下去了，结果没有带钱，后边跟下的同学替他交了十元，才顺利过关。同学们笑话他：“这里只认钱，可不认官衔啊！”出门时，刘兄真的成了“睁眼瞎”，眼镜片上全是水雾，讨了张纸巾忙着擦镜片，才勉强看清人。立即讨了杯姜茶驱寒气，但姜茶太烫，差点把舌头报销了。口中不断地说：“厉害！”“厉害！”人们弄不清他说的是冷还是热？别人气温相差的是四五十度的考验，而刘兄还要加上一百度的滚开水。啊！是厉害！

欢声笑语满客船

这次欢聚的娱乐活动是在游镜泊湖的客轮上开展的。

能够成功地进行这次活动，有两个人功不可没。一个是职业主持人、六四级中播班的冯俊英，一个是天才小演员周伽如（周复民、赵国兰的宝贝孙女）。

冯俊英自告奋勇当上了主持，并以京味十足的京韵大鼓《大栅栏》拉开了序幕。在她的带动下，八仙过海，各显其能。刘国治一身都是喜剧，在贵州广播电视厅当过领导，后又担任省文联主席，耳濡目染也学了两下。“文革”中的《地道战》家喻户晓，他被人们认为是扮演日本鬼子不用化妆的特型演员，外号就是“梭嘎”。这次他一改过去的戏路，唱起了抒情的《我爱蓝色的海洋》，让大家耳目一新，可惜忘词了，没唱完整。王小波简直是韩红第二，唱了《天路》，让人仿佛从东北平原来到了青藏高原。小演员周伽如更神了，能歌善舞，才唱了儿歌《娃哈哈》，又唱起弘一法师的《送别》，举手投足，好像经过了多年的专业训练。在她邀请下，从不跳舞的吕夫子竟然为她伴舞了。王宝三高度评价说：“这小孩将来一定是个明星。她的高音区域很好，音质很好。”一个省电台首长如此高的评价，肯定是有道理的。

在镜泊湖的游船上，开始不少人到船头甲板上照相，后来风大雨斜也都进入船舱。好家伙，联欢会早就进行了。三个女声加上三个男声一同高歌:《洪湖水浪打浪》，真能触景生情。大家一哄而起，要周复民会长来一个。夫人赵国兰提示：《北国之春》。周复民挺了挺胸，昂首唱起了“北国风光，千里冰封，万里雪飘……”把原来要他唱的日本爱情歌曲，唱成了毛泽东抒发豪情的《沁园春·雪》，歌喉高亢，冲破船舱，引来一片叫好声。而刘国治闷头在写着什么，人们以为他要朗诵诗作，没有想到他是把《我爱这蓝色的海洋》的歌词一句句写下来。唱歌时眼不看观众，看着这手抄本终于完整地唱了一遍，他的认真精神获得大家的赞赏。孙智泉演唱的京剧《智取威虎山》选段字正腔圆，有板有眼，赢得全场喝彩声。这样热闹欢乐的场面，感染了同船的山西临汾从事林业工作的游客，他们也演唱了几首歌，与大家同乐。

邢业范、佟玉惠、吕佩浩有诗为证：

邢诗：雨中游镜泊湖

平湖如镜波浪翻，
高低错落四面山。
细雨蒙蒙烟雾里，
广院学友歌满船。

佟诗：游镜泊湖

琼岛仙阁雨绵绵，
同窗学友上客船。
欢歌笑语多康乐，
忘却南国酷暑天。

吕诗：七绝·与大学校友冒雨游镜泊湖

琼岛仙山湖上现，

清风烟雨水中天。
游程校友联欢会，
笑浪歌潮满客船。

下船后，大家冒雨观赏了气势磅礴的吊水楼瀑布。开电瓶车的师傅说：你们运气真好，很难遇上这么大的雨，瀑布就更加壮观了。由此也激发了大家的诗情。

邢业范诗：吊水楼瀑布

江泄北湖龙泉头，
飞流奔腾吊水楼。
水花飞溅深潭上，
沉雷轰鸣夏复秋。

佟玉惠诗：观吊水楼瀑布

百丈悬崖飞瀑悬，
气吞天宇震山川。
豪迈壮观堪能比，
疑是银河落九天。

吕佩浩诗：七绝·雨中观吊水楼大瀑布

白浪排空百丈屏，
银河四泻北天倾。
俯观跌瀑汪洋界，
身若飘浮踩绿萍。

周猷德诗：情醉镜泊湖

细雨霏霏情亦飞，
凉风习习雾里回。
湖光山色阅不尽，
同窗重逢醉不归。

周诗中提到了喝酒，其中也有故事。孙智泉同学从江西宜春北上时，带了两瓶珍藏十五年的江西四特酒，白瓷瓶精装，由于箱子装不下，一瓶去掉包装盒，用塑料袋裹着，到了镜泊湖住处，有包装的完好无损，另一瓶破了。瓷瓶开不了，酒店规定需买他们的酒才能开瓶，邢业范等就象征性地买了几瓶当地啤酒。周猷德觉得不过瘾，上前掏钱包买了陶罐的“老坛子”酒，拿到桌上一看是低度的，又去买了一瓶高度的，结果大家开怀畅饮。同学们赞扬孙周二人，一个有心，一个有情（钱）。这大概就是周诗“醉不归”的注解吧。

美酒好喝瓶难开

7月25日，旅行社为补偿大家，特地换到北北大酒店旁边的一家酒店用晚餐。曾任黑龙江省政府副秘书长的韩广儒与夫人李北英赶来看望大家，携来了满满一箱茅台、北大仓和高档葡萄酒。韩广儒、李北英都是广院六五级外语系的同学，一个学乌尔都语，一个学豪萨语，四十三年的阔别重逢，大家互致问候，气氛一下就热烈起来。韩记起新闻系“文革”中的风云人物，问道：邓良宝、王肇文、吕佩浩来了没有？当他知道邓、吕在场，就向他俩示意问好，然后举杯，向大家祝酒。他说：“我们这次是大广院的一次小汇聚，新闻系和外语系同学汇合到一起，太好了，可惜知道晚了，不然会好好招待大家。”

正当大家群情鼎沸之时，店家不同意自带酒水，经多方交涉，依然无效。白酒可自开，但葡萄酒就无能为力。有人出钱，请导游去买开瓶器，但周边商店都无货，只买到了开汽水瓶的用具，头脑灵活的殷国栋用手掌拍打着瓶底，好不容易冲开了软木塞，真是美酒好喝瓶难开！眼看酒多菜少，李北英忙去柜台点菜，值班人员很冷淡，她们想早点下班，最后还是加了五个菜，使聚会又进入高潮。

“文革”中韩广儒与新闻系还真有一段交往，他是新闻系教师高而公专案组的成员，与亢书堂还到过哈尔滨外调。他清楚地记得高而公评过中共中央的“九评”，说过毛泽东欣赏“牛鬼蛇神”，如诗中就有这些句子：“牛郎欲问瘟神事，万户萧疏鬼唱歌”，“风樯动，龟蛇静”，“神女应无恙，当惊世界殊”。这说明高先生在处境极艰难之时还敢对“最高统帅”反唇相讥，实在难能可贵。众笑。韩说：“那都是过去的事了。”亢书堂还忆起了在韩广儒家吃了顿饭。旧事重提，亲密无间。

高而公是延安时期的名记者，《刘胡兰英勇就义》的新闻稿就出自他手，后又以梁星为笔名发表《刘胡兰小传》。新中国成立后，他曾任中央人民广播电台编辑、记者，编发过大量朝鲜战场的新闻与通讯。1957 年被错划为右派，下放广院任教。平反后不久，因心脏病突发不幸去世。可惜，一代名记者就这样烟消灰灭了！

这里还得提一笔李北英。某人江西聚会时，想起大学时与外语系一女生同在袁方专案组，只模糊记得那人是湖北人，长得白净，像学过芭蕾舞，学什么语种，叫什么名，一概不记得，但很想知道她在何方？对话者答应为其寻找。经过几年大海捞针，最后还是从李北英那里落到了实处，姓名、单位、现状都一清二楚。此次约见李北英，也有对她表示感谢之意。

韩广儒指名的“文革”名人吕佩浩，事后还与韩有诗唱和。

吕佩浩：七绝·赠广儒兄

夏日同窗东北会，

君持美酒送行来。
席间豪气千杯少，
一醉方休尽畅怀。

韩广儒：五绝·和佩浩君（今韵）

欣逢校友来，
重抖少年怀。
把酒仍豪壮，
相觑鬓发白。

同窗五载手足情

我们这一代知识分子是时代的弃儿，又是历史的幸运儿。高考我们是最后一届，但进大学不到一年就赶上了毛主席亲自发动和领导的“无产阶级文化大革命”，没有读多少书，可是增加了彼此的接触，有过对立，有过分歧，有过矛盾，但同学之情却未受到任何影响。

我们新闻系六五级两个班：北京的多些，其余省市皆十个。这就是河北、河南、上海、江苏、江西、湖北、辽宁、黑龙江。这次，同学们又从天南海北走到了一起，久别重逢，有说不完的话。

亢书堂进京时，土布衣服方口鞋，一口梆子腔。几十年过去了，改变不大，唯有同学之情日益加深，自2004年北京一聚，两个班共组织了八次活动，他参加了七次。在同学们中他是属于低收入的，九年后尽管工薪上升了一倍，仍只有两千四百大元。他自豪地称自己是没有“三高”，高血压、高血脂、高血糖，只有“一低”，就是低工资。为了争取与同学见面，他得省吃俭用，眼看亲属中年长的一个个相继离世，他把同学看成是自己的亲兄弟亲姐妹。他说：“我们也都快动不了了，见一次就少一次，失去了机会就后悔莫及了。

所以，钱是有价的，同学情谊却是无价的。”他重视养生，从《洛阳晚报》和各类书刊上抄下了偏方验方，编成了一本中医养生书，供大家参考。

还有一位王宝三，是哈尔滨人。他说，这次回到哈尔滨，不是作为东道主，也不是为探亲，完全是为了看望到哈尔滨来相聚的大学同学。王宝三在哈尔滨生活了二十年，在宁夏生活了四十三年。他说，本来对哈尔滨是有感情的，在满语中这是晒渔网场，相当美丽富饶，可是“文革”中造反派把雄伟壮观的圣尼古拉大教堂拆掉了，用锤砸用炸药轰，把我心中的圣地给铲掉了。我过去小时候上学每天都经过那里，现在一点影子都没有了，我很失望，很悲伤，很难过。我不愿再回到这个地方。

还有对广播学院，他也没有多少留恋之情，本想学中文，结果读新闻，上学第二天就失眠，几十年一直很痛苦。但是与朝夕相处了五年同学感情是相当深厚的，想到已去世的同学，尤其觉得同学能在一起不容易。现在最值得见面聊聊，谈谈家常。

从这二位的肺腑之言中，不难看出：人生苦短，同窗情深。

恩爱夫妻老来伴

这次哈尔滨之行，与以往相比较的突出之点是夫妻对子多，出现一幕幕比翼鸟、连理枝的动人场景，真是恩爱夫妻老来伴。张成有、野玉洁，赵恩洲、沈芳这两对，差不多都是十指相扣，手拉着手，同行同走，同进同出，显示了时刻相扶相持。沈芳坚持要带上氧气机，后一打听宾馆里无插座，才放弃了。因为赵先生心脏曾出过毛病，不得不十分小心。野玉洁也因张成有年长几岁，所以她对他呵护更加用心。

赵恩洲、沈芳夫妇是在校时班上谈成功的一对。那时人们称二位是安徽的省会。与另一女生相比，沈芳的脸蛋丰满，是凸面镜。经过几十年的风风雨雨，现都已名不副实了。沈芳一天天瘦下来，头发也都变成银色。原因很简单，就是为了赵先生的健康和家事整天操心而不惜自己的一切代价。

还有一对孙秀英、沈洪清夫妇，先生别无爱好，每顿喜欢点小酒，她外出也不忘先生的爱好，替先生买了酒，也给大家满足一番。当她谈到家庭生活时，一不留神就脱口而出："……还有一个爱我的老公。当然我也很爱他啰！"话音刚落，引来一车赞美的笑声！

功勋人物贡献多

这次活动获得了成功，离不开许多人付出的辛勤劳动，人多事杂，方方面面，都有组织者精心安排和打理。

张淑娟是一位大总管，身上的担子，不亚于贾府中的王熙凤。就收发身份证一事，就有半票、全票、免票三种不同层次，邓良宝的儿媳王丹主动协助，麻利准确，万无一失。有这样的好帮手，让总管省了不少的心。

为了大家能带上一点哈尔滨的特产回去与家人分享，姚明贤主动请命，专程跑到红肠厂去联系，保质保量进行采购，让大家吃得放心、安心、开心。

还有一件事，就是为大家照相，全部由周复民夫人、江西画报社著名摄影师赵国兰承担了。她腰椎有毛病，却总是背着沉重的照相包，谁要在哪里照，单人照或多人照，还有集体照，全都有求必应。活动结束后，她还给所有人发了照片的电子版。摄影大师殷国栋看在眼里，疼在心上，主动帮忙，在拍集体照时，选择场地，集合、排列、布置、导演全都由他包揽了下来。

殷国栋是首次参加同学聚会，并不显得与大家有距离，仍然像四十多年前一样，精力充沛，行动灵活，穿着满身都是口袋的专业摄影背心，一看这行头，就知是个行家里手。早在上学期间，他就照相、冲卷、放大，全都拿得起来。他还把宿舍改造成临时暗房，主动为大家翻拍照片等。由于家庭的牵连，父亲的政策迟迟都未落实，他的新闻梦被打破了，江苏新华日报、江苏省广播电台多次要调他去，但是都未办成。面对逆境，他白手起家开办起了一家广告公司，获得成功，养活了五十多个员工。功成名就之后，他急流勇退，把公司转交给了文化局。他说："大家每次聚会我都知道，但工作走不开，那么多人的饭碗，我不能不管啊”！他说的是心里话。我们也为他的这份责任心和奉献精神所感动。

对这次同学聚会，我不想写总结性的话，就以东道主张淑娟的两首诗作为这篇文章的结尾吧：

北国休闲同窗会，
冰城消暑学友行。
难得松江迎贵客，
更喜镜泊雨中情。

耄耋之年忆峥嵘，
枫染秋色叶正红。
他年金银菊笑日，
回首龙江意更浓！

2013 年 10 月 31 日于广州

附　录

一

新闻系六五级编采专业一班同学名单（43 人）

李志英　邓良宝　李振海　崔一贵　朱久安　陈为琛　王春林

张成有　韩彦俊　常炳林　吴亚根　刘国治　姜荣芳　季淑兰（季胜昔）

桂雅莉（董新）　陈方学　李德存　朱武成　于景林　朱传济　张玉起

徐汝廷　姚明贤　邹兰春　孙智泉　徐振荣　石征献　张淑娟（张一兵）

刘桂芬　孙秀英　栗金孚　王肇文　肖九连　王求国　卢振海　王炳初

万淑鹏　冯皖丽　王竹锜　贺　亹　孙玉海　李春荣　王　兰

新闻系六五级编采专业二班同学名单（44 人）

周复民　邢业范　赵恩洲　沈　芳　陈群林　刘雅琴　黎向荣　陈　娜

吕佩浩　刘忠舟　蔡　友　叶成华　石种玉　邢继英　李　延　王晓玲

曾光伟　朱月昌　谢　骏　贺亚生　王小戍　常　买　牛希昌　王淮胜

方国宏　胡金兴　陈广寿　赵玉斋　杨迎新　李　海　徐爱群　殷国栋

杨学明　张宪恩　罗文成　王宝三　亢书堂　孙　影　马智敏

周猷德（周子平）　佟玉惠（佟玉会）　孙敬玫（孙敬梅）

陈莲凤（陈连峰）　乔瑞来（乔沧桑）

二

新闻系六五级编采专业一班同学会成员名单

会　　长：邹兰春

副 会 长：李振海　邓良宝　刘国治　朱久安

秘 书 长：肖九连

副秘书长：吴亚根　陈为琛

新闻系六五级编采专业二班同学会成员名单

顾　　　问：赵恩洲　陈群林　邢业范

会　　　长：周复民

常务副会长：曾光伟

副　会　长：贺亚生　谢　骏　朱月昌　周猷德

秘　书　长：吕佩浩

副 秘 书 长：佟玉会　杨迎新　沈芳　邢继英

两个班同学会的特聘顾问：赵玉明　曹璐　姜树琪　雷跃捷

三

校友之歌（同学会会歌）

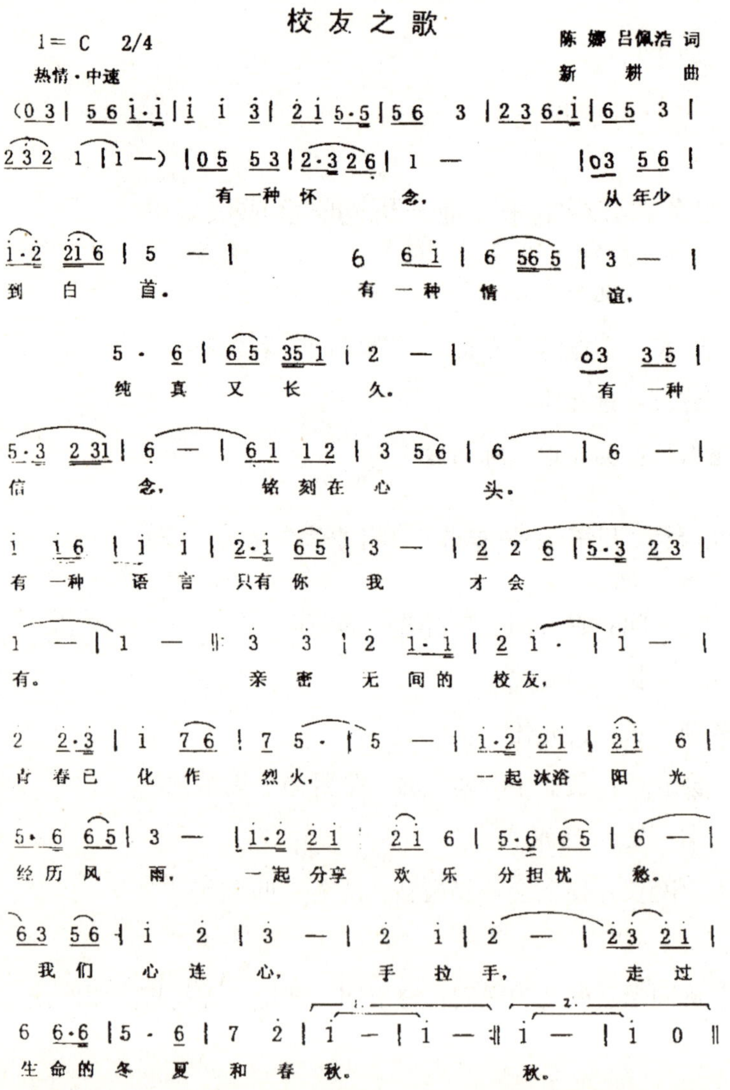
校友之歌
1＝C 2/4
陈娜 吕佩浩 词
热情·中速
新耕 曲
有一种怀念，从年少到白首。
有一种情谊，纯真又长久。
有一种信念，铭刻在心头。
有一种语言只有你我才会有。
亲密无间的校友，
青春已化作燃火，
一起沐浴阳光经历风雨，
一起分享欢乐分担忧愁。
我们心连心，手拉手，走过
生命的冬夏和春秋。
秋。

后 记

经过各方的努力，原北京广播学院新闻系六五编采班校友的回忆文集《春华秋实五十年》即将付梓出版。这本文集是由两班同学会组织编写的。从 2004 年 9 月新闻系 65（2）班同学在毕业三十四年后首次回母校聚会，作出编辑校友回忆文集的动议，到两班同学共同撰文，交流人生心得，感恩母校，完成文集的征稿、编辑工作，其间历时十年，真可谓“十年磨一剑”。

这本文集分为母校篇、追梦篇、诗词篇、聚会篇，收入回忆文章 60 多篇、诗词作品 130 多首，计 30 万字。对入选文章概况和文集出版的意义，作家杨迎新代表编委会写的《前言》已有全面阐述，这里就不赘言。作为主编，让我们感动的是同学对出版这本文集所表现出来的热情。同学们踊跃赐稿，有的对文稿一再修改，还配寄了珍贵的老照片。在第一批的来稿中，大家推荐的书名就有十多个，如《同窗的回忆》《永远的珍藏》《青春的证明》《感悟人生》，等等。我们也拟了两个书名，一个是《五十年的回望》，另一个是《岁月蹉跎亦有情》。这两个方案，曾公布在两班同学微信群上，同学们不尽满意。有同学提出《岁月如歌》和《春华秋实五十年》两个书名，引起热议，最后我们采纳了后者。因为这个书名，涵盖了校友们五十年的人生经历，我们这些当年的“春花”，经过几十年的奋斗，现在已“秋实”累累，可以无愧于我们的母校了。陈娜同学的先生高老师看到大家讨论书名的认真劲，在微信上评论说：“一本书著，两班文汇，三四个书名，五六番讨论，七嘴八舌，久（九）难敲定，十分煎熬。无情岁月增中减，有味诗书苦后甜。”当名书最终确定时，他又吟诗祝贺：“如歌岁月近夕阳，老夫遥忆少年狂。五十春秋风雨路，青丝结谊最久长。”

非常感谢原北京广播学院副院长赵玉明老师、中国传媒大学新闻传播学院前院长曹璐老师、中国国际广播电台前台长张振华学长为本书写序！三个序中，都谈到了我们当年入学时学习、生活过的北京广播学院西校灰楼。是的，广院灰楼是我们人生、事业和专业的新起点。“一所大学一座楼”，是对灰楼时期广播学院的生动写照，更体现了一种艰苦办学、教书育人的精神。如今，灰楼虽然不存在了，但灰楼的精神永远留在我们的心中。

非常感谢中国国际广播出版社对出版这本文集所给予的支持！由于书稿电子文本交出版社比较晚，又要赶在9月18日同学们回母校聚会时出版，任务重、时间紧，张宇清社长亲自指挥协调，各部门紧密配合，保证了出版的进度。责任编辑易晓燕认真编辑加工书稿，和二、三审一起把好了质量关。版式编辑邢秀娟提前设计了方案，当电子文本审定后，及时改稿和做好版式，并耐心地插入照片，使书稿做到图文并茂。校对人员加班加点，既快又一丝不苟地校对书稿，令人感动。还值得一提的是美术编辑赵泽阳为本书设计的封面。这个封面正面选用了三张照片，以五十五周年校庆时同学们拿着“师恩难忘”的条幅和老教师合影为主体，又以一张广院的灰楼与一张中国传媒大学教学主楼搭配，形象地展示了母校五十年的变迁，表达了同学们的感恩之情。封底以谢骏同学奔放的书法作衬，选了序中的三段富有哲理的话做提示语。整个设计体现了本书的主题，又散发着文化的气息。对小赵的精心设计，我们也要说一声：“谢谢！”

还应当感谢中国传媒大学南广学院新闻传播学院编辑出版学专业的韩雪和丁亚丽同学！她们利用暑假在北京实习的机会，牺牲休息时间，无偿地帮助我们做好书稿出版的前期工作，包括录入和校对文稿、接收和整理照片、按主编的编辑意图，编排好目录和正文。在工作中，体现了她们的专业水平和对电脑熟练应用技能。可以这样说，没有她们的帮助，我们的书就不一定能如期出版。

本书的文前彩照和文中插图，有许多是周复民的夫人、江西画报社高级记者赵国兰拍摄。她参加了我们同学的多次聚会，热心地为大家拍摄个人和集体照，为我们留下了美好的回忆。借此机会，我们也向她表示深深的谢意！

本书顺利出版，还得到以下校友的资助。他们是：桂雅莉、吴亚根、王肇文、邹兰春、周复民、陈连峰、李振海、谢骏、朱月昌、杨迎新、贺亚生和吕佩浩。

由于时间的关系和我们水平有限，书稿中难免出现差错和不足，敬请不吝指正。因为我们工作不细，对一些同学本该写文章但未能写的，我们只能在此表示遗憾和歉意！

衷心祝各位同学和读者朋友健康、快乐！

吕佩浩　邹兰春

2015 年 9 月 6 日夜

图书在版编目（CIP）数据

春华秋实五十年：北京广播学院新闻系六五编采专业校友文集 / 吕佩浩，邹兰春编. —北京：中国国际广播出版社，2015.9
ISBN 978-7-5078-3820-6

Ⅰ.①春… Ⅱ.①吕…②邹… Ⅲ.①散文集—中国—当代②诗集—中国—当代
Ⅳ.①I217.1

中国版本图书馆CIP数据核字（2015）第209731号

春华秋实五十年——北京广播学院新闻系六五编采专业校友文集

编　　者	吕佩浩　邹兰春
责任编辑	易晓燕
实习编辑	韩　雪　丁亚丽
版式设计	国广设计室
责任校对	徐秀英
出版发行	中国国际广播出版社（83139469　83139489[传真]）
社　　址	北京复兴门外大街2号（国家广电总局内） 邮编：100866
网　　址	www.chirp.com.cn
经　　销	新华书店
印　　刷	北京艺堂印刷有限公司
开　　本	710 × 1000　1/16
字　　数	300千字
印　　张	29.5
版　　次	2015 年 9 月　北京第一版
印　　次	2015 年 9 月　第一次印刷
书　　号	ISBN 978-7-5078-3820-6 / G · 1543
定　　价	78.00 元

CRI 中国国际广播出版社
欢迎关注本社新浪官方微博
官方网站 www.chirp.cn